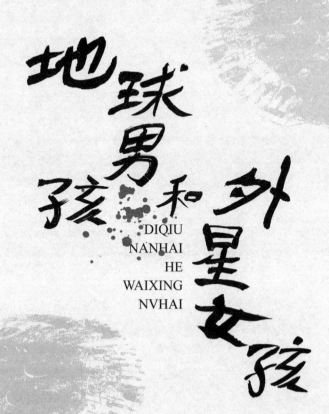

地球男孩和外星女孩

DIQIU
NANHAI
HE
WAIXING
NVHAI

邱振刚 著

中国文史出版社

目 录
CONTENTS

第一部　公主驾临

第四部　幽灵山谷

第一部 公主驾临

第一章 险些被淋成落汤鸡

最近，十三岁男孩米小乐遇到了一件非常离奇的事情。这件事彻彻底底地改变了他的生活。

事情是从他的一次家庭作业开始的。这天晚上，米小乐放学回到家，把书包往沙发上一扔，就长长叹了口气，重重坐在沙发上。妈妈沈美美见他神情不对，说："小乐，怎么啦？"

米小乐闷闷不乐，说："今天，我们语文老师布置了作文，让两周后交。老师留的题目是'记一次郊游'，我的天，我都上六年级了，可老师留的这作文题，就跟我们刚开始写作文似的。隔壁二班，老师的作文题目是'假如我是科比·布莱恩特'，三班的题目是'回到恐龙时代'，人家这题目多酷多有意思。我这作文可怎么写啊？我都很多年没郊游过了。"

沈美美说："小乐，现在是春天，你也该去郊外感受一下大好春光，呼吸一下新鲜空气了，顺便找找写作的素材，就算找不到，也胜过你整天玩游戏。"说完，她马上把脸转向正埋头玩手机的爸爸，说："米大雷，听见没有，儿子有作文要写，咱们这个周末就去郊游。为了防止你们公司再让你周末去加班，周五一下班你就把手机关了。"

米大雷是一家电器公司的总工程师，公司为了按时完成订单，在周末经常也加班。哪怕他不加班时，公司里如果遇到技术难题，也总会有人给他打电话。

米小乐说："妈，光你和爸爸不加班也不行，咱家什么郊游用的东西都没有。"

"郊游都需要什么，你告诉妈。"

"说是去郊游，其实基本都是去烧烤，要用的东西，也就是烧烤架子、牛羊肉什么的。如果在外面露营的话，还需要一顶帐篷，不露营的话，有块野餐毯也行。咱们走累了，可以把吃的放在上面，困了还能在上面躺着休息。"

　　"那太简单了，一切都交给妈妈吧。"

　　沈美美每天晚上睡觉前的一个小时，是她雷打不动的网络购物时间。说白了，她和很多女性一样，喜欢浏览购物网站，很大程度是为了享受这种天下名牌尽入自己购物车的感觉。不过，这天晚上，为了满足儿子郊游的需要，沈美美还是比较务实，她在购物网站上精心选好了野餐毯、烧烤架等物品，并且付了款。

　　到了第二天晚上，三口人正在吃晚饭，房门被通通通地敲响了，快递员上门送货了，他送来了沈美美订购的毯子。这张毯子很大，大约一米见方，而且又薄又结实，折叠起来后只有一块面包那么大，上面的图案是一艘造型非常酷的宇宙飞船正在茫茫星空中航行，米小乐觉得，这幅画画得非常漂亮，非常酷。因为喜欢这块野餐毯，他都有点儿想尽快去野餐了。

　　周六这天，天气相当不错，明媚的阳光洒满城市，天空中飘浮着几朵白云，空气透明度极高，气温也是不冷不热。米大雷开车带着一家人到了郊外，他们选中了一块长满了青草的山坡，米大雷把汽车停到了山下。

　　米小乐一家人爬到了山坡上，先是欣赏了一下风景，拍了些照片，就开始准备烧烤。三人先是把野餐毯找了个平坦的地方铺好，又忙了两个多小时，终于串好了一大把肉串，牛肉串、羊肉串、鸡翅串等一应俱全，接着支起了烧烤架，点燃了木炭。

　　木炭越烧越旺，米大雷和米小乐翻动着肉串，一阵阵越来越浓的肉香飘了起来，父子两个人一起咽开了口水。米大雷嘴里念念有词："肉串啊，求求你们快点熟吧，拯救一下我受苦受难的肚皮。"终于，肉串熟了，米小乐父子俩开始涂抹烧烤酱，肉串已经可以吃了。

　　这时，沈美美已经铺开了野餐毯，在上面摆满了各种饮料、零食。"小乐，咱们开始吃午餐吧。"沈美美说。

　　"嗯！"米小乐擦了擦满头的汗答应着。

　　可是，他们刚刚把装着肉串的盘子放到野餐毯上，在他们头顶的天空，乌云就慢慢聚集起来，太阳的光线在云层的遮盖下越来越弱，没多久就彻底看不到太阳的位置了。原本阳光明媚的山坡，也渐渐变昏暗了。米小乐抬头看看翻滚的乌云，心里一阵担心。

天上的云层越来越厚了，还有一阵阵雷声从云层深处传来，看样子很快就要下雨了。三个人面面相觑，都在犹豫是马上返回车里，还是再等等。

沈美美瞪着米大雷说："米大雷！昨天我不是让你好好看看天气预报嘛！都是你说天气好，我才没带雨伞！"

米大雷委屈极了："我看过了啊，天气预报说，今天本市是大晴天，适合出游呢！谁知道天气会变得这么快！"

这时，米小乐发现情况有点不对劲，他站起身来，朝四周眺望了一圈说："爸爸妈妈，你们看啊，好像就咱们头顶这一块地方，天气变差了。周围别的地方，还是阳光普照。"

沈美美拉着米小乐坐下，说："小乐，你们学校里不是教过吗，打雷下雨的时候，别在比较空旷的地方站着，容易被雷击。"

米大雷抬头看看天，说："好像的确是咱们这里的乌云格外密，不知道会不会下雨，咱们还在这里待着吗？要不咱们把肉串什么的，拿到别的地方吃？"

沈美美说："可能只打雷不下雨。"

他们正犹豫的时候，一阵密集的雨点打了下来。

"下雨的时候在山顶是很危险的，咱们赶紧跑到车里吧！"妈妈喊着，拉着米小乐往山坡下的汽车跑去。三个人都顾不上收拾野餐毯，米小乐一边往山下跑，一边回头看着。

雨越下越大，很快变成了倾盆大雨。三人拼命跑下山，就在他们跑进汽车的那一刹那，一道闪电撕裂了他们头顶的乌云，狠狠地击中了他们刚才呆的山顶。车里的三个人一边大口喘气，一边互相看着，每个人心里都一阵后怕。

"真是怪事儿，别的地方都好好的，就咱们这里电闪雷鸣，雨这么大。唉，真可惜那一盘刚刚烤好的肉串，我一口都没吃。"米大雷嘟哝着。

雨势还在继续，乌黑的云层在不断翻滚，形状也在不停变化着，还不时有小股的闪电在云团中漏出，电闪雷鸣的声音此起彼伏，好像云团里面有千军万马厮杀一样。没多久，大股的雨水顺着山坡流了下来，漫过了米大雷停车的路面。米大雷朝四周打量着，有些紧张地说："在暴雨天气，别在山区的低洼处停留，有山洪暴发的风险。现在你们坐好，我们马上就回家。"

他拧动车钥匙，把车发动起来。

米小乐说："那张野餐毯还在山上。"

米大雷说："小乐，咱们得先离开，要是等雨下大了，万一形成山洪，这里就太危险了。"

沈美美也说："是啊，反正那张野餐毯也淹不坏。咱们可以再回来找。"

米小乐说："我觉得，好像就咱们周围雨下得大，你们看，远处好像都没怎么下雨。我估计，咱们这儿的雨很快也能停。"

沈美美趴在车窗上朝外看，眼睛瞪得大大的，说："是啊，就咱们头上的这块云彩在下雨，真是怪事儿。"

米大雷叹口气，把汽车又熄火了："咱们等雨停了，再去把野餐毯拿回来吧。"

他们在车里一直等了一个多小时，雨才渐渐停了，半空中还出现了一道彩虹。米小乐顾不上等到雨完全停止，就跳下车，跑上了山顶。

对于那张野餐毯被闪电击中之后的样子，他在心里想象了很多遍，觉得它要么被击出了一个漆黑的大洞，要么烧得缩成了一小团。

米小乐没想到，那块毯子竟然完好无损，仍然平平整整地铺在原地，只是上面的食物都被浇透泡烂了，面包胀得足有一个枕头那么大。

米大雷和沈美美也赶了过来。米大雷盯着野餐毯说："这张毯子生命力真强。"沈美美说："哼，还不是因为我会挑东西？"说着，她把野餐毯抖了几下，把上面的雨水抖干净，又把毯子折叠好，放进了背包。米大雷和米小乐把被雨水泡烂了的各种食物收集到塑料袋里，带回了车上，进城后扔进了路边的垃圾箱。

三个人回到家里，沈美美重新把野餐毯洗干净后晾了起来，第二天把它放进了储藏间。

这次郊游虽然不太顺利，米小乐写作文的素材倒是有了。他以为了保护环境，不能乱扔东西为主题，写了这次郊游的经过，按时交上了作文。

等到米小乐发现情况不对劲，已经是一周后的事情了。

这天早上，他起床后，正在穿衣服，就听见米大雷和沈美美在外面说着什么。

"米大雷！我告诉过你多少遍了，别图睡觉时凉快，就整晚上都敞着窗户！"首先是妈妈一串高分贝的声音从客厅里传来。

接着，他听到爸爸在卧室里委屈地说："美美，自从你上次批评我之后，我就吸取了教训，每天晚上睡觉前，我都会检查一遍门窗，确保都关得严严实实的，绝不给坏人以可乘之机。我保证，就算是超人、蜘蛛侠、钢铁侠什么的，都别想进咱们家！"

"米大雷，你少贫嘴，你来看看这是什么！"妈妈的声音更严厉了。

外面传来一阵快速的脚步声，毫无疑问，这是米大雷赶到了客厅。米小乐也伸着懒腰走出房间，只见父母都站在客厅窗前，米大雷正一脸懊丧，挠着头皮说，"难道真的是我忘了关窗了？"

"爸，妈，你们别争了，窗户是我昨晚打开的。夜里我出来喝水，在饮水机接水时，觉得有些气闷，就顺手把这扇窗户打开了。"米小乐一本正经地说。他看到米大雷在偷偷向他竖大拇指。

"小乐，那你以后要小心，电视上说过很多次了，有小偷乘着没关严的窗户入户行窃呢。"沈美美又对米大雷说："米大雷，你听到没有，儿子晚上喝水不方便，你赶快再买个饮水机，放在儿子房间。"

米大雷端端正正敬了个军礼："老婆大人，遵命！"

沈美美说完就进了厨房，米大雷父子则偷偷做了一个击掌庆祝的动作。

昨晚，米小乐的确在深夜时分到客厅喝水，但是他记得，当时窗户是紧闭的。

窗户到底是谁打开的？上学的路上，米小乐始终在考虑这个问题。他想来想去都没有答案，最后，他估计父母中有谁最近新添了梦游的毛病。

又一天晚上，在睡觉前，米小乐特意确认客厅窗户是关好的。他还在手机上设好了闹钟。到了凌晨两点，闹钟响了，米小乐从床上跳下来，轻手轻脚地进了客厅。眼前的情形让他惊呆了。他看到，有一扇窗户真的像早上一样，是敞开的。

难道，父母中真的有人梦游了？他刚想到这里，就知道自己错了。因为他清晰地听到了从父母卧室里传出的呼噜声。米大雷的呼噜声是低沉浑厚型的男低音，沈美美的呼噜声则是高亢锐利的女高音，两个人的呼噜声此起彼伏，搭配得丝丝入扣。他们的这套组合，米小乐从小就习惯了。当初在一本课外书上看到"夫唱妇随"这个成语时，他脑子里的第一反应就是米大雷和沈美美的呼噜声。

两个人都没有梦游，难道真的有小偷？米小乐想到这里，心里一紧，马上到了厨房，左手握住了菜刀，右手拿起了擀面杖，蹑手蹑脚地四处巡视起来。可是，他把家里每个角落都找遍了，都没发现任何异常。

窗户到底是谁打开的呢？他绞尽脑汁地琢磨着，回到客厅，在沙发上坐下。

想了半天也没想出什么结果，一阵睡意袭来，他打算回去睡觉了。这时，他刚一抬起头，就看到窗户已经被关上了。

他一下子从沙发上跳了起来。

太离奇了，这到底是怎么回事！米小乐下定决心，一定把这件事查个水落石出。要确定是谁打开了窗户，唯一的办法就是一直待在客厅里，寸步不离。米小乐决心这样试一下。又到了晚上，他等父母睡觉了，蹑着脚就来到客厅，在一团漆黑中坐在了沙发上。

时间一分一秒地过着，从窗外传来的说话声、汽车喇叭声越来越少，整座城市变得越来越安静。到了最后，传到他耳朵里的声音，就只有墙上那座石英钟的嘀嗒声了。可是，房间里始终笼罩在黑暗之中，没有任何动静，客厅的窗户更是纹丝不动。

米小乐也越来越困，接二连三打起了哈欠，但还是努力睁着眼睛。他嘴里小声嘟囔着，我要坚持，我要坚持。终于，石英钟的指针到了凌晨一点，房间里还是没有任何特殊情况出现，米小乐再也坚持不住，脑袋一歪，靠在沙发上睡着了。

第二天，米小乐是被沈美美叫醒的，沈美美问他为什么要到客厅里睡觉，他支支吾吾地说，自己半夜起来上卫生间，可能是起床起得太猛了，有点头晕，就想在沙发上歇一歇，想不到就睡着了。

"妈，是你给我盖上的被子吧？"米小乐发现身上盖着自己床上那套被子。

"不是啊，是你爸盖的吧。"沈美美说。

米小乐闻到煎荷包蛋的香味，朝厨房里喊："爸，我身上的被子，是你盖的吗？"

"不是啊。"米大雷说。

"那会是谁呢？"米小乐纳闷儿地想。

接下来的晚上，米小乐正在睡觉，被电闪雷鸣的声音惊醒了。他从被窝里探出身子朝外看，只见整座城市已经笼罩在瓢泼大雨中，天空中还有一道道闪电划过，发出震耳的声音。

"米大雷，去看看咱家的窗户是不是关严了，别让大雨把咱家给淹了。"沈美美在卧室里喊着。

米大雷答应着正要起身，这时，米小乐心里一动，他说："爸，妈，你们睡吧，我去看看就行。"说着他披起衣服就下床来到客厅。

"儿子真懂事。"沈美美说。

米小乐到了客厅，只见几扇窗子都关得很严实，尽管外面狂风呼啸大雨倾盆，客厅里却没有一点儿雨丝飘进来。他朝父母卧室方向喊："妈，窗户都关着呢，不用担心。"

"好，儿子，你也赶快回去睡觉吧。"沈美美回答道。

米小乐打着哈欠答应着，正准备回自己卧室。他抬头看了看石英钟，上面时间是两点四十七分。这时，一道闪电划破了大半个夜空，客厅里一下被照亮了。米小乐看到，地面上似乎有几滴水渍。他一下子惊讶起来，走过去仔细一看，水渍是从窗户那里过来的。他弯下腰，跟着水渍，发现一直延伸到了储藏间门口。

有小偷藏在储藏间！这是米小乐的第一反应。但是，他很快打消了这个怀疑。

他家的储藏间只有五十厘米深，而且已经堆满了各种杂物，一个大活人根本不可能藏得下。米小乐想，那会是什么在里面呢？他想了想，回自己卧室拿了支手电筒，来到储藏间外。这个手电筒足有一尺长，而且装满电池后相当沉重，算得上一件防身的武器了。

他先是仔细听着储藏室里面的动静，但除了自己的呼吸声，他没听到任何声音。于是，他回忆着电影里特警队员是如何冲进罪犯藏身的房间的，然后弯下腰，长吸了一口气，飞快拉开了房门，同时把手电筒朝里面照了过去。

第二章　神秘的火灾救援者

几天后的一个早上，米小乐一家人围坐在客厅里，一边吃早饭，一边看电视。这时，原来的节目中断了，一条突发新闻出现在电视屏幕上。

"今天凌晨二时许，本市某小区发生火灾，浓烟先是从十五层一户居民家中的窗户中冒出，随即蹿出了大量火苗，火势很快蔓延到周围房间，累计过火房间三十七间，波及九户居民。目前警方已经查明，这起火灾是由电热毯电线短路引起的。失火的房间里，原本有一名二十五岁的女性和一名三个月的男婴。该女性居民说，大概是因为婴儿尿床，导致电热毯发生短路。自己发现失火时，房间内已经充满了浓烟，自己还没来得及采取任何行动，就被浓烟呛得失去知觉，醒来后发现自己和婴儿都在该栋大楼一层的楼梯间里，身上还盖有棉被，不知道是谁把自己和婴儿从火灾现场救出，婴儿的奶瓶等用品也放在身旁。市消防队新闻发言人说，在凌晨二时三十七分接到热心市民打来的报警电话后，消防队立即赶赴火灾现场，并对该栋居民楼进行了疏散，经过一小时二十分钟的奋战，终于扑灭了大火。消防员从楼中共救出受困者二十五人，因救援及时，本次火灾未造成人员伤亡。但最先失火房间中的两人，并不是被消防队员所救。该楼中居民也表示，不了解这对母子被救的具体情况。本台还将对这次火灾的有关情况进行追踪报道。"

接下来，又播出了电视台记者在火灾现场的采访。

最早被采访的，就是那个在浓烟中失去知觉、后来在楼梯间里醒过来的年轻妈妈。在镜头前，她穿着一身睡衣，头发蓬乱，脸上满是烟熏火燎的痕迹，还挂着两道长长的泪痕。只见她站在话筒前，全身颤抖，眼含热泪，激动万分地说："我发现床上起火时，被褥都已经烧着了，火苗还通过窗帘，烧到了天花板上。我吓坏了，想跑到门外去，可这个时候，客厅里也到处是浓烟，根本看不见路。我抱着宝宝想钻到床下躲起来，可烟把我熏得脑子不好使了，一下子就昏倒了。等我醒来时，我和宝宝都躺在楼梯间里，一点儿没受伤。真的不知道是哪个好心人救了我们，他真是我和宝宝的救命恩人！我一定好好教育我的宝宝，让他向这位好心人学习，长大了之后要助人为乐，要好好学习，一定要考上清华、北大，毕业后也不出国，就留在国内做贡献，研究不怕尿床的电热毯，研究不会着火的被子褥子，总之做一个对国家、对社会、对人民有用的人……"

她的孩子，在采访过程中一直在她的怀里叼着奶瓶酣睡。

"这当妈的真够呛，连自己是让谁救的都不知道。看这语无伦次的架势，像是吓糊涂了。不过这也真够奇怪的，如果不是消防员，还会是谁救了她们呢？看来她真的遇到活雷锋了。"沈美美边看电视边撇嘴。

米大雷说："是啊，当时是凌晨两点，一般人遇到火灾，肯定吓蒙圈了，还能去救别人，绝对是英雄啊。"

米小乐放下手里的豆浆碗，仔仔细细看完了这则新闻。他有一种直觉，觉得母婴两个人被人救出来这件事，一定和几天前那个电闪雷鸣的暴雨之夜里，自己在家里储藏室看到的情形有关。

当时，他在手电筒的照射下，发现储藏间看上去像是一切正常，但再仔细一看，他发现了一件怪事儿，就是那张野餐毯，竟然是湿漉漉的。

始终搁在储藏间的野餐毯，为什么会被雨淋得这么湿？开始，米小乐简直不相信自己的眼睛，他伸手摸了摸，确认没看错。他对此百思不得其解，等回到床上，他瞪大眼睛望着天花板，反复琢磨这到底是怎么回事。米小乐不是没想象力的人，但他想出了几十个答案，都无法解释这件事。

吃过饭，米小乐就去上学了。这一天，他翻来覆去想野餐毯变湿和那对母婴在火灾中被救这两件事之间到底有没有联系。这天在学校里，一到课间，同学们也在叽叽喳喳讨论火灾的事儿，大家关心的重点还是那对母子究竟是怎么在大火中逃生的，怎么猜的都有，有的说是有外星人用飞碟把那对母子给救了；有的说其实那个年轻母亲自己在绝境中潜能爆发，抱着孩子冲过烈火、浓烟，冲出了火场；还有同学说，是有邻居在他家路过，听到里面起火了，冲进去救出了那对母子。

在学校里，米小乐有个死党，是他的同班同学，名叫丁海强。他个头高大，个性豪爽，有时还会有些鲁莽，说起话来更是大大咧咧，不拘小节。对于这样的讨论，他当然不放过，他的看法是，当时正好有个小偷去失火那家偷东西，着火时正躲在床下，一看那对母子生命垂危，于是良心发现，把他们救出了火场。

丁海强说完，朝四周看看，发现没有谁赞同自己的分析。这时，他看到两个女同学宋瞳和李英男没有参加讨论，一直趴在桌上学习，就朝她们大声问："建筑师、骨科大夫，你们怎么看啊？这件事，到底是怎么回事啊？别总是低头看书，抬起头看看世界吧。"

宋瞳、李英男都是他们班上的学霸，她们基本上垄断了各门课程的前两名。说基本垄断，是因为有的课程，比如劳动课、音乐课，是不列入期末考试的，对于这样的课程，宋瞳和李英男一贯态度是绝不浪费一秒钟的时间在上面。学校里的课程尚且如此，两个人对和学习无关的社会新闻更不关心了。上次语文老师留的作文作业"记一次郊游"，两个人都得了满分。宋瞳写的内容是他们一家人在郊游的路上，看到一户农民正在盖房子，于是，他们全家放弃了游玩的计划，用一整天的时间帮那户农民盖房子。宋英男则写的是他们全家到了郊外，意外地在树林里发现了一只受伤的梅花鹿。他们一家人给这只鹿包扎好了伤口，又把它放回了大自然。两个人作文的结尾都是"我们全家度过了一个非常有意义的周末"。

语文课上，老师让她们把自己的满分作文都朗读了一遍，说她们的作文故事新颖、语言生动、有教育意义。下课后，丁海强先是来到宋瞳课桌旁，说自己家房子坏了，她能不能帮自己家修房子，说完就笑眯眯地看着宋瞳。宋瞳知道，他这是在嘲讽自己，旁敲侧击说自己作文里帮农民盖房的情节是编的。宋瞳被他问得不知道如何回答，索性趴到桌上大哭起来，丁海强又一瘸一拐来到李英男跟前，说自己腿折了，她能不能帮自己包扎一下。李英男的个性比宋瞳要强多了，她打量了他一眼，冷笑一声说："你先去医院拍张 X 光片吧。"丁海强指了指自己的膝盖说："拍过了，就是这里骨折了。请李大小姐救我一命！"李英男指着他的脑袋说："医生肯定误诊了，我看你呀，腿没什么问题，应该是这里有问题了。你还是赶紧去医院看看吧。"从那天起，丁海强给宋瞳和李英男都取了外号，一个叫建筑师，一个叫骨科大夫。

这会儿，两个人听见丁海强的话，宋瞳充耳不闻，仍然在笔记本上一遍遍地写英语单词。正在算数学题的李英男则啪的一声把笔拍在桌上，说："丁海强，我们好好看自己的书，碍着你什么事儿了？你又不是老师，凭什么来问我们？"

丁海强说："别着急啊，我又不是非让你们回答，只是请教一下你们两位对此事的看法。"

"火灾的事儿我不清楚，我只知道你的想象力未免太丰富了吧？还床底下的小偷良心发现，哼，荒唐，我看你不去写电影剧本，实在太可惜了。"

"觉得我的想象力太丰富了，那请骨科大夫说说你的高见啊，让大家学习一下。"

"哼，我才没工夫和你聊这种八卦呢。"说完，李英男重新坐了下来。

"两耳不闻天下事，一心只读圣贤书。好啊，有出息！"丁海强摇头晃脑地说着。

"老丁，人家学习也是正事儿，别打扰人家。"米小乐说。

在班上，丁海强就佩服米小乐，觉得他才是真正的聪明，处理任何事情都特有主见，别的所谓好学生，无非就是擅长死记硬背而已。现在米小乐这么说了，他点点头，说："好嘞！好学生下了课也要看书，我这个坏学生，就只有下课尿尿，上课睡觉啦！"说完，他大摇大摆走出了教室。

这天放学后，米小乐回到家就打开了电脑。他在网上查找关于这起火灾的新闻，结果找来找去，竟然在一个摄影发烧友的个人网站上看到一些火灾现场的照片。这个发烧友说，自己当时正在睡觉，后来被对面楼上传来的哭声吵醒。他刚从床上爬起来，就看到对面楼上一间房里冒起了大量浓烟，于是就抄起相机拍了起来。

米小乐把此人的全部照片都下载了原图。他一张接一张，放大了仔仔细细地看着，终于，他在几张照片里，在失火房间的窗外，发现了一个极其模糊的灰影。他把灰影放大了十倍，可始终看不清楚灰影的形状。他把脸都靠在屏幕上了，也只能隐隐约约看出来，这个影子在飞进失火那个房间前，是一个扁平的物体，但是，在飞出来后，这个影子却变得圆滚滚了。毫无疑问，这是因为影子里面多了那一对母子。这个发烧友用的是最新款的长焦镜头，性能强悍，就连喷出火苗的那扇窗户上的污渍都拍得很清楚。但是，那个灰影却连形状、颜色都无从分辨。可见那个灰影正在以极高的速度飞行。所以，那个摄影发烧友只能拍下它模模糊糊的轮廓。如果不是刻意去找，别人都无法在照片上发现有这么一个不明飞行物。

米小乐看着照片，心里慢慢出现了一个计划。

第二天课间，米小乐找了个教室里人少的机会，把一个崭新的墨水瓶塞到丁海强手里。他小声说："老丁，有个小忙，你要帮我一下。"

"有事你尽管说。哎，这瓶红墨水，你给我干什么？"

米小乐看看左右，把丁海强拉出了教室，到了操场的篮球架下。操场上空无一人，米小乐说："老丁，我告诉你一个秘密，但你发誓不告诉别人。"

"好，我发誓。"

"我接下来说的事情，不管你信不信，你绝对不能告诉任何人。"

"行。"

"也不能写到微博里或者别的任何地方。"

"好好好，你不管说什么，我都不会传出去。"

米小乐双手抱在胸前，还在犹豫着要不要告诉丁海强。丁海强看他还是不肯说，二话不说转身就走。米小乐连忙拉着他，小声说："唉，这个秘密，我自己其实都不太相信，但前几天发生的事情，除了这个，我猜不出还有别的原因。"

"行啦，你别吊我胃口了，赶紧说吧。"

"前不久，我们家买了张野餐毯，还出去郊游了一次。"

"这事儿你说过，不是你们一家人正连吃带喝的时候，忽然就开始电闪雷鸣吗？你们还差点给淋成落汤鸡。"

"是，我们跑回车里避雨时来不及带上野餐毯，把它一直留在山上，结果它真的让闪电给击中了。"

"说过的事情就不用再说了，赶紧说重点吧。"

"重点就是……我怀疑，在被电击后，那张野餐毯好像有了特异功能。"

"野餐毯有特异功能？你怎么知道的？"

"我们野餐回来后，我们家就经常出现怪事儿，就是深更半夜的，客厅的窗户总会被人打开。我开始不知道怎么回事，就干脆半夜里不睡觉，在客厅里坐着，想弄明白窗户是怎么自己开的。可我总是坐着坐着就睡着了。终于有一天，半夜里下起了暴风雨，我起床时，发现客厅里多了一些水渍。我跟着水渍，发现水渍一直到了放野餐毯的储藏间。我打开房门，发现它已经湿透了。我们家不可能有谁大半夜里，正刮风下雨时带它出去，家里也没有外人进来，所以，一定是野餐毯自己从窗户飞出去的。是它自己！对了，你还记得那个新闻吗，就是居民家中失火，母子二人在楼梯间被发现的事？"

丁海强点点头。

米小乐说："肯定就是那张野餐毯干的，是它在火场里把那对母子救了出来。"

丁海强没接他的话，而是警惕十足地盯着他，过了十来秒，还伸手摸了摸他的额头。

米小乐拨开他的手："我没发烧，脑子没坏。"

丁海强说："你的意思是，你家里有张野餐毯，不但喜欢深夜里飞出去散心，还会救人？"

米小乐点点头："有人拍了火灾现场的照片，上面有团灰蒙蒙的东西，正往着火的房间里飞，看上去很像那张野餐毯。"

丁海强叹口气，说："咱们自然课上不是学过吗，自然界里根本没有超自然现象，凡是特异功能之类的，根本不能信。更何况，你说有特异功能的，连人都不是，是一张野餐毯。你是不是最近学习压力太大，导致这里出问题了？"丁海强指了指自己的头。

米小乐瞪了他一眼："以前我也不信,可我最近遇到的这些事,实在太奇怪了,除了那张野餐毯有特异功能这个原因,没别的办法能解释。"

"行,你要疯的话,我就奉陪一下。那你告诉我,你给我的这瓶红墨水是干什么用的?"

米小乐朝四周看看,确认没什么人在注意自己这边,就凑到他耳边小声说了起来。说完后,丁海强像不认识他似的,朝他上下打量着说："你这小子,真够阴险的啊,这么狠的招都能想得出来。哎,对了,你以后不会用这种损招对付我吧?"

米小乐说："肯定不会,你放心,对付你的招,只会更阴险。你记住喽,明天晚上,我爸妈要一起去听场音乐会,回来得肯定早不了。一到十点,咱们就动手!"

"那,咱们现在先对对表?"

"行!"

第二天晚上,米大雷和沈美美吃晚饭时就一直在讨论音乐会的事儿。前几天,米大雷公司的总经理说别人给了他两张音乐会门票,但他马上要到国外出差,就把票给了米大雷。沈美美说自己衣服太少了,没有合适的衣服可以穿去音乐会那么隆重的场合,米大雷只得陪她去商场买了一套昂贵的新衣裙。这天吃完晚饭,沈美美就说要马上出发,米大雷说音乐会七点半开始,完全可以等到七点再出门。沈美美眼珠一转,说要早去早回,毕竟让米小乐一个人在家自己不放心。米大雷更奇怪了,说无论去得早还是晚,音乐会结束的时间是固定的。

这时,米小乐已经听不下去了,他轻声说："爸,妈大概是想早点去,到音乐厅里展示一下自己的新衣服。"米大雷这才恍然大悟,马上改口说这就出门。他等沈美美收拾停当,两个人一起出了家门。

家里只剩下米小乐自己了。他先在客厅去看了会儿电视,就回到了自己房间。

他和丁海强约定的时间,是晚上十点。现在才七点,还差三个小时。他找出本自己最喜欢的小说,又用最舒服的姿势躺在沙发上看了起来,想以此打发时间。可是,这本他平时一打开就要看到最后一页才舍得放手的书,这次竟然一行字都看不下去。他从沙发上跳下来,打开电脑,准备上网,可任何一个网页他都觉得没劲透了。而且网上一点儿新鲜事儿都没有。他登录了自己最喜欢的网络游戏,可是因为心思不在这上面,不到五分钟,他就被里面的怪兽杀死了。他一生气,把电脑关了,无所事事地在书桌前坐着。

时间越来越晚了,米小乐眺望着窗外,看到在这座城市不计其数的高楼大厦里,越来越多的灯光熄灭了。米小乐又看了看手表,心想但愿丁海强这时已经做好了准备。渐渐地，一阵困意袭来，米小乐打起了哈欠。他比平时更早钻进了被窝，但他没睡觉，而是紧紧攥着手机，在一片黑暗中大大睁着眼睛。

终于，当手机屏幕上显示的时间晚上十点时，手机的来电铃声响了起来。为了确保"它"能听到，米小乐事先已经把音量调到了最大。他以最快的速度按下接听键，丁海强惊慌失措的声音马上从里面传了出来。

"老米，我遇到坏人了！"

"老丁，怎么啦，出什么事了？你别着急，慢慢说。"米小乐的声音也不小，在寂静的夜里格外响亮。

"我刚刚看完电影，乘十八路车末班车在终点站下车后就往家里走，可我没走出多远，就遇到了劫匪！"

装得真像！还把位置都说出来了！米小乐在心里赞叹着。

"老丁，你被抢了？"米小乐毫不示弱地表演着，在电话里和丁海强飙起了演技。

"我的钱包被抢走了，我还被劫匪捅了一刀！啊，疼死我了，流了好多血！"丁海强在电话里喊着。

"你赶紧打急救电话啊！"

"我打了，可医院说，今晚救护车都派出去了，我要再等等，才会有救护车来。"

"老丁，你流的血多吗？"

"当然多了，地上已经有一大摊血了。老米，明天上课后你告诉孟老师，今天他布置的作业，我恐怕完成不了了。"

米小乐攥着话筒玩命喊着："老丁，你要坚持住啊，你是我最好的朋友，我绝不会眼看着你——老丁，你说话啊，你怎么不说话了，你不能死啊！"

他想，大概全楼的人都被自己这一通喊给吓醒了，储藏间里的"它"肯定听到了。他放下话筒，又原地站了几分钟，这才蹑手蹑脚地蹭到客厅。

客厅里静悄悄的，一点声音都没有。米小乐只往客厅里看了一眼，眼前的情景，就让他像中了定身术一样，呆呆立着，一动不动。他看到，客厅有扇窗户，是大大敞开的。他的计划奏效了！这时，一阵凉风从窗户吹进来，他清醒了一些，马上跑到储藏间。他拉开电灯，只见原本放那张野餐毯的地方，如今已经是空空荡荡。

他快步走到电视机旁，拿出了隐藏在电视机后面摄像头里的存储卡。这个摄像头，是他晚上在父母离开后刚刚安好的，摄像头的方向，正对着窗户。

他回到卧室，把摄像头里的存储卡插在电脑上。起初出现在屏幕上的是客厅里的景象，画面里空无一人，没有任何异常情况。他按着快进键，把画面快进到几分钟前，只见在电脑屏幕上，就在画面上传出他大喊"老丁你不能死"的声音时，屏幕突然变成了一片漆黑！等屏幕重新变亮，那扇窗户已经是敞开的状态了。

他往后一倒，靠在椅背上，心想接下来，就看丁海强的了。

他苦等了半小时，手机里没有任何动静，直到他估计父母就要回来了，这才给丁海强打电话。可是，丁海强挂断了他的电话，他正在考虑要不要再打过去，丁海强的短信发来了，内容就一句话：

"明天到了学校再说。"

他正要再打过去，只听外面传来一阵钥匙在门上锁孔里转动的声音，接着就听到了父母的说笑声。

丁海强这家伙，今天晚上到底经历了什么？米小乐带着疑虑躺进了被窝，过了很久都没有睡着。他透过窗帘的缝隙，盯着外面漆黑的夜空，心想这一切，究竟是怎么回事呢？

这天晚上天气很好，夜空里布满了星星。米小乐望着那些一闪一闪的星星，觉得每颗星星对人们来说都是一个完全陌生的世界，在星星的世界里，一定隐藏着不计其数的秘密。

终于，父母洗漱后也去睡觉了。等到他们的呼噜声一一响起来，米小乐悄悄地爬起来，来到客厅，打开了储藏间的房门。

和他预料的一样，野餐毯已经回来了。

第三章　外星公主驾临地球

第二天，他比平时早半小时到了学校。他坐好后，就目不转睛地盯着门口。直到上课前一分钟，他才看见丁海强又高又壮的身体出现在门口。丁海强刚坐下，米小乐就迫不及待地凑过去，说："老丁，昨晚到底怎么回事？我家那张野餐毯，有没有去找你？"

丁海强看了他一眼，面无表情地说："要上课了，课间休息时再说。"

米小乐说："你这家伙，竟敢吊我的胃口。"他还要继续催问，却看见班主任孟老师夹着课本走了进来，他只得在丁海强耳边说："好，下课后你可一定要告诉我。"

这一节课，孟老师讲了些什么他完全没听进去。好容易到了下课铃响，米小乐等孟老师一出教室，马上从座位上跳起来，拖着丁海强出了教室，两个人来到操场上的篮球架下。

"老丁，昨晚上都怎么回事？你没出事吧？"米小乐问。

"邪门，真的很邪门。"丁海强摇摇头，喃喃自语。

"行了，你别卖关子了，昨晚的事，你从头到尾给我说一遍。"

丁海强长叹一口气，说："昨晚，我先是按照咱们的计划，不到十点，就到了十八路车终点站。当时那里已经没什么行人了，我在路边拿着你那瓶红墨水，找了个僻静的角落待着。一到十点，我就把墨水往自己身上淋。接下来我就给你打了电话。可是，我刚挂了手机，不知从哪里冒出两个戴着口罩、帽子的家伙，他们把我围在墙角，每人都拿着把明晃晃的刀子，让我把钱包给他们。"

"什么，你真的遇到劫匪了？"

丁海强缓缓地点了点头。

米小乐上下打量着丁海强："你没受伤吧？"

丁海强淡淡地说："没有，毫发无损。"

米小乐问："那是怎么回事？我不记得你练过武术啊。"

"我被人救了。至于是谁救了我，老米，这件事我只能说到这里了。接下来的事情，我发过誓，绝对不能告诉别人。"

"老丁，你别忘了，这事儿是咱们共同策划的，事情进展如何，有没有结果，我总有知情权吧。"

"假装遇到劫匪这件事，是咱们一起策划的，可我遇到的事儿，和咱们的策划没关系，我真的不能告诉你，除非劫匪也是你策划他们去的。至于咱们俩商量的那件事，我能说的，就是发生了意外，我被人打劫，所以也就进行不下去了。"

丁海强说完，转身就走了。米小乐望着他的背影，决定自己把这件事查个水落石出。

这天下午，米小乐放学回到家时，米大雷和沈美美都还没下班。他放下书包，毫不犹豫地打开储藏室，把那张野餐毯拿到客厅，摆在茶几上。他自己也在茶几前坐了下来。

他做了个深呼吸，对野餐毯说："前几天那对母女到底是不是你从火灾现场救出来的？"

房间里一片寂静，没人回答他的问题。他觉得，如果有人这个时候看到他在对着一张其貌不扬的野餐毯说话，一定会马上拨打精神病医院的热线电话。

尽管无人应答，米小乐仍然不屈不挠，他继续问："昨天晚上到底发生了什么？"

房间里还是一片寂静。

这时，他的手机响了起来。他拿起手机一看，来电显示的号码是一连串的零。肯定是骚扰电话，他想着，毫不犹豫地挂断了。

米小乐继续看着野餐毯，说："你不回答也没有用，我会一直问下去的。"

这时，手机又响了起来，来电号码还是那一串零。他疑惑地按下了接听键。

他试探着说："喂？"

"米小乐，你好。"话筒里传来一个女孩的声音，听起来年龄应该和他差不多，都是十二三岁的年纪。

"你好，请问你是谁，你叫什么名字？"

"我叫卡莎。"

"我不认识你啊，你怎么会有我的电话号码？你的名字听起来不像是中国人，但你普通话说得挺标准。"

听了他的话，卡莎似乎在电话那头笑了起来。"你当然认识我了，我们是五月三号那天认识的。"

"五月三号？"米小乐摸了摸脑袋，回想五月三号那天自己遇见过什么人。忽然，他一拍脑袋说："那不就是两周前的周末吗？那天，我和父母去郊游了，可因为下雨，我们很早就回家了。因为要赶着写作文，那天我回家后就没再出去。我记得那天根本没遇到什么人啊。"

"那天的事情你记得倒是挺清楚。看来，你的记忆力挺不错的，可惜就是想象力太差了。"

米小乐有点生气，他从小到大，都经常有人夸他聪明、脑子快，还从没有人说过他想象力太差。

话筒里的声音见他沉默了，就继续说："哈哈，你还没想到我是谁吗？"

米小乐摇着头。

那个声音笑了，"远在天边，近在眼前。"

米小乐在自己面前打量着。可他面前除了野餐毯和茶几，没有任何活人的迹象。他说："你到底是谁？"

"哈哈，我已经把线索都告诉你了，你还猜不出我是谁吗？"

"你别卖关子了，你要是再不说，我就挂电话了。"

"我可以告诉你我是谁，但是，你必须答应我一个条件。"

米小乐点点头，说："好，我答应。"

"你绝对不能把和我有关的任何情况告诉别人，否则，我和你都会有危险，是生命危险！"

"好，我答应你。"

话筒里的声音有些变低了："你说过的话，希望你能做到。唉，把我的身份告诉你，这可能是一个会让我非常后悔的决定。"

"你放心好了，我米小乐绝对说到做到！"

他刚说到这里，只见面前的那张野餐毯，竟然慢慢地飞了起来。米小乐的嘴张得大大的，眼珠都快从眼眶里掉出来。它飞起一米多高后，又像一幅画一样悬停在米小乐面前。

"米小乐，你知道我是谁了吧？"

这次的声音不是从手机里传来的，而是从野餐毯上发出的。

米小乐尽管已经做好面对任何离奇场面的思想准备，但他还是惊呆了，整个人扑通一声，从沙发上滑到了地面上。过了十几秒，仍然处于傻眼状态的米小乐条件反射式地点点头，接着又问："是谁在控制着你？"

"谁也没控制我，我就是我自己。"野餐毯继续发着声音。

他愣了几秒，忽然说："火灾里的那对母女，是你救的？"

野餐毯用朝前的角向下点了一下，米小乐说："你这个动作，是表示同意的意思吗？"

野餐毯又点了一下，说："是的。"

米小乐说："那天丁海强在遇到劫匪后，也是你救的？"

野餐毯又朝前点了一下。

"你，就是卡莎？"

野餐毯第三次点点头。

米小乐原本的猜测是野餐毯是某种别人控制着的工具，就像遥控飞机一样，他万万没想到，野餐毯本身就是有生命的。

米小乐定定神，他想站起来，双手刚想撑住地面，但抬头看看那一块会说话的野餐毯，就又是一阵浑身发软。他索性放弃努力，继续坐在地上。

卡莎的笑声从手机里传出："腿都吓软了吧，真是个胆小鬼。不过你的反应，比你那个死党倒是强一些。"

米小乐从小到大还从没被叫作胆小鬼，他觉得自尊心有点受伤，他说："你是说丁海强吗？他见到你之后，是什么反应？肯定是直接吓晕过去了。"

"没有。我出现之后，他一点儿变化都没有。原来是什么样，还是什么样。"

"真的吗？果然没辜负我对他的培养，我教育过他多少次了，遇事别慌张，男人嘛，就要泰山崩于前而色不变。"

"唉，你们这些男孩子，吹起牛来一个比一个擅长。看来他真的没把那天的事儿告诉你。那天晚上，我还没出现，他就已经晕过去了。"

"什么？他晕过去了？那是怎么回事？"

卡莎说："哼，你们还想给我设圈套，其实，你们那天商量这件事的时候，我就知道了。"

"我们是在学校商量的这件事，你怎么会知道？"

"我有遥感功能。整个地球上的事情，我都知道。要不，我怎么知道有地方发生火灾，有一对母女被困在楼里呢？"

"那他到底是怎么晕倒的，那天晚上都发生了什么？"

"哈哈，那天晚上的事情，你想破头都想象不到。"

她告诉米小乐，那天晚上，丁海强刚刚和米小乐通完电话，就真的遇到了劫匪，他看到劫匪手里明晃晃的刀子，当场就被吓晕了。劫匪正要动手找他身上值钱的东西，她就出现了。

米小乐说："既然你知道我们在故意骗你，你为什么还要去呢？"

卡莎说："你们大概不知道，你们商量的那个地方，本来就是一个犯罪多发区，再加上当时已经是深夜了，所以，我当然要去看看情况啊。"

米小乐回想了一下那天去野餐的情形，说："你是被闪电击中后，就有特异功能了吗？"

卡莎沉默了。过了一阵子，她才说："我没有被闪电击中，我就是闪电。"

米小乐又一次愣住了。几分钟之内，他已经两次用实际行动演示了什么叫作呆若木鸡。

"卡莎，你到底是谁，这到底是怎么回事？"

卡莎叹了口气，说："你们地球人，想象力实在太贫瘠了。"

米小乐说："切，什么你们地球人，难道你是外星人？"

他没想到的是，卡莎竟然点了点头。他赶紧接着问："你是哪个星球上的？火星？木卫二？"

米小乐说的是地球上的天文学家认为最有可能有生命存在的两个天体。

卡莎左右晃了晃，米小乐看得出来，这表示地球人摇头的动作。他说："那你是从哪儿来的？"

卡莎说："你知道猎户座大星云吗？"

米小乐说："知道啊，我们在自然课上学过。但是，这个星云不是由宇宙尘埃构成的吗？怎么可能有高等生物呢？"

卡莎说："按照你们地球的观测水平，只能看到猎户座大星云模糊的样子。其实，我们这个大星云的内部，你们地球人还是完全陌生的。不过，这也不能怪你们，毕竟我们和地球的距离，足足有一千五百光年。"

卡莎告诉米小乐，在猎户座大星云内部，有一颗名叫阿尔比的行星。这颗星球上的智慧生命，已经建立了高度发达的文明社会。地球上的人类社会，按照目前的发展速度，要足足两百万年后才能达到阿尔比星球的文明程度。

米小乐一撇嘴，说："你们阿尔比星那么先进，为什么还要来我们这么落后的地球呢？"

卡莎沉默了，过了一阵子，她才说："在宇宙里，发展到高度文明阶段的星球，不止我们阿尔比。"

"你的意思是，除了阿尔比星球，在别的星球上，也有智慧生物？"

"那当然了，就你们地球人孤陋寡闻，整天自我感觉良好，觉得自己是宇宙中仅有的智慧生物。其实，在宇宙里，至少有两万颗星球上有生命，至少有一千颗星球上的科技水平，远远超过你们。"

"哼，这么多先进的星球你不去，偏来我们地球？"

卡莎说，我来这里是有原因的。她告诉米小乐，在距离地球一万五千光年的半人马座欧米伽星系，有一颗名叫威坦的行星，那里的智慧生命也发展到了极高的阶段。威坦星因为自己的资源已经枯竭，就派出强大的军团，在宇宙中四处掠夺。威坦星的军事力量是宇宙中最强悍的，他们的战舰上，配备有超能电磁炮等威力无敌的武器，他们所到之处，各个星球的防线纷纷崩溃，已经有上千颗星球沦为他们的殖民地，这些星球不但资源被掠夺一空，所有的居民都成了威坦星的奴隶。他们派去入侵阿尔比星球的舰队，由一个名叫黑曼的将军率领。这个家伙穷凶极恶，宇宙里有上百个星球毁在他手里。阿尔比星球的居民，性格都很和善，他们科技水平虽高，但没有制造很多杀伤性武器，根本无法抵挡黑曼率领的这支舰队。最后，整个阿尔比星球都被占领，只有少数几个武士，保护着公主逃走了。

米小乐说："等等！公主被武士保护着逃跑——你就是那个阿尔比星球的公主？"

卡莎，也就是那张野餐毯，点了点头。

"既然你是公主，那为什么刚才你说自己是闪电？"

"我们阿尔比星球，早在一百万年前就进入了智慧生命进化的最高阶段。我们的每一个居民，都是以电磁波的虚拟形态存在的。我们虽然每人都有一个实体躯壳，但可以随时离开这个躯壳，自由自在地在宇宙的每一个角落里漫游。地球人朝思暮想的长生不老，在我们那里早就实现了。你们地球虽然落后，以后迟早也会发展到这个阶段。"

米小乐撇撇嘴说："那还是算了吧，我宁可吃喝玩乐上这么几十年就死，也不愿意当什么电磁波，长生不老地在宇宙里晃荡。想想就觉得瘆得慌，你还是饶了我吧。"

"哼，就知道吃，果然是低等生命。"

"行，我是低等生命，你高级。哎，你继续说啊，你的高级生命，到底为什么会来我们这么愚昧落后的地球？"

"我被武士们保护着，上了阿尔比星球最后的一艘宇宙飞船。"

米小乐听到这里，马上插话说："不对啊，你们不都是以虚拟形态存在的电磁波吗，干吗还需要上什么飞船，想去哪儿，直接飞过去不就得了？"

"我们阿尔比星的人，是可以以电磁波的形式到处漫游，但我们每隔一段时间，就需要补充能量。我们补充能量的方式，是先由实体躯壳吸收宇宙射线中的能量，再把能量转移给我们啊。登上这艘宇宙飞船的，就是我们的实体躯壳。"

"那，如果你们的实体躯壳没有了，你们这些自由飘荡的电磁波会怎么样呢？"

卡莎先是短暂沉默了十多秒，然后说："你小时候，往池塘里扔过石子吗？"

米小乐点点头。卡莎继续说："被石子荡起的波纹，会怎么样呢？"

"那些波纹，会在一圈圈荡开后，就慢慢消失啊。"

"水里的波纹会慢慢消失，我们这些电磁波如果没能及时补充能量，也是如此啊。所以，如果我们的实体躯壳被毁，电磁波在能量消耗完后，就会慢慢地分解、消失，我们的生命，也就结束了。"

"原来如此，请继续说吧。"

卡莎接着说："威坦星不肯放过我，派出他们最先进的战舰在后面追杀。由于导航系统被击毁，我们这艘飞船在宇宙中迷失了航向，只得漫无目地地飞行，就这么来到了地球。这时，威坦星的电磁炮再次击中了我们，我所有的卫士都牺牲了。幸好，我的卫队长在临死前一秒，把我再次由实体躯壳变成一束电磁波，并发射出去。当我降落在地球上时，恰好就钻进了这张野餐毯，接下来的事情，你都知道了。哼，你家这张野餐毯真够难看的。上面这艘宇宙飞船的造型也太落后了，在我们阿尔比星，属于一百多万年前就被淘汰的型号。"

"那你干吗非得每天晚上飞出去？"

"我需要能量啊。我钻进这张毯子后，眼看着自己的能量越来越少，随时可能分解，害怕极了。我不光害怕自己会分解，更担心如果我就这么死了，阿尔比星就会永远被威坦星占据，我的臣民，只能永远当威坦星的奴隶。我不能一直在你们家的储藏间里等死，就在一天深夜，我用最后的一点能量飞了出去。幸好，当时我接收到的各种宇宙射线里，有一种频率和我们那里一样的，我可以从里面获得能量。但是，这种射线，只有在每天深夜才到达地球。"

"哦，你每天晚上都要飞出去，敢情是去吃夜宵了。"

"嗯，算你脑子还不慢。"

"那，那支威坦星的舰队呢？他们是不是也来到了地球？这样一来，地球不就危险了？"

"地球很安全，你不用担心。"

"为什么不用担心？他们不是有宇宙中最强大的武器吗？超能电磁炮，啧啧，听着就过瘾。"

"我的卫队长，在把我发射到地球后，驾驶着宇宙飞船，撞向了威坦星的战舰。他们同归于尽了。"

卡莎说完，他们一起沉默了。米小乐看到，卡莎在不停颤抖着，看得出她正处于非常激动、难过的状态。他想，如果卡莎是个地球女孩儿，这会儿早就哭得稀里哗啦了。

过了一会儿，卡莎的状态变得平稳了，她说："米小乐，我能一直住在你家吗？我的星球被侵略者占领了，再说我也没办法回去了。"

米小乐想起了自己班上的女生，她们没人像卡莎这么直爽，说起话来都是遮遮掩掩的。他说："当然，你完全可以像从前一样一直住下去，住多久都没关系。"

卡莎沉默了一会儿说："我真的太怀念我在阿尔比星的臣民了，他们在威坦星的欺压下，生活得不知道会有多痛苦？"

她的语气非常沉重，米小乐也被她传染得有些难过，两个人都不再说话了。过了一会儿，米小乐想活跃一下气氛，说："你除了会飞，还有别的本事吗？"

"当然，你别忘了，我是电磁波啊。你把手伸出来。"

"伸手？"米小乐伸出右手。只见卡莎慢慢向他靠拢，就在卡莎的一只角碰到米小乐的手指时，米小乐觉得自己的右手就像被一把巨大的铁钳夹住一样，他想把手从卡莎身上拿开，可自己的手指就像被牢牢粘住一样，根本动弹不得。接着，他感觉到一股巨大的力量传到自己的身体里，自己不由自主地腾空而起，在空中连转了两个圈后，又摔在沙发上。

米小乐翻身站起来，说："哇，你的力气真大！"

卡莎说："还有呢！"接着，她用一只角朝着米小乐一点，米小乐觉得身体一震，再也站立不住，又一屁股坐倒了。他拍拍屁股站起来，说："你还会放电！"

卡莎说："我发出的电力，按照地球的算法，电压最高能到十万伏，比地球上的高压电都强多了。"

米小乐只有继续"哇"的份儿了。

卡莎说："我的事儿，你可得绝对保密。"

"为什么？"

"威坦星一定不会放过我的，百分之百会在宇宙当中到处搜寻我的下落。你们这个地球上，那么多人在使用手机、电脑，还有那么多人造卫星，有各种各样的信息时刻向太空中发射出去。你们地球人对外星人兴趣还挺大，如果我的事儿被地球人知道了，这件事在到处传播的过程中，一定会被威坦星那些恶棍截获的。"

米小乐说："你放心，我肯定不会告诉别人的。对了，上次你还飞到那个失火的房间里把那个婴儿和他的妈妈救出来，这件事好多媒体都报道了，说不定会给你带来危险。"

卡莎说："那我也不能眼看着他们被烧死啊。"

米小乐说："你心眼儿真好。你就踏踏实实在我家住下去吧！"

卡莎说："太好了！既然这样，我就让你看看我以虚拟形态存在的样子吧！"

米小乐说："那好啊，对着一张野餐毯说了这么半天，我正觉得有些别扭呢。"

他话音未落，只见毯子的正面竟然慢慢发出了一束淡蓝色的荧光。这束光本来只有一支蜡烛那么大，但它在迅速变大，很快，就变成了一个足有篮球大小的光球。米小乐张大嘴，愣愣地看着面前的一切。更让人震惊的一幕出现了，这个光球上，竟然慢慢长出了人的躯干和四肢。最后，这束光变成了一个散发着蓝色光芒、透明的人形荧光体！

米小乐惊讶得说不出话，可这个荧光体竟然说："米小乐，你看看我，能认出我吗？"

是卡莎的声音。米小乐说："卡莎，你怎么变成了这个样子？"

卡莎得意地说："我刚才不是说了吗，到了地球，就要有个地球人的样子。"米小乐仔细一看，发现这个荧光体的确是个和自己年龄差不多的地球女孩的样子。而且，他发现，卡莎的样子，居然很面熟，好像在哪里见过。

卡莎见米小乐盯着自己看，更加得意了，说："是不是觉得曾经见过我？"

米小乐点点头。卡莎说："你仔细看看我像谁。"

米小乐犹豫着说："你的这两根麻花辫，看起来好像很熟悉……"他拍了拍脑袋，自言自语："我到底在哪里见过呢？"忽然，他脑子仿佛一下子开窍了，说："我的同桌宋瞳，就梳着这样的麻花辫！"他又看了看卡莎，说："你的眉毛，很像我们班的赵莹；眼睛，简直和陈潇一模一样。我明白了，你一定是模仿我们班女生的相貌，把自己做成这个样子的！"

卡莎说："猜对了，算你聪明！"

"你是怎么知道她们的样子的？"

"你忘啦，你曾经把我放到书包里带到学校去啊。那天到了你们班的教室里，见到那么多的女生，我就想把她们的相貌特点集中在自己身上。"

米小乐愁眉苦脸地说："是有这么回事。唉，想不到以后每天放学回到家里，还得看到我们班上女生们的样子。"

地球男孩米小乐和外星公主卡莎的故事，从此开始了。

第四章　罪恶的阴谋

米小乐所在的城市，就要举行中小学生百科知识竞赛了。这个主意是市电视台台长想出来的。他一直为自己电视台收视率的低迷而忧心忡忡、寝食难安。这天，他把三个副台长召集起来开会，商量如何提高自己萎靡不振的收视率。

"现在收视率最高的节目，就是各种歌唱大赛了。那些本来什么都不是的歌手，一旦上了这样的节目，都不用说拿没拿冠军，就算只进前八，一下子就爆红了。"副台长甲说。

"这些节目，看起来观众看的是歌手，其实是看评委，要是弄几个无名小卒当评委，有人会看才怪呢。"副台长乙说。

"但是，咱们才是一家市级电视台，恐怕请不到那些歌坛大腕来当评委。"副台长丙说。

"我觉得，我们如果想在收视率上打败这些歌手大赛，也不是没办法。"副台长乙说。

几个人的目光一起扫向乙。他说："我想，如果举办一次少儿知识竞赛，收视率一定低不了。"

台长皱了皱眉："知识竞赛，这种形式好像早就过时了吧。"

副台长乙胸有成竹地说："比起歌星、影星，如果观众能在电视上看到自己的亲人，一定会果断地放弃别的频道。现在，每个家庭的中心都是孩子，当一个孩子上了电视，孩子的七大姑八大姨都会始终看下去。"

台长说："搞一次面向中小学生的比赛，这个办法不错，但没必要搞知识竞赛吧，如果是唱歌跳舞方面的比赛，效果会不会更吸引人？"

副台长乙说："如果只是让孩子到电视上唱歌跳舞，有的家长重视孩子的学业，未必支持孩子参加。但要是知识竞赛，就不一样了，大部分家长都会让孩子参加。"

台长点点头，说："咱们一家单位举办全市范围的比赛，毕竟有风险，咱们应该拉上一个合办单位。既然是知识竞赛，我看和市博物馆合办比较合适，到时让他们出亚军的奖品。"

就这样，几个正副台长对举办知识竞赛取得了一致意见。没过几天，市电视台就开始播放这次中小学百科知识竞赛的报名通知。

冠军的奖品，是一台名牌单反数码相机。

这天，米小乐在电视上看到了通知，马上动了心。他和别的男孩一样，对单反相机有着极大的兴趣。他曾经要求过父母给他买一台，可父母说如今手机的拍照功能已经很强大了，没必要再买个单反了。米小乐说："手机能和单反比吗？单反相机可以调快门、光圈、焦距，手机根本不行。"米大雷说："你现在还是学生，有个数码单反，到处拍照片，肯定耽误学习。"

米小乐的要求就这么被拒绝了。

看到通知决定参加比赛第二天，米小乐来到学校，到了课间休息时，下课铃一响，丁海强马上拉着米小乐出了教室，来到操场的篮球架下。只要不是体育课，这里算是学校里一个僻静的角落。

"老米，你知道吗，咱们的机会来了！"

米小乐说："什么事儿，老丁？遇事儿要镇静点，别着急忙慌的。"

丁海强说："小乐，咱们这儿要办中小学百科知识竞赛了，这事儿你知道吧？"

米小乐点点头。

"奖品是什么，你知道吧？"

米小乐又点点头。

丁海强在他胸口捶了一拳，说："你这家伙，太不够意思了，你知道了也不告诉我。"

米小乐揉揉胸口，说："我昨晚才看到的通知啊。再说单反相机你不是早就有了吗？是你那旅游发烧友姑姑，在去日本旅游时给你买的。"

"单反相机是冠军奖品，我早有了，可我还没棘背龙模型啊。亚军的奖品，就是一个正版的棘背龙模型。你知道吗？这棘背龙啊，可是地球上出现过的最大的陆生食肉动物，比霸王龙还大还厉害，《侏罗纪公园》第三部你看过吗？那上面就有一头棘背龙生生咬死了一头霸王龙。一个正版的棘背龙模型要五千多块钱，我那亲爱的爹妈说什么也不给我买。所以，这次知识竞赛，我一定要参加，一定要得亚军！"

"好，那咱们谁也甭玩游戏了，好好准备上三个月，争取会师决赛！"

丁海强叹口气说："唉，只可惜，这种知识竞赛，考的是记忆力，谁擅长死记硬背，谁就能得冠军，这不是你我兄弟二人的强项啊。"

米小乐点点头，说："是啊，幸好这个本市的知识竞赛，即使得了冠军也不能给以后的中考和高考加分，否则咱们别说拿冠亚军了，连本市前两百名都进不去。"

很快，全市中小学百科知识竞赛的报名阶段结束了，选拔阶段开始了。但是，让电视台方面有点意外的是，全市五十万中小学生只有十万多人报名。电视台台长颇为意外，调查了一番才知道，因为这次比赛没有和教育系统合作，这意味着比赛的成绩不被教育系统承认，无法给高考、中考加分，这样一来，很多家长的积极性就没有了。了解到情况后，电视台台长痛定思痛，决定下一届比赛无论如何也要挂上市教育局的名。

即使如此，这次比赛也在本市引起了小小的轰动。全市所有报名的学生按照家庭住址，分成了三十多个赛区，每天都进行分赛区比赛，每个分赛区的比赛晚上都会直播。电视台下定决心不预报当晚播出的是哪一个赛区的比赛，逼着这十万多学生的家长为了不错过自己孩子的表演，放弃了各自喜爱的电视节目，纷纷投诚到本市的电视台。分赛区的比赛进行了一个多月，结果米小乐和丁海强在各自的赛区脱颖而出，得了赛区冠军。

接下来，这次中小学生知识竞赛进入复赛阶段，三十多个分赛区冠军将竞争参加决赛的十个名额。这时，收视率急转直下，原因是被淘汰的学生的家长失去了观看兴趣。电视台台长只好寄希望于最后的决赛能挽回收视率的颓势。

复赛结束后，一共有十名选手入围决赛，也就是最后的冠军争夺战。按照赛程，决赛将于一个月后，在本市的博物馆举行。

米小乐和丁海强都进入了决赛。米小乐为了争取最后的胜利，天天晚上在家里看书，拼命往自己脑袋里装各种各样的知识。他发现，很多知识，刚刚开始学时的确有些枯燥，但知识不断积累之后，这些知识好像一块块零乱的积木堆成了一座精巧的建筑一样，也悄悄地在脑子里串联起来。比如他从前觉得，历史无非就是一个个的朝代、人名、事件，可书越看越多后，历史事件的脉络渐渐在他脑子里成形了，他慢慢觉得，研究一个朝代为什么会兴盛，一个朝代为什么会灭亡，其实是非常有意思的。

在参加决赛的选手里，只有米小乐和丁海强是小学生，别人都已经是中学生了。

这天晚上，沈美美和米大雷出门参加朋友聚会，米小乐一个人在家里苦读。卡莎等米大雷他们出了门，很快就从储藏室里飞了出来。她飞到米小乐的卧室，想和他聊聊天。可她刚要说什么，一看米小乐正埋头看书，她只得快快地飞到客厅，看起了电视。这天晚上的电视节目格外无聊，她看了一会儿，越看越闷，就又飞回米小乐的卧室。这时候的天气已经渐渐热了，她见米小乐出了不少汗，就停在半空中，轻轻摆动着，就像给他扇扇子一样。过了好一会儿，米小乐打了个哈欠，抬头看到卡莎在给自己扇风，有点不好意思了。

他放下书，回过头对卡莎说："我就要去参加百科知识比赛了，如果得了冠军呢，奖品是一台数码单反相机。你知道单反相机是什么吧？"

"那当然，你们地球人好像都挺喜欢玩这个的，想方设法要把自己的样子留下来。不但自己翻来覆去地看，还喜欢发到网上给别人看。唉，要不怎么说你们是落后的生命呢，你们就是摆脱不了这么沉重的躯壳，生怕别人不知道自己活得多么好。你看我们阿尔比星，每个人变成了电磁波，都可以自由自在地做自己喜欢的事儿。"

"对，我俗，我承认，可地球要进化到你们阿尔比星球那种程度，也不是一朝一夕的事儿，按照你说的，总得上百万年吧，在此之前，就让我们继续俗下去吧。"

就在米小乐和卡莎讨论百科知识比赛的时候，在这座城市一处阴暗的角落，有人正酝酿着一场他们万万想不到的阴谋。

在他们这座城市，有一个职业犯罪团伙，名字叫作匪多多。本地百分之八十的犯罪，都和这个匪多多有关。这个团伙的头目，绰号叫鬼爷。二十年前，鬼爷开始组建这个团伙的时候，手下只有八九个人。那是在一座被废弃的旧仓库里，鬼爷站在一张旧桌子上，说今天这个组织正式开张了，日后大伙儿一起发大财。当时有个手下问他组织叫什么名，他挠挠头，说虽然咱们现在没几个人，但为了显得人多力量大，就叫匪多多吧。这个团伙盗窃抢劫之类的坏事无恶不作，渐渐有了一百多号成员，鬼爷仗着诡计多端，一直没被警方抓获。随着加入匪多多的坏蛋越来越多，鬼爷宣布，匪多多也要进行区域化管理。他把全市划分为十来个区，每区有个区域经理，替他管理这个区的匪多多成员。为了掩人耳目，鬼爷还在城里的一座写字楼里租了一套办公室，对外的名义是飞豆贸易公司。平时他就在这里管理匪多多的各种事务。

在匪多多里，有两个打手，一个叫泥棍，一个叫软猴，他们就是那天晚上抢劫丁海强的人。这个绰号泥棍的家伙，顾名思义，个子很高，又黑又瘦，活脱脱就像一根沾满了泥巴的长竹竿。他为人狡诈，心狠手辣，是鬼爷很得力的手下。软猴呢，虽然也很瘦，但他个子却很矮。他行动起来很灵活，别人即使抓住他的肩膀，他也能一拧身体，从别人胳膊下钻出去。在匪多多中论起溜门撬锁的本事，他算是数一数二了。

那天晚上，他们在街上僻静的地方看到丁海强后，两个人见这个胖乎乎的小男孩身穿一身名牌运动服、运动鞋，肤色红润，手上戴着运动手表，明显家境优越，马上心中窃喜，把他列为当晚的抢劫目标。他们觉得，这个小男孩看上去一副愣头愣脑的样子，对付起来一定会很轻松。

果然，两个人刚刚朝丁海强亮出匕首，还没怎么吓唬，丁海强就吓晕了。他们心中大喜，刚要搜搜他身上都有什么值钱的东西，但他们万万没想到，这时自己身后突然有一阵冷风刮过，两个人再也站立不稳，就像两片切糕一样紧紧粘在一起，谁也动弹不了。更吓人的是，他们觉得自己双脚被什么东西托举了起来，一下子就拔地而起，飞到了半空。他们眼看着地面距离自己越来越远，耳边是呼呼的风声，吓得浑身发软，连喊叫的力气都没有了。软猴首先吓晕过去，泥棍比他多坚持了五秒，也失去了知觉。等他们清醒过来，发现自己正处在一栋居民楼的楼顶天台，身上的衣服也都不见了。两个人冻得浑身哆嗦，幸好楼顶上有人晾晒的床单，两人每人裹着一条床单，先从楼梯到了一楼，然后一路打着喷嚏回了家。

按照匪多多里的规矩，他们必须在第二天一早把前一天抢来的钱交给自己的上线，上线再把钱交给鬼爷。到了第二天，要给区域经理交钱时，他们结结巴巴地把昨晚的遭遇说了。这个区域经理当然不信，马上把情况报告给了鬼爷。鬼爷听完后，一声不吭地看了一会儿区域经理，接着就陷入了沉思。区域经理被鬼爷看得心里惊恐不安，他知道，鬼爷对胆敢欺骗自己的手下是最心狠手辣的。虽然骗鬼爷的不是自己，但对手下管理不善的罪名是无论如何都逃不掉的。

鬼爷呢，坐在老板椅上皱了会儿眉头，朝区域经理挥挥手，打发他走。区域经理早就吓得浑身直流冷汗，赶紧如蒙大赦地离开了。鬼爷开始琢磨这是怎么回事。他当然不信自己这两个手下，怎么会莫名其妙飞到楼顶，但是，他用铁腕手段控制匪多多已经二十年了，压根儿不信在匪多多里有人敢对自己撒谎。再说，凭他对泥棍和软猴的了解，知道他们打死也不敢骗自己。他的直觉是，这件事一定不简单。

他一定要把这件事查个水落石出。他派了两队人马，抓来了泥棍和软猴，然后对他们进行分别审问。结果两个人关于当晚的口供一模一样，所有的细节都对得上。这也就意味着，他们说的是真的。

这样一来，问题就变成究竟是什么人敢和匪多多作对？

在他掌管匪多多二十年的时间里，他经历了无数风浪，可每次都能化险为夷。他觉得最重要的一条经验是，危险处于萌芽状态时，就要毫不留情地把危险铲除掉。这次也不例外。他一定要找出泥棍和软猴莫名其妙飞上楼顶的真相。

和泥棍他们的面谈结束后，他马上采取行动。第一步，他派人把泥棍和软猴的底细重新摸了一遍。结果没有发现任何可疑之处，这样，他们的嫌疑就彻底排除了。第二步，他连续十天，都派人在深夜再去泥棍他们抢劫的那一带活动。其中有三个晚上都进行了抢劫，共抢到手现金三千多元，手机三只，而且每次抢劫都很顺利，没有发生任何意外，更没有发生泥棍他们曾经遇到的情况。

鬼爷根据自己的经验判断，问题一定出在他们当晚要抢劫的那个人身上。这天，鬼爷叼着雪茄，肿眼泡里放射出邪恶的光。他望着窗外密密麻麻、一眼望不到边的楼群，开始琢磨，怎么把当晚那个被泥棍和软猴盯上的男孩儿找出来。

鬼爷能找到丁海强吗？

这天晚上，米小乐一家人吃过晚饭，就开始各自做自己的事情。米小乐回到房间，继续啃那一大堆课外书，沈美美则坐在客厅沙发上看起电视来。米大雷刚想像平时一样，拎着装象棋的油布袋子，到院子找人下象棋，就听见沈美美一声断喝"刚吃完饭就想溜，这个家你一分钟都不想多待吗"。他怏怏地回过头，说："电视是你在看，我在家里待着也没啥事儿。"

沈美美说："小乐在准备知识竞赛，你哪儿也别去，看看他有什么不会的题目，你帮儿子解答一下。"

米大雷只得坐下，在沙发上坐下了。他的眼睛刚投向屏幕，就被上面的一则新闻吸引住了："本台最新消息，市博物馆即将迎来一次艺术的盛宴，一场美洲古代文明展即将于三天后在市博物馆举行。届时，将有一百三十件来自玛雅古国的文物向我市市民亮相。在展品中，最珍贵的是一顶纯金打造的皇冠。"

接下来，电视屏幕上出现了一顶华丽至极的皇冠。它通体金黄，还缀满了红的、蓝的各色宝石，正映射着灿烂诱人的光泽。任何人都能一眼看出，这绝对是一件价值连城的稀世珍宝。

沈美美呆呆地盯着屏幕说："好美啊！"

电视新闻在继续——

"这顶皇冠是墨西哥的国宝，一直保存在墨西哥国家博物馆的地下库房中，这次是首次出国展出。墨西哥方面为这顶皇冠投了巨额保险，仅保费就高达两百万美元。这顶皇冠之所以珍贵，不仅仅在于它是有着上千年历史的文物，更重要的是，经过科学仪器的检测，这顶皇冠中除了黄金，还含有一种尚未在地球其他地方发现的稀有金属。"

米大雷说："这么珍贵的文物来咱们这里展出，到时一定要带着小乐去参观一下，开开眼。"

就在这个美洲古代文明展吸引了全市的关注时，鬼爷在匪多多总部，迎来了一个金发碧眼的外国客人。

这天早上，当这个客人走进了鬼爷的办公室时，鬼爷正在读报纸。鬼爷的习惯是每天都要仔细研究一下各种媒体上对本市犯罪案件的报道。这个身材高大、西装革履的白种中年男人一进门，就朝鬼爷大喊一声："密斯特鬼，我来中国看你啦！"

鬼爷也又惊又喜，说："马库斯先生，我们终于又见面了。"

原来，在三年前，鬼爷曾经到美国参加一个世界犯罪集团头目大会，来开会的，都是各国犯罪组织的头目，像日本的山口组、意大利的黑手党、加拿大的血腥玛丽帮等。其中，鬼爷和美国芝加哥恶人帮的头目马库斯一见如故，臭味相投。两个人相约，日后一定找机会干上一票大买卖，挣上一笔一辈子都花不完的钱。

马库斯说："鬼，我遵守三年前的诺言，专门来中国和你合作，我们这次能赚到一大笔钱，钱多到我们的儿子、孙子、孙子的孙子都花不完！"

马库斯说得很兴奋，调门很高，鬼爷也在笑眯眯地听着，但他的大脑在高速运转，想弄清楚这家伙万里迢迢跑到中国来，究竟想干什么。鬼爷混黑道混了几十年，他清楚，对他最危险的人，往往就是对他满面笑容的人。他要等马库斯继续说下去，了解清楚这家伙到底在打什么算盘。

马库斯说了一会儿，见鬼爷的反应不是太热烈，咳嗽了两声，说，他想请鬼爷和他一起把那顶从美洲远道而来进行展出的玛雅人皇冠偷出来。

"鬼爷先生，我知道这个美洲古代文明展的消息后，马上跨越半个地球来通知你。这里是你的地盘，你一定有办法把这顶皇冠偷出来。我已经联系好了卖家，对方愿意出两千万美金买这顶皇冠，咱们每人可以分到一千万！"

鬼爷终于明白了马库斯的打算，他大声狂笑起来："哈哈，马库斯先生，你以为我对国际行情一无所知吗？这顶皇冠，如果拿到国际拍卖会上，至少能卖出五千万美金。而且，我听说展览的主办方从美国请到了最厉害的保安专家，为这次展览设计了一套国际上最先进的高科技防护系统，听说法国卢浮宫本来也想安装上一套这样的系统，保护他们的世界名画，像《蒙娜丽莎》什么的，可一听报价，卢浮宫就放弃了。当然，在我的地盘上，再严密的安保系统，我也不放在眼里。可是，哼，马库斯，我一向把你当朋友，希望有财大家发，可你却想拿我当冤大头，二傻子。明明值五千万的货，你却告诉我只值两千万，我告诉你，中国人已经站起来了，任凭洋人欺负的时代已经一去不复返了！"

鬼爷觉得，自己已经把马库斯的用意看穿了，这家伙以为自己是只土包子，想利用自己把皇冠偷到手，然后卖出去大发横财，却只给自己一点儿残羹剩饭。

马库斯哈哈一笑："是的，鬼爷先生，你说得很对，这顶皇冠的确值这个价。好吧，就按照你说的数字，五千万就五千万，咱们好好合作一次，把皇冠弄到手，每人分上两千五百万美元。我在来找你之前，已经把盗窃皇冠的整个过程都琢磨好了。"

"你已经有了计划？"

"是的。一个月后，博物馆的二楼会议室将举办全市中小学知识竞赛的决赛，按照比赛的预告，到时会有上百名中小学生集中在会议室里，再加上他们的家长、老师，竞赛的组织者，还有现场观众，到时比赛现场不下两百人。再算上去博物馆参观那个美洲古代文明展的观众，博物馆里至少五百人。那天，我们会在博物馆的空调系统中放进一种麻醉剂，这种麻醉剂很快将随着空调散发出的冷风，遍布博物馆的每个角落。到时，博物馆里所有的人，都将在一分钟内失去知觉。麻醉剂的效力足足能持续一个小时，到时我们早就把皇冠取出来远走高飞了。"

"那，警察呢？据说皇冠周围布满了各种探测设备，是直接和警局相连的，只要探测有人碰到了皇冠，警局会马上接到警报。"

"那就更不用担心了。到时我会在从警局到博物馆的路上布置上几起车祸，延缓警车到达现场的时间，这样就能保证等警察赶到时，只能看到地上躺满了正在昏睡的老老小小，至于我们，早就成功逃脱了。"

鬼爷琢磨了一番马库斯的计划，想找出其中到底有没有漏洞。终于，他觉得自己发现了一个漏洞，说："如果麻醉剂在博物馆的空气里到处都是，那我的兄弟不是也中毒了吗？还怎么去拿皇冠？"

马库斯拍了拍鬼爷的肩膀，说："这种麻醉剂，是美国一家高科技化工企业的最新研究成果，它的奇妙之处在于，只要提前喝下解药就不用担心了。即使是被麻醉剂迷昏的人，喝上几口解毒剂也会马上苏醒。为了买到这批货，我足足花了上百万美元。投资虽然大，但我觉得这笔钱花得很值，到了行动那天，在整个博物馆里，别人都横七竖八在地上躺着，我们的弟兄完全可以大摇大摆地拿着那顶皇冠离开。"

鬼爷还是有点不敢相信，他说："真的有这么简单？"

马库斯说："当然。我的老朋友，这个机会可是太难得了，这顶皇冠以前从未离开过墨西哥国家博物馆的地下室，下次有这么好的机会，不知要等多少年啊！"

鬼爷继续揉着下巴。又琢磨了一会儿，他说："马库斯，这件事太大了，万一有个意外，我们匪多多非得全军覆没不可。你说的麻醉剂和解毒剂，从它们来到我们这里开始，我要派人验货。麻醉剂和解毒剂，我们要分头掌握。"

"没关系，只要你心里踏实了，我们的合作就会更顺利。"

"另外，这笔买卖干成之后，那顶黄金皇冠不管卖出多少钱，咱们要对半分，少一分都不行！"

"成交！"

两个人哈哈大笑起来，两只心怀鬼胎的手握在了一起。

第六章　可怕的药水

这天是周末，米小乐和丁海强没窝在家里看书，而是一起去了博物馆，他们打算好好看一下里面的各种展品，这样能巩固一下从书上看来的知识，还可以顺便适应一下场地。上午九点，两个人跟着人流进了博物馆。博物馆分成好几个展厅，那个美洲古代文明展占了最大的展厅，另外还有古生物馆、科技馆、艺术品馆什么的。他们先去看美洲古代文明展，当他们看到那顶黄金皇冠时，都被震住了。这顶皇冠真的是太精美了，不但通体纯金打造，上面还镶嵌着不少大颗的宝石，在灯光的照射下发出璀璨的光芒。他们还看到，皇冠上布满了精细的图案，米小乐正要凑过去看看上面刻的都是什么图案，却忽然看到，丁海强的脸色已经变得一片苍白。

"老丁，你怎么了？"米小乐问。

丁海强声音发颤地说："不好，你看看那边的两个人。"他指了指十多米外的两个男人。这两个人一高一矮，都是身穿脏兮兮的牛仔裤和T恤衫，双手揣兜，一脸凶巴巴的神态，眼神根本没在展品上，而是在展厅里四处游荡着。

"他们看起来不像是来参观的啊，老丁，你认识他们？"

丁海强没回答他，而是拽了拽他的衣角，低声说："老米，我觉得咱们这么胡乱看一气，用处不大，咱们还是回家看书去吧。"

米小乐盯着他，说："老丁，他们到底是什么人？你为什么这么怕他们？"

丁海强把声音压得更低了，说："他们，就是那天晚上我遇到的劫匪。"

"他们是劫匪？"米小乐脱口而出。他的第一反应是报警，可他马上想到，如果报警的话，警方介入之后，一定会调查这两个劫匪究竟是怎么被制服的，查来查去，卡莎的秘密说不定就保不住了。

丁海强说："我不想让他们看见我，我有点怕他们。"

米小乐说："好，咱们往人群中间走，尽量贴着个子高的人站，别让他们看见你。"

丁海强点点头，两个人分头钻进人群。

但是，泥棍和软猴已经看到了他们。这俩人是按照鬼爷的命令，来这里熟悉地形的。鬼爷在黑道上屹立不倒二十年，最重要的一条经验就是不打无把握之仗。自从和马库斯订立合作协议后，他已经多次派出手下马仔来到市博物馆踩盘子。开始，他的手下还对鬼爷的命令大惑不解，心想匪多多里的人，一个个不是小偷，就是强盗，要干活的话应该去银行、商场、车站这样的地方，博物馆可不是混黑道的人该来的地方。可他们毕竟不敢违抗鬼爷的命令。这天来的两个人，恰恰就是和丁海强打过照面的泥棍和软猴。

"猴子，你看，那不就是那天晚上，咱们打劫失手的那个小男孩吗？"泥棍个子高，他正居高临下地打量博物馆里的环境时，忽然在人群中看到了丁海强。

软猴赶紧望过去，说："是啊，就是那小子！他不是一个人，旁边还有个小屁孩儿。咱们现在怎么办？老大可是让咱们尽快把这小子找出来，这可倒好，得来全不费工夫。"

泥棍死死盯着米小乐他们消失的位置，说："我盯着他们，你马上给老大打电话。"

软猴答应着，掏出手机拨通了鬼爷的电话。过了两三分钟，他挂断了电话，在泥棍耳边轻声说："老大说了，让咱们分头跟着他们。"

泥棍说："好，等他们出去后，你开车跟着那个胖小子，我找个出租车，跟着他旁边那个小屁孩。"

米小乐从博物馆回到家，只见卡莎的荧光体正坐在客厅沙发上，面前摆着几碟瓜子薯片之类的零食，电视机里正播放着电视剧。荧光体旁坐着的，则是那张野餐毯。

米小乐说："哎，你怎么和地球上的人似的，也边看电视边吃零食，你不是要靠宇宙射线补充能量吗？"

卡莎说："我到了地球，当然要有个地球人的样子啊。"

米小乐叹了口气，一边说一边往卧室走："当地球人，有什么好啊，小时候要上学写作业，长大了要上班，整天累得要命，哪像你们阿尔比星人，整天在宇宙里到处晃荡……"他又朝四周看了看，说："我爸妈呢？"

卡莎说："我听见他们说有个亲戚办寿宴，他们去赴宴了，好像在厨房里给你留了纸条。"

米小乐摇摇头，说"真爱凑热闹"，接着转身进了厨房。他果然看到冰箱上贴着张单面胶，上面写着"小乐：你四表姑父的侄媳妇的干姥姥过八十大寿，我们去她家吃饭，晚饭你自己吃吧，在家吃或者出去吃都行，注意卫生。爸妈"。在冰箱上面，还放着一张百元钞票。

他想吃完饭赶紧看书，就不打算出去吃。他煮了盘速冻饺子，端进了客厅。他正要动筷子，想起了今天的经历，对卡莎说："我刚刚在博物馆遇到你的两个熟人。你猜猜是谁。"

卡莎说："那还用猜，我在地球压根儿不认识几个人，何况你说是两个，那肯定就是那天晚上想抢劫你那个死党的劫匪了。"

米小乐朝他伸了伸大拇指。

卡莎说："他们应该是职业劫匪，去博物馆干什么？按你们地球的话说叫隔行如隔山，我觉得博物馆是他最不应该出现的地方了。"

米小乐："是挺奇怪的。"

卡莎沉默了几秒，说："我要遥感一下。"说完，她由荧光体又钻进野餐毯，然后慢慢飞到半空，平整地舒展开来。房间里一片寂静，只有卡莎在轻微地颤抖着。米小乐也屏住呼吸，瞪大眼睛，看着面前的一切。

过了大概五分钟，卡莎大幅度地晃了一下，接着一下子落在沙发上，还在不停地抖动着。

米小乐心想，看来这遥感还挺费体力的，幸好卡莎是张野餐毯，如果是个人的话，现在一定是瘫倒在地，气喘吁吁满头大汗。他轻声说："卡莎，你还好吧？"

卡莎的荧光体钻了出来，说："还好，遥感这件事太消耗能量了。我把你早上离开家再到博物馆的路线全部遥感了一遍，倒是真的遥感到了一些事情——你从窗户往外面看看。"

"往外看？"米小乐有点儿纳闷，但还是走过去站在窗前，只一眼，他就看到那个干瘦干瘦的高个子劫匪正站在楼下，朝四周张望着。

"那就是在博物馆遇到的两个劫匪之一，他为什么要跟踪我？我要赶快通知丁海强，让他注意安全。另一个劫匪一定在跟踪他。"

米小乐说着，赶紧拿出手机，拨通了丁海强的电话。

"老丁，咱们被刚才博物馆里的那两个人跟踪了。"

丁海强含含糊糊的咀嚼声传了过来，不知道他是在吃什么零食，他说："你怎么知道的？"

米小乐说："别光顾着吃了，你往你家楼下看看。"

丁海强答应了，攥着手机往窗前走去。几秒后，米小乐听见话筒里传出一声惊慌的叫声。

丁海强说："老米，你说得太对了，那个个子不高、贼眉鼠眼的家伙，就在我家楼下。他们来我这儿干什么啊？"

米小乐说："老丁，你沉住气。"

丁海强站在窗帘旁边，露出半张脸朝外面张望着，他看到泥棍正靠在树旁，朝四周打量着。他正犹豫要不要报警，只见泥棍从兜里摸出手机，打起了电话。过了一两分钟，通话结束，泥棍朝自己这边不甘心地望了几眼，快步朝楼下停着的一辆黑色汽车走去。他钻进汽车，很快就开车离开了。丁海强赶紧把情况告诉米小乐，结果米小乐告诉他，跟踪自己的这个人，也是在接到一个电话后就离开了。

丁海强紧张地说："现在咱们的住处都被他们知道了，他们到底想干什么？咱们应该怎么办？"

米小乐思考了几秒钟，说："咱们得跟着他们，弄清楚他们到底想干什么。否则，我们就一直在暗处，他们在明处，现在正好乘着这个机会，咱们来掌握主动！"

"好，我这就下楼跟着他。"

"注意安全。"

"好，老米，你也注意安全。"

"老丁，你把手机调到静音吧，万一你正跟着他，这时候来个电话，你不就暴露了。"

"是啊，还是你想得周到。"

"你把他的车牌号码记下来。"

"啊，对，我马上记。"

米小乐挂了电话，马上换好鞋，准备去跟踪那个从博物馆一直跟踪自己的家伙。

"你要干吗去？"卡莎略微恢复了一些体力，从沙发上慢慢飘起来问他。

米小乐拉开门准备往外走："那两个劫匪，绝不是平白无故跟踪我们，我一定要弄明白是怎么回事。"

卡莎说："可惜，我在接收宇宙射线的能量前，没有体力再进行遥感，否则我可以帮你查一下。"

米小乐说："没关系，你好好休息吧。"说完，他快步出了楼，朝着刚才那个劫匪离开的方向跑去。幸好他们这个小区很大，他跑得又快，没有被甩下。等他跑到小区门口，恰好看到劫匪上了一辆出租车。

他赶紧跳上最近的出租车，要司机跟着前面那辆车。汽车启动了，可那个司机时不时回头瞟上米小乐几眼。米小乐知道他担心自己年纪小，身上的钱不够付车钱，就故意把兜里的那张百元钞票拿出来，在腿上折飞机玩。

这是他父母留给他吃晚饭的钱。司机从反光镜里看到这张钞票，一下子就放心了，马上加大油门，紧紧跟住了前面那辆车。

一前一后两辆出租车，很快驶出了市区，上了通往机场的高速公路。米小乐想："他去机场干什么？"

泥棍和软猴当然是因为接到鬼爷的命令，才放弃跟踪米小乐和丁海强的。鬼爷刚刚接到马库斯从美国打来的国际长途电话，说准备在博物馆盗宝计划中使用的麻醉剂和解毒剂，即将通过这天下午的航班，由自己一个名叫史密斯的手下送到，马库斯在电话里还说鬼爷可以派几个得力手下去机场验货。

鬼爷也不客气，问清楚航班抵达的时间，马上给泥棍和软猴打电话，让他们去机场迎接马库斯派来的人，顺便验货。

泥棍和软猴到了机场，就在国际航班的出口等着。等了不大一会儿，从美国飞来的航班就到了。他们瞪大眼睛，从前方的客流中努力分辨他们要接到的客人。鬼爷告诉他们，客人是一个名叫史密斯的外国人。

很快，整个航班的客人朝着机场出口涌了过来。软猴他们在一张白纸上写着"史密斯"三个字，高高举起来，朝人流里张望着。这个航班是从美国飞来的，外国乘客不少，可他们看来看去，除了一个挂着拐杖、不停咳嗽的白人老头朝他们看过几眼外，别人都毫不迟疑地从他们身边走过了。这个老年白人已经老态龙钟，路都走不稳，好像一阵风就可以刮倒，实在不可能是押送化学制剂的黑社会成员。

很快，整个航班的人都走光了，泥棍和软猴面前是一大片空空荡荡的水泥地面，一个人影都没有。他们面面相觑，不知道下一步该怎么办。他们不敢问鬼爷，生怕被鬼爷责怪自己不会办事。两个人愁得不知如何是好，还是软猴反应快一些，他问机场的工作人员，是不是从美国飞来的航班上的所有人都走了，这个工作人员懒洋洋地说是啊，就伸了个懒腰朝自己办公室走去。

软猴捅了捅泥棍，说："咱们一直在这里守着，根本没看见他们下飞机啊，是不是被警察抓了？"

泥棍瞪他一眼："什么警察，小声点！"

软猴赶紧闭上嘴。他们大眼瞪小眼地相互看着。因为四周已经空无一人，两个人的对话变成回声在周围久久回荡着。

"两位是在等我吗？"

正在他们准备打道回府，向鬼爷请罪的时候，忽听身后传来一声洋腔洋调的中国话。他们吓得一哆嗦，回头一看，只见刚刚看到的那个美国老头，正拄着一根手杖，微笑着站在自己身后。

泥棍和软猴脸上写满了难以置信的疑问。软猴小心翼翼地问："你是马库斯先生派来的人？"

这美国老头点点头。

泥棍说："好吧，你和我们走吧，我们老大要见你。"这人刚要跟着泥棍走，软猴忽然说："等等！我们怎么知道你是我们要接的人？"

美国老头冷笑一声，拿下背包，把拉链拉开一个只有五厘米的缝隙，让软猴看里面。软猴看到里面有两个盛满液体的瓶子，一瓶是绿色，一瓶是紫色。

"绿色瓶子里麻醉剂，紫色的是解毒药，这就是你们老大派你们来验的货。"美国老头凑到泥棍耳边，轻轻地说。

"好吧，你跟我们走。"泥棍说。

几个人七拐八拐，来到了机场的停车场。泥棍刚要钻进驾驶室，那个美国老头说："稍等再走，我要先到车里换一下衣服。"

泥棍不耐烦地说："算了，我们老大已经等急了，还是赶紧去见他吧。"

美国老头说："我连续坐了十多个小时的飞机，身上一股汗味儿，这样就去见鬼爷先生，实在太没礼貌了。"

泥棍挥挥手，说："好吧，那你赶紧换。"美国老头钻进了汽车。

米小乐藏在一根水泥柱子后，眼睛一眨不眨地盯着这几个人的动静。他一直没看见丁海强，知道他没能及时跟上软猴。

五分钟后，一个四十岁左右的白人男性拉开车门跳了出来，泥棍和软猴愣住了，他们像石头一样一动不动，手里的烟卷掉在地上。

"我是史密斯啊，你们刚刚在机场接到我，现在就不认识了？"这个中年人说。

"你到底是怎么回事？"软猴目瞪口呆地说。

"哈哈，我不假扮成老年人，这些药液怎么带上飞机？"史密斯说着，又把背包重新打开，拿出那个绿色的瓶子和紫色的瓶子，他一手一个，在泥棍他们前面得意地晃动着。

原来，他装扮成老人，还伪造了护照上的年龄，就是为了把那些麻醉剂和解毒药当成治疗老年人疾病的药物，好顺利登上飞机。

米小乐紧紧盯着那两个瓶子，觉得这东西里面液体的颜色太怪异了，肯定和什么阴谋有关。这两个瓶子看起来很像米小乐他们化学课上做实验用的试管，只是大了一些，还有一个盖子。

史密斯晃了晃瓶子，接着就上了泥棍的车，三个人一起开回了匪多多。

在他们身后的水泥柱子旁，米小乐聚精会神地看着他们的一举一动。他想一直跟着这几个人，看他们究竟去什么地方，但是，停车场里根本没办法找到出租车，他只能眼睁睁地看着他们离开。

到了鬼爷的办公室，鬼爷一看到史密斯，惊讶地说："马库斯，你怎么——"

泥棍和软猴望着他，心想，他的护照上，不是清清楚楚地写着他叫史密斯吗？只见这个"史密斯"朝鬼爷哈哈一笑，说："这么重要的行动，我当然要亲自来了。"

泥棍凑到鬼爷耳边，把一路上的情况给他说了。鬼爷听完，从椅子上站起来，拍拍马库斯的肩膀说："马库斯，我早听说你是化装的高手，今天我可是第一次见识，果然不同凡响！怪不得你在芝加哥横行霸道了这么多年，警察始终拿你没办法。"

原来，这个来送货的，竟然就是马库斯本人。他说："鬼爷，我来给你演示一下这种麻醉剂的神奇之处吧。"

鬼爷点点头，说："请。"

马库斯说："这件事，知道的人越少越好，所以就不找别人了，就拿你的这两位手下来试验一下如何？"

一听这话，泥棍和软猴一下子紧张起来，一起露出哀求的目光。鬼爷朝他们厉声喝道："有什么可怕的，别给我丢人！我告诉你们，你们接到的这位美国客人，给我们带来的是最先进的科研成果，对人体绝对没有任何害处。"

马库斯从行李箱里拿出两只防毒面具，递给鬼爷，两个人戴好后，马库斯拿出那瓶紫色的解毒剂，小心翼翼地倒出几滴在杯子里，接着递给了软猴。软猴端着杯子，战战兢兢地朝四周看着，浑身上下在不停地哆嗦。戴着防毒面具的鬼爷，重重一拳砸在桌子上，接着走到软猴面前，用手指着他的鼻子，大声呵斥他："赶快给我喝了，这么胆小，太给我丢人现眼了！"

软猴无奈，只得把药喝了下去。

"好，现在轮到另一位先生了。"马库斯微笑着说，尽管他的笑容隐藏在防毒面具后面，别人看不到，但谁都可以想象出他的笑容有多阴险。他把那瓶绿色瓶子打开，但并没有把里面的液体倒出来，而是放到了泥棍旁边。泥棍愣愣地看着从瓶子口慢慢升起的雾气，没过几秒钟，他觉得一阵头晕目眩，双腿一软，慢慢瘫倒在地上。软猴瞪大眼睛看着一动不动的泥棍，脸上的肌肉吓得抽搐起来，整个人剧烈抖动着，两排牙齿咯咯咯地撞击着。

马库斯看到他这副样子，哈哈笑了几声，然后端着绿瓶子，向他走去。软猴吓得连忙后退，没退几步，一下子撞在墙上。

马库斯大声笑了起来："哈哈，你不用担心，刚才你喝下的，就是解毒剂。"说着，他把绿瓶子放到软猴面前。软猴瞪着这个瓶子，脸上的神情既恐惧，又慌张。他的嘴动了动，看来想把从瓶口冒出的雾气吹开，可在鬼爷面前，他实在不敢这么做，只得眼睁睁地看着雾气飘进了自己的鼻孔。

可是，足足过了一分钟，他都没有任何异常的感觉。他知道自己安全了，抬起头看着马库斯，一脸惊喜。

马库斯把瓶子的盖子重新拧好。鬼爷摘下防毒面具，对软猴说："你过来。"软猴走到鬼爷跟前，鬼爷把他上上下下好好打量了一番，这才对马库斯点点头，说："好，果然是最新科技产品，见效真快！"

马库斯得意地仰头大笑，笑够了之后，他才说："鬼爷，可以把这位先生唤醒了吧。"他指了指还瘫倒在地上的泥棍。

鬼爷心想，泥棍失去知觉的这段时间，已经足够自己的手下从博物馆里盗走那只皇冠了，就点点头。马库斯哈哈笑着，拿着那只紫色瓶子，放到泥棍面前。仅仅几秒钟的时间，泥棍的四肢动了动，接着浑身一阵抽搐，慢慢睁开了眼。他茫然地看着四周，好像还没从刚才的昏厥中彻底清醒。

鬼爷又是一阵大笑，他说："马库斯，你这两瓶宝贝看来很管用。这段时间我也没闲着，已经派手下把博物馆里的情况，尤其是里面的空调系统摸了个清清楚楚，到时用上你这两瓶宝贝，那件皇冠，我们一定手到擒来，我们每人，都能发上一大笔财！"

马库斯眼睛里闪动着狡黠的光，也跟着笑了起来。他干笑了几声，就要把两瓶药液放回公文包。他说："既然我们的协议已经达成，我就暂时住下来，等待那个中小学百科知识竞赛在博物馆举行时，咱们一起动手。"

鬼爷说："马库斯先生，我们是一对互相信任的搭档，但是我们国家有句话说得好，'先小人，后君子'。"

马库斯装出一副浑然不知的神态，说："鬼爷先生，你的意思是……"

"这两瓶药，咱们每人拿着一瓶，这样的话，谁也害不了谁。我们就不用担心对方会黑吃黑，独吞那顶黄金皇冠了。"

马库斯心想："这老家伙太狡猾了！"他继续装出一副真诚的笑容，说："没问题，鬼爷，你不愧是老江湖，经验丰富！你要哪一种？"

鬼爷想，这家伙肯定不止这一瓶麻醉剂，如果我要了这瓶麻醉剂，他对我下毒的话，我仍然一点办法也没有。我还是要那瓶解毒剂吧！不管他手里还有没有解毒剂，最起码他没法害我了。想到这里，他说："好吧，解毒剂就留在这里吧！"

"OK！"马库斯把装紫色液体的瓶子递给鬼爷。他接过瓶子，小心翼翼地放到自己的公文包里，接着对马库斯说："马库斯，你为什么不在第一次来的时候就把这两瓶宝贝带来，现在你还为了送这两个瓶子，专门从美国来一趟。"

马库斯哈哈一笑，说："因为当时我不确定你究竟会不会对我的计划感兴趣。要知道，这两只小小的瓶子，装的可是世界上最先进的科研成果，在黑市上能卖到上百万美元，我可是花了大价钱才弄到手的，哪能轻易带到别的国家啊！"

鬼爷说："果然很谨慎，我就喜欢和这样的人搭档！"接下来，两个人又商量好了动手那天的行动方案。

在他们的头顶上，一只安装在天花板上的摄像头录下了这一切。

第七章　夜闯匪巢

这天下午在机场，米小乐眼看着泥棍他们的那辆车离开，气得提起右脚重重地踹了水泥柱子几十脚，整条右腿都发麻了。他埋怨自己怎么这么没经验，应该让出租车在附近等着自己的。他看得很清楚，这个至少七十岁的美国老头钻进汽车后，等再出来时就变成了中年人，这里面一定有问题。他冷静了一会儿，拿出手机打给了丁海强。丁海强说，自己从家里出来后，没能及时找到出租车，也就没能一直跟踪软猴。他问米小乐发现了什么，米小乐就把自己看到的情况给他说了。两个人在电话里商量了一会儿，觉得这几个人凑到一起，一定是为了干什么坏事。

回到家时，夜幕已经降临，等米大雷和沈美美睡着后，卡莎飞进了米小乐的卧室。只见在一片黑暗中，米小乐头枕着双手，眼睛睁得大大的，正在努力地思考着什么。卡莎飞进来后，轻声问他今天跟踪泥棍究竟发现了什么。米小乐把看到的情况告诉了她，还重点强调了一下他看到那个外国人从旅行箱中拿出过两个颜色鲜艳的瓶子。他说："我虽然不知道瓶子里装的究竟是什么东西，但我觉得，那两个坏蛋和那个外国人，他们一定有阴谋！"

卡莎叹口气，说："可惜我的能量还没恢复，否则可以遥感一下他们那两个瓶子里，究竟装的是什么。"

米小乐忽然想到什么，他猛地翻身起来，说："卡莎，你能把我送到那两个坏蛋后来去的地方吗？"

卡莎摇摇头："我也不知道他们去了哪里啊。"

米小乐说："你不是会遥感吗？"

"我只能遥感到正在发生的事情，对于已经发生了的事情，我是没有办法的。"

米小乐望着天花板，自言自语说："唉，那可麻烦了。要查出他们想干什么坏事，先要知道他们在这里的落脚点，可怎么才能查出，他们到底住在哪里呢？"

第二天上学后，到了课间，米小乐和丁海强又来到操场的篮球架下，商量起下一步的行动来。

丁海强说："老米，咱们是在博物馆里发现那两个坏蛋的，你觉得他们去博物馆干什么？"

米小乐说："一定和那个美洲古代文明展有关系！你想想看，这个展览是这段时间博物馆里最重要的活动，他们两个家伙，早不去晚不去，偏偏在举办这个展览的时候去，一定是要偷那顶黄金皇冠！"

丁海强吓了一跳，他说："这可不能让他们偷走，人家把那么珍贵的文物拿出来，漂洋过海来中国举办展览，结果被偷走了，咱们的脸往哪里搁啊。"

米小乐点点头，说："我们一定要把他们的计划查出来，绝不能让他们得逞！"

丁海强也一攥拳头，说："对，绝不能让他们在咱们眼皮子底下，把皇冠偷走。"接着，他说："对了，昨天我虽然没能跟上那个大高个，但把他的车牌号码记下了。"

他从兜里掏出一张纸条，交给了米小乐。

"M、五、六、四、二、九，老丁，你太棒了，应该给你记上一功！"米小乐念了一遍，高兴地朝丁海强胸口打了一拳。

丁海强揉了揉胸口，说："光有这个车牌号码也没用啊，咱们又不知道这车是谁的。"

米小乐拍了拍他肩膀，说："这你就尽管放心吧，我有的是办法。当然，前提是你得按照我的计划行动。"

丁海强说："老米，你别卖关子，你有什么主意，就赶紧说吧。"

米小乐神秘地笑了笑，说："到了中午，你自然就知道了。老丁，考验你演技的时候到了。"

中午放了学，他们两个人一起出了学校，到了一家高档商场门外。两个人特意来到警方的执法站外站着,在走来的路上,米小乐已经把自己的计划很详细地告诉丁海强。这时,丁海强看着身边川流不息的人流,心里有些紧张,他说:"老米,你的办法真的可行吗?"

米小乐说:"你放心,绝对没问题!你记着,千万别站起来,要一直坐着,否则暴露了你的身高,别人就会起疑心了。"

丁海强咬着牙说:"为了不让别人的国宝在中国被盗,我豁出去了!"

说完,他朝执法站里看了看,确定里面有警察,这才猛地往地上一坐,大声喊叫起来:"爸爸,爸爸,你快来啊。"

很快,他周围就聚集了一大群人,大家七嘴八舌地问他到底是怎么回事。丁海强抬起胳膊遮住眼睛,装出一副掩面痛哭的架势,其实他的眼睛基本没什么泪水。对于别人的提问,他一概一声不吭。终于,这里的动静被执法站里的警察注意到了。一名警察走了出来,到了他身前,很和蔼地说:"小朋友,你怎么不说话了?你的父母呢?"

丁海强一边装着抹眼泪,一边说:"我是和爸爸到这里来玩的,刚进去没多久,爸爸就接到电话,让他回公司。他让我自己玩一会儿就来接我,可我自己在这里待了很久了,他还没有来……爸爸,我想爸爸,你快点来啊!"

警察说:"小朋友,你叫什么名字啊?"

"呜呜,我叫丁海强。"

"丁海强小朋友,你别着急,我这就派人送你回家,你妈妈在家吗?"

丁海强一听,哭得更伤心了:"我妈妈出差了,家里没人,我要找我爸爸!"

警察也有些发愁了,他说:"小朋友,你知道你爸爸的公司在哪里吗?"

"不知道,呜呜……"

警察挠挠下巴,说:"那可麻烦了,看来,你只能在这里等你爸爸回来了。"

"叔叔,我爸爸开的是他们公司的车,我知道他的车牌号码,你能帮我找到他们公司在哪里吗?"

"倒是能查到,但这么做,好像不太合适啊。"

丁海强一听,马上又大哭起来。米小乐藏在周围的人堆里,拼命忍住笑。这时,旁边一位老大爷说:"警察同志,你就帮他查一下吧,你看他这么小的孩子,找不到爸爸,多可怜。"周围的行人也劝那个警察。一个烫了满头卷儿的女士仔细看了看丁海强,朝身边一个直发的女士说:"这孩子看着也有十二三岁了吧,应该自己会认路回家啊。"

这两位女士看起来像是同事,直发女士听了烫发女士的话连连点头,说:

"是啊，这孩子别是大脑有问题吧，要不，警察同志，还是先把他送到公安局，再找他的父母吧。"

米小乐心想："不好！这下要露馅了！"这时，丁海强一抹眼泪，抬头对两位女士说："阿姨，我脑子没事儿，我家前几天刚搬到了新家，我还不记得新家的路。"

米小乐没想到丁海强脑子转得这么快，暗暗竖起了大拇指。

警察看看周围越围越多的市民，说："好吧，小朋友，你爸爸的车牌号码是多少？我帮你查一下他们公司的位置。"

"M56429。"丁海强飞快地说。

"说得真溜，这孩子看来脑子挺好使，没毛病。"直发女士说。

警察拿起步话机，说："总部，总部，我是 1609 号警员，请帮我查一下 M56429 这辆车的登记信息。"

几秒钟后，对方说："该车目前登记的所有人是本市飞豆贸易公司。"

"那就是我爸爸的公司！"丁海强听到从步话机传出的声音后大声喊。

警察继续问："飞豆贸易公司的地址能查到吗？"

"这家公司位于健康大道的一六八大厦三十五层。"

"谢谢警察叔叔，我这就去找我爸爸。"丁海强从警察的步话机里听到地址，马上一骨碌从地上爬起来，朝马路对面跑去。

丁海强钻进了马路对面的小公园，找了棵比较粗的树，在树后站着，确保对面商场门口的那些人看不到自己。没几分钟，米小乐也走了进来，他一边鼓掌一边说："演得太好了，完全是奥斯卡影帝的水平，佩服，佩服。"

"老米，那几个坏人的地址已经有了，咱们下一步怎么办？"

米小乐低头琢磨着，说："他们那个什么飞豆贸易公司，在那个一六八大厦的三十五层，真够高的。"

"是啊，他们那两瓶怪药，肯定是藏在里面。咱们要弄清楚他们想干什么坏事，就必须找到这两瓶药。"

这时，米小乐已经想到如何进入那家飞豆贸易公司，但他知道这是很危险的事儿，就不打算告诉丁海强。他说："老丁，时间不早了，咱们先回去上课吧，慢慢再想办法。"

"OK。"丁海强痛快地答应着，揉着刚才在地上坐疼了的屁股，向公园外走去。

米小乐望着他的背影，喊了一声："老丁，等一下。"

丁海强回过头，说："啥事儿？"

米小乐走过去，拍了拍他的肩膀，望着他的眼睛，很真诚地说："老丁，你为了抓那些坏人，刚才当着那么多的人，牺牲自己的形象，好样的。"

丁海强笑了笑，说："甭这么煽情了，走，咱们上课去。"他转身过去，背对着米小乐朝外走去。米小乐快步跟上丁海强，两个人相互搂着肩膀，朝学校方向走去。

这天晚上，等父母睡了，米小乐溜出房间，在储物间的门上轻轻敲了两下，就转身回屋了。果然，卡莎马上从储物间飞出，跟着他回到房间。

米小乐盘腿往床上一坐，卡莎先是悬停在他面前，荧光体又钻了出来，说："小乐，你找我啥事儿？"米小乐说："卡莎，你能帮我一个忙吗？"接着，他就把今天打听到的那个飞豆贸易公司的地址告诉她。

米小乐说："要想查清楚那些坏人有什么阴谋诡计，尤其是查清楚那两瓶奇怪液体究竟是什么，就必须到那个飞豆公司里去，才能找到答案。你有办法把我送进去吗？"

"小乐，办法呢，是有，可那是整个黑社会团伙的老巢。万一被他们发现，那可太危险了。"卡莎提醒他。

米小乐说："现在都是深夜时分了，黑社会的人也得睡觉吧，我估计那里不会有什么人的。你把我送进去后，我查看一下那里的情况就出来，也不会太危险。"

卡莎思考了一下，说："那好吧，但是到了那里，你一切行动都要听我的。"

"没问题！"米小乐兴奋地说。

"好，到了十二点，准时出发！"

他们商量好时间，米小乐就躺下来休息。他很快睡着了，到了半夜十二点，卡莎先把他叫醒，然后把自己在地面上铺好，对米小乐说："你到我上面来，咱们这就出发。"

米小乐点点头，他坐在床头，看着地上的卡莎，慢慢伸出左脚，犹豫着不敢放上去。他自从知道他的这张野餐毯里已经住进了一个外星公主后，再也没有把她当野餐毯用过。

卡莎说："不用担心，不会把我踩疼的。"

米小乐下定决心，像从前一样迈了上去，双脚一前一后踩在野餐毯上。卡莎说："好啦，这就出发！"立刻，米小乐觉得自己的双脚被托了起来，离开了地面，接着自己的身体开始提速，嗖的一声，就从窗户飞了出去。他看到自己家那栋楼距离自己越来越远，耳边则刮起了呼呼的风声。很快，不仅仅那栋楼，大半个城市都在自己脚下了。他从前坐过飞机，觉得在飞机上观看大地上的景色，是非常壮观的，但现在被卡莎带上天空的感觉和在飞机上看风景是截然不同的。在飞机上往下看，地面上的景物移动得非常慢，但这个时候他看到，城市的每一个楼顶，每一棵树，都在飞速向后倒退。这让他很快有些头晕了。

卡莎说："头晕了吧，那就把眼睛闭上吧。"米小乐闭上眼，耳边剧烈的风声还在继续。

"没关系，你第一次上天飞行，肯定不习惯。以后我多带你飞几次，你习惯了就好了。"

米小乐说："我从前在电视上看到过那些极限运动的高手，能踩着滑板，顺着一个弧形的曲面冲上半空。现在我飞得可比他们高多了，速度也比他们快多了，肯定能打破吉尼斯世界纪录！"

卡莎得意地说："这点速度算什么，当我变成电磁波时，最快能用光速飞行呢！"

米小乐说："哇，这么快！那我可不敢踩在你身上飞了。"

卡莎说："没关系的，你不用担心，到时我可以形成一个电磁保护层，把你整个人包围起来。"

米小乐点点头，这时，他看到满天都是明亮耀眼的星星。平时，他所在的这座城市，因为严重的空气污染，人们在晚上根本看不到几颗星星。但是，现在他满眼都是星星。自然课上学过的星图，现在就出现在他的面前。忽然，他听到卡莎在说："小乐，你看看天空上，能找到猎户座吗？"

"猎户座？"

"我给你说过呀，猎户座是我的家乡。"

米小乐脸红了。卡莎的确给他说过猎户座的事儿，但他因为在自然课上没认真听讲，压根儿不知道猎户座在星空中的位置。

"就在你头顶上稍微偏西一点的位置，那就是猎户座，你要是能把这个星座看成一个左手高举着一把剑，右手举着盾牌，腰里还悬挂着剑的猎人的话，你看看它正下方那个位置，我的家乡，你们地球人所说的猎户座大星云就在那里。那里距离地球一千五百光年，电磁波的传输速度和光速差不多，这意味着，如果我现在就从地球出发，要一千五百年后才能回家。"

米小乐说："那你还会回去吗？"

卡莎有些伤心地说："当然想回去啦。可是，我怎么才能回去呢？要一直飞一千五百光年，哪里有这么多的能量啊。"

米小乐说："你能一边飞，一边吸收宇宙射线里的能量吗？"

卡莎郁闷地说："你以为整个宇宙里，到处都有能让我获取能量的宇宙射线啊。

如果在飞行中没有及时获得能量，我就要死在半路上了。"

两个人正在聊着，米小乐忽然发现风声停止了，自己脚下重新变得坚实了。他这才发现，自己已经站在一栋摩天大厦的楼顶。

"这里就是那栋一六八大厦？"米小乐朝周围看了看，只见自己正身处本市最繁华的商业区，四周都是摩天大楼，虽然已经午夜，但还有很多窗子里亮着灯，"咱们怎么进去呢？"

卡莎说："我先通过空调系统的通风口飞进那个飞豆贸易公司，把窗户打开，再送你进去。"她话音未落，就嗖的一声，从楼顶上的通风口钻了进去。只过了十几秒，卡莎又从下面冲上了楼顶。"走，咱们下去。"卡莎再次平铺在米小乐面前。他跳上去后，卡莎带着他高速下坠，他只觉得地面在飞快地冲向自己，心一下子提到了嗓子眼。还没等他叫出来，卡莎猛地停住了。

米小乐借着月光看到，自己面前是一扇敞开的窗户。再看房间里，靠窗户摆着一张大号的办公桌、几张沙发，靠墙还有一排高大的铁皮文件柜，墙上贴着几张风景画。总之，这看上去就是一间非常普通的办公室。他想，"看来这里就是那家飞豆贸易公司了。"

卡莎缓缓飞了进去，等她停稳了，米小乐跳了下来。"那两瓶古怪的药液，藏在哪里呢？"他嘴里嘟囔着，开始四处翻找起来。卡莎也和他一起找，用一只角灵活地拉开抽屉的把手。

为了避免引起别人的注意，米小乐没有开灯，只是打开了自己手机的手电筒功能来提供光源。两个人在一团黑暗中忙了半天，并没有找到米小乐在机场看到那个外国人拿出的两瓶药液。

忽然，米小乐的动作停了下来，站在鬼爷的办公桌前一动不动。卡莎飞过来，想看看怎么回事。米小乐朝上指了指，卡莎跟着望过去，只见天花板的角上，一只摄像头正俯瞰着整个房间。

"糟了，咱们都给拍下来了！"卡莎尖叫起来。

米小乐沉着地说："肯定不仅仅是咱们给拍下来了。"

"你的意思是——"

米小乐说："你把我送到摄像头旁边。"卡莎再次让他站到自己身上，把他送了上去。米小乐小心观察了一会儿，从摄像头后面取出了一张存储卡。他兴奋地说："卡莎，咱们回家！"

卡莎很纳闷："回家？你说的那种奇怪的液体，我们还没找到呀。"

米小乐一挥拳头："我们要找的东西，就在里面！"

第八章　决赛将至

　　米小乐又享受了一番风驰电掣腾云驾雾的感觉，回到了自己的卧室。一进屋，他马上打开电脑，找出读卡器，把那枚存储卡塞进了电脑。果然，他看到了最近几天那家办公室里发生的一切。办公室里大部分时间都有人，那是一个戴着墨镜的中年男人坐在那张大桌子后面。米小乐想："这家伙太奇怪了，在办公室里也要戴着墨镜。"

　　这几天里，每天都时常会有人走进办公室，神情恭敬地向这个男人说着什么。其中，今天在博物馆遇见的那两个劫匪就多次出现。戴墨镜的男人对所有来找自己的人都很不客气，经常指着他们的鼻子训斥他们。

　　"看来，这个戴墨镜的家伙是坏蛋里的头头。"米小乐心想。他按下了快进键，电脑屏幕上的画面飞快地前进着。很快，时间来到了这天下午，他在机场见到的那个外国人和那两个抢劫过丁海强的劫匪出现在画面里。米小乐赶紧把播放速度复原，然后把脸凑近屏幕，聚精会神地看着，卡莎也凑了过来。那个老外让那两个劫匪喝下绿色液体后发生的事，让他们看得目瞪口呆。那个外国人带着那瓶绿色液体离开后，墨镜男也把紫色液体放进公文包，匆匆离开了，办公室里就空无一人了。再往后，就是自己和卡莎进办公室四下翻找的镜头了。

　　"怪不得我们什么都找不到！"

　　"这瓶绿色的液体，看来能让人喝下去后陷入昏迷，那瓶紫色液体大概就是用来对付它的。但是，他们究竟想用这两瓶鬼东西干什么坏事呢？"米小乐想。

　　"哎呀，不好！"就在米小乐冥思苦想的时候，卡莎忽然叫了起来。

　　米小乐说："出什么事了？"

　　"刚才我们在外面飞行时，我充分吸收了宇宙射线中的能量，回家后，我对那间办公室一直在遥感。我刚刚探测到，那栋写字楼里，有人按下了通往三十五层的电梯，目标很可能就是那个飞豆贸易公司！"

　　"不能让他们发现存储卡不见了，否则就会打草惊蛇！"

　　"小乐，我明白。你把存储卡复制一下，我马上送回去。"

　　米小乐点点头，赶快把存储卡里的内容都复制到自己的电脑里。他把存储卡递给卡莎，说："你一个人去太危险了，我和你一起去吧。"

　　卡莎在半空中得意地旋转翻滚了几圈，说："你忘了，他们那两个打手，都被我修理得鼻青脸肿呢。再说了，我又不是人，只不过是一张毯子，能有什么危险？最多被扔出窗外，那样我就自由了。来回最多十分钟，放心吧。"

米小乐点点头，卡莎把存储卡吸附在自己身上，说："好，我这就去了。飞喽！"话音未落，卡莎就从窗户飞了出去。米小乐看着卡莎消失在漆黑的夜色里，心神不宁地躺回到床上。他隐约有种预感，卡莎这次去飞豆贸易公司把存储卡放回原处，一定不会顺利。

他在黑暗之中望着天花板，把昨天从博物馆看到那两个劫匪之后发生的事情，从头到尾又想了一遍，更加确定劫匪也好，那个乔装打扮来到中国的外国人也好，还有飞豆贸易公司那个神秘的一直戴着墨镜的老板也好，一定在酝酿一桩可怕的阴谋。这个阴谋，很可能和博物馆里正在举行的美洲古代文明展有关系。

但是，他们究竟会如何实施这个阴谋，在什么时间实施这个阴谋，都是下一步必须弄清楚的。

想到这里，他起床看了看墙上挂着的石英钟。上面的指针显示，卡莎已经离开一个小时了。

卡莎是不是遇到什么意外了？米小乐心想。他安慰自己说，卡莎在别人眼里，不过是一块普通的野餐毯，地球上没一个人知道她的真正身份，谁也不会觉得一张毯子对自己有什么威胁，所以，也就不会伤害她。而且，卡莎聪明着呢，一察觉到危险，一定会飞起来躲避危险。她还带着十万伏的高压电，力气又大得惊人，可以很轻松地同时把几个成年人扔得远远的，更不用担心别人会对她不利了。

米小乐一遍遍地这样想着，其实他心里的担忧一点儿都没减轻。

很快，又是一个小时过去了，卡莎还没有回来。米小乐在床上无论如何也睡不着，不停地翻来覆去。后来，他干脆从床上爬起来，站在床边，朝着卡莎飞走的方向眺望着，希望能在幽深的夜空中，看到卡莎如同一道银光般从远方飞到眼前。

他就这样一直站了几个小时。但是，直到天亮，卡莎也没有回来。

早上，米小乐家像平时一样，米大雷起床给一家人做早餐。等米小乐做到餐桌旁，面对一桌子香喷喷的烤面包片、热牛奶、煎荷包蛋，他一点儿胃口都没有。

"小乐，快点儿吃吧。"沈美美在他面前的杯子里倒满了牛奶。米小乐皱着眉头说："妈妈，我今天一点儿东西都不想吃。"

沈美美瞪了米大雷一眼，说："米大雷，一定是你的手艺太差了，儿子根本就不爱吃你做的饭。"

米小乐说："和爸爸没关系，是我自己昨晚因为看书，睡得太晚了。我只要没休息好，就没有食欲。"

沈美美还是对米大雷说："你看，儿子多懂事，都知道给你说话了。我告诉你米大雷，儿子即使没能拿到象棋比赛的冠军，你也要给儿子买个单反相机！"

米大雷委屈地说："儿子参加的不是象棋比赛，是知识竞赛。"

米小乐叹口气，端起牛奶杯来喝了几口，就从餐桌旁站起身，背起书包到了学校。

这天的头一节课是数学，宋老师点名让米小乐和另外两个同学到讲台上，计算黑板上一个矩形的面积。米小乐握着粉笔，看着那个涂满了阴影的矩形，发现这个矩形很像卡莎。很快，那两位同学完成了计算，结果也很正确，只有米小乐，仍然站在黑板前一动不动。宋老师问他："米小乐，你怎么不算啊，计算公式上节课已经学过了。"

米小乐说："老师，对不起，我想不起了。"

宋老师说："米小乐，我知道你进了那个知识竞赛的决赛，可对于你们来说，学校里的功课才是最重要的。那个比赛就算拿了冠军，也不能给你以后参加中考和高考加分。"她说完叹口气，让米小乐回到座位上。米小乐平时人缘不错，倒是没有同学朝他起哄，只是有几个同学用同情、诧异的眼神看着他。

到了课间，宋老师刚迈出教室，丁海强马上拽着米小乐，出了教室，他来不及去最近常去的篮球架那里，在走廊的一个墙角，丁海强就急急忙忙地问："老米，你这是怎么啦，你今天不对劲啊。刚才那道题，对你应该不难啊。"

米小乐说："老丁，你别问了，不会就是不会。这没什么不对劲的。"

丁海强说："老米，不对，你不是会不会做这道题的问题，你精神看起来太差了。到底怎么回事，你父母离婚了？"

米小乐捶了他一拳："别胡说。"

丁海强说："那，一定和咱们查的那件事有关！老米，你不会已经去过那个一六八大厦里的飞豆贸易公司了吧？咱俩可是商量过，要去咱们一起去，不能吃独食。"

米小乐说："我的确去了。"

丁海强马上急了，说："老米，你太不够意思了吧！你什么时候去的？"

"昨天半夜。"

"半夜？你怎么进去的？"

米小乐说："老丁，你为了弄到他们的地址，吃了不少苦，按说我应该和你一起去。但是，你得相信我，关于这件事，我真的不能给你再多说什么了。"

丁海强退了一步，上下打量了他一番，说："米小乐，你有事瞒着我。"

米小乐想解释一下，却发现不知道该怎么说，只得张嘴结舌地望着丁海强。

丁海强用怀疑的眼神盯着他说："米小乐，咱们认识这好几年，我有过什么事情瞒着你吗？你一条都想不起来吧，可你对我怎么样呢，我那么不顾自己的形象才弄来的地址，况且咱们都说好了找个时间一起去，你可倒好，自己闷声不响地去了，发现了什么还不告诉我，你可真够意思！我再问你一遍，最后一遍，你是怎么进去的，都发现了什么？"

米小乐抓住他的手，说："老丁，你要相信我，我真的不能说！这件事其实——"

丁海强不等他说完，重重地哼了一声，甩开他的手，转身朝着教学楼方向走了过去。

他的脚步非常响，米小乐望着他的背影，无可奈何地叹了口气。

卡莎这天仍然没有出现。沈美美和米大雷都没有发现家里那张野餐毯不见了。对于卡莎为什么没有回来，米小乐设想了无数种可能。连续几个晚上，他做了和卡莎有关的噩梦。有一天晚上，他梦见卡莎被扔进了洗衣机，在高速的旋转中，卡莎浸在脏水和大团的泡沫中，她大声哭喊着，可是隔着洗衣机那层透明塑料板，谁也听不见她的哭声。还有一天，米小乐梦见卡莎的外星人身份被那群坏人识破了，那个外国人和那两个劫匪，每人手拿一只锋利的、寒光闪闪的电锯，把卡莎锯成了一块块的碎片。

有一天课间，米小乐实在忍不住了，打了辆出租车去那栋一六八大厦。他上了三十五层，找到了那家飞豆贸易公司。可他没想到，两扇磨砂玻璃门上挂着一只巨大的锁，他从门缝里看进去，里面空无一人。

米小乐慢慢转身下楼，他越来越担心卡莎的下落了。他每天晚上都会打开客厅和自己卧室的窗户，期待有朝一日卡莎能飞进来。

他经常看那些飞豆贸易公司的视频记录，因为没有录音，只能看到画面上那几个人的一举一动，始终猜不透他们究竟想干什么坏事。他能够确定的，就是那两瓶绿色和紫色的液体，一定是这群坏蛋下一步行动的关键。

他比从前更加期待那场知识竞赛的决赛了。他倒不是多么渴望那部作为冠军奖品的单反相机，而是他相信，卡莎一定会在决赛那天，在博物馆里出现。

全市中小学百科知识竞赛决赛的日子越来越近了。

距离比赛还有一周的一天晚上，米小乐说："爸，妈，有件事要告诉你们"。他想，卡莎失踪一周了，她的情况一定很危险，自己虽然答应过卡莎绝不把她的事告诉别人，但现在是特殊情况，应该把她的事情告诉父母。父母毕竟比自己有经验，或许有办法找到卡莎。

沈美美和米大雷没见过儿子这么郑重的样子，他们对视了一眼，米大雷说："行，你说吧。"

米小乐做了个深呼吸，然后把自己发现客厅的窗户半夜里会打开、自己和丁海强商量假装被抢劫、一直藏在野餐毯里的卡莎向自己坦白了她的外星人公主身份、在博物馆看到两个抢劫丁海强的劫匪、一个外国人带着可疑液体来到中国、自己和卡莎夜探飞豆贸易公司、卡莎送回存储卡至今未归这些事情，米小乐不停地说了一个多小时才说完。等他说完，沈美美和米大雷先是面面相觑，接着，米大雷咳嗽一声，说："小乐，你是说，你妈从网上买来的那张野餐毯其实是外星人？这个外星人还是个公主？"

米小乐说："严格地说，是外星公主钻进了野餐毯里。"

"上次那场火灾里，也是野餐毯飞进火场里把那对母子救了出来？"

米小乐点点头。沈美美和米大雷又对视了一眼，沈美美朝他招了招手。米小乐不知道她是什么意思，但还是走了过来。沈美美把他搂进怀里，眼里饱含着热泪说："小乐，我知道你这段时间为了准备知识竞赛，学习的压力很大，你要是觉得累了，下周咱们不去参加比赛了，咱们明天就去游乐园好好玩一天。你想要的数码相机，我让爸爸给你买。"

米小乐从她的怀里挣脱出来，说："妈，你在说什么啊！"

沈美美忧心忡忡地看着他，伸手去摸他的额头。米小乐退后一步，说："妈，我没发烧，我也没说胡话，我说的，都是真的。"

沈美美朝米大雷使个眼色，米大雷咳嗽了一下："小乐，我知道你想要一部数码单反相机，我和你妈呢，以前是怕有了数码相机会影响你学习，就不同意给你买。现在呢，既然你这么想要，就给你买一部吧。但是你要答应爸爸妈妈，不能因为拍照耽误学习。"

米小乐说："爸，妈，我脑子没毛病，我说的都是真的，你们一定要相信我！"

米大雷说："小乐，你说有个来自狮子座的外星人住进咱们家。"

米小乐说："不是狮子座，是猎户座！"

"好好好，猎户座，你还说那野餐毯就是外星人，还说她是为了躲避更厉害的外星人的追杀才跑到野餐毯里的，任何一个心理医生听到这种话，都会认为说这话的人脑子有毛病。"

"爸，我给你们说了，野餐毯不是外星人，隐藏在里面的电磁波才是外星人。你们去储藏室看看，那张野餐毯是不是不见了。"

米大雷说:"那张野餐毯,的确好几天前就不见了,但也不能说明它是外星人啊。"

沈美美的眼圈越来越红了,她说:"儿子,你什么时候知道这件事的?"

"这是两周前的事。"

沈美美和米大雷又对视了几眼,那眼神的意思明摆着是说"时间不长,赶快想办法治疗还来得及"。

米小乐叹口气,坐了下来,说:"你们怎么就是不相信我啊。你们真以为我脑子出问题啦。"

沈美美走过来,坐在他旁边,抚摸着他的头发说:"小乐,都怪平时爸爸妈妈对你关心不够,你想要的数码相机,没有给你买。虽然玩数码相机会影响学习,但说不定你也会因此成为一个摄影家啊。看来这段时间你学习的压力太大了,你放心,到了周末,咱们去电脑城买一部最好的数码相机,想要什么型号,你随便挑。"

米小乐站了起来,说:"我告诉你们,我很正常,我脑子没事儿!再说周末就该比赛了,哪还有时间去买数码相机啊。"说完了,他就大步走回了卧室。

米大雷和沈美美又互相看着,过了一会儿,米大雷说:"那,还给小乐买数码相机吗?"

沈美美说:"先别买,看看他的决赛成绩再说吧。"

到了决赛这天早上,米小乐比平时早半个小时起床。沈美美和米大雷也请假了,准备陪他去博物馆参加决赛。米小乐洗漱完毕,坐在餐桌前时,发现面前是满满当当一桌子的各种食物。

沈美美说:"小乐,多吃点啊。比赛要一整天的时间呢。"

米小乐一点儿胃口都没有,他喝了几口牛奶,就摇摇头,表示再也不想吃什么了。

和米小乐一起进入决赛的,一共有十个选手。赛程是上午为抢答题部分,下午则是必答题,如果最后还没能决出胜负,就进行加时赛。加时赛的题目,由主持人临时从百科知识竞赛词典中抽取。

沈美美和米大雷吃完早餐后,他们家的汽车就由米大雷驾驶,奔向了博物馆。汽车越靠近博物馆,车窗外带着孩子来观看比赛的家长就越来越多。有的孩子一看就是参加决赛的选手,坐在自己家的汽车里,怀里还抱着本书在看着。这次的百科知识竞赛决赛,本市的电视台是要进行现场直播的。米小乐从车窗望出去,看到电视台的转播车,回想起自己曾经看到的那两个打手鬼鬼祟祟地在博物馆里转来转去的情形,心里又有些紧张。

到了博物馆,米大雷停好车,三个人走了进去。那个美洲古代文明展还没有结束，一楼大厅里还是挤满了来观看这次展览的人。他们到了二楼的会议室，米小乐拿出学生证，证实了自己的身份，坐在了选手席上。他是二号选手。当时，选手席上已经有六个选手了，他们有的还在趴在桌上聚精会神地看着大部头的书，有的则轻松地聊着天。米小乐看得出来，正在聊天的这两个人其实更紧张，他们无非是想让别人觉得自己很轻松，继而给别的选手造成心理压力。

米小乐坐下后，过了一会儿，丁海强和他的父母也来了，米小乐朝他打招呼，他却没看见似的，找到自己的座位坐下了。

他是九号选手。

"唉，他还觉得我是故意瞒着他，对他不信任。换成是我，我也会生气。"米小乐想。

丁海强的父母和沈美美、米大雷也是熟人，他们坐在了一起。他们发现丁海强对米小乐视而不见，米大雷说："这两个孩子，今天情况不大对劲啊。"

丁海强爸说："是啊，他们平时见面都要闹上一会儿的，今天怎么回事儿。可能是太紧张了。"

米大雷说："是啊，孩子们年纪还小，参加这么大的比赛，还有现场直播，有点紧张是难免的。"

两对家长就这么聊了起来。

第九章　决战，正式开始

过了一会儿，市电视台的摄像机摆好了机位，一个满脸大胡子、戴着鸭舌帽的中年男人走到比赛场地中间。他自称是现场导演，举着大喇叭说："现在我要录一下鼓掌的镜头，请大家配合一下。我喊一、二、三，大家就一起鼓掌，好不好？一、二、三！"

上百人的观众席里，只有稀稀落落的掌声，鼓掌的不到三十个人。导演皱起了眉头，不过看来他对如何应付这类场面还是很有经验的，他脸上堆满笑容地说："家长朋友们，今天的这场决赛，马上就要进行现场直播，全市的观众都能在电视上看到。大家的掌声越热烈越好，谁的掌声热烈，我们的摄像师就会把镜头对准谁，待会儿谁就更有可能出现在镜头里。"

现场马上响起了排山倒海般的掌声。几个自认有表演天赋的观众还临时加戏，站起身来高声叫喊，还挥舞着拳头作激动万分状。掌声足足持续了五分钟，那个干瘦的摄像师朝导演伸了一下大拇指，导演才做了下压的手势，让观众停下。

"掌声为什么要提前录啊？"手掌已经拍得又红又痛的沈美美问米大雷。

"这个嘛"，米大雷说，"这样的掌声肯定比比赛过程中出现的掌声热烈，现在录好了，过一会儿就可以直接调出来用了。"

比赛很快就开始了。第一部分是抢答题，主持人首先介绍规则，这规则也简单，就是主持人念完了问题后，一说"开始抢答"，参赛选手如果知道答案的话，就要抢着按面前的红色按钮。谁先按响按钮，谁就能回答问题。回答正确的话加十分，如果回答错误，还要扣去十分。比赛开始前，每个选手都有一百分的基本分。

主持人说完规则，两个工作人员把一个巨大的透明塑料箱抬到了场地中间，箱子里面装满了纸质卡片。主持人每次提问前，都会从箱子里抽出一张卡片，问题和答案都在上面。

另外，台上还坐着几位顾问，都是来自市里几所大学的教授，负责对选手的回答进行点评。

从天花板垂下的大屏幕上，出现了倒计时的数字，等数字从十变成了一，比赛正式开始。主持人从箱中拿出一张卡片，清清嗓子，念出了第一道问题："在太阳系中，行星分成两类，一类是类木行星，一类是类地行星，请问这两类行星的区别是什么？开始抢答！"

"滴滴滴……"五号选手座位上的红灯第一个亮了起来。

"请五号选手回答。"

"类地行星就是有固体外壳和金属核心的行星，因为地球就是这样的结构，所以这类行星叫作类地行星。类木行星呢，就是主要由气态物质组成的行星，这些行星以木星为代表，统称为类木行星。"

"回答正确！"主持人说。她利用自己掌握着正确答案的优势，摆出一副现场上百人数她最博学多才的架势。

这时，主持人注意到顾问席有人举起了手臂。她问："请问韩教授，您有什么高见吗？"接着她把脸转向观众，说："韩教授是来自本市大学天文学系，大家听一下他对五号选手回答的意见。"

韩教授说："如果一个天文学系的学生像五号选手这样回答，我一定会毫不犹豫地打一个不及格的成绩。因为按照更加科学的分类标准，在所谓的类木行星里，木星和土星是一类，天王星和冥王星又是一类。这两类行星在构造上有非常大的区别。当然，五号选手仅仅是一个中学生，他能做出这样的回答已经算是很难得了。毕竟，从有没有固体表面这个角度来说，他的回答也是正确的。"

主持人和五号选手同时长长出了一口气。

这是韩教授有史以来第一次上电视，他只恨不能给全市观众上一堂天文课。

主持人开始念第二道抢答题："恐龙在地球上一共存在了八千万年，经历了中生代中的三叠纪、侏罗纪、白垩纪这三个地质年代，请问，下列的五种恐龙中，不属于侏罗纪的有两种，请问是哪两种？这五种恐龙分别是霸王龙、雷龙、窃蛋龙、棘背龙、剑龙，开始抢答！"

这次是七号选手先摁下红色按钮。"是霸王龙和窃蛋龙。"

"回答正确！"主持人转向了评委席上的孙教授，"孙教授，您是著名的生物学家，请问您对七号选手的回答有何看法？"

"唔唔，我的看法是……"孙教授说，"正确。霸王龙是影视作品里对一种肉食性恐龙的俗称，它的学名是雷克斯暴龙。在《侏罗纪公园》系列电影中，这种恐龙曾经多次出现，我必须指出，这是对观众极大的误导，因为这种恐龙是生活在白垩纪末期的。"

这两个问题，米小乐其实都知道答案。他因为注意力不集中，总是走神去想那两个抢匪，还有那个外国人究竟有什么阴谋，一个回答问题的机会都没有抢到。

接下来比赛现场的气氛越来越热烈。但米小乐始终一个问题都没抢答到。

终于，抢答环节结束了，三号选手和十号选手得分最高，每人都是一百四十分，五号选手是一百三十分，丁海强是一百二十分，一号选手是一百一十分，米小乐和四号选手、七号选手是一百分，六号选手和八号选手是九十分。

主持人宣布休息时间开始后，电视机前的观众纷纷离开自家沙发去方便，不看那些好不容易才挤进电视的广告。比赛现场的家长们也作鸟兽散，去鼓励自己家的孩子。沈美美和米大雷走到米小乐身边，说："小乐，你不舒服的话，咱们弃权，回家休息吧。"他们见米小乐始终没抢答问题，都觉得他是不是身体不舒服。

米小乐说："妈，你不想上电视啦？"

沈美美斩钉截铁："你在这里待得舒不舒服最重要，妈上不上电视无所谓。"

沈美美由此跻身地球上最伟大的妈妈行列。

米小乐对米大雷说："爸，你给我买了那么多参考书，钱都白花了。"

米大雷说："没关系，以后爸爸和你一起慢慢看。"

米小乐说："我现在名次这么低，爸，我让你在同事面前丢人了。"

米大雷说："你能来参加这个比赛，就已经是胜利者啦，全市好几十万中小学生，你是知识最丰富的十个人之一，爸爸为你自豪！"

米大雷踏入银河系最伟大的爸爸行列。

米小乐低头想了想，说："爸，妈，我出去走走散散心，下一场是必答题，我一定能把得分追回来。"

米大雷和沈美美点点头，米小乐走出了演播大厅，到了二楼的走廊上。他扶着栏杆往下看，只见一楼仍然人山人海，挤满了来看美洲古代文明展的观众。他们绝大部分都围在那顶黄金皇冠前，瞪大眼睛看着，每人都举着手机。摆放皇冠的玻璃柜前有两个保安，现场保安每两个人一组，在人群里来回巡视着。

米小乐回想着在这里看到那两个劫匪的情形，心想这里的保安措施挺严密的，那几个坏人究竟会干出什么坏事呢？会不会是自己弄错了，他们的目标根本不是这顶皇冠？忽然，他看到一楼的人群里有一个胖乎乎的保安拿起了步话机，表情紧张地说了些什么。接着，他拉着身旁的一个瘦得和竹竿一样的保安，两个人顺着楼梯向上跑。跑到二楼后，又继续往三楼跑。

看来，他们遇到了突发情况。米小乐马上决定跟着他们上去看看。这座博物馆一共三层，但只有第一层和第二层对观众开放，第三层是博物馆的办公层。

米小乐跟在两个保安后面，只听那个瘦保安气喘吁吁地说："我们到底去三楼看什么，你，你，你把队长的话说清楚。"

胖保安说："刚才队长给我说，他在监控室发现空调机房出现了很可疑的人影。他已经先去看看有没有异常情况了，让我们尽快过去。"

他们到了三楼空调机房外就站住脚步，米小乐连忙藏到墙角后面。只见胖保安举起袖子擦了擦脑门上的汗，接着伸手去拧房门上的把手。可他连拧几次，把手一动不动。

胖保安警惕地说："里面有人！"接着，他敲了敲门，说："队长，是你在里面吗？"

过了一分钟，铁门里还是没有任何反应，他掏出钥匙去开门。这时，门吱呀一声打开了，胖保安有点意外，没注意钥匙从他手里掉在地上。米小乐弯腰从地上捡起了钥匙。

门打开后，保安队长和另一个保安出来了。胖保安说："队长，里面是什么情况？"

"哦，刚才是我看错了，里面一切正常。"保安队长表情平静。

"队长，这人是……"胖保安指着队长身后的另一个保安说。这个保安脸色黝黑，个子高高的，足足比保安队长高出一个头。胖保安看出，这个保安虽然穿着和自己一模一样的制服，但面孔看起来很陌生，一身制服也不大合身，穿在身上显得太短了。

保安队长说："这是博物馆刚刚从别处借调过来的新保安，嗯，这次的美洲古代文明展吸引的参观者非常多，再加上今天又有什么知识竞赛，二楼也到处是人，馆长怕出乱子，就又从别处借来了几个新保安。今天是他们第一天上班。"

胖瘦两个保安说："原来是新来的兄弟啊。"他们和新保安握了握手。新保安面无表情，语气急匆匆地说："队长，让两个兄弟去忙吧，咱们再去里面好好看看。"

保安队长点头称是，接着对胖瘦两个保安说："这里由我们来负责，你们回去吧。没有新的通知，千万别擅离职守。"说着，他和新保安转身回到了空调机房，胖保安和瘦保安互相看了看，神情都有些纳闷，但也只得向楼下走去。米小乐赶紧掏出手机放在耳边，咿咿呀呀说了一通，装出一副正在打电话的样子。等胖瘦保安从身边走过，四周没人了，米小乐拿着钥匙，轻手轻脚地来到空调机房门口。

他看得很清楚，那个新保安，就是丁海强所说那晚抢劫他的两个劫匪之一，当初他还曾经跟踪自己，到了自己家楼下。

"看来，他们马上就要干坏事了，现在来不及通知爸爸他们了，我必须制止他们。"米小乐想了想，看看四周没人，就拿出钥匙，轻轻转动着，打开了空调机房的房门。

空调机房里面很大，没有开灯，到处都很昏暗，只能隐约看到几台庞大的压缩机在巨大的噪音中工作着。米小乐猫着腰，蹑手蹑脚地朝机房深处走去。他朝四周打量着，却始终看不到人影，也听不到任何其他的声音。就在他即将走到机房尽头的地方，忽然，他看到面前划过几道手电筒的亮光。看来，坏人就在前面了。他赶紧朝着有亮光的地方走过去，只见刚才那个保安队长，还有一个被脱了外衣的男人，都瘫坐在墙角，看来已经昏倒了。而刚才那个假保安，正一脸狞笑地站在压缩机的通风管道旁，手里举着那瓶绿色液体，准备倒进去。还有他的那个劫匪同伙，也在他身旁站着。

米小乐马上明白了，这瓶液体肯定是有毒性的，一旦让他得逞，整个博物馆里的人都会中毒！一定是他们在进入空调机房后，被保安队长发现，保安队长在带人来检查时，被他们给制服了。

米小乐想，一定要把这里的情况让外面的人知道，他退到空调机房的另外一个角落，然后拨通了110："警察叔叔，我现在是在市博物馆，有一伙儿匪徒，准备在这里干坏事！"

"哦，听起来你年纪不大，你是在博物馆吗？"

"是啊，你们赶快派警察过来吧。"

"哦，博物馆因为有美洲古代文明展，现场是有警察的，我马上让他了解一下情况。"

过了不到一分钟，米小乐又拨打110，对方告诉他："小同学，我们已经和博物馆展览现场的警察取得了联系，他们说，现场一切正常。小同学，请不要胡乱拨打报警电话，否则我把你的姓名通报给你的学校。"

米小乐正要进一步解释，有个劫匪好像察觉到这边有什么动静，朝这边看了过来。米小乐赶紧挂断了电话。这人朝这边张望了几眼，就又退了回去。

"泥棍，你在这里等老大的指令吧，我去门口把风，别再有人闯进来。"一个劫匪说。

"好吧，老大的电话一来，我就把这一瓶子麻醉剂倒进去，到时整个博物馆的人都会在几分钟内失去知觉，那个展览上各种值钱的文物，除了皇冠要给老大留着，别的宝贝，咱们就可以随便拿啦，哈哈哈。"另一个劫匪说。

两个劫匪都得意地大笑起来，其中一个真的来到机房门口，守了那里。

原来那个绿色瓶子的液体是麻醉剂，他们的目标一定就是那顶玛雅古国的皇冠！米小乐终于明白了他们到底想干什么坏事。

那个劫匪堵住了门口，我不能出去，下一步应该怎么办？绝不能让他们把皇冠偷走！米小乐越来越着急了，双手扯着头发，紧张地思考着。他忽然想到，知道空调机房里的这两个人是劫匪的，除了他自己，就只有丁海强了，也只有他会相信自己！他从手机通讯录里找出丁海强的电话号码，刚要拨出去，可又担心被那两个劫匪注意到。他使劲抓着自己的头发，忽然想到一个办法。他往门口悄悄挪动了几步，小心翼翼地用手机拍下了那个劫匪的照片，然后发给了丁海强。

果然，不到一分钟，他的手机震动起来。他低头一看，是丁海强的号码。这时，那两个劫匪又聊了起来。米小乐赶紧按下接听键，把手机话筒伸向空中。

只听泥棍在得意地说着："老大来电话了，让我们赶快行动。哈哈，过上十分钟，中央空调就能把这种高能麻醉剂送到博物馆的每一个角落，到那时，这里的每一个人都会失去知觉，一楼展厅里的那顶古代玛雅人的黄金皇冠，咱们就可以手到擒来了！"

"这顶皇冠，当然是咱们老大的，至于别的那些黄金手镯、黄金项链什么的，咱们兄弟都可以随便拿啦。"

米小乐希望丁海强听到话筒里的声音后，能听出这声音就来自曾经抢劫过他的劫匪，到时他一定会报警的。这时，他看到拿瓶子的高个子劫匪马上就要把绿色液体倒进空调管道，顾不上多想，一头撞了过去。可他毕竟年纪小，个子矮，还没等他冲到那个劫匪旁边，就被他给抓住衣领，胳膊还被反扣到背后。这个名叫泥棍的劫匪，手劲大得简直像一把老虎钳子，他狠狠地捏着米小乐的双手，痛得他直冒冷汗。

泥棍狞笑着说："小子，胆子不小啊，敢来坏老子的事。"

米小乐呻吟着说："你们帮着外国人偷东西，你们不配当中国人！"

"小子，够有骨气的，我倒要看看你骨头有多硬。"泥棍说着，手上使出来的力气更大了，米小乐的双手被他越捏越痛。

"泥棍，这不就是那天和那个咱们打劫过的胖小子在一起的那个孩子？咱们还有正事儿，别在他身上耽误时间了，要不让他也尝尝仙水的味道，咱们腾出手来办正事儿。"软猴对泥棍说。

"不行，不能给他喂这个了，咱们要用的剂量，是马库斯先生精心调出来的，咱们已经在那两个废物点心身上用了一些了。"泥棍指了指瘫倒在一旁的保安队长和另一个保安说，"要是给他用了，剩下的这一瓶，恐怕就不够用了。哼哼，我有办法治他。"泥棍说着，先是从保安队长身上把他的皮带抽了出来，把米小乐的双手从手腕那里紧紧捆了起来，接着把保安队长的帽子揉成一团，塞进米小乐的嘴里。接着，泥棍狞笑着把一整瓶绿色液体倒进了空调管道。

软猴说："按照马库斯先生的估计，这些麻醉剂很快就能散发得到处都是，外面那几百号人，马上就能给熏晕过去，到时咱们就能出去为所欲为了。"

泥棍说："先别高兴得太早，过一会儿咱们出去后，别急着拿东西，先去把这里的电源切断，这样，这里面的摄像头都不能用了，就不会把咱们拍下来了。来，咱们一人喝上一口这个。这可是大事，要忘了喝的话，咱们一出这个门，就得晕过去。"他说着，从怀里拿出那个紫色的瓶子，打开瓶盖，自己先喝了一口，嘟囔了一句"味道还不错"，然后递给了软猴。软猴接过来也喝了一口，却拿着瓶子，皱了皱眉头。

泥棍发觉他表情不对，说："你小子怎么了？"

软猴说："上次在鬼爷的办公室里，咱们刚刚把马库斯接来时，我就喝过一次这东西。但那次和这次喝起来怎么不一样啊，上次我记得是挺苦挺难喝的，怎么这次的味道还挺好喝，简直和葡萄汁一个味儿。"

泥棍从他手里把瓶子拿过来放到怀里，说："这瓶子我也见过，明明是一模一样啊。你上次可能是紧张过度了，喝什么都觉得苦。走吧，别耽误时间了。"说着，他大步朝外走去，软猴也只得跟着他走了出去。

米小乐马上拼命挣扎起来，但是，无论他怎么挣扎，手腕上的皮带都没有丝毫松动。他急得在地板上连打了几个滚，又拼命地去踹机房里的各种设备。虽然也发出了砰砰的响声，可这里本来噪音就大，再加上房门紧闭，声音根本就传不出去。

他正要继续踹，忽然想到麻醉剂大概已经起作用了，外面的人都已经陷入昏迷，自己制造出的声音再大，别人也听不到。他定定神，开始回忆自己看过的电影里，那些被敌人抓住的地下工作者是如何从捆绑中挣脱的。

他记得有的电影里，男主角是用藏在袜子里的匕首割断了绳索，有的是男主角把绳索放在火苗上烧断。就在他确定这些方法自己眼下都没法用时，他发现一片漆黑的空调机房里，有一道闪光飞快地划过。他正以为自己看花了眼时，忽然，他发现自己手腕上的皮带松了。他赶紧抽出双手，站了起来。他长出了一口气，这时，空调机房里的电灯被人拉亮了，在他耳边，忽然传来一阵熟悉的笑声：咯咯咯，咯咯咯……

是卡莎！

米小乐猛地一转身，只是卡莎正完好无损地悬停在自己面前！他兴奋地大喊：“卡莎！太好了，你没事！这几天你到哪里去了？”

第十章　援军及时出现

卡莎降落在地上，接着又变成荧光体从野餐毯里飞出来，把自己这段时间的经历告诉了米小乐。

原来，卡莎当晚遥感到要回到飞豆贸易公司办公室的人，其实是软猴。他是奉鬼爷的命令，要把那瓶紫色药瓶藏到保险柜里。卡莎那天晚上刚刚飞进鬼爷的办公室，还没来得及把存储卡放回原位，软猴已经来到办公室外了。卡莎只得藏身到桌子下面。幸好，软猴为了避免被别人看到，没有打开电灯，卡莎知道这个瓶子的重要，就记住了保险箱的密码。等软猴离开后，她就打开保险箱，拿出了紫色瓶子，把里面的液体掉了个包。

米小乐一拍脑门，说：“怪不得刚才那个叫软猴的家伙，说那个紫色药水的味道和当初不一样了，原来是被你掉包了。”

卡莎的语气更得意了，她说：“是啊，当时我可发愁了，我想，这种药水是紫色的，应该拿什么来换呢。最后，喏，我找了一瓶葡萄汁饮料来换。现在他们手里的解毒剂是假的，我这个瓶子里的，才是真的了！”

米小乐哈哈大笑：“软猴的鼻子还挺灵，他刚才还说，第一次喝这种药水时觉得很苦，现在怎么变成葡萄味儿的了。你掉完包，又干什么了？”

卡莎接着说，她因为不知道这伙人定在哪天干坏事，就一直在那间办公室里待着。到了百科知识竞赛这天上午，鬼爷早早地来到这间办公室，拿出了紫色瓶子，交给了软猴和泥棍。她一路跟踪他们，来到了博物馆。

"原来，你早就来到博物馆了，那你怎么现在才来救我？"

"因为，我必须时时刻刻保护好那顶皇冠！"

"皇冠？你是说，美洲古代文明展上的那顶皇冠？"

"对！你上次从这里回家后，我看到你后，就觉得很难受。"

"记得啊，这件事和皇冠有关系吗？"

"有！我难受，就是因为你身上带有威坦星的宇宙射线！一定和你曾经近距离看过这顶皇冠有关！"

"那顶皇冠是古代玛雅人的东西，和威坦星有什么关系？"米小乐还是不太相信的神情，他说，"威坦星所在的半人马座欧米伽星团，不是距离地球足足有一万五千光年吗？但那顶皇冠，根据考古学家的分析，是一千多年前制造的，别说那时，就算是现在的人类，都没办法航行到半人马座。"

"不是地球上的人类到了威坦星，而是威坦星的人曾经来过地球。我百分之百肯定，皇冠上使用的金属，就来自威坦星。"

"等等，你的意思是，这顶皇冠是威坦星的人制造的？"

"是啊。你别忘了，新闻里说过，这顶皇冠含有一种地球上没有的金属元素。现在顾不上说这些，这伙坏蛋有非常危险的计划，必须赶快制止他们！来，你先喝一口这个。"说着，她把一个饮料瓶递给他，说，"这就是那种解毒剂，现在外面到处是麻醉剂，不喝这个的话，一出这个房间，就会中毒晕倒。"

米小乐点点头，赶紧喝了一口饮料瓶里的液体。"哇，真要命，太苦了！"他龇牙咧嘴地说着，然后快步走出空调机房。他来到二楼的演播大厅，那里的情形让他目瞪口呆！只见到处是失去知觉的参观者，自己的父母也在座位上背靠背地昏睡着。米小乐知道这种麻醉剂除了能让人昏睡外没有别的毒性，就顾不上救父母，赶紧跑到了一楼。一楼的地面上，横七竖八满是昏迷不醒的参观者，一动不动地躺着。就连那两个劫匪也倒在地上，完全陷入了昏迷。

此时，时间已经快到中午了，博物馆外面阳光灿烂，车水马龙，里面却除了米小乐，一个正常站立的人都没有。他站在原地，除了自己的呼吸，一丁点儿外面的声音都听不到，四周是死一般的沉寂。米小乐觉得，这场景就像恐怖电影里的镜头一样。

米小乐顾不上他们，赶紧跑进美洲古代文明展的展厅，只见那顶皇冠还好好地待在玻璃柜里，在上下左右几个光源的照射下，正散发着熠熠光芒！

米小乐兴奋地挥了挥拳头，马上拿出手机，拨了110报警电话。

110接线员听说有人想抢劫美洲古代文明展上的文物，一下子高度紧张，她反复问了米小乐的名字。米小乐把现场的情况给她说了，赶紧又拿着卡莎的饮料瓶，准备回到空调机房，把解毒剂投进空调管道。

这时，卡莎抓住米小乐的胳膊。卡莎说："现在不要把所有人都唤醒。这两个人，不过是小喽啰而已。真正的头头，还在你们那个知识竞赛的会场里不省人事着呢。他们的算盘是乘着人们纷纷醒来时，混在人流中逃跑。所以，要趁着这里还不那么混乱，把这两个大坏蛋抓住！"

米小乐问："他们怎么会不省人事？他们不是在放麻醉剂前，就喝了解毒剂了吗？"

卡莎说："你真笨，真的解毒剂在我这里，他们喝的，都是假的！"

米小乐一拍自己脑袋，说："我真笨！"他想了想，说："你知道那两个坏蛋头目在哪里吗？"

卡莎说："那个马库斯，把自己和鬼爷都易容了，我现在也认不出了。"

米小乐点点头，跑进演播大厅，看着面前一大堆昏迷不醒的人，心里一阵发愁。既不能让所有人同时醒来，又要尽快找到马库斯和鬼爷，那可怎么办呢？

这时，外面传来一阵尖锐的警笛声，"太好了，警察来了！"米小乐对卡莎说，"你先藏起来吧，就去那个空调机房吧，有事的话我去那里找你。"卡莎答应着，一转眼就钻进野餐毯，然后沿着楼梯飞上了二楼。

"不许动，所有人把手举起来！我们是市公安局刑警队！"很快，十多名警察冲进了演播大厅。米小乐赶紧把手举了起来。警察每人都握着手枪，他们看着睡满了人的观众席，每个人都愣住了。

米小乐说："警察叔叔，有一伙坏人想抢美洲古代文明展上的文物，是他们在空调系统中放入了麻醉剂，把这里的人都弄晕了！"

"那你怎么没晕倒？"一个年纪较大的警察说。这人名叫钟昊，是刑警队队长，头脑极其灵活缜密，而且枪法如神，生平侦破重大疑难案件无数，本市的大小罪犯听到他的名字，无不闻风丧胆。

"我有解毒剂！"米小乐举起手中的葡萄汁饮料瓶。

几名警察露出不信任的表情。

"刚才的报警电话就是我打的！"米小乐把手机亮给了警察。一个看起来最年轻的警察问了米小乐的姓名，又拿过他的手机看了看，对钟昊说："钟队长，刚才110

报警台接线员通知咱们过来看看情况时，说了报警人是一个名叫米小乐的小男孩，我刚才查了他的姓名和电话号码，的确就是报警的那个小男孩。"

这时，又有两名警察冲了进来，他们说："队长，我们查看过了，外面有很多人晕倒，但所有的文物都安然无恙！"钟队长点点头，脸色变得和蔼了，对米小乐说："既然你有解毒剂，为什么不把这些人都救醒？"

米小乐说："策划这次行动的坏人里，有一个家伙是个易容高手，他把自己和一个同伙都乔装改扮了，现在就隐藏在观众里面。如果这么多的观众同时醒过来，他们就可以浑水摸鱼逃跑了。"

钟队长说："那还不简单，查一下每个人的身份证不就行了？"

米小乐说："肯定不是每个人都带着自己的身份证。再说，那个坏蛋也很擅长伪造证件。他就是拿着伪造的护照进中国的。"

钟队长皱眉："他是外国人？"

米小乐说："是的，美国人。"

钟队长一拍桌子："管他哪国人，敢在我眼皮底下犯事儿，我就得抓！"

米小乐说："这家伙肯定是国际惯犯，是这次盗窃黄金皇冠行动的主谋，所以，绝不能让他跑了。另外，他还有个中国同伙，绰号叫鬼爷——"

"什么？鬼爷也在观众席里晕倒了？"钟队长的眼睛一下子瞪大了。这下他对米小乐也彻底相信了，因为本市除了公安局的高层和鬼爷自己的手下，根本没几个人知道鬼爷的存在。

米小乐点点头，钟队长一掌重重拍在墙上，说："我和鬼爷斗了十多年了，要是算上我的前任，市公安局刑警队想抓住他想了二十年！他是一个叫匪多多的犯罪集团的头目，这二十年来，在全市不知道干了多少坏事。我们足足有三十多个兄弟死在他的手上。可惜，他实在太老奸巨猾，我们始终没弄清楚他的身份——"

米小乐说："他开了家公司，这公司看起来挺像样的，其实他是通过这家公司来管理他手下这些小偷、强盗。"

钟队长："我们早知道他肯定是通过合法生意来掩盖他的犯罪行为，就是不知道是哪家公司。有了你提供的情报，我就能把他的'匪多多'一锅端了。可现在观众席上横七竖八躺着上百号人，怎么把他揪出来呢？"

米小乐琢磨了几秒钟，说："有了，我有个办法，能把这家伙和他的美国同伙找出来，就是有点麻烦。"

钟队长："有什么办法，你快说。麻烦点没关系，反正我们现在已经控制了局势，这里的人一个都跑不了，一个个查就是了！"

米小乐说："这里的观众都是本市的市民，如果现在就把每个现场观众的脸通过现场直播在全市所有家庭的电视机上播出，同时咱们提醒市民注意，如果出现了自己亲人、朋友，赶紧打电话，最后剩下的，一定就是那两个坏蛋头目！"

"这……"刑警队钟队长在犹豫。

"这个麻醉剂的药效能维持一个小时，时间很快就到了，到时所有人清醒过来后，现场肯定非常混乱，再加上一楼参观展览的观众到时也会清醒，再想抓那个坏蛋头目就来不及了！"

"多昏迷一会儿，对人体有伤害吗？"

"绝对没有，坏蛋里有人试用过，什么问题都没有！"

"好吧！就这么办了！"钟队长大手一挥。

"我先把导演和摄像师救醒！"说完，米小乐拿着紫色瓶子，给现场导演和摄像师每人嘴里灌了一口。没过一分钟，两个人打着哈欠醒了过来。他们一看面前站着一排荷枪实弹的警察，每人都吓了一哆嗦。那个导演心想："难道我去年把一个小说偷偷改成一部电视剧，拍完后卖给南方一家电视台，一分钱没给原作者的事儿犯了？"摄像师心想："上周我女朋友过生日，我违反规定，拿台里的摄像机给她拍生日 Party，这么快警察就知道了？想不到这事儿还会惊动警方，我以为最多被台里罚点钱就算了。"两个人正忐忑不安，又看到现场的上百号观众都在呼呼大睡，更加莫名其妙了。

钟队长把情况给他们说明，告诉他们刚刚被坏人下了麻醉剂才会昏睡过去，现在坏人就隐藏在观众当中，要他们配合警方，把现场所有人的外貌通过现场直播，发到全市各家各户的电视上，发动群众的力量，把坏人找出来。

导演和摄像师不敢怠慢，马上打点精神，重新启动各种器材，把现场的情况传到了全市的每一台电视机上。他们使出浑身解数，把每个观众的相貌拍得清清楚楚，连脸上的汗毛都能数得一清二楚。

这次的知识竞赛，上午的收视率本来不足百分之一，也就是说，每一百个家庭中看这个节目的都不到一个。可这次观众席睡姿的现场直播一开始，收视率就像坐了火箭似的直线上升。就算亲友中没人去比赛现场，市民们都看得津津有味笑逐颜开。有熟人出现在电视屏幕上的，就更加兴奋了。好在没忘了打电话到电视台说刚才播出的那张脸是某某人。

睡姿转播到了最后，偌大的观众席里，只有四个观众没人打电话来"认领"。刑警队长一看，是一对三十来岁夫妻和两个中年男人。他说："这四个人里面，哪两个人才是坏人呢？看来，只有把他们都先戴上手铐控制起来了。"

米小乐扫了一眼观众席，说："那对夫妻千万别抓，要盗窃皇冠的，肯定是这两个中年男人。"

钟队长说："你为什么这么肯定？"

米小乐脸上一红："因为那对夫妻，是我爸妈。"

钟队长点点头，当即命令所有警察包围那两个中年男人。警察的包围圈组建完成后，米小乐拿着那个装着紫色液体的饮料瓶，跑到二楼空调机房，统统倒进了空调管道。

不出五分钟，遍布博物馆各个楼层的空调出风口把解毒剂吹了出来，呼呼大睡的人们纷纷醒了过来。人们一个个嘴角挂着口水，面面相觑，不知道刚刚发生了什么。鬼爷和马库斯醒了后，一看周围是全副武装的警察，大惊失色，只得束手就擒。按照他们的计划，他们喝下解毒剂后就混入观众当中，等泥棍和软猴通过空调管道释放出麻醉剂，全博物馆人统统趴下后，他们就可以大摇大摆地拿走黄金皇冠了。他们万万想不到，自己竟然也昏睡过去了。

鬼爷朝马库斯咆哮："你的解毒剂是假的！你到底在耍什么阴谋？"

马库斯捶胸顿足地说："我也不知道是怎么回事！我难道会害自己吗？"

"谁说美国没有假冒伪劣商品，看来美国也应该有个消费者权益保护协会啊！"鬼爷长吁短叹。

这个时候，电视台的电话已经被打爆了，全市不计其数的观众要求重播刚才的人脸识别部分，还有大批企业要求在这次直播里插进本企业的产品广告。电视台统计了收视率，目前这场比赛的收视率是百分之百，已经远远超过了除夕夜央视春晚的收视率。

警察押着几名罪犯撤离演播大厅后，主持人问那个现场导演："导演，原定的比赛还继续吗？"

导演抓了抓头发，说："刚出了这么大的事儿，大家惊魂未定，继续比赛，好像不太合适……"现场观众也看出导演在犹豫，山呼海啸般齐声呐喊"继续比，继续比"！他们已经知道，此时此刻，全市市民都聚集在电视前观看这次知识竞赛，他们不能放弃这次在全体市民面前露脸的机会。

这时，电视台台长给现场导演打来电话，要求他们原定的必答题部分比赛必须按原计划直播。导演的脑子也转过了弯，知道这场直播一定能让自己名垂青史，于是宣布必答题部分马上开始。他明白，凭自己的本事，想再弄到百分之百的收视率，这辈子都没戏。

现在，米小乐回到了自己的二号选手席，全场几百人，除了现场导演和摄像师，没人知道是这个小男孩救醒了自己。

按照这次知识竞赛的赛程，必答题部分的比赛规则是，每个选手都必须回答十个问题，每道题回答正确的话加十分，错了也不扣分。比赛开始后，现场观众惊讶地看到，这个上午状态不佳、不断走神的二号选手米小乐，跟变了一个人似的，他对自己的十个问题，都做出了正确的回答。这轮比赛结束后，他的名次已经迅速攀升和十号选手并列第一名。

按照比赛章程，如果经过了两轮的正式比赛后，还没有分出名次，就要进行附加赛。

于是，主持人在念了一遍十名选手各自的得分后，宣布因为二号选手和十号选手得分相同，为了确定谁是这次比赛最后的冠军，马上就进入附加赛环节。她宣布附加赛一共有三道题，比赛方式采取抢答的方式，即回答正确的话加十分，回答错误的话要扣掉十分。听到这里，十号选手露出得意的笑容。毕竟，他是上午抢答题部分得分最高的。

附加赛开始了，现场工作人员把上午那个装满卡片的大号玻璃箱又抬了上来。

女主持人伸手摸出一张纸条，念了起来："在十三世纪，蒙古军队曾经席卷大半个欧洲。谁能告诉我，蒙古骑兵曾经几次进攻欧洲，每次最远打到了哪里？这几支蒙古军队的统帅是谁？开始抢答！"

十号选手首先按下了红色按钮。"一二三六年到一二四一年，由拔都统率的蒙古西征大军，曾经打到维也纳城下，占领了多瑙河流域。一二五三年到一二五八年，由旭烈兀和拔都统率的又一次西征大军，攻占了马扎尔和孛烈儿，也就是今天的匈牙利、波兰部分地区。"

主持人宣布他回答正确。十号选手是历史课代表，历史是他的强项。

接下来是第二道抢答题。这次是米小乐回答正确。

附加赛的前两道题结束后，米小乐和十号选手的得分仍然旗鼓相当，现场的气氛更加紧张了。这时，博物馆里今天到底发生了什么事儿，已经在现场流传开了，人们都已经知道，是因为米小乐的勇敢表现，当天中美两国犯罪团伙合谋盗窃黄金皇冠的阴谋才没能得逞，自己能上电视，在全市几百万观众面前亮相也是出于他的提议。于是，全场观众除了十号选手的家长，都已经成为米小乐的粉丝。

这个时候，本市大小企业的广告业务员已经云集市电视台广告部，要求在这次现场直播中插入广告。有的企业广告业务员是开着厢式货车来的，他们停下车后，当场打开车厢门，里面是成捆的百元大钞。电视台台长站在广告部门口，看着面前的壮观景象，他本来没有心脏病，激动之下硬是出现了心脏病症状，连吃了十片速效救心丸。台长给戴着耳麦的现场导演发去指令，要求在比赛当中临时增加广告时段。导演无奈，只得宣布以选手需要休息为名，宣布比赛暂停十分钟。

"每条广告二十秒，收费一百万，十分钟能播三十条广告，收费三千万，全电视台职工一年的奖金解决了。"电视台台长从电视上看到导演宣布休息十分钟后，迅速进行心算，越算越眉飞色舞。这时，主持人抢过话筒，说："两位小选手都很年轻，他们需要多休息一会儿补充体力。休息时间为半小时。"

"半小时的广告，能让电视台挣到九千万！"电视台台长心里算完账，发毒誓要提拔这个主持人为播音部主任。

半小时过去了，九千万现金进了电视台财务部的保险箱，还有一半的企业没捞到广告时段。更多企业的老总纷纷给自己的广告业务员打去电话，勒令他们必须请到米小乐担任本厂产品的代言人。本市的化肥厂、屠宰厂、化妆品厂乃至婚庆公司都不例外。这些神通广大的业务员迅速找到沈美美和米大雷的电话，争先恐后拨打过去。这两个人都表示米小乐还是个孩子，眼下要以学业为重，不想为和学习无关的事情分散精力。

其中，沈美美在接到化妆品厂和服装公司的电话后，说米小乐虽然不能做广告，但自己愿意亲自出马，以神童母亲的身份为对方的产品代言。她的提议遭到对方礼貌地拒绝。

第十一章　赢得了决赛，但放弃了冠军

这时，赛场里最后一道题的抢答正式开始。女主持人把手伸进玻璃箱摸索了一番，刚要抽出一张卡片时，不知哪里发出一声闷响，整个演播大厅陷入黑暗。

此时观众还处于惊魂未定的状态，这下人群马上乱了起来，尖叫声此起彼伏。幸好，没过几秒钟，演播大厅里的灯光重新亮了起来，这似乎是一起很快就过去的意外。导演挥手让大家安静下来，清了清嗓子，说出了第三道题：

"在浩瀚无垠的宇宙中，存在着各种各样千姿百态的天体，其中有两种看起来似乎相似的天体，一种是星云，一种是星团，实际上，他们是截然不同的，星云是由气体和尘埃组成的天体，是极其稀薄的，如猎户座星云、仙女座星云、金牛座星云等，而星团则是由一些恒星组成的星群，如半人马座的欧米伽星团、大熊座的大熊星团等，选手们要回答的问题是，猎户座大星云和半人马座的欧米伽星团分别距

离地球有多远？开始抢答！"

主持人一念完，观众席上马上议论纷纷："哇，这道题真够偏的！"

选手席上，十号选手没有抢答，米小乐心想："咦，太巧了，这个问题的答案，我知道啊！"他稍稍犹豫了一下，还是按下了红色按钮。

"猎户座大星云距离地球一千五百光年，欧米伽星团距离地球一万五千光年。"

"回答正确！"主持人兴奋地喊着，并宣布十分钟后举行颁奖仪式。

立刻，十多个人一拥而上，撤掉选手席的桌椅，在演播大厅当中摆上了类似于奥运比赛颁发金银铜牌时的领奖台。

这时，米小乐保护了那顶皇冠，还救醒了博物馆里五百多人的事情，已经从博物馆传遍了全市。大批蜂拥而至的记者围住了米小乐，没人问他获得冠军的感受，都在问他是如何发现那些坏人的阴谋的。

对于这类问题，米小乐早就想好了答案，他说，自己偶然发现有人偷偷潜入空调机房，觉得他们的行踪鬼鬼祟祟，不像好人，就跟踪他们进了机房，发现他们想通过空调管道，用麻醉剂麻倒博物馆内的所有人，于是自己拨打了110。

一些没能挤到米小乐跟前的记者，不知怎么知道了他的父母也在现场，马上包围了米大雷和沈美美。他们说，自己刚才也中毒晕倒了。也是刚刚知道原来是自己的儿子识破了坏人的阴谋，不但保住了那顶皇冠，还把博物馆里的几百人救醒。

聚在米小乐周围的记者越来越多，这时，米小乐心里渐渐有了一个疑团，他大喊一声"我要上厕所"，从人群中挤了出来。他悄悄地从安全通道来到二楼，进了空调机房。

卡莎正在里面轻松惬意地飞来飞去。

米小乐上来就说："卡莎，刚才最后一道问题，是你搞的鬼吧？"

卡莎说："和我没关系啊，是你自己知识丰富，才能得冠军。"

米小乐说："我觉得不可能这么巧，我在天文学方面的知识其实不多，但这次主持人正好抽出一道我前段时间刚刚从你那里知道答案的问题。你说吧，到底是怎么回事。"

卡莎只好说，自己在空调机房待得无聊，就去演播大厅观看比赛，恰好看到主持人准备从玻璃箱里拿出写有问题的卡片。她为了帮助米小乐，就对全部写有问题的卡片进行了遥感，发现了一个米小乐肯定能回答的问题。于是，她关闭了演播大厅的电源，然后趁着一片漆黑，钻进了玻璃箱，把这张卡片塞进主持人的手里。

米小乐摇摇头说："你呀，这不就成作弊了吗。"

他回到演播大厅时，颁奖时间已经到了，里面的一大堆人正在找他。见他回来，主持人和现场导演大大松了一口气，把他、十号选手和获得第三名的选手连推带扶地弄上了领奖台上冠、亚、季军的位置。

这时，电视台台长已经兴高采烈地从电视台赶来，亲自给米小乐颁奖，在他脖子上挂上冠军奖牌。接着，获得亚军和季军的两名选手也被挂上了奖牌。主持人也过来采访他，把话筒伸到他面前，让他发表获奖感受。

他皱起眉头，一句话不说。台长以为他紧张过度，提醒他："米小乐同学，你不用紧张，有什么感受直接说就行。"

但是，他还是一直没说话，眉头却越皱越紧了。现场本来乱哄哄的，人们慢慢地发觉情况不对劲，演播大厅里渐渐安静了下来。所有人都屏住呼吸，直盯着领奖台，眼睛瞪得大大的，不想错过接下来的事情。

米小乐看了一阵面前的话筒，慢慢地把冠军奖牌摘了下来。观众席里马上传来一阵惊讶的叹气声，人们低声议论起来。米小乐不再犹豫了，他长舒了一口气，对着话筒说出了一番话。这番话，让在场的观众都惊诧不已。他们万万没想到，这场知识竞赛，竟然以这样的方式结束……

第二部　古城迷踪

第一章　阴谋，正在酝酿

全市中小学百科知识竞赛结束了，米小乐凭借在必答题阶段的发挥，又经过附加赛的激烈争夺，终于凭借最高得分获得了冠军。但是在颁奖仪式上，米小乐却把自己的冠军奖牌摘了下来，对着陷入惊讶的全场观众说："刚才的最后一道问题，我是通过违反比赛规则的方式才做出了正确回答，我不能得这个冠军奖牌。"说完，他把奖牌塞到给他发奖的电视台台长手里。

主持人愣愣地看着他，见他真的要放弃冠军奖牌了，赶紧说："即使那道题你回答错了，你也是亚军啊。"

米小乐摇摇头："如果在答题时违反了比赛规则，不应当仅仅是这一道题不得分，应该取消比赛资格。"他朝父母招手说，"爸，妈，咱们回家吧。今天的事儿，回家我再给你们说。"说完，他再次从拥挤的人群里挤出来，来到米大雷和沈美美身边。米大雷对眼前发生的事也很意外，但还是搂着米小乐的肩膀说："儿子，咱们回家。"

现场的观众无声地看着米家三口人离开，觉得这个上午是自己人生中发生的事情最多、最漫长的一个上午，尽管这个上午的大部分时间里，自己都在睡觉。

米小乐一家进了家门，沈美美迫不及待地说："小乐，刚才到底是怎么回事啊？"米小乐说："爸，妈，今天上午的比赛里，发生了很多事，这些事都牵扯到了我的一个好朋友。我能够从那些坏人手里保住那顶皇冠，还把你们救醒，都因为有这个朋友的帮助。"

米大雷说："你的好朋友？是丁海强吗？但他明明在那个演播大厅里也睡着了啊。"

米小乐说："不是丁海强。"

沈美美说："那是谁？"

米小乐耸耸肩："我给你们说过，你们不相信，还以为我这里出了问题。"说着，他指了指自己的头，就背着包回到自己的卧室。米大雷和沈美美坐在沙发上互相看看，两个人自言自语着："给我们说过？我怎么没有任何印象了？"

这天晚上，米大雷和沈美美睡觉后，卡莎飞进了米小乐的卧室。

"小乐，是我不对，如果不是我，你至少能得个亚军。"卡莎从野餐毯里钻出来，小声说。

米小乐摆摆手，说："没关系了，你也是好意。但你以后要记住，有些事情我还是希望能靠自己来完成。"卡莎连忙低头答应了，然后又回到野餐毯里，从窗户飞了出去，去吸收外面的宇宙射线。

米小乐在百科知识竞赛决赛这天的经历，让他彻底成为校园名人。每天都有大批媒体来到他们学校要采访他，学校方面征求了米小乐和米大雷、沈美美的意见后，谢绝任何媒体进校园采访。尽管如此，米小乐在学校内部也已经尽人皆知，他只要出了教室，不停地有不同年级的学生和他打招呼，还有不少原本不认识的人来问他各种千奇百怪的问题。

米小乐在校园里遇到丁海强，总是主动和他打招呼，开始，丁海强的态度还是和从前一样，对他不理不睬。后来，有一天在课间，丁海强板着脸走到米小乐课桌前，说，"你跟我来。"米小乐随他来到两个人经常商量事儿的地方，也就是操场上的篮球架下。

丁海强回头看着米小乐，两个人谁也没说话，都在沉默着。米小乐刚要开口说些什么，丁海强先说了，"老米，我再问你最后一次，你到底是怎么知道那伙人的阴谋的？你到了我打听到的那个地址，到底看到了什么？"

米小乐说，"老丁，这件事我答应过别人，绝不告诉其他人，当时我是这么给你解释的，现在我也只能这么说。"

丁海强说，比赛那天，你爸妈接受采访的镜头，我都已经看到了。我看得出来，他们当时也是和很多人一起被你救醒之后，才知道这件事。看来，你的确有难言之隐，就连父母都没说。

米小乐点点头，说，"我当初答应别人的，就是绝不能让第三人知道这件事。当时我如果不这么答应别人，那别人根本不会帮助我，我也就不能及时抓住想偷那顶皇冠，把你们弄晕过去的坏人了。"

丁海强说，"好，我也不再逼你了。照你说的这种情况，当时如果是我知道了这些秘密的话，为了能干成后面那些事儿，我也不会告诉别人。"

米小乐说，"老丁，你能理解我，实在太好了。这么说，咱们和好了？"

丁海强说，"嗯。"说完，他伸出拳头，和米小乐撞了撞。

两个朋友和好如初了。

和丁海强的友谊恢复了，除了有时卡莎会在深夜飞到米小乐的卧室，和他聊会儿天，米小乐的生活似乎恢复到以前了。其实，这件事并没有完全过去。

几天后的一个晚上，米小乐一家正在吃饭，忽然，电视里开始播放一则突发新闻。新闻的内容让三个人的筷子都愣愣地举在半空中，眼睛直盯着电视屏幕，一句话也说不出来。

电视里的新闻播音员说，在中国因为蓄意盗窃珍贵文物而被逮捕的美国黑社会头目马库斯，还有本市犯罪集团匪多多的头目鬼爷，在由市公安局看守所押往法院受审的路上发生了意外。接着，电视上还播出了一位市民用手机拍下的视频。在画面上，当关押着马库斯、鬼爷和其他几个犯人的警车在本市郊外的跨河大桥上行驶时，路上突然发生爆炸，桥面断裂。三辆警车都从桥上冲下落入河中。其中一辆警车上的警察迅速带着犯人弃车逃生，唯独那两辆押送鬼爷、马库斯和软猴、泥棍，还有另外两名犯人的警车，竟然从此失去了踪迹。警方已经封闭了跨河大桥，还出动本市全部警力，在上下游展开搜寻。最后，虽然找到了那两辆警车，但车上的罪犯都已经逃得无影无踪了。

新闻播放完了，沈美美手里的碗筷一齐落在地上。她神情紧张，抓住米小乐的手说："小乐，那几个坏人是警察在你帮助下才抓住的，他们一定恨死你了。现在他们逃跑了，会不会来找你报仇啊？"

米小乐说："妈，你放心吧，就算他们真的逃跑了，我也没事儿。你想想看，你想到的，警察肯定也想到了，他们肯定会来保护我。那些坏人也不是傻子，他们肯定也知道这一点，所以，他们再怎么恨我，百分之百不会来自投罗网。"

他话音未落，家里电话铃声响了。"我猜是警察。"米小乐说着，快步拿起了电话。

"喂，你好，我是米小乐。"他对着话筒说，接着就慢慢皱起了眉头。他一声不吭地听着，米大雷和沈美美相互看着，两个人脸上的愁云越来越多。

过了十多分钟，米小乐放下电话，对米大雷和沈美美说："是刑警队钟队长打来的。他是专门告诉我鬼爷和马库斯失踪的事的。他说，警方会派人二十四小时不间断地保护我的。"

沈美美说："那我还是不放心，小乐，要不你请几天假吧。"

米小乐说："妈，不用了，有警察保护我呢。他们只要敢自投罗网，绝对有来无回。"

这天晚上，米大雷和沈美美都睡觉后，卡莎从野餐毯里钻了出来，飞到米小乐的卧室里，在半空中悬停着。米小乐躺在床上，瞪大眼睛望着天花板，也在等卡莎。他一见卡莎进来，马上坐了起来，说："新闻里的内容你都听到了吧，你觉得马库斯他们从警车上逃走，究竟是怎么回事？会是谁救了他们？"

卡莎没有回答他，只是在微微地颤抖着。

"卡莎，你怎么啦，你知道是怎么回事？"米小乐感觉到卡莎的状态很不稳定，急切地问着。他连问了几遍，卡莎才说："一定是威坦星的人干的，他们也来到了地球。这件事一定和他们有关。"

"威坦星？他们的宇宙飞船不是和你们的一起撞毁了吗？马库斯是他们救走的？"

卡莎说："不仅仅是他们救走的，那个美国人马库斯一定就是他们派来的。刚才的电视屏幕上，先是一道白光射在桥面上，这才发生了爆炸，这道光束，很像威坦星一种名叫超能电磁炮的武器。"

"威坦星人他们为什么要这么做呢？"

卡莎没正面回答这个问题，她又反问米小乐："你们地球上的飞机，都有一种叫作黑匣子的东西吧？"

"是啊，黑匣子是记录飞机整个飞行过程的，里面的资料可宝贵了。一旦飞机失事，人们只要找到黑匣子，就能了解到失事前飞机里都发生了什么。所以，黑匣子都是非常坚固的，哪怕飞机坠毁了，变成了一堆破碎的零件，黑匣子都完好无损。"

"这种东西，我们和威坦星的宇宙飞船上也有。只不过我们不叫黑匣子，叫作航行魔盒。前几天，我还到过我那艘宇宙飞船和威坦星的飞船碰撞的地方，找到了魔盒。上面的视频里有一段很模糊的镜头，上面显示威坦星飞船在撞击前的一瞬间，似乎释放出一艘救生飞艇。如果这是真的，这说明威坦星也有人来到了地球。"

"啊，幸好他们的飞船在撞击中彻底毁灭了，他回不了威坦星啦，这样地球就安全了！"

"是的，小乐，你真聪明！如果让来到地球的威坦星人回去，他们一定会把有关地球的消息告诉威坦星的首领，到时他们一定向地球派出真正强大的殖民舰队，而不仅仅是一两艘宇宙飞船。按照地球人现在的科技水平，地球上所有的武器加起来，在这支舰队面前也不堪一击，连十秒钟都坚持不到。到那时，地球就会变成威坦星的殖民地，所有的资源被这些宇宙匪徒们抢掠一空，地球上的人类，要么就此灭绝，要么变成威坦星的奴隶。"

米小乐吓了一跳，他向来是天不怕地不怕的性格，这会儿也被卡莎的话吓得脸色有些发白。他想了想，说："那个叫马库斯的家伙，为什么那么想把那顶皇冠弄到手？开始我一直以为他就是想拿去卖钱，现在，他被威坦星的人给救了，说不定这顶皇冠也和威坦星有关。"

卡莎说："小乐，你还记得吗？你当初第一次在博物馆看到那顶皇冠，回到家里后，我曾经说我觉得很不舒服。后来在博物馆，我还说过皇冠里有一种只存在于威坦星的金属。"

米小乐回忆着几周前的情形，点点头说："当时你说那是因为那顶皇冠里含有一种非常奇特的金属，全宇宙里，只有威坦星有这种金属！当时我还非常奇怪，这顶皇冠明明是一千年前美洲的玛雅人制作的，他们怎么会有来自一万五千光年外的威坦星的金属。"

卡莎说："这顶皇冠，对于威坦星一定有着非同寻常的意义，我们一定要弄明白到底是怎么回事，更不能让它落在威坦星人手里。"

米小乐说："那个名叫马库斯的美国人，肯定是被威坦星的人雇用了。哼，说不定那两瓶药液，也是威坦星的人给他弄来的。既然他们那么想得到那顶皇冠，他们一定会再想办法的。卡莎，我一定会保守好你的秘密，绝不能让威坦星的人知道你的下落！"

卡莎说："我也一定帮助地球人捍卫好自己的家园，绝不给威坦星的侵略者任何可乘之机！"

他们一边说着，一边不约而同地望向了窗外的夜空。这天晚上，天上的星星很多，每一颗都安静地镶嵌在漆黑深邃的夜空中，这时一丝风都没有，所有的树木都静静矗立着，谁也听不到风吹动树叶时发出的哗哗声。总之，外面是一副和平静谧的样子。但是，米小乐和卡莎知道，无论现在有多么安全，马库斯和鬼爷一定会卷土重来的。在他们背后，说不定还有着意外来到地球、有着强大军事力量的威坦星人。米小乐知道，自己是地球上唯一一个知道卡莎身份的人，要想保卫地球，保护卡莎，就必须勇敢地面对来到地球的威坦星人，并打败他们。

这时的米小乐和卡莎还不知道，一个精心策划的罪恶阴谋，正在一步步走向他们。这个阴谋，远比盗窃在博物馆展出的古代玛雅人皇冠，更加庞大、可怕……

第二章　科学家被绑架了

博物馆事件已经过去一个月了，米小乐的生活渐渐恢复了平静。一天上午，米小乐刚一来到学校，就发现校园里宣传栏前密密麻麻地挤满了人。那些从人堆里挤出来的学生，都是一脸失望沮丧的神情。这个宣传栏，是学校里用来发布一些重要信息的，比如有哪个名人要来做报告，学校的舞蹈队、合唱队要去参加哪里的文艺演出之类。这么早就有人挤在这里看，说明今天一定有学生们非常关心的信息。米小乐也凑了过去，他好不容易挤进人堆，看到宣传栏上贴着一张白纸，上面打印着这么几句话——

因为连日来未能和著名化学家、远洋大学教授秦朗取得联系，无法和他就演讲活动的有关事宜进行沟通，原定今天晚上在本校大礼堂举行的秦朗教授的演讲取消。

落款是校学生会。

米小乐愣住了。秦朗是他非常崇拜的科学家。这次讲座他已经期待很久了。一年前，他在本市的少年宫就听过一次秦朗的讲座。那次讲座对他的作用，绝对是醍醐灌顶级别的。当时，秦朗在少年宫一位辅导员的带领下走上了讲台。辅导员在向学生们介绍秦朗的身份时说，秦朗教授是我国最优秀的化学家，他从小学开始学习成绩就非常好，希望同学们把他当成榜样，刻苦学习，勤奋钻研，以后为国家做出更大的贡献。但是，讲座正式开始后，秦朗的第一句话就说，刚才教务处长先生对我的介绍，一共用了三句话，很遗憾，三句话都错了。先说第一句，处长先生说我是全国最优秀的化学家，实际上，我一直认为自己是全世界最优秀的化学家。第二句话，我不是从小学开始成绩就非常好，事实恰恰相反，我在小学期间，考试成绩经常不及格，如果不是因为我们国家的九年制义务教育，我早就被开除了。我是在上中学有了化学课后成绩才开始变好的。我因为化学课成绩很好，经常被老师表扬，表扬得多了，我的自信心越来越强大，其他科目的成绩竟然也越来越好了。第三句，我不希望任何人把我当成榜样，你们也不要把任何人当成自己的偶像。如果有人把我当成自己的偶像，我只能认为这次讲座失败了。我搞了这么多年的科研，最大的收获就是别让任何人束缚自己。牛顿就是因为没让他从前的科学家束缚自己，才发现了万有引力。爱因斯坦就是因为没让牛顿束缚自己，才发现了相对论。

秦朗仅仅靠开场白，就赢得了山呼海啸般的掌声，在场的所有学生都对他投以崇拜的目光。但是站在一旁的教导处长的脸色要多难看，就有多难看。

那次讲座结束后，还有提问环节。有个本市的中学生说，秦老师既然你认为自己是全世界最好的化学家，为什么你至今还没获得诺贝尔化学奖？秦朗耸耸肩说，任何人都有可能犯错误，诺贝尔奖的评委们也不例外。我今年三十六岁，按照中国男性七十八点五岁的平均寿命来算，诺贝尔奖的评委们还有四十二年的时间来纠正他们的错误。

场下掀起的掌声分贝之高，持续时间之长，均创下当时远洋市少年宫有史以来名人讲座的纪录。

在那之前，米小乐最喜欢的明星是球星和影星，从那次讲座之后，他觉得科学家比球星、影星有魅力多了。

正是因为对秦朗那次讲座的印象过于深刻，米小乐对计划在当晚举行的讲座有着万分期待。宣传栏上，就在这张白纸旁边，张贴的就是秦朗这次讲座的大幅海报。在海报上，秦朗身穿雪白的实验服，聚精会神地看着手里一支试管。在试管里，是冒着气泡的红色液体。这张照片毫无疑问是摄影师抓拍的，秦朗的神情非常专注，所有的注意力都集中在面前的试管上。看得出，他如痴如醉地沉浸在自己的工作里。这也是秦朗最著名的一张照片，当初米小乐曾经在一份科技爱好者类的杂志上看到这张照片和一篇对秦朗的长篇报道。

这时，围拢在宣传栏四周的学生越聚越多，大家都在议论纷纷，都是在说堂堂的科学家秦朗这么不守信用。米小乐看到自己班上两大学霸之一的李英男和别的几个女同学也在看这份通知，她们在边看边说。

"哼，还是大科学家呢，怎么这么没信誉。"

"本来今天晚上我要去看电影的，为了听这场演讲，我连电影票都退了。"

米小乐扭头对她们说："你们先别这么着急地下结论，这份通知上说没能和秦朗教授取得联系，说不定他是出了什么意外，才导致和别人失去联系呢。"

李英男说："他一个大活人，能有什么意外？"

米小乐说："不了解情况就对别人发议论，不好。"说完，他扭头钻出了人堆。他一边朝着教室走去，一边想，秦朗教授究竟是因为什么事，才和别人失去联系呢？

这天，米小乐一直想着秦朗的讲座为什么临时取消，上课老走神。有一次，孟老师叫他回答问题，连叫了他三次，他都没任何反应，是同桌宋瞳拿胳膊肘顶了他一下，他这才回过神，一看孟老师正目光炯炯地盯着他，他赶紧站起来。孟老师让他回答问题，可他连孟老师问的什么都不知道，当时脸就红了。

课间休息的时候，他闷闷不乐地在宣传栏前面溜达，忽然肩膀被人重重拍了一下。他回头一看，一个人影都没有。他叹口气，说："老丁，别闹了，我正烦着呢。"

果然，随着一阵嘿嘿笑声，他最好的朋友丁海强从宣传栏后面转了出来。他说："我知道你为什么心烦。"

"切，你又不是我肚子里的蛔虫，你怎么知道？"

"你呀，肯定是因为他！"说着，丁海强指了指宣传栏上秦朗的海报。米小乐点点头，说："你说得对。"丁海强又往他跟前凑了凑，说："我听说啊，这位秦大科学家，不光咱们学校联系不上，他们远洋大学都联系不上，就连他所有的亲戚、朋友也都联系不上。"

米小乐说："那是怎么回事，你听谁说的？"

丁海强表情神秘地说："我不是有个表哥就在远洋大学上大二吗，我听他说，他们学校里所有秦朗老师的课都停了，不管是必修课还是选修课，一律都停。更夸张的是，秦朗老师平时不是一直在实验室里待着吗，如今这个实验室都被警察用那种隔离带给围起来了，一大帮警察拿着各种仪器，在实验室里到处勘察，那场面，真跟美国那些破案的电影似的。"

米小乐半信半疑地盯着他，说："要是这么说，秦朗老师真的出事儿了？"

丁海强很坚决地点点头。

丁海强的话很快得到了证实。这天晚上，米小乐回到家里，一家人正吃晚饭，被电视上一道突发新闻吸引住了。他们的筷子停在半空中，目不转睛地看着新闻。因为这条新闻的标题就是，著名化学家秦朗离奇失踪！

新闻里说，秦朗有晚上跑步的习惯，他平时经常夜以继日地在实验室里做实验，有时到了深夜，为了振奋一下疲惫的精神，他会在大学校园里跑上一会儿，跑完后再洗个澡，就又有精神继续做实验了。三天前的深夜二十三点，他正在做一个很重要的实验。这个实验过程中，有大概三十分钟的时间，需要等待各种物质在试管中进行化学反应。于是，秦朗又像往常一样，换好了运动装和跑鞋，和助手打过招呼，就离开了实验室。

但是，半个小时后，实验需要进行下一步了，秦朗并没有按时返回。他的助手只得暂停了实验，到外面去找他。可是，助手沿着秦朗平时锻炼的路线，找了好几圈，都没有发现他的身影。助手又找来十多个保安和他一起找，仍然一无所获。

助手只能暂停了这次实验。

到了第二天清晨，秦朗仍然没有任何踪影。他的助手只得把情况报告了所在大学的领导。秦朗是世界级的科学家，尤其是在金属冶炼这个领域，堪称全世界的超一流学者，据说在下一届诺贝尔化学奖的候选人名单上，他的名字排在第一位。对于这么一个有国际影响的重要人物，他任职的远洋大学不敢怠慢，马上就报警了。警方第一时间出警，派出最能干的警员来调查此事。警方查到，当晚在实验楼中做实验的其他老师，有人说曾经看到过秦朗身穿运动衣跑出了实验楼。当时他的精神状态很不错，笑容满面的样子。警员还带着警犬，一条花了上百万外汇从德国引进的纯种黑背，在秦朗跑步的路线上寻找蛛丝马迹。幸好这条路远离平时大学生们上课下课的道路，属于校园里较为偏僻的路段，平常根本没什么人来这里，秦朗留下的痕迹没怎么被破坏。警犬来到后，一路嗅着秦朗的气味，到了一处岔路口后就茫然不知所措了。于是，警方认定秦朗就是在这个路口遭遇到了意外。大批警察对这个路口周围的地形进行了详细调查，发现这里是校园深处，四周都是竹林，汽车根本开不到，所以，警方探员无论如何也猜不到秦朗是如何离开这里的。在岔路口附近，警方也没有找到其他人留下的脚印、烟头之类痕迹。

　　既然在秦朗的跑步路线上无法获得有价值的线索，警方只好把注意力转向秦朗正在从事的科研项目，希望能从这里面找到线索。他的助手告诉警方，秦朗正在做的实验，是研制金属材质的人造脑部神经和血管，如果这种金属神经和脑血管能研制成功，全世界上亿的脑部疾病患者就有望从中受益。这项研究工作难度极大，秦朗已经花费了多年的时间和精力，前不久已经取得了突破性进展，如果秦朗不是遭遇意外，第一批人造金属脑神经本来很快就能问世。

　　"这么关键的时刻突然失踪，实在太可惜了。"米大雷一边看新闻，一边叹着气说。

　　接着，电视画面切换到正在现场直播的警方新闻发布会，出现在会议现场的，就是上次率领大队警察赶到市博物馆，把现场多名中外罪犯一网打尽的刑警队长钟昊。他说："警方正在对秦朗教授的失踪进行调查。根据目前掌握的线索，警方初步得出结论，秦朗教授已经被不明身份者绑架，因为绑架现场没有留下太多痕迹，这起案件应该是有犯罪经验的团伙所为。在警方调查期间，希望各位媒体界的朋友不要随意猜测，发表没有可靠来源的消息，这样会对警方的调查带来干扰。"

　　钟昊说完后，新闻发布会现场的记者纷纷要求提问，钟昊说目前暂不回答问题，接着宣布会议结束，马上转身离开了。

　　吃过晚饭，米大雷和沈美美外出散步，米小乐则留在家里上网，想了解一下有没有秦朗被绑架一案的最新消息。

　　不知何时，卡莎飞进了米小乐的卧室。她的荧光体从野餐毯里钻出来，见米小乐正全神贯注地看着网页，也好奇地过去瞄了几眼。她不等一个网页看完，就懒得看了，得意地说："金属神经，哼，还号称高科技呢，这可是我们阿尔比星球一百多万年前就已经淘汰了的技术。"

米小乐从电脑上抬起头瞟了她一眼，说："你每天晚上都要飞出去转一圈，从宇宙射线中吸收能量，你知道我们地球人管这种事儿叫作什么吗？"

"叫什么啊？"

"叫作喝西北风。"

"你……"卡莎虽然对地球上的事情不是特别了解，但也知道这句话的意思。她被米小乐气得够呛，想了想说："哼，喝一回西北风，一整天都不饿了，比你们地球人为了一张嘴，整天忙忙碌碌的强多了。"

米小乐觉得这话不太容易反驳，也就不再说了，继续在网上查找秦朗的消息。可他找了半天，也没找到多少比钟昊在新闻发布会上说得更多的消息，胡乱猜测的内容倒是一大堆，有人说秦朗肯定是被外星人绑架了，有人说他因为工作压力太大，索性离家出走，去五台山当了和尚，还有人说他其实根本没失踪，是为了躲避外界的干扰，找了个安静的地方继续搞研究。米小乐越看越心烦，索性"啪"的一声，重重关上电脑，躺倒在床上。过了一会儿，他喊了声："卡莎。"

"嗯。"卡莎飞了过来，悬停在米小乐头顶。

米小乐说："你觉得这个科学家的失踪，会不会和来到地球的威坦星人有关系？"

卡莎说："你怎么会有这种想法？我给你说过的，秦朗正在研究的金属神经，一百多万年就被我们淘汰了。虽然威坦星的科技水平比我们差一些，但也比地球强多了，根本用不着这种技术。更何况，这个科学家不是还没制造出那种金属脑神经、脑血管吗？"

米小乐点点头："你说得的确很有道理。但是一个大科学家莫名其妙地失踪，这是从没发生过的事情。他是研究金属的，你不是说过，上次来我们这里的博物馆展出的那顶古代玛雅人皇冠里，有一种只有威坦星才有的奇异金属吗？说不定他的失踪，和想盗窃皇冠的那伙坏人，还有一路追杀你来到地球的威坦星人，这三件事相互之间都有关系。"

卡莎说："听你这么一说，我也觉得这几件事接连发生，大概不是巧合。"

"卡莎，我一定要把这件事的真相查出来，找到秦朗教授的下落！"米小乐说。

卡莎点点头，说："我帮你！"

二十五年前，当秦朗刚刚上初中，在第一节化学课上，他就确信自己就是为了这一门科学而生的。他第一次看到化学元素周期表，感觉就像遇到一群多年未见的亲人一样。他在化学方面的天赋是不容置疑的。初一上学期还没上完，他已经自学完初中到高中全部阶段的化学课程。更不用说，在他整个初中阶段，他的化学成绩只有一成不变的一百分。到了初三，他已经开始阅读世界顶级化学家的学术论文了。这所中学的化学组组长看了他的一次化学实验后，手指颤抖地拨通了一所全国重点大学化学系系主任的电话，向他介绍了秦朗的情况。电话里，他的第一句话就是"我发现了一个百年不遇的化学天才"！

后来，那所大学的化学系系主任派了一位资深教授来对秦朗进行面试。为了避免作弊，这位教授把自己和秦朗关在学校的实验室里，窗户和大门都关得死死的。秦朗的父母和老师提心吊胆地等在门外。对于这次面试，资深教授原本计划用一节课的时间，不到半小时，实验室的门"吱呀"一声打开了。在门外等着的一干人等抬头望着资深教授。这位教授盯着秦朗的父母盯了足足十分钟，这才开口说："他得诺贝尔奖是时间问题。"

这一年，秦朗十五岁。后来， 他跳过高中阶段直升大学。十八岁那年，他从大学化学系毕业、准备开始自己的研究生学业时，全国各地的化学家争相招揽他为门下弟子。毕竟，他们都知道自己得不了诺贝尔化学奖，希望自己将来能获得"中国第一个诺贝尔化学奖获得者老师"的头衔。

但是，上了研究生后的秦朗，选择的研究方向却让导师大失所望。他选择的是金属冶炼技术。他的导师认为自己当上"诺贝尔奖获得者老师"的梦想彻底破灭了。因为金属冶炼在化学界，是一个公认很难有新发现的领域，是不言而喻的夕阳学科。

秦朗的看法和别人不一样，他认为，人类对金属的认识尚处于初级阶段，人类社会要继续发展，断断离不开对金属的利用。人类的铁器时代，远远没到结束的时候。

秦朗是在三年前开始研究如何用金属制造脑部神经和血管的。他觉得，人类脑部的构造是全身最复杂的，如果能用金属制造出脑部的神经和血管，人类全身上下，就没什么造不出来的。到了那时，人类任何部位发生病变，都可以直接换上一个金属材质的。那样的话，人类不仅有可能实现长生不老，还能做到不再生病。三年来，他不知遭遇了多少次失败，但他始终没怀疑自己的想法。终于，技术最困难的那一步难关已经攻克，他很快就可以制造出金属脑神经、脑血管了。

这天深夜，又和往常一样，忙碌了一整天的秦朗换好运动衣和跑鞋，走出了实验室。他感到，今天的校园格外安静，四周连昆虫的鸣叫声都没有。他轻快地奔跑着，很快跑到了一处岔路口。每次他跑到这里，只需要向左转个弯，很快就能回到实验室了。忽然，在一排排的竹子下，一个体形清瘦、脸色黝黑的矮个子男人正站在这个路口。这人看起来很面生，而且从衣着气质来看，不像个知识分子。"哎，老师，请问西门怎么走？"这人一看见秦朗跑过来，马上凑上去笑容满面地问。

"那边。"秦朗停下脚步，朝西指了指。"好的，谢谢。"这个男人谄媚地笑着。他虽然嘴里在道谢，但仍然挡在秦朗面前。秦朗不喜欢这人鬼鬼祟祟的样子，正要从他面前绕着走，只见他朝自己身后使了个眼色。他刚要回头看看，只觉得脸上一凉，嘴被人重重蒙上了一层湿漉漉的毛巾，一股带着微微甜味儿的气体随即钻进了他的鼻孔。

在昏倒前，他隐约看到，把毛巾按到他脸上的，是一个又瘦又高、皮肤黑得简直能融进夜色里的男人。刚才问路的矮个男人，则朝他得意地狞笑着。作为一个化学家，他当然知道，蒙住他脸的毛巾里，一定灌满了乙醚。

这是一种能在几秒钟内让人失去知觉的化学制剂。

不知过了多久，秦朗渐渐醒了。他慢慢睁开眼，只见自己正躺在一个冰凉的墙角，他的头仍然晕乎乎的，但他还是费力坐了起来。他看到，自己所处的是一间空荡荡的房间，除了在头顶悬着的一盏高亮度白炽灯，一只装在另外一个墙角的马桶，房间里什么也没有。就连房门样式也是简单到了极点，除了一个门把手和插钥匙的孔，只有光秃秃的一片钢板。

"你们是谁？为什么要绑架我？"

他朝着天花板大声喊着，但只能听到自己的回声在房间里嗡嗡作响，没有任何人答应他。

这时，一阵饥饿感从肚子里升起，他摸了摸自己的肚子，觉得肚子从来没像现在这样这么瘪过。一阵咕咕的声音从他的肚子里传出，这让他更是觉得饥饿难忍，连站起来的力气都没有。"我也不知道有几天没吃东西了。"他喃喃自语。

"秦先生，欢迎你。"

他正饿得腹痛难忍、浑身无力时，忽然，一个男人的声音在房间里响了起来。秦朗双手撑在地上，警惕地看着空中，说："你是谁，为什么要把我弄到这里？"

"秦先生，你不用管我是谁，我只希望你相信，我是在帮助你，帮你成为地球上最伟大的科学家。"这个声音彬彬有礼，但他说出的每一个字都透出让人无法形容的令人毛骨悚然的寒意。

"帮助我？"秦朗冷笑起来，"如果想帮助我的话就别限制我的自由。没有哪个科学家是在失去人身自由的情况下还能变得'伟大'。"

"秦先生的口才令人钦佩。秦先生或许不知道，我们多年来一直在关注秦先生的研究工作。"

"一直关注我？"

"是的。"

秦朗用嘲讽的语气说："那你能不能告诉我，我今天的早餐是什么？"

"一碗豆腐脑，两根油条，你的早餐是在校教工食堂吃的。"

秦朗愣住了，这个回答丝毫不差。他说："你说对了，但这也不奇怪，你们要绑架我，当然要弄清楚我的作息规律——"

"你昨天的早餐是馄饨和烧饼，前天的早餐是小笼包，大前天的早餐是你在去香港参加国际学术会议时在酒店里吃的，两只蛋挞，一份肠粉。看来，我需要提醒你，从营养学的角度，你早餐的营养结构并不合理，碳水化合物太多了，蛋白质和维生素摄入太少。另外，你从未结婚，但谈过一次恋爱，女方是日本女科学家松崎枝子，你们是在三年前新加坡的一次学术会议上认识的，后来在互相通了三个月的电子邮件后，你认为婚姻太浪费时间，主动结束了和松崎枝子的交往。在这期间，你给她发去八封电邮，她却给你发过三十六封，看得出，她对你是一见钟情。"

"你到底是什么人？"秦朗愤怒地喊着。他因为不知道对方的位置，只得瞪大眼睛，朝房间的各个角落轮番射出怒火般的目光。

"我并不是要故意刺探你的隐私。只是我们出于对秦先生学术水平的敬仰，才对秦先生的行踪了解得比较前面。"

"你到底想让我干什么？"

"我们知道，秦先生是金属冶炼领域的世界顶级科学家，所以，我们想请秦先生帮的忙，当然也和金属冶炼有关系。"

那个声音刚刚说完，秦朗面前的白墙上，忽然发出一阵吱吱呀呀的声音，接着，墙面有一部分凹陷了进去，一块液晶屏幕露了出来。

屏幕上，是一个和他现在所处的一模一样的房间，但是在房间当中是一把铁质椅子，上面坐着一个穿着灰色夹克和蓝色牛仔裤的成年男性。这个男人戴着手铐脚镣，被牢牢锁在椅子上。他不停地扭动着身躯，但朝天怒吼着，嘴里大概还塞着东西，只能听到一阵嘶哑的声音。秦朗仔细看了看，这个男人的长相非常凶恶，满脸是粗硬的胡须，脸上还有一道十多厘米长的深深的伤疤。

秦朗皱着眉看着，不知道这是什么意思。

"秦先生，你知道这个人吗？"

秦朗摇摇头。

"看来秦先生的确把所有的时间和精力都放了科研上，对社会上发生了什么完全不关心。我可以提醒你一下，这人名叫鲁鹰，是一个惯犯，抢过银行，贩卖过毒品，绑架过富商，还杀过人。总之，这是一个桀骜不驯、无恶不作的家伙。"

"你让我看这个人干什么？他和我的研究似乎扯不上任何关系。"

"秦先生不要着急，请继续看。"

接着，液晶屏幕上又出现了一个人，秦朗只看了一眼，就认出了他。这人就是在岔路口向自己问路的那个又黑又瘦的家伙。秦朗刚想骂他，却想起他不在这个房间，骂他也听不见，只得闭上嘴。这时，瘦子把一块矿石状的东西放到了那个名叫鲁鹰的惯犯头上。只一瞬间，鲁鹰试图从椅子上挣脱的动作完全停止了，他一动不动地坐着，目光也变得呆滞起来。

接着，刚进来的矮个子从怀里掏出钥匙，打开了鲁鹰的手铐脚镣。但是，刚才还在拼命挣扎的鲁鹰，现在却变得老实异常，没有任何从椅子上站起来的迹象。这时，蒙面人嘴唇动了动，似乎在说"躺下"。只见鲁鹰摇摇晃晃地从椅子上站了起来，接着毫不犹豫地躺在地上。

"爬。"矮个子说。鲁鹰立刻手脚并用，在地面上爬了起来。蒙面人满意地看着他。

秦朗对这一切目瞪口呆，他正纳闷儿，那块屏幕又缩回了墙里，整面墙重新变得光滑完整，没有任何异常。

"秦先生，你看出其中的奥秘了吗？"

那个神秘的声音又响了起来。

"这能有什么奥秘，看上去那个放到人头顶的东西，会让人变得非常听话，可这说不定是你们故意表演给我看的，那东西其实什么用处都没有。"秦朗强打精神说。

"好吧，秦先生说得有道理，请继续看下去。"

液晶屏幕再次出现了，上面的房间似乎还是刚才那个房间，但那个名叫鲁鹰的壮汉不见了，换成一只毛茸茸的动物。秦朗站起来凑过去仔细看了看，他认出这动物竟然是一匹狼！这匹狼正露出满嘴的獠牙，恶狠狠地打量着周围的环境。它的口水顺着尖牙一滴滴落在地面上，一副随时要向前猛扑的架势。任何人一看就知道，这是一匹没有经过任何驯化的地地道道的野兽。和刚才那个名叫鲁鹰的家伙一样，这匹狼的四只爪子也被牢牢捆在铁椅子上。

刚才那个矮个子又出现了，他拿着那块矿石走了进去，狼听到动静，马上扭过头，双眼露出凶光。等这人走近，它马上往前一蹿，狼嘴也用力咬了过去。矮个子早有提防，他小心翼翼地避让狼的撕咬，把矿石放在狼头上。和刚才一样，这匹狼马上像是失去了所有野性，耷拉下脑袋。

秦朗轻轻发出一声惊叹。

液晶屏幕再次收回。

"秦先生，这次可不是什么表演吧。"

"那是一块什么矿石？"秦朗问道。

第三章　嫌疑人浮出水面

"小乐，真可惜，我的遥感功能只能查到正在发生的事情，对于过去的事情就没办法了。所以，我没法帮你查到那位秦朗教授的下落。"

这天下午，米小乐放学后没有回家，跳上公共汽车，来到了市公安局。他没有直接进去，而是先进了公安局对面的街心公园，在一个很偏僻的地方找了个长椅坐下。如果别人看到这个背着背包的男孩正在自言自语，一定诧异极了。他们当然不知道，正在和他对话的，竟然是他背包里的野餐毯。

米小乐说："卡莎，没关系，我没有怪你。待会儿我进了公安局之后，你知道应该做些什么吧？"

卡莎说："当然，你负责吸引那个刑警队长的注意力，我负责遥感秦朗教授失踪案的全部案卷内容。"

米小乐说："Yes。你需要多长时间，我可不知道自己能在他办公室里得多久。"

卡莎说："一分钟左右就足够了。"

米小乐下定决心要查清楚秦朗失踪案的真相后，就开始思考第一步究竟应该做什么。他知道，虽然给警方帮过忙，但是，在别人眼里自己仍然是一个不起眼的小学生。如果自己直接去那所大学里的案发现场，也就是化学实验楼和秦朗经常跑步的树林打听情况，说不定人家直接就给自己学校打电话找老师了。米小乐想到，警方既然已经对秦朗失踪进行了调查，自己完全可以凭借卡莎的遥感功能，掌握警方的调查所得。于是，米小乐和卡莎决定到公安局刑警队去一趟。

当他们在街心公园里把行动计划又排练了一遍后，在市公安局里，刑警队长钟昊正在分析著名科学家秦朗离奇失踪案的案情。他百思不得其解，弄不明白一个大活人，为什么会在大学校园里失踪。

钟昊站在自己办公室里，死死盯着面前桌上摊开的大学校园平面图。这时，他一名手下探员敲了敲门，把头伸进来说："头儿，那个名叫米小乐的男孩来找你。"

钟昊说："米小乐？上次博物馆里那个？"

探员点点头。钟昊说："那男孩挺勇敢挺机灵的，上次真是给咱们帮了挺大的忙，要是让那伙坏蛋把墨西哥的国宝从咱们眼皮底下抢走，咱们全市的警察都没脸见了。嗯，快让他进来吧。"探员答应了，随即把门推开，米小乐背着包走了进来。他朝钟昊打招呼："钟叔叔好。"

钟昊点点头，说："小乐，放学了吧，来这里有什么事啊？"

刑警队长的办公室，对于米小乐这样的男孩子来说，算得上世界上最神秘最有魅力的地方了。他四下打量着，发现这里和自己学校里老师们的办公室差不多，都是一张大大的办公桌，上面堆满了各种文件，墙边还摆着两个文件柜，看不到一把枪，也看不到一颗子弹。除了墙角衣架上挂着的警服，这里看不出和警察的工作有任何关系。在米小乐的想象当中，刑警队长的办公室，应该和美国枪战片里的镜头差不多，桌上摆着获奖授勋的照片，还扔着手枪、枪套和装满黄灿灿子弹的弹夹，墙上则贴满了各路江洋大盗的通缉令。

"和想象中刑警队长的办公室不一样，是吧？"

钟昊说着，仿佛看出了米小乐的心思。米小乐不好意思地挠挠头，说："嗯。"

钟昊说："小乐，你来这儿有什么事？"米小乐说："钟叔叔，前两天神秘失踪的科学家秦朗，本来要到我们学校去开个讲座的。我们都盼着他能去呢，你们要是能早点找到他，就太好了。"

"秦朗要去你们那里的事儿我们知道，我们正在寻找他的下落。你放心，我们肯定能找到他的。"

米小乐觉得，这位刑警队长虽然正在笑容满面地看着自己，但是，他那一双藏在浓黑剑眉下的双眼，正放射着非常锐利的光芒。在这样的目光下，他心里有些打鼓，马上就说要回家了，飞快地退了出来。

刚才送他进来的那个探员，名叫桑顿，正在外面的大办公室里和同事聊天。他冷冷地打量着慌慌张张跑出去的米小乐，想了想，走进了钟昊的办公室："头儿，这孩子不太对劲，咱们得多留心。"

钟昊望着米小乐退出去的方向，回想着当初在博物馆里的事情，说："对，他肯定不是光为了告诉我秦朗要去他们学校讲课才来的。桑顿，你看看他到底和秦朗失踪这件事有没有关系。"

米小乐出了公安局大门，马上快步跑到街心花园，喘了半天粗气，才对背包里的卡莎说："我的天哪，钟队长的眼神太吓人了，在他面前撒谎太难受了。在他的办公室里，我再多一秒钟也待不下去了。卡莎，你遥感到有用的内容了吗？"

"他的抽屉里，有很多笔记本。每个笔记本的第一页，都写着一个案子，里面写满了各种各样的人名、地名什么的，还有一大堆谁也看不明白的符号。"

"我知道了，这个笔记本一定是用来记录破案线索的。我自己在做数学题时，遇到不会的题目，也经常在纸上乱写乱画，有时这么画一会儿，就有思路了。"

"那个抽屉里，最新的一个笔记本第一页上，写的是'科学家秦朗失踪案'"。

"这肯定就是他用来记这个案子破案线索的笔记本，他在上面写了些什么？"

"看来这个案子，他们真的没找到什么像样的线索。笔记本里就写了一个人名，旁边还画了很多问号。"

"唉，看来如何找到秦朗，钟队长也没有任何办法。"

"小乐，笔记本上的人名，不是秦朗。"

这个消息让米小乐大吃一惊，他说："那是谁？"

"苏扬，秦朗教授的助手。"

在远洋大学，化学系的秦朗教授喜欢跑步是出了名的。他在任何时间，都有可能出现在校园的操场或者树林外的柏油路上。这完全取决于他的实验的进展情况。苏扬就是他当晚的助手，也是唯一一个知道秦朗何时离开实验室去跑步的人。米小乐听到卡莎说苏扬的名字被郑重其事地写在笔记本上，说："难道是苏扬向绑架秦朗的人泄露了时间？太难以置信了，据说他无论人品，还是工作能力，都是秦朗最信任的助手。"

卡莎说："他是不是叛徒，咱们跟踪他一下，就全知道了。他如果真的和秦朗被绑架有关，一定会露出马脚的。"

回到家里，米小乐登录远洋大学的网站，网站上有这所大学里所有教师的照片和简历，米小乐在化学系的网页里找到苏扬的照片，下载到了手机里。他又研究了一番苏扬的简历，他是本市人，从小学到大学都在本市，在远洋大学毕业后留校工作，目前在化学系实验室担任研究员。

"从他的简历来看，这人一切正常，没有可疑之处啊。"米小乐说。

卡莎说："钟队长把他的名字特意记在本子上，还画了那么多的问号，一定是有原因的。"

"好吧，咱们明天就开始跟踪他，看看能不能找到什么线索。"

第二天，米小乐上学时特意把卡莎装到书包里。下午的放学铃声一响，米小乐马上背起书包冲出教室，骑上自行车，拼命蹬了起来，用最快的速度赶到了远洋大学的化学系实验楼。在楼下，他在一棵粗壮的大槐树下藏好后，看了看手表，发现路上只用了十五分钟。昨天他已经查到，远洋大学的下班时间比自己放学时间晚半个小时。

他等了一会儿，下班时间到了，就看到陆续有人从实验楼里出来。每出来一个人，他就拿着手机，和上面苏扬的照片比较着。很快，苏扬走了出来。只见他和同事们道别后进了停车场，钻进了一辆灰色的汽车，看上去一切都很正常。

卡莎说："小乐，他的车比你的快，到了外面你就追不上他啦，我自己去追吧。"米小乐想了想说："好吧，你也要注意安全。"他赶快骑车进了停车场，趁着苏扬的车还没启动，打开了背包。卡莎飞了出来，钻进了苏扬的车下面，紧紧贴在底盘上。

汽车开出了停车场，沿着校园里的林荫路开着。看他的车速，很快就会开出校园，开上外面的公路。米小乐望着这辆车远去的影子，既担心着卡莎，又希望她能找到秦朗失踪的线索。

直到苏扬的车越开越远，最后一点儿都看不见了，米小乐这才骑上自行车，慢慢地骑回了家。

这天晚上，等父母睡觉后，米小乐又把自己卧室的窗户打开，等着卡莎回来。可是，时间一分一秒地过去了，已经十点多了，卡莎还是没有回来。

他望着外面漆黑的夜空，又想起了他第一次被卡莎带着在城市上空飞行那夜的情形。也就是在那一天，卡莎没能回来。米小乐想："鬼爷和他的手下，还有那个美国人马库斯，都莫名其妙被别人从警车上救走，这实在太诡异了。到底是什么人救的他们呢？这件事会不会和秦朗教授失踪有关呢？"

"哈哈，想我了吧。"

他正在出神，耳边忽然传来一阵轻快的笑声，他一抬头，只见卡莎正从窗户飘了进来。他兴奋地跳了起来，说："卡莎，你回来了，这可太好了，我正担心你呢。"

卡莎降落在地面上，然后作为荧光体从野餐毯里钻出来。她告诉米小乐，这次跟踪苏扬，还是有收获的。她发现，苏扬并没有驾车回家，而是来到市图书馆。"他进了图书馆后，就上电梯，去了十八层。我怕他发现，就没跟着他上去。在楼下遥感他的行踪。你猜怎么样，他到了十八层的一个阅览室里，直接去一个非常隐蔽的角落里找到一本书，看了一会儿就出来了，然后他就开车回家了。我又跟着他回家，他回家后的行动倒是很正常，自己煮了面吃，又看了会儿电视，就洗澡睡觉了。"

接下来的几天，苏扬没有任何异常的举动，秦朗失踪案也没有任何进展。

这天晚上，夜已经很深了，米小乐本来都已经睡着了。但是，他忽然想到一件非常重要的事情，猛地坐了起来。他记得，按照图书馆的管理规定，读者每次进入图书馆都要刷一下自己的借书卡，这样的话，图书馆的电脑里一定储存着每个人的入馆记录。他摸着黑下床打开电脑，登录了市图书馆的网站。果然，他在输入了苏扬的名字后，查到了他进入图书馆的记录，发现他每隔一周，就要来一次市图书馆。

"这家伙，一定和秦朗失踪有关！他去图书馆，说不定就是去接受什么秘密指令的！"米小乐的双眼紧紧盯着电脑屏幕，心里暗暗地想。

"下次苏扬再去图书馆，我一定要对他进行遥感，查清楚他进去后到底看的是哪本书。他去的是工具书阅览室，里面都是那种古代的线装书，还是一些外国很久以前出版的书，有些书，还是羊皮、牛皮的呢。"这时，卡莎又悄无声息地飘了进来。她的荧光体钻出来后，悬停在电脑旁边轻轻说着，仿佛看出了米小乐脑子里的想法。

"这个阅览室里还有别的读者吗？"米小乐回想着自己从前看过的电影里描写特务接头的场景。

"没有。除了一个在阅览室门口昏昏欲睡的管理员，里面连只苍蝇都没有。"

"那他有没有从什么书里拿出纸条之类的东西？"

"没有。那里的书都布满了厚厚的尘土，足足有几十年都没人动过啦。"

"那到底是怎么回事呢？难道，真的是我们冤枉了苏扬？"米小乐关了电脑，往枕头上重重一躺，苦恼地说。

"小乐，你别着急，以后我每天都遥感苏扬的行踪，从他出门，坐电梯，开车，再到上班，每一步我都不放过，我一定能查到他到底和秦朗失踪有没有关系！"

米小乐听着卡莎的话，若有所思地说："电梯……"

"我知道啦！对啦，是电梯，一定是因为电梯！"米小乐猛地坐了起来。他一脸惊喜的神情，看得出，如果不是担心吵醒父母，他肯定要激动得连蹦带跳地大喊大叫一番。

"电梯？"卡莎还没明白他的意思。

"卡莎，你想想，苏扬进出图书馆的全过程，是不是只有他在电梯里的时候，你没有遥感他的行踪？这说明，问题很可能就发生在他在乘坐电梯到十八楼的时候！"

卡莎连忙赞叹："对呀，小乐，你真聪明！"

米小乐刚高兴了几秒钟，忽然想到什么要紧事，脸色马上又变得紧张起来。他说："但是，要怎么才能知道他在电梯里都干了些什么事儿呢？"

卡莎说："有了！现在的电梯里一般都有摄像头吧，我们只要找到这个电梯里的摄像头，一定能找到摄像头拍下来的内容！"

米小乐微笑起来，他笑眯眯地对卡莎说："卡莎，又要依靠你去了！"

卡莎说："哼，我一猜就是，还不是让我去当间谍。说吧，这次是不是又想让我去找摄像头拍下的内容？"

米小乐说："是的！你今天先去图书馆看看，明天咱们再正式行动！"

卡莎得意地说："没问题，我这就出发！"

"卡莎，这次你一定要小心！"

"你放心吧，在这方面，我肯定算是熟练工了。"说完，卡莎就得意地在房间里打了几个盘旋，然后轻快地飞了出去。

半个小时后，卡莎飞了回来，把查到的情况告诉了米小乐："图书馆里一共三十多个摄像头，在第六层还有一个监控室，每个摄像头拍下的镜头，都会在监控室的电视机里呈现出来。晚上图书馆里一共有两个保安值班，一个坐在监控室里通过摄像头拍摄的画面查看各处的情况，还有一个在一层大门旁的门卫室内值班。"

米小乐说："像这样复杂的监控系统，每个摄像头拍下的内容肯定存储在监控室的电脑主机里。"

"我明天就去图书馆的监控室，把那部电梯里摄像头拍下的镜头弄到手。"

米小乐想了想，从抽屉里拿出一个优盘，说，"要不，还是像上次那样，你带我去吧。到了那里，我直接就把那些监控录像从他们的电脑拷到这个优盘里，省得像上次从那个飞豆贸易公司拿走存储卡之后，还要把存储卡还回去。再说咱们两个人，互相能照应一下。"

卡莎点点头，说："好吧，咱们明天一起行动。"

第二天夜里，米大雷和沈美美入睡后，卡莎飞到米小乐的房间。米小乐说："我等了你好一会儿了。"卡莎连忙在地面上停稳，米小乐攥紧优盘，跳了上去。卡莎嗖的一声飞出了这个房间，又迅速提升，飞上了高空。

这是米小乐第二次被卡莎带上空中了。他俯瞰着灯火辉煌的城市，心里的激动一点儿也不比上一次少。卡莎很快飞到了市图书馆那一带，在成片的楼群中，因为市图书馆有一个古色古香的房顶，显得格外醒目。卡莎说："监控室是在第六层。"米小乐说："那好，咱们直接去那里。"

卡莎在监控室的窗外悬停着，米小乐趴在窗户上，隔着玻璃仔细看着里面的情形。只见满满一面墙都摆满了电视机。电视机上方的天花板上，还有一只方形的塑料音箱，看来是为了发出警报用的。在电视墙前，摆放着一部台式电脑，一个保安正坐在电脑前的椅子上，头歪在一边，已经睡熟了，打起了响亮的呼噜。

米小乐说："图书馆里各处的录像，肯定都储存在保安面前那部电脑主机里面。"

"但是，那个保安可怎么办呢？"

"我有办法。我到十八楼的那个工具书阅览室去弄出点动静，等那个保安离开，你就去拷贝电脑里的资料。"

"好吧，卡莎，你真聪明！"

"我先送你进去。你进了监控室，就找个隐蔽的角落藏起来。"

卡莎飞到这栋楼的楼顶，放下米小乐，然后从排气扇的缝隙中钻了进去。她在楼里飞到六层，打开一扇窗户，然后带着米小乐钻了进去。米小乐从卡莎身上跳下来，猫着腰，钻到了监控室的门后。他藏好后，朝卡莎做了个手势。卡莎又飞回到十八层的工具书阅览室。

隐藏在黑暗中的米小乐瞪大眼睛，紧紧盯着还在酣睡的保安。

突然，监控室里的警报声响了起来，那只挂在天花板上的音箱先是发出一阵尖利的滴滴声，接着就是一阵语言提示声，"十八层发生异常情况，十八层发生异常情况，十八层发生异常情况"。睡梦中的保安吓得"扑通"一声，连人带椅子倒在地上。

米小乐心想，如果不是早有心理准备，自己也会被吓得惊叫起来。只见保安从地上爬起来，马上跑到正在监控工具书阅览室的那台电视机前，瞪大眼睛看了起来。看了几秒钟，他没看出什么情况，但这时音箱里的报警声还在继续播放着，保安挠挠头，还是出了监控室上了电梯，准备去十八楼看看情况。电梯一启动，米小乐就飞快地从房门后钻出来，跑到电脑主机前，按下了开机键。只见显示器上划过一道蓝幽幽的暗光，电脑启动了。米小乐心急如焚地看着显示器，心里盘算着保安乘坐电梯赶到十八层需要的时间。

终于，电脑启动完成，米小乐赶紧点击鼠标，打开了硬盘目录。只见这部电脑的硬盘里，只有一个名为"监控视频"的文件夹。米小乐心里大喊一声"太好了"，还兴奋地挥动拳头。他本来还担心硬盘里文件夹太多，根本无法及时找到存放监控视频的文件夹。米小乐按捺住兴奋，打开了这个文件夹。他万万没想到的是，竟然有上千个密密麻麻的文件夹出现在面前。看来，每个摄像头拍下的视频记录，都存放在不同的文件夹里。

"糟糕，我不知道电梯间里的录像资料存在什么位置！"

米小乐焦急地想着。他抬头看了看电视墙上正播放工具书阅览室内情况的那台电视机，只见保安正满脸诧异的神情，在工具书阅览室里转悠着，暂时没有离开的意思。米小乐一咬牙，心想："看样子他一时半会儿不会下来，我干脆把所有的文件都拷贝下来。"于是，他马上拿出优盘开始拷贝文件夹了，只见在电脑屏幕上，一个个文件夹就像雪片一样，从电脑硬盘飞进了他的优盘。

屏幕下方，显示距离文件完全拷贝完成，还有一分多钟的时间。这时，米小乐看到，那个保安正从工具书阅览室往外走，马上就要走到电梯门口了。

"糟糕！"米小乐紧紧盯着电脑屏幕，双手把桌边越握越紧，恨不能伸手到电脑硬盘里，把那些文件夹一把拽出来，塞进自己的优盘里。

这时，卡莎也飞了回来，她提醒米小乐说："小乐，那个保安就要下来了！"

吱扭——吱扭，因为夜深人静，米小乐清清楚楚地听见电梯在电梯井里运行的声音。很快，电梯在监控室外停下了，保安出了电梯，他的脚步声也越来越近了。接着，他听见保安把钥匙塞进了房门上的钥匙孔。终于，电脑屏幕的右下方提示拷贝完成，米小乐飞快地拔下优盘，跳到了卡莎身上。卡莎一秒钟也没耽误，马上带着米小乐飞到了房门后。与此同时，保安也推开了房门。

米小乐的后背紧贴着墙面，屏住了呼吸。保安回到监控室，嘴里嘟哝着"警报莫名其妙地响起来，让我白跑一趟"。他又把电视墙上各处监控摄像头拍下的画面检查了一遍，这才重新在椅子上坐下来，头一歪，很快又睡着了。米小乐等他的呼噜声重新响起来，这才蹑手蹑脚地从房门后出来。他和卡莎从那扇打开的窗户飞走了。

接下来的几天，米小乐一直在看拷贝来的录像文件。他虽然在一大堆文件夹中，找到了苏扬所乘坐的电梯内的录像文件，但是，他却没有发现任何线索。

苏扬每次进了电梯，都是直接按下十八层的按键。米小乐也怀疑过，会不会有人在他乘坐电梯的过程中，从中间的哪个楼层进入电梯和他进行接触，可是，他反反复复地观看这些视频资料，始终没发现过有谁在电梯里和苏扬有过接触。他在不断上升的电梯里，唯一的动作就是从包里拿出眼镜戴上，但这也是很多视力不好的人在看书前都会做的事。

"苏扬去图书馆，到底是想干什么呢？"米小乐对此百思不得其解。

第四章　图书馆怪客

在秦朗被监禁的那间牢房，秦朗和那个诡异声音的较量还在继续。秦朗看到原本凶残的野狼竟然变得那么温驯，不由得对那块石头充满了好奇。

"秦先生，我可以告诉你，那块石头为什么有这么神奇的魔力。我甚至可以帮助你获得下一届的诺贝尔化学奖。"

"你能帮我获得诺贝尔化学奖？"

"是的。"

"全世界有上万名化学家，你为什么单独对我这么感兴趣？"

"因为你的研究，最符合我们的需要。"

"我的研究？是我在金属神经这方面的研究吗？"

"是的。"

"我只希望我的研究成果能造福人类，对能不能获得诺贝尔化学奖没有兴趣。"

"那我们的目标就更加一致了。我就是希望全体人类成员，都不再有任何的痛苦，所以才把秦先生请到这里。"

"既然你说得这么冠冕堂皇，那么，你能不能告诉我你的真实身份，能不能现身出来，让我看看你到底是谁？"

"秦先生，你没必要知道我的身份，我可以提供给你整个地球上最先进的研究条件，你只需要按照我的要求去做，就可以了。"

秦朗刚要说"我不知道你的身份，就不可能和你合作"，忽然发现，面前的墙壁缩进了地面，墙壁后面出现了一个新的房间。他走进这个房间，发现这里比自己的牢房大多了，面前的桌子上还有一堆黑乎乎的石头。看样子，就是那种放在野狼头上马上就能把野狼变温驯的石头。秦朗把石头拿在手里，掂量着密度。他从事金属冶炼研究多年，对各种金属矿石了如指掌，但他从来没见过这种矿石。

"秦先生，请问这是什么？"那个充满了寒意的声音又响了起来。

"矿石。"

"请问是哪种矿石？"

"我又没有特异功能，怎么看得出是什么矿石。不过，这看起来倒的确像是某种金属矿石。"

"秦先生的眼力非常好。我们不但为你准备了世界上最珍贵的原材料，还为你准备了世界上最先进的仪器设备。"那个声音话音刚落，只见秦朗面前的地面忽然裂开，一个摆满了各种仪器设备的巨型桌子升了起来。

秦朗一眼就认出来，这些的确都是世界上最先进的化学仪器。他所在的大学，因为经费有限，始终没办法购买这么昂贵的设备。他在去国外访问时，在同行的实验室中看到这些设备，每次都很羡慕。

"有了这些设备，秦先生大概可以告诉我这些是哪种矿石了吧。"那个男人的声音说。

"这是每个化学家都可以做到的事情。"秦朗说。

"那就请吧。"

秦朗不再多说，他走到仪器前，熟练地操作起来。他对这些矿石的成分进行检测。随着时间的延续，检测结果这的确是金属矿石，但这些矿石所含有的金属元素，根本不存在于每个化学家都非常熟悉的化学元素周期表上！

秦朗愣住了。这是他从没遇到过的情况。这时，那个声音说："秦先生，请问你的检测结果是……"

秦朗没有回答他，而是重新做了一遍实验。这次的结果和刚才一模一样。"太奇怪了，这应该是一种金属矿石，可是地球上根本没有这种矿石！矿石里的金属元素，从未被地球上的科学家发现过！"他说。

"既然如此，秦先生，你应该感谢我。是我让你有机会发现从未被发现过的新元素，下届诺贝尔化学奖非你莫属了。"

秦朗沉默了片刻。他知道，这个绑架自己的家伙说得有道理。"你把我绑架到这里，你的目的大概不会是为了让我获得诺贝尔奖吧。我刚才说过的话不会改变的，如果你不告诉我你的真实身份，我不会和你合作任何事，更不会感谢你。"

"其实，我之所以把秦先生请来，是希望秦先生能帮助我解决一个难题。"

"让我帮助你？"

"是的，请看。"这人话音未落，秦朗面前的一面墙忽然变成了一个巨大的屏幕。在屏幕上，一个穿着雪白实验服的男人，正站在一排化学仪器前做着实验，身边还有几个人在紧张地盯着他看。很快，实验完成了，这个男人似乎对实验结果非常满意，先是用力地挥动手臂，接着和实验室内每一个人拥抱着。

"你为什么要拍这些？"秦朗皱起了眉头。他一眼就看出来，屏幕上的男人就是他自己，画面的内容，就是前不久自己实验室里发生的真实情况。

"可以看出，秦先生当时解决了一个重大的科学难题。"

秦朗说："是的，我成功地掌握了用金属制造人类脑部神经、血管的技术。"那个声音说："对，秦先生所掌握的这门技术，是这个星球上最先进的，这也就是我们把你请来的原因。我们希望你用桌上的这些金属矿石，制造出一千根人类脑部神经线。"

这天晚上，米大雷和沈美美睡觉后，米小乐没有像前几天那样，第一时间从床上爬起来打开电脑看从图书馆监控室拷贝来的视频。卡莎飞了进来，见他还躺在床上，也有点儿纳闷。

"小乐，今天怎么没看录像？"

米小乐摇摇头："今天，我们班主任孟老师说我这几天上课老打瞌睡。都是因为连续几个晚上我都在看图书馆的视频，直到很晚才睡觉，所以我白天的精神才很差。卡莎，苏扬在图书馆的每一个镜头，咱们都看过好几遍了，可是没能发现任何线索，说不定真的是咱们弄错调查方向了，苏扬其实和秦朗被绑架无关。"

卡莎说："好吧，咱们再看最后一次苏扬的录像，如果还是没有新发现，咱们就只能放弃这条线索了。"

米小乐答应了，从床上爬了起来，打开了电脑。他找到了苏扬的录像，本打算按下播放键，可不小心按下了后退键。他刚要停止播放，忽然发现视频里竟然出现了一个熟悉的人影。只见一个男人走进了工具书阅览室，双手揣在裤兜里，慢慢走到了书架深处。这人脸色黝黑，又高又瘦，就像一根刷满了黑色油漆的竹竿。

"泥棍！"

米小乐和卡莎同时喊了出来，他们都万万没有想到泥棍竟然会出现在这里。

"这个坏蛋一定和秦朗被绑架有关！"两个人再次同时脱口而出。米小乐屏住了呼吸，眼睛一眨不眨地盯着泥棍的一举一动，脸几乎贴到了屏幕上。

"苏扬也去过这个地方！"卡莎说，米小乐点点头，两个人继续看着。过了大概十分钟，泥棍从书架后方走了出来，慢慢走出了摄像头的拍摄范围。

米小乐琢磨了一会儿，说："他们一定是在这里接头，我们需要重新侦查一下那个阅览室的情况。"

第二天下午放学后，米小乐骑车来到了市图书馆。他乘电梯到了十八层，来到工具书阅览室。他刚要推门进去，门被拉开了，一个胖胖的中年男人走了出来。米小乐在录像里看到过他，知道他是这间工具书阅览室的管理员。他对米小乐说："小同学，闭馆时间到了，明天再来吧。"

米小乐说："老师，我写作文要用到这里的一本书，您让我进去看看吧。"

"闭馆时间一到，就谢绝一切人入内了，我得遵守图书馆的时间规定啊。"

"老师，五分钟，我只需要五分钟，五分钟后我一定出来。"米小乐说着，飞快地钻了进去。

他凭着记忆，来到泥棍到过的那排书架后面。这里大概是整个图书馆读者最少的阅览室了，米小乐看到，架子上的书都布满了灰尘，一看就是长时间无人问津。他沿着书架一步接着一步慢慢走着，眼神始终紧紧盯着书架上那一排排厚厚的书籍。终于，在书架的尽头，他看到一本书上的尘土似乎比别的书要少很多，再细细看，他发现这本书的书脊上，还有几枚按在灰尘里的指纹。毫无疑问，苏扬看的就是这本书了！

米小乐轻轻地把书抽了出来。"《农业知识大辞典》。"他轻轻念着，"一个从事化学工作的科研人员，怎么会莫名其妙地来看农业的书，这里面一定有问题。"但是，他把这本书翻来覆去看了几遍，也没发现任何问题。这本书里，最多的是各种农作物的照片。

米小乐愁眉苦脸地把书放了回去。

他回到家里，把经过原原本本地告诉了卡莎。卡莎也猜不出是怎么回事。米小乐说："算了，先不猜了，我今天出了好多汗，得洗洗澡了。"说完，他进了浴室。这天他心情不太好，洗完澡就站在盥洗台前，本来打算对着镜子梳头发，却发现镜子上布满了水汽。他伸出手，用食指在镜子上写了一个大大的问号。他一边写着问号，一边在脑子回想着这段时间跟踪苏扬的过程。这时，他看到镜子上的水汽在变干，那个问号，也在一点点变淡。很快，镜子恢复成干燥光亮的状态了。

"我知道了！"他愣愣地看着镜子，猛地大喊一声，跑出了卫生间。

卡莎说："快说，到底是怎么回事。"

"你还记得苏扬每次去图书馆，都要在电梯里换一副眼镜吗？"

"记得啊。"

"关键就在这副眼镜上。别人一定是先用隐性笔在那些工具书上写下文字，这些文字，只有戴着苏扬这副眼镜时才能看到。说不定，苏扬自己也会在书上用隐性笔写下内容，通过这个办法和绑架秦朗教授的那些家伙联系。哎呀，我实在太笨了。我从前看过好多电影上都有这样的情节，我怎么一点都没想起来呢。"

"对呀，小乐，一定就是这么回事。但是，我们要弄到那副眼镜，才能知道他们究竟都干了些什么坏事，他们把秦朗教授绑架去了哪里！"

"放心吧，这种小事交给我！"

"卡莎，你的意思是，你飞进苏扬的公寓里，把这副眼镜偷出来？"

"当然，我今晚就去办这件事！"

"这副眼镜，苏扬肯定会非常仔细地保管。如果被他发现眼镜不见了，说不定秦朗教授都会有危险。"

"那怎么办呢？"

"唯一的办法，就是你先去图书馆，把那本《农业知识大辞典》偷出来，带到苏扬的公寓附近，然后乘着苏扬睡觉的时候，把眼镜偷出来。等我们看完苏扬和那些坏家伙联系的内容，就把眼镜放回原处。这样的话，苏扬根本不会发现眼镜被别人拿走过。"

"小乐，你真聪明，这个主意太棒了！"

这天晚上，卡莎先是带着米小乐来到市图书馆。米小乐在图书馆外面的路灯下等着，卡莎飞了进去，去找那本《农业知识大辞典》。

米小乐往四周望着，因为是深夜，马路上一个行人、一辆汽车都没有。路灯在路面上洒下了昏暗的光线，米小乐孤零零地站在光线里，心想自己在戴上眼镜后，不知道会在书里看到什么内容。那些用隐形笔写下的内容，一定和一件非常巨大的阴谋有关。这个阴谋，一定比那个企图盗窃在市博物馆里展出的古代玛雅人皇冠的阴谋，更加复杂，更加可怕。

卡莎没有让他等太久。毕竟，她已经去过市图书馆很多次了，已经来去自如了。"拿着。"卡莎把辞典往他怀里一扔，又要高速往上直冲而去，又带着他飞进苏扬的公寓。只见苏扬正平躺着睡觉。那副眼镜就放在他的枕头边。米小乐屏住呼吸，把眼睛拿了起来。

"咱们去哪儿看呢？"卡莎问。

米小乐说："去秦朗教授的实验室吧。"

这时，在那个古怪的实验室里，秦朗和那个声音的较量还在继续着。

秦朗冷笑着说："一千根金属神经线？你到底想干什么？"

"你知道为什么任何动物只要在头顶被放上这种矿石，就会变得异常温顺吗？"

"你大概在那匹野狼的头部都植入了某种传感器之类的东西吧，可以控制动物的大脑。总之，狼变得温顺，和那块矿石没什么关系。"

"秦先生，你的想象力太差了，我很失望。真正的原因是，这种金属矿石当接收到某种频率的电波指令时，它当时附着在哪个生命体上，它就会自动地控制这个生命体的神经中枢。这也就意味着，这个生命体会对发出电波指令的人百分之百地服从。那块矿石仅仅被放在那匹野狼的头顶，就能完全控制住这个本来异常凶猛的肉食动物，如果把矿石经过冶炼提纯，变成神经线植入人的大脑，那么，这个人也就彻底成为一个奴隶了。"

"你说的这些，实在太可笑了，如果我的学生在试卷上这么写，我一定会打一个零分。"

"我不需要你相信这些，我只需要你按照我的要求去做。现在地球上有七十亿人口，其中，各行各业的领袖人物大概有一千人。我需要你制造出一千根脑部神经线。这样的话，我就可以通过这一千个领袖人物，控制全世界了。对了，你可以给这种金属命名。据我所知，能够为一种新的化学元素命名，对于一位化学家来说，可以算是一种至高无上的荣耀了吧。"

"如果为了你们罪恶的目的，我觉得这对于一个科学家来说不算什么荣耀，完全就是一种不折不扣的耻辱。"

"秦先生，你别太书呆子了，你想想，如果地球上所有的人类，都不再钩心斗角，那地球上将变得多么美好。"

"如果真的有那一天，这七十亿的人类，都变成你的奴隶！你们大概是地球上有史以来最大的野心家了。"

"不，你错了。"

"我错了？你妄图控制全世界人类的大脑，难道不是野心家吗？"

"我的确是野心家，但我不是地球上最大的野心家。"

"你太谦虚了，我对人类的历史还算略知一二，地球上有史以来，还没有哪个野心家想把全体人类都变成自己的奴隶。"

那个男人的声音愈发得意了，声调也越来越高，他喊道："小小的地球算什么，我要做的是全宇宙的主宰者，我要让宇宙中每一个星球，都向我臣服，每一个生命，都心甘情愿当我的奴隶！"

秦朗摇摇头，叹着气说："疯了，我看你完全是疯了。"

这是米小乐第一次来到正宗的大学级别实验室。米小乐打量着四周，到处都是散发着高科技味道的仪器。"我们从前上化学课的实验室，和这里一比，简直就像是原始社会。"他赞叹着说。

卡莎得意地说："这种研究水平，在我们阿尔比星，早在一百多万前就淘汰了。"

"我们地球再怎么落后，但一直在不断地发展，总有一天，我们也能达到你们的科技水平。"

"真有志气。好了，不打扰你了，你抓紧时间研究这本书吧。"

米小乐戴上眼镜，趴在这部厚厚的辞典上看了起来。卡莎开始还在各种大大小小、奇形怪状的化学仪器中间来回飞着，可她看到米小乐一页页翻着这部《农业知识大辞典》，眉头在越皱越紧，表情也变得异常严肃，就知道他一定有所发现。

卡莎飞到米小乐身旁，轻声说："小乐，你发现了什么？"

"这本书里，已经有很多空白的地方写满了字，看来绑匪已经通过这种方法和苏扬联系过很多次了。"

"真的是苏扬和绑匪合作，绑架了秦朗？"

"证据确凿。这完全能成为他和绑匪合谋的证据。"

"他们都写了些什么？"

"你看这里，他们第一次联系时，绑匪要求苏扬提供秦朗正在做的实验的进展情况，苏扬把秦朗的实验进展到哪一步都说了，后来绑匪又要秦朗的活动规律，苏扬也告诉了他们。还说他有在等待实验结果时跑步的习惯，建议对方安排得力人员埋伏在他平时的跑步路线上。一旦发现他外出跑步，就能成功绑架他。接下来，苏扬把秦朗的跑步路线仔仔细细地画了出来。这个苏扬，为什么要背叛秦朗呢？我还记得苏扬的资料，他是本地人，从小学到中学一直在本地读书，后来他考上了远洋大学，毕业后就留校工作了，还好几次被评为先进工作者。按说，从他的经历来看，不应该和泥棍他们这些黑社会成员有任何瓜葛啊。"

"是有点奇怪。小乐，咱们把书交给警察吧。那个刑警队长，我看他挺精明能干的，他有了这本书里的线索，一定能查出秦朗到底为什么被绑架，最后救出秦朗，抓住那伙绑匪。"

米小乐点点头，说："是得把这本书交给警察。但是，还是把书送回图书馆，再让警察去找吧。要不，警察问我是怎么拿到这本书的，不就把你暴露了吗？"

卡莎说："对，那，你先把书里他们联系的内容都记下来，说不定以后咱们也用得着。"

米小乐答应着，从旁边一只抽屉里找到了一个笔记本和一支笔，趴在实验桌上，飞快地那本辞典里苏扬和那伙绑匪联系的内容一字不差地抄写了下来。

"你先把眼镜放回原处，再把辞典送回图书馆。"他把眼镜和辞典递给了卡莎。

卡莎飞走了，这时，米小乐已经累极了。他趴在实验桌上就睡着了。第二天早上等他醒来时，他睁开眼，看看四周，发现自己正躺在自家卧室里。他明白了，一定是卡莎把睡梦中的自己送了回来。

这一整天，他一直在想怎么才能让刑警队长钟昊知道图书馆里那本《农业知识大辞典》里就隐藏着破案的关键线索。一开始，他想匿名给钟昊发短信或者打电话，可现在手机卡必须实名购买，这样一来，无论怎么样，警方很容易就能查到是自己提供的线索。警方再查下去，说不定卡莎的秘密就保不住了。可他想了一整天，始终没能找到正确的办法，既把线索告诉钟昊，同时又能隐瞒自己身份。

第五章　为了暑期旅行，拼了

这天放了学，他漫无目的地骑车来到市公安局门口。他站在一个书报摊前，还在想着办法时，忽听到有名警察走过来买当天的晚报。可那个摊主说这是最后一份晚报，是给刑警队钟队长留的，他每天下班时都要来买一份晚报。

那名警察怏怏地走了，但这个消息却让米小乐很兴奋。"太好了，我有办法啦！"他在心里欢呼着。他连忙到公安局对面的街心公园里找个僻静的地方，在作业本上撕下一张纸，写上"远洋大学化学系研究员苏扬参与了绑架化学家秦朗，苏扬是通过市图书馆工具书阅览室的《农业知识大辞典》和绑匪联系的，这本书里，有特殊墨水写下的苏扬和绑匪联系的全部过程。这些字迹，只有用苏扬随身携带的眼镜才能看到"。一口气写完这些内容，米小乐小心翼翼地把纸折叠好。他回到那个书摊前，见到那份晚报还在，心里松了一口气。他对摊主说："买一份《体育报》。"

"两块。"

米小乐把自己零花钱中面值最大的一张二十块的钞票递给他。摊主接过钱说，"没零钱吗？"

"没了。"米小乐一摊手。摊主叹口气，只得开始找零钱。米小乐看看四下无人注意，赶紧把那张纸塞进了晚报里。他刚把手抽回来，摊主就把一把零钱递到他面前，"找你的钱。"

米小乐一把抓过零钱，顾不得数，转身就骑上自行车离开了。

他回到家时，米大雷和沈美美还没下班，他跑到储藏室，一把拉开房门，对卡莎说："快，遥感一下市图书馆里的情况，我已经把咱们查到的情况告诉钟队长了，说不定他们已经采取行动了！"卡莎飞了起来，悬停在空中。过了半分钟，卡莎说："哎呀，一大堆警察冲进了那个工具书阅览室，找到了那本《农业知识大辞典》！小乐，你真聪明，你是怎么把情况通知给钟队长的？"

米小乐一攥拳头："太棒了，我留下的纸条，钟队长看到了！"他接着把自己刚才的行动说了一遍，又说，"可惜你每天只能遥感一次，否则，还可以再遥感一下苏扬有没有被警方逮捕。"

卡莎慢慢落在桌上，说："有了那本书当证据，苏扬肯定没法狡辩了。等他一招供，警方就能把秦朗教授救出来了。"

米小乐说："但愿如此。"

第二天，米小乐上学时仍然想着苏扬有没有被逮捕，警方有没有通过他获得解救秦朗的线索，一直都有点心神不宁。好容易等到放学，他飞快地蹬着自行车回到了家。他刚进家门，还没问卡莎，卡莎就从他的卧室里飘出来对他说："我遥感过了，苏扬今天一切正常，按时上下班，警方没找他的麻烦。"

米小乐坐在床边，纳闷地想："究竟是怎么回事呢？那本书明明铁证如山啊。"

卡莎说："这样吧，明天白天你去上学时，我遥感一下警方那边的动静，看看他们为什么没有去逮捕苏扬。"

又过了一天，米小乐放学回家后卡莎告诉他，公安局的确找到了那本书，但是，并没有从里面看到那些字迹。

"要看到那些字，还需要戴上苏扬那副眼镜，我给钟昊队长写的纸条里，这些都写上了啊。"

"昨天上午，警察也去找了苏扬，但他说自己和秦朗被绑架无关。至于眼镜，自己的确有一副，但不久前刚刚弄丢了。"

米小乐说："没有眼镜，就看不到辞典里的字迹，就没有苏扬参与绑架的证据了。"

"对。肯定是苏扬提前把眼镜藏起来了。"

"真奇怪，苏扬是怎么知道警察会去找他的呢？"

"难道是咱们跟踪他，被他察觉到了？"

"我觉得不像，咱们挺小心的，应该没留下什么痕迹。卡莎，你今天遥感时，有没有听到警察接下来会怎么做？"

"有的警察说，既然有人举报苏扬，说明他和这起案件肯定有牵连，虽然现在没有关于他的证据，但还是应该注意他的动向。有的警察说苏扬大概是得罪什么人了，所以才有人写纸条告他的状。那本辞典，警方已经用高科技手段进行了分析，没有发现任何异常的地方，说明是有人故意诬陷苏扬。"

米小乐说："钟昊队长是怎么说的？"

"钟昊队长一直在听部下对这件事的争论，他自己倒是一句话都没说。直到所有人都发表了意见，他才说要一直注意苏扬的行踪。"

卡莎说完了，米小乐叹了口气，坐在床边一句话也不说。卡莎知道他在为秦朗担心，但也不知道该怎么安慰他。

天气越来热了。这天下午放学后，米小乐在学校踢了一会儿足球才回家。他一进家门，就从冰箱里拿出一瓶饮料大口喝了起来。这时，卡莎从储藏间飞了出来，急急忙忙地说："小乐，今天苏扬那家伙，有了新动静！"

米小乐停下手里的动作，说："他今天怎么啦？"

"他今天到一家旅行社，报名参加一个暑假里到墨西哥的旅行团。他还说，行程里一定要包括墨西哥一个叫太阳金字塔的地方。"

"墨西哥？"米小乐想起了什么，他说，"上次来博物馆里展出的那些文物，包括那顶黄金皇冠，不就是来自墨西哥吗？"

"对。他要去墨西哥，和上次的事肯定有关系。"

"苏扬是通过那本《农业知识大辞典》和泥棍联系的，说不定苏扬也是那个叫'匪多多'的犯罪团伙的呢！秦朗教授被绑架，说不定也和那伙想偷皇冠的坏蛋有关！"

卡莎纳闷地说："哎呀，那怎么办呢？上次匪多多的那个头头儿，那个叫鬼爷的家伙，还有那个美国人，很可能是被威坦星的人救走的。如果真是这样，秦朗被绑架，大概就是威坦星的人指示的。奇怪，威坦星的人为什么要绑架一个地球上的科学家呢？他们的科技水平，远远超过地球一百万年呢。"

"如果真的是威坦星人绑架了秦朗教授，那他们一定是对地球有非常大的阴谋。绝不能让他们的阴谋得逞。卡莎，暑假里，咱们也要到墨西哥去！"

这天晚上吃饭时，米小乐说："爸，妈，快到暑假了，能让我出国旅游吗？我都十三岁了，还没出过国呢。"

米大雷和沈美美互相看了一眼。米小乐知道如果自己直接说要去跟踪秦朗教授被绑架案的嫌疑人，父母百分之百不同意。

沈美美说："小乐，世界上有那么多国家，你最想去哪里呀？"

米小乐说："上次来咱们这里办展览的那些古代美洲的文物，不是有很多来自墨西哥吗？因为那次展览，我还真对墨西哥挺有兴趣的。再说，前几天在历史课上，老师又说起墨西哥从前那个神秘消失的玛雅文明，太让人好奇了。妈，暑假里我想去墨西哥看看玛雅人的遗迹。"

沈美美说："小乐，你为什么第一次出国，就要去那么远的地方？"

米小乐说："别的同学出国，都是去美国、日本、欧洲什么的，我整天在学校里听他们说这些地方，都听烦了，我就想去个他们没去过的地方。"

沈美美说："小乐，要不妈妈带你去法国吧，法国可美了。"沈美美想去法国买衣服和化妆品。

米小乐摇摇头："我们班上好几个同学都去过法国了，我可不想让他们觉得我是跟他们学的。"

沈美美说："小乐，墨西哥就墨西哥，你只要好好学习，期末考试都得九十分以上，我们暑假里就去墨西哥。"

米小乐吞吞吐吐地说："妈妈，能让我自己去吗？"

"那怎么行！"米大雷和沈美美异口同声地说。

"考到一万分也不行！"沈美美又补充了一句。

"你期末考试能都得九十分以上吗？"这天晚上，卡莎等米大雷他们睡了，又飞进了米小乐的卧室。她围着米小乐头顶绕着圈子飞，看起来对米小乐能否达到沈美美的要求没什么信心。

面对卡莎的提问，米小乐攥紧拳头，说："看我的吧，绝对没问题！" 其实，米小乐的成绩在班里算是中上，期末考试需要考六门课程，正常发挥的话，至少有三门功课到不了九十分。尤其是英语，一向是米小乐的弱项。其实米小乐的听力和口语都不错，还多次遇到外国人问路时，用英语告诉别人路应该怎么走，可他就是笔试不行，尤其是对于英语语法，他更是头疼。他喜欢看英语原版电影，他发现，电影里人物的很多对话，如果按照他们英语课本上的要求，这些对话里的语法都是错误的。他问过老师这个问题，老师毫不犹豫地说，是电影里语法错了。

和父母达成"所有课程期末考试成绩都在九十分以上，暑假里就去墨西哥旅游"的协议后，米小乐明显加强了学习的力度。他还记得两个月前，他为了参加市中小学生知识竞赛而突击学习的情景。他发现，在学习过程中，首先要战胜的是自己对某一门课程的畏惧，一开始的时候肯定很难受，但一旦积累起足够多的知识点，这些看起来毫无关联的知识点，会自己在脑子里联系起来，这个时候，就是自己开始对这门课感兴趣的时候。

时间过得很快，转眼到了学期末，考试已经近在眼前了。对于除了英语之外别的课程，米小乐在答题时就有感觉，觉得凭借自己这段时间的勤奋，每门的分数肯定在九十分以上。只有英语，他没有百分之百的把握能考到九十分。考试结束后的第二天，各门课程的成绩陆续公布了，他都考到了九十分以上。英语考试的成绩是最后发下来的，米小乐闭着眼，慢慢打开了成绩单，这才睁开了眼。

九十分！他快活地大喊了起来。

晚上回到家里，米大雷正在从厨房把一盘盘晚饭的饭菜摆上桌。他一声不吭地把成绩单摆在了桌上。米大雷伸过头来一看，马上大喊一声："哇，小乐，你真棒！"沈美美听到动静，也从厨房出来，一看成绩单，也是惊喜地大喊："小乐，你真不愧妈妈的骄傲！"

米小乐平伸出右手，然后伸出左手，和右手做了个直角。米大雷知道这是足球赛中暂停的意思，沈美美虽然从不看球赛，但她长年在米家父子的耳濡目染之下，也明白这个姿势的意思。两个人都不再说话了。

"爸，妈，还记得咱们当初的协议吗？"

沈美美和米大雷面面相觑。米小乐早就发现，他们只要一遇到比较复杂的情况，就喜欢这样相互看。这次，米小乐笑眯眯地看着米大雷和沈美美，看他们最后会说些什么。最后，是沈美美打破了沉默，她说："这个记得，好，小乐，明天就让你爸去旅行社，给咱们定下来参加去哪个国家的旅行团。"

米小乐说："咱们当初不是说好了吗，是去墨西哥。"

他们家的经济情况在本市算是中等，出国的费用对于他们虽然不算什么难以承受的负担，但也是一笔不小的开支了。沈美美想了想，只得对米大雷说："既然儿子的态度这么坚决，你明天找家旅行社，给咱们一家三口报一个去墨西哥的旅行团吧！"

第二天晚上，到了晚餐时间，沈美美已经在桌上摆好了晚餐，米小乐也坐到了餐桌边。这时，门被推开了，米大雷跳进家门，手里还捏着一大笔花花绿绿的彩页。他兴奋地说："美美，小乐，我已经给咱们全家报好了去墨西哥的旅行团了！特奥蒂瓦坎古城、卡特佩特火山，这些墨西哥最著名的景点，行程里都包括了！"

米小乐想起卡莎说过，苏扬在去旅行社报名时，一定要报将要去参观太阳金字塔的旅行团。他说："爸，墨西哥最出名的太阳金字塔不在行程里吗？"

米大雷说："小乐，这一点你就不如你老爸我了。太阳金字塔就是特奥蒂瓦坎古城遗迹的一部分啊。"

这时，沈美美摆摆手，说："米大雷，金字塔不是埃及的吗？"

米小乐说："妈，这你就不知道了，墨西哥也有金字塔，数量还不少呢。只不过，墨西哥的金字塔和埃及的那些不一样，埃及的金字塔都是古代法老的坟墓，墨西哥的金字塔，其实是用来祭祀的。"

米大雷接着说："小乐都说对了。"他拿起筷子，忽然想起了什么。他把筷子放下，说："小乐，我今天去旅行社报名时，你猜遇到谁了？"

"谁？"

"你们班上那个学习特别好的女生，叫什么名字来着？她妈领着她，也来旅行社报名了。"米大雷伸出食指和中指，揉着自己的太阳穴，作努力思考状。

"李英男？"米小乐说。他们班上有两位女学霸，一个叫宋瞳，一个叫李英男。宋瞳因为家里经济条件不好，出国旅游的可能性为零。

"对，是她！"

"这一点儿不奇怪啊，她每次期末考试，成绩不是全班第一就是第二，现在放暑假了，她父母带她出国旅游，有什么新鲜的。"

"问题是，她也是去墨西哥，而且，是和咱们一个旅行团！"米大雷若有所思地看着米小乐说。

"小乐，这是怎么回事？"沈美美转过脸，神情复杂地说。

对于李英男为什么报名去墨西哥旅游，米小乐也是一万个不明白。他双手一摊，说："她为什么也去墨西哥，我又不是她肚子里的蛔虫，我哪儿知道啊。"

吃完饭回到房间，米小乐往床上一躺，也开始分析李英男为什么会报名参加去墨西哥的旅行团。他觉得，这肯定不会是巧合。

实际上，李英男要去墨西哥，的确和米小乐有关。期末考试结束后，李英男作为学习委员，从班主任孟老师那里拿到了全班同学的成绩。现在期末考试早就不排名次了，但李英男每次还是会在拿到考试成绩后自己来排一下名次。这次，她是总成绩第二名，第一名是宋瞳。她有些不开心，但这毕竟不令人意外。她觉得自己比宋瞳聪明，可自己各种社交活动比较多。而宋瞳因为家庭条件不好，很少去参加娱乐活动，也就有更多时间可以用来学习。可等她再往下看，她发现，米小乐的成绩竟然有了大幅度提高。这太让她惊讶了。以前，李英男从未把他视为自己的竞争对手。如今，米小乐的成绩竟然已经和自己非常接近了，这不能不让她有了警惕感。

但是，米小乐的成绩为什么提高得这么快呢？她最先想到的，是米小乐会不会在考试时作弊了。她马上就否决了自己的这个念头。她虽然和米小乐并不是特熟，但她知道，从米小乐的个性来说，他绝不会作弊。最后，李英男猜测的结果是米小乐掌握了某种特别有效的学习方法。本来按照她们家的传统，每次李英男放暑假，她家长都会带她出次国。这天，她正到旅行社咨询，突然发现米小乐的父亲来报名去墨西哥。墨西哥是个地地道道的冷门线路，李英男凭直觉，觉得这一定和米小乐学习成绩突飞猛进有关。于是，她也决定把这个暑假出国的目的地选为墨西哥。反正欧洲美国之类的地方，她已经去过无数遍了。她的妈妈名叫苏培红，是全职家庭主妇，平时唯一的工作就是照顾李英男。她爸爸是企业家，总是整天忙得不可开交。她爸是三代单传的独子，本以为能生个儿子，想不到还是得了个女儿。但她爸毫不气馁，对她的培养不遗余力，各种补习班报了一个遍，全面培养李英男的各种才能。其实，从她的名字上，就可以看出她爸对她的期望。李英男也非常争气，学习成绩一直名列前茅，稳居全班前两名。正因为如此，她才对米小乐的成绩取得这么快的进步非常在意。

第六章　　墨西哥的金字塔

旅行团一周后正式出发了。这天早上，所有参加旅行团的团员在机场集合。米小乐看到苏扬也在机场出现，这才放心。他和李英男刚见面时都有些尴尬，两个人都装出刚知道对方和自己同行的样子。

"哎，米小乐，你也去墨西哥啊。"

"是啊，李英男，太巧了，我第一次出国就遇到老同学。你经常出国吧。"

"嗯，还行吧，欧洲基本都去遍了，美国、日本都去过好几次了。你出国的起点够高的啊，直接就横跨太平洋了，一般人出国都是从东南亚开始。"

两个人这么聊着，旁边沈美美、米大雷和李英男的母亲苏培红也接上了头。三个人聊起教育孩子的事儿来，越聊越投机。

米小乐和苏培红、李英男打过招呼，就把全部注意力放在苏扬身上。苏扬的表现倒是没有任何异常，他只有一个人报名，和旅行团里别人都不认识。米小乐一直在暗暗地打量着他，只见他始终在候机厅的角落里坐着，耐心地等着登机通知。

"你装得再怎么无辜，我一定要抓到你的马脚。"米小乐心想。

飞机起飞了，很快飞到了太平洋上空。十个小时后，这趟航班抵达了墨西哥的首都墨西哥城。旅行团被预订好的旅游大巴接到了酒店，匆匆吃了自助餐后，沈美美和米大雷要去逛逛夜景，米小乐说自己太累了，要在房间里休息。

米小乐真正的原因，是要和卡莎商量一下接下来的行动。在临行的前一天晚上，米小乐把卡莎放进了自己的旅行箱。

"我先遥感一下苏扬的行踪。"这是卡莎飞出旅行箱后的第一句话。接着，她悬停在空中，开启了遥感功能。

"他在房间里休息，没有任何异常。"两分钟后，卡莎说，"小乐，你坐飞机坐累了，休息一下吧，顺便倒一下时差。"

"现在他老老实实待在房间里，就怕过一会儿他会突然出去。"

"如果有人去房间里找他，或者他走出房间，我都会发现的，你放心休息吧。"

第二天，旅行团成员在酒店吃过早餐，就集体乘坐大巴外出参观。米小乐和父母三人下楼进了大巴，他一进车门，就看到苏扬戴着棒球帽，挡住大半个额头，正坐在车厢角落的座位上。这幅形象，让米小乐马上联想到电影里看到的特务。

他们一家坐稳后，李英男和她妈也上了车。大巴驶出了停车场，朝着郊外的特奥蒂瓦坎古城遗址驶去。

"这路也够堵的，看来大城市的交通问题，全世界都是一个老大难问题啊。"大巴车在繁忙拥挤的车流里艰难地挪动着，米大雷望着窗外趴满了车的路面说。

大巴终于挤出了墨西哥城。米小乐时不时歪一下脑袋看看车尾角落里的苏扬。"米小乐，你总歪嘴干什么，是不是牙疼？"坐在他后面一排的李英男说。

"我的牙齿好得很！"米小乐一瞪眼，咧开嘴，亮出两排牙齿，模仿电影里的霸王龙做了个咬嚼的动作。

"小乐，别吓唬女同学。"沈美美说。

车开了一会儿，米小乐见苏扬还是那样的姿势，趁着周围没人注意，悄悄地对着背包说："卡莎你能遥感一下苏扬正在想什么吗？咱们如果知道了他的打算，就知道下一步该干什么了。"

卡莎在背包里说："不行，我只能遥感实际发生的情况，对于别人的思维，我是无能为力的。"

米小乐很失望，重重地往椅子背上一靠。这时，李英男站起身来凑到他旁边，说："米小乐，你脑子没事儿吧？和一只背包对话？"米小乐说："我乐意，你管得着吗？这里面有一支录音笔，我要把自己这一路上所见所闻都记下来，怎么，不行啊。"

这时，苏培红说："英男，人家小乐又没招惹你，你别去打扰别人。好好看看风景，回去给你爸讲讲。"

李英男说："妈，我爸还用得着我说啊，全世界他哪儿没去过啊。"

"那你也别打扰别人。"

李英男只得怏怏坐下。米小乐心想，待会儿下了车，我肯定要跟踪苏扬，可他如果看到我总是跟在他后面，肯定会起疑心。想到这里，他侧过脸，压低声音对身后的李英男说："李英男，你知道我到底为什么一定要来墨西哥吗？"

李英男上下打量了他一眼，说："为什么？"

米小乐说："我这次期末考试，成绩很不错，你知道吧？"

李英男点点头。米小乐继续说："两个月前，我参加全市中小学生知识竞赛，差点拿了个冠军，你还有印象吧？"

李英男又点点头。米小乐说："前段时间要来咱们学校做演讲，后来失踪了的那个化学家秦朗，被公认是诺贝尔化学奖的热门人选，你知道吧？"李英男说："米小乐，你到底想说什么？你说的这些，我都知道，可秦朗失踪和你考试成绩提高有什么关系？这些又和你来墨西哥有什么关系？"

"嘘——"米小乐做了个小声的动作，接着朝周围警惕地看了看，才说："当然有关系！古代墨西哥这里的人，也就是玛雅人，有一种迅速提高人的学习能力的秘诀，我当初是去市博物馆看那个美洲古代文物展的时候，无意中发现的。因为会了这个秘诀，我的学习成绩才提高得这么快。秦朗能有那么高的科研水平，也是因为掌握了这个秘诀。但是，这个秘诀的最后一步，必须到墨西哥才能掌握。等我真正掌握了这个秘诀，哼哼，以后我考清华、北大，还不是轻而易举？"

"你来墨西哥，就是为了找这个秘诀？"

这回换米小乐点头了。李英男冷笑一声，说："米小乐，你当我是幼儿园小孩了吧？这么拙劣的骗局，你想蒙谁啊？"

米小乐哼了一声，说："不信啊，拉倒！我本来还想约上你一起找秘诀，两个人找总比一个人找希望大一些。既然你这么缺乏想象力，我就不劳你的大驾了。"

李英男见他说得有鼻子有眼，心里也有些活动，她说："你一直盯着后面车尾的那个人，是不是也和这个秘诀有关系？"

米小乐一拍大腿，说："聪明！什么事儿都瞒不了你！那人名叫苏扬，是秦朗的助手。"

"对，怪不得我看他有些面熟。电视上播过关于秦朗失踪的新闻，当时他也作为秦朗失踪前最后见过的人，接受了电视记者的采访呢。"

"这回，你该相信了吧？不管秦朗为什么会失踪，单说这个苏扬来墨西哥，肯定是因为他知道了这里有能提高人智力水平的秘诀！"

"那咱们怎么办？你觉得，他有了秘诀后，会告诉咱们吗？"李英男在不知不觉中开始把自己和米小乐称为咱们。

"你想想，如果是你自己知道了秘诀，会告诉别人吗？"

李英男摇摇头。米小乐说："所以，咱们要想得到秘诀的话，唯一的办法就是跟着他，看看他究竟如何找到秘诀。"

"那好，咱们轮流跟着他，要是光一个人对他穷追不舍的，他会起疑心的。"李英男主动把米小乐的打算说了出来。

"行，待会儿下了车，我先跟着他，过会儿再换你。"米小乐说。

米小乐和李英男商量完，就回过身子在自己的座位坐好。这时，他听见卡莎在背包里说："你怂恿一个女同学去跟踪苏扬，是不是有点危险？"

米小乐说："人家的家庭条件好，从小就练习柔道，早就是柔道黑带五段，她妈也是黑带四段，几个毛贼，哪里是她们娘儿俩的对手？"

"哦，原来如此，那咱们也要多加小心，说不准前面会遇到什么危险。"

说话间，大巴车开到了特奥蒂瓦坎古城遗迹的停车场。旅行团全体人员下了车，米小乐给李英男使了个眼色，两个人跟在了苏扬的后面。

"哇，想不到墨西哥也有金字塔。"沈美美站在古城入口处的月亮金字塔下，眺望着周围，大发了感慨。这座金字塔和埃及的金字塔乍看起来非常像，但只要细细一看，就会发现二者还是有着不小的区别。这里的金字塔是有五层平台的，还有一级级的台阶可以供游客登上去。这时，其他的游客也围拢在导游身边，睁大眼睛朝四周张望着。月亮金字塔正对着一条笔直平整的大路,沿着大路往前再走不远,就是整个古城最高,也是最有名的建筑物——太阳金字塔。

米大雷也说:"人类的确太了不起了。这么壮观的古城,足足有两千多年的历史了。"

导游对于游客来到这里后的震惊早就习惯了,他按部就班地解说着:"这座古城最神奇的地方还不是现在能看到这些金字塔、神庙,而是这里原本足足有二十万居民,后来在公元七五〇年前后突然就消失了。这座城市,可是当时世界上规模最大、人口最多的城市。而且,这个特奥蒂瓦坎文明,当时还没进入青铜器和铁器时代,那么这样一座规模巨大的城市,当时的人是怎么用石器来建造的?这些都是人类历史上的不解之谜。"

"太不可思议了。"米大雷说,"就跟中国西北的楼兰古国似的,谁都不知道这个国家究竟是怎么消失的,城里的居民都去了哪里。地球上神秘的地方太多了,人类连自己居住的地球都没弄明白,就想着要征服太空,太可笑了。"

"喏,那就是古城遗迹,最有名的太阳金字塔,也是每个游客都要去的地方,大家可以沿着古城中间的这条大路慢慢走过去参观。"导游指着不远处的一座金字塔说。

"这两座金字塔,看起来差不多高啊。"苏培红说。

导游说:"太阳金字塔有六十二米,这个月亮金字塔才四十六米,但月亮金字塔不是在一个基座上嘛,所以看起来就差不多高了。其实,在以前,还是太阳金字塔更高一些,因为那上面还有一座神庙。只不过随着风吹雨淋,上千年过去了,神庙早就倒塌了。"

"我们去过埃及,那里的金字塔从远处看和这里真的挺像的,但埃及的金字塔不像这里,在塔上还建了这么宽的台阶。"苏培红说。

导游说:"对,埃及的金字塔是法老的陵寝,相当于中国的坟,这里的金字塔,主要的功能是向太阳神、月亮神朝拜祭祀,相当于中国的寺庙。既然是祭祀,当然就要修好台阶,否则人就没法上去祭祀了。"

"走,咱们赶快到太阳金字塔去看看吧。"游客们说着,朝太阳金字塔走去。

米小乐一直在紧紧盯着苏扬,他很担心苏扬不去太阳金字塔,这样的话,他没法对父母解释为什么自己要跟着他而不去太阳金字塔。幸好,苏扬也和大队人马一样,在朝着太阳金字塔的方向迈进。

而且,苏扬不像别的游客那样忙于拍照,而是步伐坚定地朝着太阳金字塔走去。米小乐一声不吭地跟着他。他还时不时回头看看米大雷和沈美美,生怕他们当中有谁忽然大声喊自己，这样肯定会引起苏扬警觉的。幸好，两个人的注意力都集中在拍照上。沈美美更是兴奋，没走出几步路，就摆出各种姿势，要米大雷给自己拍照。

苏扬和米小乐一前一后没走多久，就到了太阳金字塔的底部。米小乐朝上一看，只见一道宽阔的台阶摆在面前，这台阶直通到了塔顶。苏扬沿着台阶走了上去，米小乐刚要抬腿，发现胳膊被人拉住了。

是李英男。"咱们交换一下，现在让我跟他一会儿。"她小声说。

米小乐点点头，往回走到了父母旁边，帮着他们拍起合影来。他时不时瞥一眼李英男，只见她和苏扬保持着七八米的距离，两个人正沿着台阶，一步步向着太阳金字塔的塔顶逼近。他们的轮廓越来越小，慢慢地，就都变成了两个在台阶上一点点移动的小黑点。

"爸，妈，我爬到塔顶玩一会儿。"米小乐说着，快步踏上了台阶。这座金字塔看起来就巍峨高大，真正爬起来，更是艰难，面前的台阶好像没有尽头一样。米小乐生怕落后苏扬和李英男太远，明明已经累得双腿像是灌满了铅一样，都不敢停下来休息。等他一路到了塔顶，已经累得气喘吁吁，直不起腰来。

"李、李、李英男，苏、苏、苏扬呢？"他朝同样弯着腰拼命大口喘气的李英男说。他一到塔顶，就朝四周打量着，发现这里还是空无一人，不但没有别的游客，更看不到苏扬在何处。在塔下，零零散散十几个肤色不同的各国游客正准备沿着台阶爬上来。而在更远处，古城中间那条供行人穿行的路面上，自己的父母还在兴致勃勃地拍着照片。

"你小声点，喏，他就在那边的石头柱子后面。"李英男毕竟上来得早，她的呼吸渐渐平缓了，她朝自己身后一努嘴。

米小乐点点头，弯下腰朝十多米外的一根石头柱子走去。只见苏扬正跪在地上，紧抱着石头柱子，闭着眼，嘴里喃喃自语。米小乐看到他这副架势，顿时愣住了，这时李英男也来到了他身后，两个人看着苏扬这副样子，都很吃惊。

这时，更惊人的事情出现了。苏扬和他紧抱着的这根石柱竟然慢慢地旋转了起来。米小乐和李英男的嘴也跟着张大了。石柱转得越来越快，米小乐看得有些头晕了，他朝四周看着，还没有别的游客爬到塔顶。

米小乐对李英男说："那块石头怎么会转起来？太奇怪了，到底是怎么回事？"李英男有些害怕，她说："小乐，咱们还是离开这里吧。"米小乐眼睛一眨不眨地盯着苏扬，说："你先走吧，我要看看到底是怎么回事。"

李英男说："好，小乐，你注意安全。"说完，她就转身朝外走去。这时，苏扬已经转得飞快，别人已经看不清他了，只能看到一个模糊的人影在原地高速旋转。

忽然，他怀里的石柱往下一沉，他整个人也跟着沉了下去，原地只剩下一个黑黢黢的窟窿。随即米小乐也觉得眼前一黑，接着脚下的地面消失了，自己猛地沉了下去，四周也在一瞬间由明亮变得一片漆黑。

"别丢下我！"李英男心里更害怕了，她还没来得及走开，只觉得脚下一空，也紧随着米小乐，沉入了金字塔里。

此时，塔顶的游客都还在开心地游玩着，他们沉浸在古城壮观的景致里，没有人看到这个角落里发生的一切。而在塔下，导游正对一群游客说："根据科学家用 X 光、超声波等科技手段探测的结果，在太阳金字塔、月亮金字塔内部，都有着大量的洞穴。甚至不排除在这座城市下方存在巨型洞穴的可能。凡是来过这里的考古学家都说，目前我们看到的特奥蒂瓦坎古城遗址，其实只是整个古城的十分之一，另外的十分之九，还隐藏在地面以下……"

第七章　金字塔下的神秘空间

米小乐和李英男不知道自己下坠了多久，只觉得耳边的风声越来越响，可见自己下坠的速度在越来越快。他们在黑暗中睁大眼睛，朝上下左右努力张望着，可他们始终没能看到一丝的光亮。

"米小乐，咱们会不会摔死啊？"李英男看不到米小乐的位置，只能朝着四周漫无目的地喊着。

"肯定不会。那根柱子是被人控制着才旋转起来的，现在的下落，肯定也是被人控制的，所以现在咱们也不用担心。"

"天哪，是谁在控制柱子啊，米小乐，你告诉我，你到底为什么要跟踪这个叫苏扬的家伙？"

"我跟踪他，是因为他……"

米小乐话没说完，只听得连续三声"扑通"，三个人都落地了。

秦朗被送回牢房，不知道过了多久，这天，房门忽然打开了，一个中年男人走了进来。自从他被关进这间牢房，这是房门第一次被打开。他定睛一看，走进来的这个人身穿粗布衬衫，深蓝色牛仔裤，袖口、衣领等处布满了各种被化学药品腐蚀出的斑点，金黄色的头发都是乱蓬蓬的，满脸胡须，鼻梁上架着一副厚厚的高度近视眼镜，淡蓝色的眼珠里布满了血丝。让他万分惊讶的是，这竟然是他的一个熟人，美国化学家米克尔森教授。他和米克尔森教授多次在国际学术研讨会上遇到，对彼此的学术水平都非常钦佩。秦朗知道，米克尔森是一个非常正直的人。

"米克，你怎么也被抓来了？"秦朗激动地跳起来，攥住了米克尔森的双手。

米克尔森见到他也非常震惊，他眼睛瞪得圆圆的，说："大概两周前的一个深夜，我刚刚从实验室离开，在停车场的阴影里突然冲出几个暴徒把我打晕了，等我清醒过来，我发现自己就被他们抓到这里了。"

"我也是这样！他们要你帮他制造金属神经线了吗？"

"是啊，但我告诉他们，我根本没有这个本事，即使我能，我也不会和他们合作！"

"干得好！我也是这么说的！"

"但是，我也付出了代价，以后，再也不能做化学实验了！"

"他们把你怎么样了？"

米克尔森一句话不说，慢慢伸出了双手。秦朗只看了一眼，双眼马上瞪得溜圆，怒火仿佛随时都会从他的瞳孔深处迸发出来，脸上的肌肉也因为过度的愤怒扭曲起来。

秦朗看得很清楚，米克尔森双手的食指都不见了。

"他们是一群禽兽！"秦朗怒吼。

"秦教授，这伙人就是这么凶恶狡猾。依我看，最好的办法就是先给他们制造出一千根金属神经线……"米克尔森压低嗓音说。

"真的这样的话，他们会利用这些神经线控制地球上各国的首脑人物，人类就会毁在他们手里！米克，咱们绝对不能配合他们干这种坏事！"秦朗赶紧纠正他。

"不！我们完全可以假装答应他们，等我们重获自由后，就可以向全世界揭露他们的阴谋。你想想，那些国家元首、国际组织的领导者都是受到重点保护的人类精英，总得等他们犯了病，这些坏人才能往他们的脑袋里放这些神经线吧？所以，咱们离开这里后，马上提醒他们不就行了吗？"米克尔森说。

秦朗想，这间牢房看起来很严实，四面墙和房顶、地面都非常坚固。他想，看来唯一一个逃出这里的办法，就是装作和他们合作。等他们的警惕性放松后，自己就找机会逃出来。想到这里，秦朗说："好，就这么办。米克尔森教授，到时我们一起离开这里！"说着，他仰起脸，朝着天花板说："我愿意帮你们制作金属神经线和脑血管。但是，你必须答应我一个条件。"

那个声音马上出现了，说："请秦先生说说看。"

"给我和米克尔森自由。说白了，就是让我们离开这里。"

"好的，没问题。秦先生果然很明智，我一定会帮助你获得诺贝尔化学奖的。"

"我需要冶炼这种金属的设备。"

"我会给你全世界最先进的冶炼设备。明天正式开始制作脑部神经线和脑血管。"话音未落，房门自动打开了。"米克尔森先生，你可以离开了。"那个冷酷的声音说。

米克尔森朝门外走去，秦朗望着他的背影，觉得他走路的姿势，说话时的语气都和从前不太一样。他想，大概是因为米克尔森被绑架他的人折磨了太长时间的原因。

到了第二天，他一觉醒来，发现和平常不一样的是，门口摆着一个圆形的小茶几，上面摆满了各种早餐，烤好的面包片、煎荷包蛋、果汁、麦片、牛奶等应有尽有。秦朗毫不客气，上去大口吃完了食物。当他喝完最后一滴咖啡，把杯子放在圆桌上，那个声音说："工作时间到了，现在请秦先生开始金属人类脑神经的制造。"

话音未落，秦朗发现，自己对面的那堵墙又开始向后方倒退。昨天的那个大型实验室出现了。在桌上，除了那些奇异的矿石，还有各种先进的化学仪器、一台电脑。

秦朗长叹一口气，慢慢走到了实验台前，开始了制造金属神经线的第一步。

巨大的撞击让米小乐和李英男都昏了过去。过了不知多久，米小乐才慢慢苏醒过来。他只觉得浑身一阵剧痛，好像要散架一样。他揉着屁股站起身来，发现四周一片漆黑，一丁点儿的光线都没有。他伸出手放在眼前，可根本看不到自己的手。"这就叫伸手不见五指。"他想。他赶紧摸了摸自己后背，摸到了自己的背包，听卡莎在里面轻声说"我没事"，这才放下心来。

"李英男，你在哪儿？"他朝周围连喊了好几声。

"我就在这儿，哎哟，疼死我了！"李英男的呻吟声在他身旁四五米外响起。

"你受伤了吗？"

"好像脚给崴了。哎哟，我站不起来了。"

"那你还是坐着吧，别硬站着，我去扶你。"米小乐说着，朝李英男的方向慢慢蹭了过去。终于，他抓住李英男的手，把她背了起来。"你背上是什么？"李英男问。他连忙说："我的背包。你觉得碍事，就把它递给我，我挂着胸前。"

李英男说："咱们是和苏扬那个家伙一起掉下来的，可他好像不在这里。这里空气真闷，每喘一口气都很难受，好像这里已经与世隔绝了上千年一样。"

米小乐说："这个太阳金字塔的确建了一千多年了，这里说不定真的有一千多年没人来过了。"

"那可怎么办，我妈找不到我，非急死不可。"

米小乐想了想，说："我觉得，咱们是从上面掉下来才到了这里，这里的人要想出去，肯定有别的路。"

"米小乐，你别吓我了行不行？什么人会住在这么恐怖的地方啊。"

"你别忘了，导游说过，这个金字塔可是用来祭祀的地方。"

"米小乐，你讨厌，你别再吓我了！"

"好好好，那你别出声音了，咱们在四周摸摸看，说不定能找到出去的路。"

米小乐说完，就伸出双手往四周摸了起来。可是，他很快发现，这是一个非常狭窄的空间，大概只有一间卧室那么大。他低头想了想，说："这个地方这么黑，又这么小，苏扬能走出去，说明他离开的方向既不是东，也不是南，也不是西，还不是北。"

李英男哼了一声，说："你说的真可笑，东西南北都不是，难道他飞上天了，又回到金字塔塔顶了？"

米小乐摇摇头，趴在他背上的李英男也跟着晃动了几下。米小乐说："他不是上天，他是入地了。"

"入地？你是说……"

"他肯定是通过什么洞口之类的地方，到了更深的地下了。"

"那你还不赶快放我下来，咱们一起找。"

米小乐把李英男放下，两个人一起在地上摸了起来。很快，李英男说："这里好像有个拉手。"米小乐赶快过去，果然，他在地面上摸到一只嵌在石头上的把手。这个把手冰凉光滑，很明显，这是一个金属物件。

"奇怪。"米小乐说。

"怎么啦？"

"我记得，这座特奥蒂瓦坎古城只发展到石器时代，还不会使用铁器，那么，这里金属的拉手是怎么来的？"

"那还用说，肯定是考古学家弄错了。"

"不，这个拉手非常光滑，即使是懂得了铁器锻造技术的古代文明，也造不出这么光滑的拉手。"

米小乐一边说，一边轻轻敲打着拉手周围的砖块。每块砖都传出了低沉含糊的"嗵嗵"声。

"下面是空的。我要试试这个拉手。苏扬肯定就是通过这里走的。"

米小乐说到这里，感觉到自己身旁的李英男正颤抖个不停。他赶紧说："你别害怕。这个拉手像是现代人做的，所以，咱们从这里进去的话，就一定有回到地面的办法。"

李英男答应着，颤抖的力度减轻了很多。米小乐伸出双手握紧了拉手，长吸了一口气，然后把全身的力气放到自己的右手上，嘴里喊了一声"起"！石板纹丝不动。李英男也伸出双手，攥紧了把手。两个人拼命向上提着拉手，只听砖块吱吱呀呀地晃动着，慢慢被提了起来。随着砖块被越提越高，从地下漏出的光线也越来越多。

终于，整块石板被提了起来。两个人一边喘着粗气，一边朝石板下面望去。只见面前是一道旋转着向更深处延伸的楼梯，楼梯下面连接着是一条不知通往何处的隧道，隧道深处隐约有光线照过来。米小乐和李英男对视了一眼，两个人又一起点点头。

"我在前面。"米小乐说着，马上率先钻进了地道，李英男开始还有些犹豫，可一看米小乐越走越远，再看看自己周围漆黑的环境，心里又是一阵害怕，也跟着钻了进去。

两个人沿着楼梯慢慢走了下去，站到了隧道尽头。他们朝隧道里望过去，看到里面每隔一段就安装有一盏壁灯，稍稍有些放心，又朝隧道里走去。四周一片寂静，他们耳边只能听到自己脚步声在隧道里的回声。终于，他们走到隧道另一端的一道铁门前，两个人拉开铁门，出现在面前的，是一条由非常光滑的雪白色材料铺设的走廊，走廊两侧还有一扇扇房门。最诡异的是，这条走廊里的一切都闪着淡淡的荧光。

在有着一千多年历史的金字塔下面，竟然有这样的地方！两个人愣愣地看着面前的一切，觉得眼前这一番景象，完全是从前在科幻电影看到过的场景，真难以相信这里竟然是修建于一千多年前的金字塔下方。

李英男拉了一下米小乐的衣角，说："小乐，咱们回去吧，这里太吓人了。"米小乐说："现在咱们只能朝里走，这里面肯定有出去的路，原路返回的话，只能回到刚才咱们落下来的那个漆黑的地方，从那儿也出不去啊。"

他说完，朝前踏出一步，走进了走廊。他觉得李英男并没有跟上，回头一看，李英男还站在原地一动不动。米小乐说："这样吧，你在这里等着，我往前走，找到路后再回来找你。"

李英男赶紧说："我还是和你一起走吧，我一个人在这儿也害怕。"说着，她也试探着迈出一步，踏上了走廊。

两个人一前一后，踮着脚尖，大气也不敢出地往前走着。每经过一个房门，两个人都靠在门外听里面的情况，可每扇门后面都是一片寂静。米小乐想让卡莎遥感一下房门后面都是什么，怎么才能从这里出去，可李英男紧紧跟在他身后，让他没法问卡莎。两个人一直往前走着，终于，在一扇门外，两个人听到里面似乎有含糊的说话声。

米小乐伸手慢慢拉开了门，结果，里面的情况再次让他惊讶得张大了嘴巴。只见苏扬和另外三个人跪在地上，围在一根圆形的柱子四周，头低垂着，嘴里正念着什么。柱子的顶端放着一个圆球状的东西，房间门口还放着一只半人高的柜子。这三个人都背对着米小乐，他觉得这三个人的背影看起来都有些面熟，可他无论如何都想不起来曾经在哪里见过他们。看他们的样子，显然是面对着柱子在举行什么仪式。米小乐把门拉开得大一些，把里面的情况看得更充分。那四个人嘴里越念越快，仪式似乎马上就要结束了。这时，米小乐已经看清了他们的脸。

除了苏扬，另外三个人竟然是鬼爷、软猴、马库斯。

他们三个在被人从警车救走后，竟然来到了这里！米小乐太意外了。他们现在和苏扬在一起，难道他们也和秦朗教授被绑架有关？米小乐定定神，赶紧拉开门出来。

"你怎么才出来？你看见什么了？我一个人在外面，都要吓死了。"李英男说。

这时，米小乐听见里面几个人站了起来，他说："他们马上就出来了，咱们必须赶快躲起来！"

"往哪里躲啊？"

米小乐顾不得多说，拽着李英男，拉开最近的一扇门钻了进去。就在他们关好门的同时，刚才那扇房门拉开，里面的四个人都走了出来。

米小乐他们钻进的这个房间，幸好没有任何人，他把耳朵紧贴在房门上，听着外面的动静。外面几个人的脚步声渐渐远去了，米小乐长长出了一口气，他拉着李英男来到刚才鬼爷他们举行神秘仪式的房间。这个房间里已经是漆黑一片了，米小乐先是关好门，然后摸出手机，打开了手电筒功能，用手机发出的光线照射着这个房间。他看到苏扬、鬼爷、软猴、马库斯刚才围着的那根石柱，顶端是一个石头做成的圆球，他把这个圆球拿起来仔细看了看，发现这个球的中间是空的，里面还刻满了各种各样的花纹图案。他说："我刚才看到几个人对着这个东西跪着，好像在举行什么仪式。里面有苏扬，还有上次去咱们那里打算抢劫美洲文物展上那顶皇冠的几个坏人。"李英男说："他们几个人怎么会凑在一起？你手里这东西，这东西看起来像是用来铸造什么东西的模型。"

米小乐点点头，他觉得，这个模型看起来似乎很熟悉，自己肯定在哪里见过。李英男说："咱们在历史课上学过，中国古代的人制造青铜器，就是把烧化了的铜水，倒在这样的容器里，等铜水冷却了，一件青铜器就造出来了。"

这番话提醒了米小乐，他一拍脑袋说："李英男，你说对了，我猜出在哪里见过这种形状的东西了！上次去咱们那里展览的古代美洲文物里，最珍贵的那顶皇冠，不就和这个圆球中间的形状一模一样吗？说不定那顶皇冠，就是在这里面制造出来的呢！"

李英男盯着这个石球，纳闷地说："真奇怪，他们为什么要对这个东西顶礼膜拜呢？"

米小乐说："那顶黄金皇冠，是属于这座古城从前的皇帝的。我猜，一定是从前建造这个地下空间的人，制造了皇冠。"

李英男说："这里这么高科技，肯定不会是古代的人造出来的。"

第八章　竟然遇到他……

他和李英男回到了走廊上，沿着刚才的方向继续往前走着。很快走到这条走廊的尽头，面前是一个岔路口。他们站在路口往前看，发现面前有两条走廊，每条走廊的远处都有人影。从背影上看，沿着右边这条走廊离开的是马库斯，左边则是苏扬和软猴、鬼爷。

李英男说："小乐，咱们往哪边走？"

米小乐说："跟着那个黄头发的外国人，看看他会去干什么。"

两个人轻手轻脚地走着，在走廊里走了几十米，跟着他来到一个房间外。马库斯看看四周无人，拉开门走了进去。米小乐随即来到房门外，把耳朵贴在房门上一听，只听到里面有些轻微的声音，不知道马库斯在里面做些什么。

过了几分钟，门开了，米小乐赶紧拉着李英男藏到对面的房间，他把房门拉开只有手指头粗细的一道窄窄的缝隙，小心地看着外面的情形。只见一个四十多岁，穿着白大褂的男人走了出来。他戴着近视眼镜，气质看起来也很斯文，一副知识分子的样子。

如果不是米小乐早就想到马库斯化装的本事，差点就被他蒙过去。李英男说："这里面人真多。咱们是在这里等刚才那人出来，跟踪他？"

米小乐微笑着说："他就是刚才那个人。"

"不可能吧，他们虽然都是白人，但长得完全不一样啊。"

"这人名叫马库斯，上次咱们那里的那起博物馆文物盗窃事件里，我和他打过交道，我认识他。他是美国芝加哥恶人帮的头头，专门跑到中国来偷东西。因为擅长化装术，美国人抓了他十多年都没抓住。走，咱们跟着他，看看他这次化装，是打算干什么坏事。"

两个人继续跟着马库斯，没多久，就走到了走廊的尽头。这里是一道比别的房门大得多的金属门。马库斯这次没有直接进去，而是把自己的右眼放在门旁边的一个机器上。一道蓝光从他的脸上扫过，接着只听"啪"的一声，房门自动打开，马库斯警觉地朝左右看看，没发现什么异常情况，就走了进去。

米小乐说："这是视网膜检测仪，世界上最先进的查验身份的仪器。这个房间里的情况一定不一般，说不定就隐藏着这个地下空间最大的秘密。"

李英男说："那可怎么办？咱们进不去啦。"

米小乐想了想，对李英男说："咱们不能在走廊上这样傻站着，太危险了，还是先回到刚才他化装的那个房间吧。除了马库斯，大概他同伙的视网膜也管用。他们沿着另一条走廊离开了，不知道他们去干什么事儿。"

他们又往回走，在路上，米小乐悄悄地打开了自己背包的拉链。等进了那个房间，两个人看到，里面只有一张长长的桌子，上面摆着镜子和一大堆杂七杂八的东西，有各种颜料、假发、剪子什么的，椅背上还扔着刚才马库斯在进这个房间前穿的黑西装。

李英男走过去，一件件翻看着桌上的东西，等她把这一堆东西看完，才回过头说："小乐，你说对了，刚才那人的确是在这里化装了。"

米小乐计算着时间，估计卡莎已经把事情办完，果然，这时他听到门外好像有点动静，他对李英男说："门外有人！"

她一脸不相信的神情，瞪着米小乐说："米小乐，你要是再敢吓我，你可小心点！"

米小乐说："外面有没有人，打开门看看不就知道了吗。"说完，他拉开了房门。果然不出他所料，软猴在门外昏倒了。其实，刚才他说"除了马库斯，大概他同伙的视网膜也管用"那一番话，就是给背包里的卡莎说的，他故意拉开了拉链，也是为了让卡莎飞出来。

李英男看到瘫软在地的软猴，顿时大吃一惊，说："这家伙，不就是刚才在那个房间装神弄鬼，后来又从另外一条走廊离开的那个人吗？他怎么会倒在这里？"

米小乐微笑着说："大概他走到了这里时，正好心脏病发作。"

李英男盯着米小乐说："真的有这么巧？不会是你搞的鬼吧？"

米小乐摊开双手，做了个无辜的动作，说："我一直和你在一块儿，分身乏术啊！"

"你别贫嘴了，咱们赶快去试试能不能用他的视网膜通过那台扫描仪。你来背他。"

米小乐弯下腰，把软猴背了起来。他一边走，一边想，卡莎的确很聪明，她故意在软猴、鬼爷和苏扬三个人当中选了一个体重最轻的。米小乐到了刚才马库斯进去的那个门口，先是放下还在昏迷中的软猴，让李英男把他扶着站好，接着掰开了他的右眼。只见一道蓝幽幽的光束从他的脸上缓缓划过后，房门里发出"啪"的一声。接着，房门慢慢打开了。

米小乐把软猴拖了进去，接着关上了门。他和李英男悄悄地朝里走，他们迎面就是一个狭窄的墙角，两个人躲在墙角后面，每人只露出一只眼睛朝墙后看着。只见墙后是一个足有半个篮球场那么大的宽阔房间，当中是一张金属材质的桌子，上面摆满了各式各样的实验仪器。化装后的马库斯正在一台样式非常酷的仪器前忙碌着。米小乐对李英男轻声说："这家伙本来是个黑社会的头目，这会儿怎么一下子变成科学家了？"

李英男看了一会儿马库斯的动作，越看越觉得不对劲。她说："米小乐，我看这家伙是个冒牌货。"

"冒牌货？什么意思？"

"米小乐，谁让你在化学课上做实验时不专心，现在连骗子都看不出来。你看，他看起来很忙碌，各种动作忙个不停，可这些动作都是毫无意义的，明摆着完全是在瞎忙而已。"

米小乐一听她这么说，也仔细盯着马库斯看了起来。他看了一阵子，点点头说："你说得对，不愧是学霸。我看他的很多动作是在来来回回不断重复的，但他为什么要这么做呢？"

李英男眼睛一眨不眨地看着马库斯，她说："你看，他每隔一两分钟，就要往对面瞟上一眼，这是为什么呢？"

米小乐和李英男因为一直躲在墙角后面，看不到马库斯所看的那个方向的情况。米小乐说："我出去看一眼马上回来。"说着，他慢慢离开墙角，同时他的双眼飞快地朝马库斯对面的方向望了过去。他看到的情况，让他彻彻底底地惊呆了，如果不是李英男见他愣住，马上把他拉回来，他恐怕还会继续愣在那里。回到墙角后面，米小乐脊背贴着墙，满脸不可思议的神情。

李英男捅了他一下，说："米小乐，你倒是说话呀，你看到什么了？"

"那边还有一个实验室，里面也有人在做化学实验。"

"做实验的人，你认识？"

"不但我认识，你也认识。"

"我也认识？到底是谁？"

"秦朗。"

"你别开玩笑，到底是谁？"

"我没开玩笑，真的是秦朗。"

"米小乐你真讨厌。你不肯说，我自己看。"李英男重重地白了米小乐一眼，沿着墙根，一步步蹭到墙角。

米小乐说："你小心点，别被发现。"

李英男双手紧紧扒着墙角，露出头朝外看去。三秒钟后，她猛地缩回头，瞪大眼睛，直直地望着米小乐。

"真的是他！他怎么会在这儿？"

米小乐和李英男，看到的是一个原本生活在地球另一端的中国化学家——秦朗。

秦朗制造金属神经线，进展非常缓慢。这种神经线的制造难度极大，绝不仅仅是制成普通的一根金属线那么简单。因为不但要让这根线具备人类脑部神经线的功能，还要让它的粗细、柔韧性和真的脑部神经线完全一致，只有这样，才能保证当人类脑部发生病变，可以用这种线代替人的脑部神经线。

全世界唯一掌握这种技术的人，就是秦朗。

秦朗在实验室里不知忙碌了多久，终于制造出一千根脑部神经线。这时，那种矿石也剩下一堆碎渣了。当秦朗从化学仪器里取出最后一根金属神经线，对着空中说："一千根脑部神经，我已经制造完成。你要我做的事，我已经做了，现在该你履行诺言，释放我和米克尔森教授了。"

他话音刚落，那个声音就答复他说："秦先生，请不要着急，我还需要验证一下你的工作成果。"

"验证我的工作成果？你是什么意思？"

"你放心，时间不会太久的。有个欧洲国家的总统将遭遇到严重的车祸，生命垂危，我不会让他死去，但会让他因为头部受伤而躺上手术台。到时，我就可以检验一下你的这些神经线，是不是达到了我的要求。只要检验合格，我会马上释放你和你的朋友。"

"你要刺杀那个总统？"

"我刚才说了，不是刺杀，只是让他遭遇车祸而已。"

"你明明说过，造出一千根神经线就释放我和米克尔森教授！你这个骗子！"

秦朗愤怒地指着四周大声痛骂着，但这没有什么用处，那个声音并没有再次出现。反而是他自己，被很快送回了牢房。

米小乐和李英男没听见秦朗在说些什么，只看到他情绪激动地朝周围指指点点着，紧接着他身后的墙壁突然消失，露出一个囚牢样子的房间。他脚下的地面也开始移动，把他送到了牢房中，然后那面墙再次出现，恢复成实验室的样子。他们两个人目瞪口呆地看着这一切，心想这样的画面从前只是在科幻电影里看过，想不到今天却在一座有着一千多年历史的金字塔下面看到了。接着有人走进实验室，把桌上的一个铁皮盒子锁进了墙上的保险箱。

米小乐看得很清楚，这个人就是鬼爷。

"秦朗教授被绑架后，原来一直关在这里，我一定要把他救出来！"米小乐攥紧拳头说。

李英男说："小乐，咱们还是到了上面，把这里的情况告诉家长，再报警，让警察来救秦朗教授吧。他们有好几个大人，咱们还是孩子，对这里的情况也不熟悉，太冒险了。"

"你说得没错，可咱们现在也没办法回到上面啊。再说，咱们也不是就两个……"说到这里，米小乐差点说漏嘴，把卡莎的事儿说出来，就赶紧停住了。

可李英男已经发觉了，她打量了他一下，说："你想说什么？咱们不是只有两个人吗，还有谁？"

米小乐说："我是想说，咱们的家长不是就在塔顶吗，他们随时可能来找咱们。"

李英男根本不信他的话，盯着他继续问："米小乐，你是不是有什么事情瞒着我？刚才这个家伙莫名其妙倒在地上。"她指了指倒在地上的软猴，说："一定是你搞的鬼！"

米小乐正不知该怎么回答，忽然，他听到门外有了脚步声，还有人准备拉开房门。他赶紧拉开旁边储藏柜，和李英男一起拖着还在昏睡的软猴钻了进去。

一阵脚步声由门外越来越近，接着有人说："马库斯，软猴来过这里吗？"

米小乐从声音听得出来，来人是鬼爷，算是自己的老熟人了。

马库斯在实验室里说："鬼爷，你的那个手下不在这里。"

"软猴这家伙，等找到他，看我不打断他的腿。我再去别的房间找找。"

说着，鬼爷打算往门外走。但马库斯又说："鬼爷，等等，我问你一件事。等主人的计划成功后，你有什么打算，想让主人把哪里赏给你？主人说过，等他的计划成功了，整个地球将在他的统治之下，咱们两个人是他的功臣，全世界的几个大洲，咱们每个人都可以任意选。"

"马库斯，你先说吧，你看中哪里了。"

"你们中国人的确太含蓄了。咱们是主人最大的功臣，我看，以后主人还会继续征服别的星球，地球大概就由咱们来代替他管辖了。我是美国人，到时候整个美洲都是我的，另外，我们美国白种人都是欧洲移民的后代，我看，欧洲也应该由我来统治。澳洲也是以白人为主，所以……"

"马库斯，你的胃口太大了吧，所有的发达国家都归你了，照你这么个分法儿，只有亚洲和非洲是我的。"

"鬼爷，你管辖的面积比我可大得多了。"

"得了吧，马库斯，富国归你，穷国归我，你算盘打得可真够精的。"

马库斯刚想继续说，鬼爷打断了他，"行了，咱们还是等主人的吩咐吧，说不定他早就有计划了。"

说完，两个人走了出去。听到房门关闭，米小乐和李英男从储藏间钻出来。李英男说："这两个人精神失常了吧，说要把地球瓜分了，你听见没有，他们连各自的地盘都划分好了，我欧洲你亚洲的。还说主人要去征服别的星球，我的老天，他们是不是以为自己在拍《星球大战》啊。"

米小乐皱着眉不说话，过了几秒钟才说："你觉得地球之外有外星人吗？"

"当然没有，那些谁见着了飞碟，或者谁被外星人绑架之类的事儿，我才不信呢。"

"那现在我们待的这个地方，你觉得是什么人建的？"

"那还用说，当然是人类建的。"

"咱们滑下来的那座金字塔，有一千多年的历史，这里在金字塔的下面，历史只会比金字塔更长，你觉得，别说一千多年前，就说现在的人类，有本事造出现在这样的地方吗？"

李英男眨眨眼，说："米小乐，你是说，这里是外星人建的？"

从李英男的神情看得出，她开始相信米小乐的话了。

米小乐说："你慢慢想吧，咱们现在要走了。"

"去哪儿？"

"去救秦朗教授啊。看来秦朗教授就被关在隔壁那个房间里。"

"那个房间肯定是锁着的，咱们怎么进去呢？"

米小乐指了指地上的软猴，说："咱们还是用老办法进去。"

秦朗回到自己的牢房里，正在生闷气，忽然听到房门一声响，他抬头一看，惊讶地看到，进来的是一男一女的两个孩子，看样子只有十三四岁，地上还躺着一个干瘦的三十多岁的中年男人。再仔细一看，这个男人就是绑架自己的两个人之一。

他大惑不解地说："你们是？"

"我叫米小乐，她是我们的同学，叫李英男。我们都是远洋小学六年级的学生，前段时间您本来要去我们学校演讲的，后来学校说联系不到您，就把演讲取消了。"

"哦，是有这么回事。你们是怎么找到这里的？"

米小乐刚要说，李英男拉了拉他的衣角，轻声说："我也很崇拜秦朗教授，让我给他说吧。"米小乐点点头，她接着说："我们这次到墨西哥来，本来就是为了旅游的，根本没想到能在这里见到您。"

"你说，到墨西哥来是什么意思？"秦朗的脸上写满了惊诧。

"这里不就是墨西哥吗？"

秦朗瞪大双眼，说："墨西哥？这里是墨西哥？"

米小乐和李英男对视了一眼，又一起说："您不知道自己在墨西哥？"

秦朗缓慢地摇摇头，说："我被绑架了，当时我昏了过去，醒来时就已经在这里了。"

米小乐说："您知道绑架您的是什么人吗？"

秦朗说："不知道。每天只有一个声音，从房间不知哪个角落里传出来和我对话。对了，美国的化学家米克尔森教授也被他们绑架了！"

米小乐说："您说的是旁边那个实验室的那位科学家吧，他不是米克尔森教授，是有人假扮的。"

"不可能，我和米克尔森教授是非常熟悉的，他也是被绑架到这里来的。况且，这几天，他明明就在我旁边的实验室里工作。"

"您想想看，他在实验台前工作时，他的双手是不是都一直被别的东西挡着？"

秦朗迟疑着点点头。

"那就是为了不让您看到他根本不会做化学实验！他肯定是为了监视您，才一直在您隔壁的那间实验室里待着的。"

秦朗回想了一下几天来的情形，一拳砸在床上，说："你说得对，这家伙，骗了我这么长时间！"

"秦教授，您好像是制造出了一些挺珍贵的东西？"

秦朗点点头："是的，这些人不知道是怎么知道了我的最新科研成果，知道我掌握了利用金属制造人类脑部神经线和血管的技术，就拿来一堆很奇怪的金属矿石，让我给他们制造神经线。"

"我知道是谁把您的最新科研成果泄露出去的。"

"你真的知道？这个人是谁？"

"是一个您绝对想不到的人，也是这个人，把您的活动规律告诉了绑架您的人。"

"我绝对想不到的人？知道金属神经线实验成功这件事的，只有我在远洋大学化学系实验室的几个助手，对于他们每个人，我都非常了解，他们的人品都非常棒，我绝对不会怀疑他们。"

"秦教授，我有足够的证据，能证明是苏扬和坏人相互勾结，您没想到会是他吧？"

"是苏扬出卖了我？"秦朗的脸上写满了不可思议。

米小乐点点头。秦朗开始回想被绑架时的情景。当时那个装模作样问路的绑匪，肯定是已经在那里埋伏着静候自己多时。他回忆着自己被绑架前几天看到苏扬时的情景。当时，苏扬根本不敢和自己对视。想到这里，他长长叹口气。他承认，出卖自己的人只能是苏扬。

米小乐看着他的神情，知道他已经相信了自己，把自己知道的关于苏扬的一切告诉了秦朗，秦朗摇着头说："化学系实验室研究员里，苏扬本来是非常朴实的一个。我就是看他工作态度好，肯吃苦，才让他参加了我的这个课题组。我想不到会是他出卖我。别人给了他什么好处？"

"我觉得，他不是被人用好处收买了，而是被别人控制了！那个冒充米克尔森教授的家伙，和他的同伙刚才提到过好几次的主人什么的，我猜，这个家伙才是绑架你的幕后主使。"

"这些能控制人类大脑的金属神经线，是我刚刚制造出来的，那么，如果真的是这人控制了苏扬，那他是通过什么控制的呢？"秦朗一边说，一边思索着。

突然，他回想起自己刚被绑架到这里时，那个声音曾经说过的话，"我要做的是全宇宙的主宰者，我要让宇宙中每一个星球都向我臣服，每一条生命都心甘情愿当我的奴隶"。他把自己来到这里发生的一切说了出来，到了最后，他说："开始，我还以为那人是个得了妄想症的疯子，看来，为了统治全世界，他真的有一套非常完整的计划。"

停了一下，他又说："但是，我还有一个疑点，就是这家伙是用什么来控制苏扬他们的呢？"

米小乐说："苏扬头部肯定有一根这样的神经线。"

秦朗想了一会儿，说："是的，我记得两个月前苏扬出过一次车祸，头部受了伤，大脑里产生了瘀血，最后是在医院里做了脑外科手术，才取出了瘀血。"

李英男说："一定是在那次手术时，他的头部被植入了这种金属！这说明，绑架秦朗教授的幕后主使，早就有这种冶炼好了的金属！"

这时，米小乐感觉到自己背包里的卡莎变得非常不安静，好像要告诉他什么。他连忙对秦朗和李英男说："外面好像有人！"话音未落，他连忙出了房间，打开背包放出了卡莎。卡莎一飞出来，马上说："我知道这里是怎么回事了，也知道究竟是谁绑架了秦朗！"

"是谁？"

"一定是威坦星人！"

"威坦星人？他们乘坐的太空战舰不是在追踪你来到地球后，被你的卫队长驾驶的宇宙飞船给撞毁了吗？"

"是的，这是我亲眼看到的，一点儿没错。但是，我能在撞击前就逃离飞船，幸存下来，说不定威坦星的战舰上也有人幸存了，还降落在地球上。"

"就算是有威坦星人来到了地球，他们和绑架秦朗教授这件事有什么关系？"

"我从来不愿意回想我们阿尔比星球被威坦星攻占时的情景，因为那实在太可怕，太悲惨了。其实，攻占阿尔比星和他们攻占别的星球的方法是一样的。我听我的卫队长说过，威坦星上有一种神秘的金属，一旦植入某个生命体上，这个生命体就会被某个频率的电波完全控制。这样一来，威坦星的军队很快就能征服一个星球。"

"我知道了，威坦星人一定是先用他原本随身携带的金属线来控制几个人，然后在这几个人的帮助下，用更多的金属神经线控制整个地球！"米小乐说。但是，他忽然想到一个问题，说："卡莎，现在这个地下空间，历史肯定比上面那座金字塔的历史更长，也就是说，至少有上千年的历史了，这是怎么回事？而且，秦朗教授用来制造神经线的金属，是从哪里来的呢？"

"这绝不是威坦星人第一次来地球，当初建造这里的时候，他们就一定来过。你还记得那顶皇冠吗？一定是威坦星人用这种地球上不存在的金属造出了皇冠，想用它来控制这里的国王。当初他们肯定剩下了一些这种金属，追踪我来到地球的威坦星人，感知到这里有这种金属，就潜入到这里，并且制定了控制整个地球和全体人类的计划！"

米小乐越听越吃惊，他知道，卡莎说得很对。等卡莎说完，他说："那我们现在需要做的，就是必须找到秦朗教授制造出的一千根金属神经线！"

123

卡莎说："对！马上开始行动吧！"说完，她就嗖的一声，飞回了背包。

米小乐回到秦朗的牢房，对秦朗和李英男说："秦教授刚刚制造出的一千根金属神经线，必须尽快追回来，如果落在坏人手里，人类的历史大概就要从此终结了！"

李英男说："你就喜欢夸大其词。米小乐，你都上六年级，都快成中学生了，能不能别这么幼稚了。"

秦朗仔细地听着米小乐的话，等他说完，才说："米小乐，你说说看，你这种看法的根据是什么。看样子，你到外面去了一次，获得了不少别人不知道的消息。"

秦朗是那种有着一流判断力和超一流理解力的人。

米小乐想了想，如今唯一的办法就是让他们相信这种神经线的魔力。于是，他咳嗽两声，清了清嗓子，说："在浩瀚无垠的宇宙太空中，在距离地球一万五千光年外的半人马座，有一个欧米伽星系……"

李英男打断了他："米小乐，这都什么时候了，眼看着就火烧眉毛了，你还要东拉西扯？是要显示一下你知识丰富吗？生怕别人不知道你进过全市中小学生知识竞赛的决赛，还差点拿了冠军？你知识面再广，在秦朗教授面前，大概也只是九牛一毛吧！"

秦朗对米小乐说："你继续说。"

米小乐这才把刚才卡莎给他说的事情原原本本说了出来，当然，他没有提到任何和卡莎有关的情况。他知道这样肯定是无法说服秦朗的，果然，等他说完，秦朗说："小乐，你刚才说的这些好像挺有道理的，但我不知道你究竟是如何知道这些的。毕竟，你说那个名叫威坦的星球在不断入侵别的星球，这些事情，恐怕地球上的天文学家都不知道。"

李英男也在一旁说："对呀，你是怎么知道的？难道你去过这些地方？请问你是乘坐宇宙飞船去的，还是躺在你的床上去的？"

米小乐知道她在嘲讽自己，他反复挠着头，说："我是怎么知道这些的，我真的不能说，反正，这些事情都百分之百是真的。"

李英男说："要是他们真的能轻而易举地控制别人，那他们为什么不直接控制秦朗教授的大脑呢？"

"因为他们还要利用秦朗教授来制造神经线，他们肯定是担心如果控制了他的大脑，会导致他没有能力去做非常需要大脑智慧的事情，比如给他们制造神经线。"

秦朗想了想，说："好，我不再问你是怎么知道的了。虽然你说的这些，听起来似乎匪夷所思，但我相信你！从我第一眼看见你，我就知道你绝不是个撒谎骗人的孩子。而且，这里这么先进的一个地下空间，除了是外星人建造的，也没有别的解释。"

米小乐在心里大喊："秦教授，你真不愧是我的偶像！"

秦朗继续说："无论如何，我们必须把那一千根神经线找回来，绝不能让那个妄想统治全宇宙的家伙拿着神经线去干坏事。"

李英男说："神经线被藏进了保险箱，咱们谁都不知道那个保险箱的密码啊。"

米小乐说："我有办法！走，咱们先到实验室里去！"说完，他又拖着还处于昏迷中的软猴，故技重施，利用他的视网膜打开了房门。几个人来到秦朗的实验室，秦朗指着墙上的保险柜说："那些神经线就在里面！"

要打开这个保险箱，必须知道密码。米小乐说："我去把鬼爷抓来！你们在这里等我！"他不等别人说什么，就快步出了实验室。他关上房门，就打开了背包，等卡莎一飞出来，他说："卡莎，那个威坦星人胁迫秦朗教授制造的金属神经线就在这个房间的保险柜里，要取出这些神经线，必须让鬼爷告诉我们密码。"

"我知道了，我这就去把鬼爷抓来！"说完，卡莎沿着走廊飞走了，米小乐抬起手腕来看手表，心想如果卡莎不能尽快把鬼爷抓来，自己和房间里的李英男、秦朗随时可能被发现。

过了不到三十秒，米小乐面前一道灰影掠过，卡莎已经飞了回来。只见卡莎用一只角提着鬼爷的衣领，等飞到米小乐面前，她轻轻一抖，鬼爷圆滚滚的身体扑通一声滚落在地上。

"怎么又是你这个小东西！你整天和我作对，三番五次坏我的事，等你哪天落在我手里，看我怎么收拾你！"鬼爷一屁股摔在地上，他两只小眼睛放着凶光，恶狠狠地盯着米小乐。

米小乐毫不理会他的恐吓，说："那是因为你尽干坏事，我才不放过你。现在，你跟我进来，限你一分钟之内，打开保险箱！"

"你还敢吓唬我？我告诉你，我在黑社会混了几十年，随便找个手下就能捏死你！"

米小乐刚要说什么，卡莎已经被鬼爷气坏了，她朝鬼爷猛扑了过去，一眨眼的工夫，就把他提了起来，又把他重重摔在地上。

鬼爷痛得鬼哭狼嚎般惨叫着。

米小乐朝他呵斥："你说不说密码？"

"我不说！如果我告诉你，我的主人不会放过我的！你这张破野餐毯，等我的主人抓到你，非把你撕成碎片不可！"鬼爷一边呻吟着一边说。

卡莎说："那我再让你尝尝高压电的厉害！"说完，她又飞了过来，在鬼爷肩膀上重重一点。鬼爷顿时全身抽搐起来，还直翻白眼。

米小乐说："这张野餐毯还有一百多种办法，能让你把密码说出来。怎么样，你需要一一尝试吗？"

鬼爷一边惨叫，一边说："我说，我说！"米小乐说："好吧，那你和我一起进来！"他把鬼爷扶起来，进了实验室，一直把他推到保险箱前，说："快，把保险箱打开！"

鬼爷先是用他那凶狠的眼神打量了一番房间里的几个人，接着慢吞吞地开始输入密码和指纹。

自从鬼爷进入这个房间，李英男就满脸难以置信的神情。她悄悄地对米小乐说："你是怎么把他抓来的？又是碰巧看到他心脏病发作，倒在外面？"

米小乐正不知如何回答，保险箱打开了，秦朗迅速地看了看里面，长出了一口气，说："幸好，我们行动得很及时，那一千根金属神经线还在里面，一根都没少。"

李英男说："秦教授，咱们赶快带上这些神经线离开这里吧。"米小乐也说："咱们一定要尽快逃出这个地下空间，绝不能让那些坏人拿这些神经线祸害地球！"

秦朗点点头，刚要伸手去拿，忽然，房间里不知从哪里传来一阵狞笑声。

"哈哈哈，你们这些低等文明里的生物，能够被我统治，是你们的幸运。你们以为，真的能从这里逃出去吗？"

"你是谁？"

"你在哪儿？"

"你想干什么？"三个人都被这声音吓了一跳，他们背靠墙站着，同时说着。

"哈哈哈，现在就让你们看看我到底是谁，但愿你们别被吓破了胆！"狞笑声更大了，这时，天花板上突然裂开一道缝，一道黑影从里面钻了出来。秦朗他们简直不敢相信自己的眼睛，他们看到，从天花板上飞出的，竟然是一件黑色的斗篷！斗篷一边高声狂笑，一边绕着他们慢悠悠地飞着，好像一只猫抓住了老鼠，并没有马上吃掉老鼠，而是用爪子拨弄着老鼠玩一样。

这件斗篷是漆黑的，但背面用红色丝线绣着一只巨大的张开双翼的蝙蝠，在蝙蝠的四周，是金色的丝线绣出的各种各样的星座。蝙蝠的嘴角似乎还在滴着鲜血，让斗篷看起来更加诡异可怕。米小乐看着这件斗篷，觉得从前自己肯定见过它。

秦朗是人类世界的顶级科学家，但这几天他见到的超自然现象太多了，也开始怀疑自己从小到大在课堂上在书籍里学到的各种知识。他呆呆地看着斗篷，不敢相信这些天来一直在命令自己的，竟然是一件古里古怪的斗篷！

第九章　地下空间里的决战

斗篷飞了几圈，忽然朝着米小乐说起话来："米小乐，你旁边的两个人见到我之后这么震惊，并不奇怪，但是你不应该觉得吃惊啊。既然你早就适应了野餐毯能够说地球上人类的语言，那么，一件斗篷说起话来，也没什么可奇怪的。"

这时，米小乐看着斗篷漆黑的质地和在空中飘舞的诡异样子，记忆里的某个片段被唤醒了，他指着斗篷，说："我想起来了，你就是……"

米小乐记得，当初在遇到卡莎那天，在风雨大作电闪雷鸣之前，曾经有一辆大卡车在自己家那辆汽车旁边驶过。卡车里是一个正向下一个城市转移的马戏团。这个马戏团刚刚在自己所在的城市演出了十多场，很多孩子都去看过他们的演出。当时，卡车的车厢里坐满了马戏团的成员，有小丑、魔术师、驯兽师什么的，还摆满了各种各样的道具，其中，有件魔术师穿的黑色斗篷正挂在铁丝圈上，那件斗篷就和他们面前的这件一模一样。

"你就是来到地球的威坦星人，在你们的太空战舰被撞毁前逃了出来，钻进了这件斗篷里！"米小乐指着斗篷说。

"哈哈哈，哈哈，"斗篷又高声笑了起来，"米小乐，你果然很聪明，你大体上都猜对了，只有一条不够准确。我不是普通的威坦星人，我名叫黑曼，是受威坦星最高统治者委派、率领大军进攻阿尔比星的远征军司令！我接受的命令是把阿尔比星所有皇室成员全部杀死，只有这样，才能让阿尔比星球对我们彻底臣服。想不到，阿尔比星的那位公主竟然被救了出来，我只好一路追杀，来到地球。哼，那个阿尔比星的宇宙飞船船长，明明已经耗尽了能量，还是不肯投降，竟然要和我同归于尽。不过，我运气比较好，我的战舰虽然被撞毁了，但我还是活了下来。我钻进了这顶斗篷，当然，我还可以随时钻出来！"

这顶名叫黑曼的斗篷说着，猛地一抖，突然变成了一团黑雾，雾气还慢慢聚拢，变成了人形的黑雾。米小乐仔细一看，这人形似乎戴着圆圆的帽子，脚上还穿着皮靴，看起来就是当初马戏团里那个披着斗篷、表演魔术的魔法师。他从头到脚都是漆黑的，嘴巴一张一合，就像一个飘在半空中的魔鬼。秦朗、米小乐和李英男都被吓得目瞪口呆，不由得紧紧靠在一起。黑曼狞笑着，继续说着，"哈哈，你们在发抖，一定吓坏了吧！我来到地球后，还在这里发现了多年前我的同胞建立的基地。我告诉你，早在你们地球上的恐龙时代，我们威坦星的战舰就曾经来过这里，我们是眼看着你们这些低等生命从爬行类进化到哺乳类，一步步发展到了今天，喏，就像你们在实验室里用显微镜看着一个个细菌一样。只不过你们地球人类不会再有未来了，我即将从这里开始，征服整个地球！更妙的是，我们威坦星上那种能控制其他智慧生命的金属已经消耗完了，地球上竟然还有！那顶去你们那里展览的皇冠，就是威坦星的同胞从前来到地球时制造的，并用它控制了这座城市当时的统治者。后来，我们威坦星人还把整座城市的全部居民变成了我们的奴隶，运回了威坦星。我本想把那顶皇冠弄到手，把它融化掉，然后用来制造金属神经线。都是你这个小东西，竟然破坏了我的计划！（米小乐想：原来你就是上次企图盗窃市博物馆里那顶皇冠的幕后主使，这个特奥蒂瓦坎文明在公元八世纪突然消失，也是你们威坦星搞的鬼）幸好，当年制造皇冠时剩下的矿石也够用了，我现在手里的一千根神经线，足够我统治整个宇宙，哈哈哈！"

听他说到这里，米小乐心里一动，他把手伸到裤兜里，攥紧了手机，然后他又朝着黑曼说："你是说，可以利用这一千根神经线统治整个宇宙？"

"当然！只要我抓住了那位阿尔比星的公主，把她带回威坦星，一定能受到我们最高统治者的嘉奖，到时候我就可以抓住这个机会，利用这些金属神经线，控制住威坦星的统治者，威坦星已经占领了上千颗星球，我只要控制了威坦星，这样一来，不就能统治整个宇宙了吗？你们看……"黑曼说着，只听呼的一声，他又变回成斗篷，并在空中把自己铺展开，整个背面呈现在米小乐他们面前，"这件斗篷的图案，不正预示着我将成为宇宙的主宰吗？半人马座、仙女座、摩羯座、天蝎座、水瓶座、金牛座，所有的星座、星系都将向我臣服！所有星球上的智慧生命都将成为我的奴隶！"

"吹牛大王！"李英男忍不住说。

斗篷猛地转过身，朝她吼道："你这个不知深浅的小丫头，我让你尝尝我的厉害！"说着，斗篷把她卷了起来，飞到了半空，随时都要把她重重地摔下来。

"住手！把她放下来！"米小乐大喊一声，把手机高高举了起来。斗篷狂笑着说："小家伙，我不放，你能怎么样？你太自不量力了吧。"

这时，米小乐的背包好像爆炸了一样整个绽开了，一道说不清什么颜色的光线飞了出来，停在了米小乐面前，毫不畏惧地面向着斗篷。

"尊敬的卡莎公主，你是要为了这个低级星球上的劣等生命，牺牲你自己吗？"斗篷把李英男扔在地上，变成了人形黑雾，用阴沉暗哑的语调说着。

这时，秦朗和刚从地上爬起来，正揉着屁股的李英男，已经看到，从米小乐背包里飞出的竟然是一张野餐毯。而且，还有一个蓝色荧光体形状的小女孩，从野餐毯里钻了出来，站在半空中！他们惊讶得都不会说话了，只有瞪大眼睛看着面前的一切。李英男见过米小乐的这张野餐毯，但她没想到这张野餐毯竟然还会飞，里面还藏着一个蓝色荧光体！

荧光体形状的小女孩对着黑曼说："你们威坦星人无恶不作，抢劫了那么多的星球，强迫不计其数的智慧生命当你们的奴隶，你们不会这样在宇宙里一直猖狂下去的，阿尔比星也好，地球也好，还会有别的星球，一定会联合起来打败你们！我来到地球之后，发现地球人是一个善良、勇敢、有着美好未来的群体，我绝不会让你在我面前杀害任何一个地球人的！"

黑曼冷笑起来，说："那我就趁着在地球的科技水平还没发展到威坦星那么高之前，让地球人都成为我的奴隶！"说完，他变回斗篷，猛地冲向了卡莎，看来是想把她像刚才对付李英男一样整个卷起来。卡莎毫不退缩，迅速回到野餐毯里，又向前猛冲过去，和斗篷搏斗起来。很快，他们变成了一道彩色的影子和一道黑色的影子在空中纠缠着。

"卡莎，加油！"米小乐攥紧拳头，低声喊着。但是，卡莎终究不是这个威坦星远征军司令的对手，她渐渐落了下风，并被斗篷卷了起来。"我的公主殿下，你大概还不知道，我的战舰虽然被你们撞毁了，但我已经把威坦星最厉害的武器超能电磁炮转移到我身上，现在，我就要用一百万伏高压电把你炸成碎片！"斗篷的狂叫声在实验室里回荡着。他紧紧裹住卡莎，拼命在墙壁上摔打着。

"我应该怎么办啊！"米小乐眼瞅着卡莎已经没法还手了，心里焦急地想着对策，还在不停跺脚。忽然，他想到卡莎曾经说过，人类的电脑、网络、手机、电视，其实都在随时向外太空发送各种信息，他马上大声喊："你再不住手，我就把你的录音传到太空中去！"

说完，他按下了手机上的某个键。"到时候我就可以抓住这个机会，利用这些金属神经线控制住威坦星，这样一来，我不就能统治整个宇宙了嘛！"斗篷刚刚说过的话，在手机里播放了出来。

斗篷气急败坏地说："你这个该死的小东西，你想干什么？"

"小东西，你想找死！把手机给我！"斗篷松开卡莎，朝米小乐扑了过来。

米小乐大声喊道："你不想让这段录音被你们威坦星的头头们听到吧？那就把我们送回到塔顶！"

斗篷的动作停了下来，说："你说什么？"米小乐心里也很害怕，但他还是大声说："只要这段录音上了互联网，就能通过人类的通信卫星向整个太空中播放，当然也会传到你的威坦星。到时，你的头头们知道了你的野心，一定饶不了你！"

129

"你找死！"斗篷往前一甩，一道电光击中米小乐身旁的墙上，炸出一个半面墙那么大的洞。

"小乐，你真聪明，他不敢真的对你下狠手！"秦朗说着，保护在米小乐身前。李英男也凑到他旁边，趴在他耳朵旁低声说："小乐，你这下可抓住他的把柄了，快让他送咱们出去！"

米小乐对斗篷说："你这个黑不溜秋的臭抹布，赶快放开卡莎！"

斗篷又瞪了一会儿米小乐，最后还是慢慢地松开，卡莎重新获得自由，她在空中舒展开身体，马上飞回了米小乐的背包。米小乐对斗篷说："好，你还挺听话，现在我命令你，送我们回到塔顶！"

这时，秦朗想到一件要紧事，他赶紧对斗篷说："你马上解除对苏扬的控制，还给他自由！"

"哼，反正这家伙对我没什么任何用处了，正好让我节省一些宝贵的金属！"斗篷说着，在半空中轻轻抖动着，似乎在释放什么信息。很快，苏扬走进实验室，一脸迷惘地看着面前的一切。斗篷飞过来盖在苏扬头顶，接着就猛地飞了起来。苏扬痛苦地大喊一声，然后捂着脑袋，慢慢瘫倒在地上，秦朗蹲下身子，摇晃着他说："苏扬，你快醒醒！"

苏扬在秦朗怀里渐渐苏醒了，他一脸莫名其妙的神情，惊讶地看着四周说："这是哪里，我为什么会在这里？"忽然，他看清楚面前的人竟然是秦朗，马上抓住他的胳膊说："秦教授，太好了，这里到底是什么地方？咱们怎么会在这里？"

房间里每个人都看得很清楚，苏扬已经完全忘了自己在被斗篷控制时发生的一切，比如向别人透露秦朗的科研进展、秦朗被绑架、自己报名来到墨西哥，都已经忘得一干二净。

秦朗说："咱们现在有更要紧的事要处理，你问的这些咱们回国后再说。"苏扬喃喃自语："回国？难道咱们现在是在国外？"

米小乐见到苏扬已经恢复正常，这才对斗篷说："现在可以送我们回到塔顶了！"

"这次让你们占了上风，以后我绝饶不了你们！"斗篷咬牙切齿般说着，接着飞到了米小乐他们头顶，开始慢慢旋转起来。很快，从斗篷四周放射出一圈蓝色的荧光，把米小乐他们围在里面。李英男抬头看看斗篷，又看看四周的蓝色光幕，心里又有些惊慌，她对米小乐说："他不会又要使坏吧？"

还没等米小乐回答，卡莎从背包里探出头，说："不用担心，他这是准备把你们送到太阳金字塔的塔顶。"

因为自从落入这个地下空间后见到的怪事儿实在太多了，李英男对于米小乐背包里的这张野餐毯朝自己说话，已经不觉得多么震惊了。她朝卡莎点点头，有些放心了。

斗篷已经越转越快，就在米小乐觉得自己的身体也要旋转起来时，忽然灵机一动，伸手从墙上的保险柜里拿起了那只装着一千根金属神经线的盒子。就在他把盒子抓进怀里的同时，只觉得自己的身体猛地离开了地面，向着空中直冲而去。就在他即将撞上天花板时，他忽然发现周围布满了炽热强烈的白光，他赶紧闭上眼睛。就在他觉得自己即将昏过去时，却发现自己的双脚重新踩到了地面上。他脚下一软，整个人倒下了。他似乎倒在一处很坚硬的地方，他的屁股和腰都被硌得很痛，他赶快睁开双眼，这才惊讶地发现，自己正躺在太阳金字塔顶的石块上。在他身旁，是失去知觉的秦朗、苏扬和李英男。而那个装满金属神经线的盒子，还好好地待在自己的怀里。

"秦教授，李英男，快醒醒，咱们出来啦！"米小乐赶紧爬起来，又摇晃着秦朗和李英男。终于，两个人先后醒来，李英男坐在地上，用一只胳膊撑着地面，揉着睡眼看着四周的环境，迷迷糊糊地说："这是在哪里啊？"

秦朗也醒了，他双手揉了揉脸，打量了一下周围，说："小乐，这里就是你们说的那个墨西哥的太阳金字塔吧，我在网上看过这里的照片。"

这时，李英男站了起来，她说："米小乐，走，我得赶紧去找我妈了，你也赶紧找你父母吧，他们现在不知道都给急成什么样了。"

米小乐点点头，可他们两个人在塔顶上转了一遍，都没找到自己的家长。越是找不着，李英男就越着急，她跺着脚说："糟了，他们找不到咱们，说不定已经去这里的警察局报警了！"米小乐则站在塔顶最高的一块石头上，朝四周望着。突然，他发现，自己的爸妈、李英男的母亲还在金字塔的脚下，忙着互相拍照片。

"李英男，你别着急，你看，他们都在那儿呢。"

"可是，咱们失踪这么长时间，他们怎么一点儿不着急呢？"

"小乐，你看看手表。"卡莎在米小乐的背包里。他抬起胳膊，一看手表，竟然是上午十点三十八分！他明明记得自己在落入那个地下空间前看过手表，当时是十点三十五分！可是，他在地下空间里，明明度过了好几个小时！

这时，李英男也察觉到不对劲，她转向米小乐说："小乐，这是怎么回事啊？"卡莎在米小乐背后轻声说："刚才的地下空间，是威坦星人在很久以前建造的，里面的时空结构和外面是不一样的。里面的一个小时还不到外面的一分钟呢。"

米小乐说："原来是这样啊。"他回想着刚刚那番紧张的经历，心里一阵后怕，真想马上回到爸妈身边。他站在塔顶，望着米大雷和沈美美张开双臂跳了起来，大声喊着："爸爸，妈妈，你们快点上来吧！"米大雷和沈美美看到了他，也朝他挥着手，米大雷对沈美美说："看，儿子多高兴！"沈美美点点头，说："是啊，儿子这么喜欢旅游，以后要多带他出国玩儿。"

这时，苏扬也慢慢悠悠地醒了，他疑惑地打量着周围的景物，对秦朗说："秦教授，刚才咱们好像在一个地下室里，现在怎么一下子到了这个地方了？这儿是哪里啊？"

还没等秦朗回答，李英男抢着说："这里是墨西哥的特奥蒂瓦坎古城，你脚下就是鼎鼎大名的太阳金字塔，是你自己在旅行社报名来这里旅游的，你都忘记了吗？"

苏扬茫然地说："特奥蒂瓦坎古城，我倒是听说过这个地方，真想不到，自己这辈子还会来这里。是我自己报名来的这里吗，我怎么一点印象都没了。"

米小乐说："你看看自己的护照吧。"苏扬一摸自己的裤兜，拿出了护照，翻开一看，果然有昨天来到墨西哥时在机场海关盖的入境证明章。但这并没有解开他的疑惑，他更加纳闷儿，他摸着自己头顶，喃喃自语："咦，奇怪了，我怎么一点儿都记不起来了。"

秦朗、米小乐和李英男都笑了起来，秦朗说："看来，我要去中国驻墨西哥大使馆办理回国的手续了。我要尽快回国，把人造脑部神经的研究做完。"

米小乐说："秦教授，刚才在下面发生的事儿……"他指了指脚下，朝秦朗眨了眨眼。秦朗微微一笑，说："我明白，我不会把我看到的事情说出去的。"

"那您到了咱们的大使馆，怎么解释你突然在墨西哥出现的事儿呢？您没有来这里的机票，我估计，您身上大概也没有带着护照吧？"

秦朗拍了拍他的肩膀，说："这个太简单了，你忘了吗，我前不久被人绑架了。我只要说我在被绑架时，整个人失去了知觉，对于怎么来到墨西哥一概不知，不就行了吗？"他上下打量了一下米小乐，说："小同学，真想不到，你小小的年纪竟然这么有勇气。谢谢你救了我！我记得你是和我生活在同一座城市吧，等回去后，随时欢迎你去我家里或者实验室里做客。你很聪明，又很勇敢，你以后一定能成为非常优秀的人才！"

这时，李英男也走到米小乐身边，小声说："小乐，刚才在塔下面，我学到的东西比这么多年从课堂上学到的都多。我现在知道了，你是为了救出秦朗教授才跟着苏扬来到这里的，你真棒！你这个新朋友的事儿……"她指了指米小乐的背包，说："刚才在下面，我基本上都明白了，你放心，我不会把她的事儿说出去的。毕竟她救过我，我知道，把她的事儿说出去，一定会给她带来危险。"

米小乐说："李英男，谢谢你！"

"但是，下面那个坏家伙会不会把她的事儿告诉那个什么威坦星？这样的话，她可就太危险了。威坦星一定会再来地球追杀她的。"

"不用担心，我有这个。"米小乐把自己的手机举了起来，说："他说要由自己控制威坦星然后统治全宇宙的那些话，我都录下来了，所以他不敢轻举妄动。"

"嗯，小乐，那你一定要当心别让他把手机抢走。"

"我一定会多复制几份，藏在很安全的地方。李英男，那个鬼爷是咱们那里的黑社会头目，那个会化装的马库斯是美国的黑社会头目，至于那顶斗篷本事就更大了，他们一定不会善罢甘休的，所以，咱们都要当心啊。"

李英男望着米小乐，使劲点点头。米小乐和卡莎都知道，那顶黑色斗篷一定会使用各种阴谋诡计来抢回那些金属神经线，为了维护世界的安宁，绝不能让他得逞。他们之间的战争，才刚刚开始。

离开了特奥蒂瓦坎古城，米小乐一家和李英男母女又在墨西哥转了几个旅游点。因为在太阳金字塔下的神秘空间里那次冒险实在格外惊险刺激，对于米小乐和李英男，别的景点虽然看起来也充满异国情调，但无论如何也激不起他们太大的兴趣。他们的家长，米大雷、沈美美和苏培红倒是兴致勃勃地四处参观，玩得相当过瘾。一周后，他们的行程结束了，乘飞机返回国内。

飞机从墨西哥城机场起飞了，很快就飞到了太平洋上空。太阳在一望无垠的海平线上慢慢隐没了，舷窗外很快变成了漆黑一片的夜空。休息时间到了，机舱里的灯光被空姐调暗了，乘客们纷纷找空姐要了毛毯，准备睡觉。

米小乐坐在靠近过道的位置上，他也困了，就把座椅的角度放得低了些，也准备睡一会儿。在墨西哥这一周，从最初的地下探险，再到后面几天的游玩，米小乐的确有些太累了。他觉得睡意一阵阵袭来，可他刚闭上眼睛，马上就要进入梦乡时，忽然听到有人在捅着自己的胳膊，耳边还听见有人在轻声说：

"米小乐，问你件事……"

米小乐一歪头，看到李英男不知道何时来了，正蹲在过道里看着自己。他摇摇头，说："我不告诉你。"

李英男气得在他胳膊上掐了一把，一瞪眼，说："我还没说什么事儿，你就不告诉我！你这家伙太可恨了！"

米小乐揉着胳膊，懒洋洋地说："你肯定是要问我把那一千根金属神经线放在哪里了。"

李英男点点头说："是啊，这一千根金属神经线，可关系到人类的命运，地球的安危，我关心一下不行吗？"

米小乐说："你放心吧，我会藏好的。"

李英男摇着他的胳膊说："你到底藏哪儿了，快告诉我吧，我看看你藏得隐蔽不隐蔽。"

米小乐打了个哈欠，说："隐蔽，绝对隐蔽。我就算把自个儿弄丢了，都不会把它们弄丢。"

李英男又换了副表情，笑眯眯地说："小乐，班里的男生里就数你人好，从来不欺负女同学。你就告诉我吧，好不好？"

米小乐调整了一下表情，让自己严肃些，这才说："我不告诉你，是为了你好。你想想，那顶斗篷如果知道你也知道了那些金属线的下落，不就会来找你吗？现在，全世界就我自己知道金属线在哪里，他也就只能冲着我来。说不定，他也上了这架飞机，现在指不定正藏在哪里，监视着咱们呢。他只要听到我告诉了你，等你一落单，马上朝你……"。说着，他又做了一个饿虎扑食的动作。

李英男捶了他一拳，说："真讨厌，就会吓唬人！不说拉倒！"她轻轻叹口气，说："真可惜，咱们明明解开了这个历史上的不解之谜，弄清楚那个古城里的几十万人为什么会在公元八世纪突然失踪，可为了保守关于卡莎的秘密，咱们不能把这个发现告诉任何人。"

米小乐点点头，说："真的很可惜，否则咱们可以凭借这个发现得个诺贝尔历史奖肯定没问题，能挣好几百万的奖金呢。"

李英男说："哪有什么诺贝尔历史奖啊，你平时不好好学习，连这都不知道。"她见米小乐在笑，气得打了他一拳，说："你又在故意气我！"她看米小乐不肯告诉她那些金属神经线到底放在哪里，只好向自己的座位走去。一路上，她还真有些紧张，四处张望着，生怕那顶斗篷真的跟着自己上了飞机。

幸好，除了一个个熟睡中的乘客，她没有发现任何异常。

新的学期开始后，米小乐和李英男升到了新的年级。因为有了一段奇妙的旅程，两个人之间发生了一些变化。最明显的一点，就是他们之间的冷嘲热讽少了。本来在他们班里，两个人是经常拌嘴的。虽然没有发展到吵架的程度，但他们关系不好，却是众所周知的事实。

在李英男眼里，米小乐仗着自己脑子聪明、课外书看得多、知识面广，对自己这种学习刻苦、成绩也好的女生，时刻都看不顺眼。而在米小乐看来，李英男因为家庭条件好、学习成绩好，总有一种优越感，每当看到她自我炫耀时，哪怕这种炫耀并不明显，他也忍不住逗她几句。

从墨西哥回来后，两个人对对方的印象都发生了变化。米小乐发现，李英男并不是一个特别娇气的女生，在掉到地下空间后，她虽然也有些害怕，但并没有特别慌张，还时刻想着妈妈会担心自己，自己平时对她的印象，看来并不准确。

而李英男觉得米小乐的确很勇敢。她知道很多男生，虽然喜欢在女生面前装出一副天不怕地不怕的样子，其实胆子是很小的，尤其是到了关键时刻，往往缺乏担当，平时的勇气一下子不见了踪影。起初她以为米小乐也是这样，但在太阳金字塔下面的地下空间里，米小乐意外来到那么陌生神秘的环境了，竟然很快就冷静下来，还处处想着保护自己，真的很有勇气。而且，他有一块那么神奇的魔毯，却从来不在别人面前炫耀，真不错！

她记得，曾经在一次电视节目中看过一期对自己父亲的采访，当时那个主持人称自己父亲是一个"内心强大"的人，当时她还不太清楚这个词是什么意思，现在她觉得，米小乐虽然年纪和自己差不多，只是一个看起来很普通的十三岁男孩，但完全可以算得上"内心强大"了。

第三部　怪兽领地

第一章　奇怪的同桌

米小乐他们回国后不久，秦朗和苏扬也回国了。秦朗的突然出现，当然引发了舆论的关注，各路媒体蜂拥而至，要求采访秦朗。他不胜其烦，索性专门召开了一次新闻发布会，表示要把自己失踪的内情介绍给所有关心自己的人。那天，足足有上百位来自中外各国的记者参加了新闻发布会。毕竟，诺贝尔化学奖的热门人选神秘失踪，后来又在地球另一端的墨西哥突然出现，这件事实在太离奇了。

在新闻发布会上，秦朗说，自己是在晚间跑步锻炼时突然被绑架的，当时因为是深夜，自己没看清歹徒的相貌。在遭到歹徒袭击后，很快就晕倒了，后来自己是在墨西哥的一处偏僻农舍中醒了过来。他不知道那伙歹徒是怎么把自己弄到墨西哥的，当时，歹徒逼迫他研制一种杀伤力巨大的化学武器，他一开始当然不肯答应歹徒的要求，后来，歹徒说如果他不答应，就要去绑架更多的化学家，到时总有人为了活命，肯去研究化学武器。他想来想去，为了不让更多的同行遭遇不测，他就骗歹徒说可以答应他们的要求，但有一个条件，就是必须让自己的助手苏扬来墨西哥帮助自己，歹徒答应了，通知苏扬来到墨西哥。他和苏扬会合后，两个人趁着歹徒疏忽，逃出了那处农舍，找到了中国驻墨西哥大使馆。

苏扬也参加了新闻发布会。他当然在事先已经和秦朗做好了沟通，结果他在新闻发布会上说的一切，都能和秦朗的话相互印证。

市刑警队队长钟昊也出现在新闻发布会上。他说，警方已经接到了秦朗教授的正式报案，秦朗把所有能记起来的内容都告诉了自己，市刑警队将和墨西哥方面的警察密切协作，尽快把绑架秦朗的歹徒绳之以法。

新闻在电视上播出时，米小乐一家人正在吃晚饭。米大雷和沈美美看到电视屏幕上的苏扬，两个人惊讶得都呆住了，米大雷愣了一会儿才说："这个家伙，不就是和我们一起去墨西哥的那人吗？当时我就觉得他不太对劲，总是鬼鬼祟祟的，从不和别人接触。后来他没和我们一起回国，原来是和秦朗教授在一起啊。"

暑假很快结束了，新的学期随之开始。米小乐和李英男之间不再相互"攻击"了，这种变化，全班同学都没有人注意到。

前面说过，在这个班里，每次期末考试和李英男竞争全班考试成绩第一名的，是米小乐的同桌宋瞳。其实，如果比较起李英男和宋瞳，还是宋瞳更加刻苦一些。因为在所有的课程里，李英男最好的是英语，她还在全市小学生英语演讲比赛里获得过第一名。这要归功于她的企业家父亲。她父亲从她很小的时候，就给她聘请了美国老师来教她纯正的英语口语。她从小到大，到美国、英国都无数次了，和那些外国人用英语对话都非常流利。至于数学、物理这类课程，父亲还会从大学里请老师来给她补课。再加上李英男的确很聪明，很有上进心，学习成绩自然就非常突出了。

和李英男不一样，宋瞳纯粹是靠自己的努力，才取得了好成绩。她家庭条件很一般，不但请不起老师来补课，连在小学生中已经很普及的各种笔记本电脑什么的，她都没有。她知道要比别人付出更多的能力才能有好成绩，她每天都要在下课后做大量的习题才回家，课间的时候也不离开教室，而是一直趴在座位上预习下一堂的功课。她的英语口语水平虽然比李英男差一些，但她的英语词汇量更大，而这样的优势，都是靠她一遍又一遍地背诵生词才有的。

但是，新学期开始后，米小乐发现，宋瞳身上发生了一些意想不到的变化。

意外首先出现在一个普通的下午。这天放了学，同学们开始一个个往外走。丁海强对米小乐说："老米，学校的羽毛球场地装修好了，咱们打会儿球去？"

米小乐说："没问题，可我球鞋、衣服，还有球拍都没带啊。"

丁海强说："没事儿，你不是穿着旅游鞋了吗，你这身衣服也差不多。球拍、球，我都带了。"

米小乐说："行，那咱们走吧。"

丁海强从桌下抄起一只巨大的羽毛球拍包，两个人肩并肩出了教室，来到了学校的体育馆。他们这所学校，有一座很棒的体育馆，里面正规的篮球场、网球场、乒乓球场、羽毛球场、游泳池、健身房都有。因为很快学校里要召开秋季运动会了，很多场地都利用暑假的时间重新装修了，羽毛球场装修进度比较慢，是最后一个装修完成的。

他们兴冲冲来到位于体育馆二层的羽毛球馆，可是出乎他们意料的是，里面所有的场地都被人占上了，还有十多个人拎着和丁海强那个包大小差不多的球拍包，有的站着，有的坐着，正无所事事地在球场外等着。

"好家伙，看来今天没戏了。唉，真怪了，咱们明明一下课就来了，可还是起了个大早，赶了个晚集。"望着这一堆人，丁海强倒吸了一口凉气。

米小乐朝场地内外打量了一番："老丁，你没这么绝望，你看那儿——"他指了指墙上的一个牌子。

"因场地数量有限，每位同学限时使用一小时……"丁海强念到最后，登时满脸笑容，重重在米小乐肩膀上拍了一下，说，"老米，还是你细心！不就一个小时嘛，等一会儿就过去了。"

米小乐点点头："好，老丁，我一暑假没来了，我楼上楼下到处转转，看看别的场地都装修成什么样了。"

"行啊，我就在这里等着。"丁海强掏出手机坐了下来，把球拍包放在脚边，开始全神贯注地看起手机的屏幕。

米小乐在体育馆里一层层地看着。大概因为本校的学生对装修效果很好奇，基本上所有的场地都挤满了人。慢慢地，他走到了健身房门口。他透过玻璃门看进去，只见里面人倒不是很多。他正有点纳闷儿，发现门口墙上贴着一张打印着几行字的白纸。他凑过去，只见上面写着，因为全国皮划艇队借用本校健身房进行训练，健身房暂时不对外开放。

他心想，原来如此。

在米小乐所在的远洋市，郊外有一片颇为安静的湖泊。因为湖边种植着大片苜蓿，这个湖被叫作苜蓿湖。因为没有污染，湖水又不深，水流也很平静，这里渐渐成了一个皮划艇训练基地。每次国家少年皮划艇队来这里训练，都会顺便到本市的中小学来挑选从事皮划艇运动的苗子。米小乐他们学校几乎每年都有人被选中。有时，也有被选中的学生在进了皮划艇队试训后，因为身体条件不合格或者自己不适应严格的训练，又回到了学校。这样的人，马上会成为同学们中间的明星，他们会兴致勃勃地讲着在皮划艇队里看到的情形。毫无疑问，参加皮划艇队训练的经历对小学生来说是非常有吸引力的。

米小乐站在玻璃门外，饶有兴致地看着里面训练的景象。忽然，他的神情变得惊讶起来，因为他在里面看到了一个熟悉的人。

自己的同桌宋瞳！

他看到，宋瞳正在平举着哑铃。这对哑铃看起来个头不小，每只至少有二十磅重。米小乐自己卧室里也有一对哑铃，每只十磅重，这是他在半年前买的，当时他也想锻炼一下肌肉，可自己没长性，练了两周，就没再坚持下去。眼下，宋瞳能把这么重的哑铃举得像模像样，肯定已经锻炼了很久了。她脸上布满了汗水，嘴角紧紧抿着，一脸严肃的神情，看得出练得很投入。

难道她被选进皮划艇队了？米小乐心想。他回想着这个学期开学以来的情况，原本对学习格外刻苦认真的宋瞳，好像忽然松懈了很多。有几次在课堂上，宋瞳忽然打起了哈欠，脸上的神情也会变得很疲惫，一副睡眠不足的样子。后来，班主任孟老师在班会上，说过有的原本学习非常刻苦的同学，在升到新的年级后，或许因为对新课程的不适应，出现了精力不集中、精神松懈的情形。希望这样的同学尽快调整自己的学习方式，适应新的课程。当时他不知道孟老师说的是谁，从他现在看到的情况来说，被孟老师不点名批评的，毫无疑问就是宋瞳。

难道宋瞳是因为想进皮划艇队，把很多时间花在训练上，才导致学习成绩下降？

刚想到这里，米小乐的手机响了起来。他按下接听键，里面传来了丁海强的声音："老米，你快来吧，上一拨人的时间到了，他们就快走了，咱们能打羽毛球了！"

米小乐匆匆答应着，又往健身房里投去深深的一瞥。这时，宋瞳正好抬起头来，视线朝门外扫了过来。米小乐觉得如果被她看到自己，两个人都会有些尴尬，就赶紧退到一旁，然后才快步下楼，赶到了羽毛球场。

米小乐根据直觉，觉得宋瞳一定不想让别人知道在皮划艇队训练的事儿，所以他并没有把自己看到的情形告诉丁海强。"她为什么会和皮划艇队一起出现在健身房里？刚才她有没有看到我？"

这天晚上回到家，吃完晚饭，米小乐躺在床上，头枕着自己的双手，脑子里还在回想着下午的事情。卡莎听到他没有像平时晚上那样看书、玩游戏，从储藏间里飞了出来，她的荧光体还钻出野餐毯，坐在米小乐的椅子上和他聊起了天。

"小乐，怎么了，还在担心那个斗篷的事情吗？"

米小乐摇摇头。

"那是怎么回事？"

"我们班上有个女生名叫宋瞳。她一向成绩非常好，但这个学期开始后，她的学习态度好像有些松懈了。更奇怪的是，今天放学后，我和丁海强一起去体育馆里打羽毛球，结果，我没想到的是，我竟然看到她在健身房里举哑铃。看她的样子，应该是练了一段时间了。当时健身房都没对外开放，完全是皮划艇队在里面锻炼。"

"照你这么说,她学习成绩下降,大概是因为把很多时间都用在体育锻炼上了。"

米小乐慢慢地点点头,说:"她为什么会这么做呢?她学习成绩那么好,以后考个名牌大学肯定没问题。而且,参加体育锻炼,挺花钱的,但是我记得她家经济条件一点儿都不好。这件事太奇怪了,不可思议。"

卡莎想了想,说:"你知道她家住在哪里吗?"

米小乐说:"我知道,有次她父亲得了重病,全部同学给她家捐款,是我和孟老师,还有几个同学一起到她家给她把钱送去的。"

"那,她家在哪里?"卡莎又朝他飞近了一点儿说。

"卡莎,你想干什么?"米小乐警觉地坐了起来。

卡莎有些不好意思,吞吞吐吐地说:"我是想……"

米小乐盯着她说:"你是想遥感一下宋瞳的行踪,是吧?"

卡莎缓缓地抖动了两下,表示默认。

米小乐说:"卡莎,我告诉过你很多次了,你的特异功能只能用来帮助别人或者保护自己,不能用在不好的地方,去遥感别人的隐私就很不好。"他停了一下,说:"以后你别这么做了。你要是再平白无故遥感别人,当心我……"米小乐一边说着,一边四下打量着,想找到一个能吓住卡莎的办法。他心想,卡莎这女孩,真是神通广大的,想找办法吓唬住她,还真的不太容易。他一眼瞥到了窗户,马上说:"以后你要是再胡乱用遥感功能,我就每天把窗户关得严严实实的,让你没办法飞出去吸收宇宙射线里的能量,关你的禁闭,饿你的肚子!"

卡莎连忙说:"好的好的,没你允许,我再也不遥感任何人了,这下你放心了吧。我一个人在家,实在闲得无聊。"

"再无聊,也不能去探听别人的隐私啊。"

"好啦好啦,我知道,你又来了,真啰唆,像个大妈。"卡莎不满地嘟哝。

米小乐笑了,心想:"我竟然像个大妈。"他说:"你知道这样不对,就不应该有这样的想法。"

"哼,我还不是为了帮你弄明白是怎么回事,结果还被你说,好人真难当。好了,我要去吸收宇宙射线,按照你的说法,去喝西北风了。"话音未落,卡莎蹭的一声飞出了窗外。米小乐歪过头,看着卡莎迅速消失在夜空中的身影,心想,在这个暑假里,在宋瞳身上一定发生了一些事情,才让她在新的学期里有这么奇怪的举动。

第二天早上,米小乐来到教室后,宋瞳还没有到。从前,宋瞳都是最早来的,她平时都会在上课前把要学到的内容提前预习一遍。但是，新学期开始后，她的这个习惯也消失了，经常在上课铃声响起前一两分钟才走进教室。这天的情况也是这样，眼看就要上课了，班里别的同学都已经坐在各自的座位上，但米小乐身旁的座位还是空的。这时，孟老师也已经来到教室，把教材和备课本放到讲台上。她打量着整间教室，看到宋瞳的座位还是空的，眉头轻轻皱了一下。终于，宋瞳急匆匆地小跑着进了教室。她一坐下，马上掏出手帕来擦着汗水。如今，用手帕的人已经很少了，大家都觉得还是纸巾使用起来更方便。但手帕的好处是可以反复使用，当然也就比纸巾省钱了。

因为家里不富裕，宋瞳的性格非常内向。她虽然和李英男是班里学习成绩最好的两个人，但两个人的性格截然相反。李英男绝对是外向型的，课间时喜欢大声说笑，笔记本电脑等各种电子消费品，向来都是用最新款的，就连发型也是每天都要换，说起话来也很"冲"，基本上算是班里女生里的头儿，身边整天围着几个和她关系最好的女生。宋瞳呢，基本上整天独来独往，很少和别的同学在一起说笑，发型长年不变，一直是最简单朴素的马尾辫。那些女生非常感兴趣的话题，比如最近有哪部电影上映、有哪个歌星要来本市开演唱会，她从来不参与。虽然不合群，但她为人倒是非常好。有时别的同学在学习上遇到困难，基本没人会考虑向李英男请教，但经常会有人向宋瞳请求帮助。宋瞳每次都会一声不吭地放下自己手里的书，耐心地帮别的同学解题。等题目做出了，别的同学向她道谢，她都是彬彬有礼地说声"不客气"，然后就低下头重新看自己的书。除了学习，宋瞳似乎没有任何课余爱好。米小乐很确信，自己和宋瞳同桌一年，两个人说过的话，还不如在墨西哥一周里和李英男说过的话多。

马上就要上课了，教室里已经一片安静。米小乐小心翼翼地侧过头看了看宋瞳，只见她正从书包里把课本和文具盒一件件掏出来，他觉得她的神情没有任何奇怪的地方，心想，看样子昨天在健身房，她没看到我。

这时，上课铃声也响了起来。

第二章　她的秘密

上午的课结束后，离家近的同学回家吃饭，宋瞳因为经济条件差，为了省钱，从来不去食堂，更不会和家境富裕的同学去学校附近的各种西式快餐厅吃饭。她都是自己用饭盒带饭。她每次的饭菜也都很简单，无非就是馒头和一两样素菜。这天，米小乐和丁海强从抽屉里拿出饭盒，来到了学校食堂。米小乐的家庭条件虽然也不错，父母给他的零用钱也不少，但他一直喜欢从家里带饭。

米小乐把饭盒在食堂里公用的微波炉里热好了，他一边吃，一边回想着宋瞳昨天在健身房里挥汗如雨的样子，轻轻叹了口气。宋瞳就坐在离他们不远的地方吃着，她的速度比米小乐他们快多了。很快，她吃完午饭，洗好饭盒就匆匆走出了食堂。米小乐隔着窗户，看着她离开的方向，发现她并没有去教室。

米小乐和丁海强吃完饭，又和别的几个男生神侃了一会儿，就回到了教室。米小乐看到，宋瞳的座位上是空的，他心里掠过一丝不好的预感。下午第一节课的时间就要到了，大部分同学都回到了教室。但是，宋瞳迟迟没有回来。

她整个下午都没有回来。

到了第二天，宋瞳仍然没有出现在教室里。到了课间，同学们纷纷议论起来，但大家都只能猜测，谁都不知道一向学习刻苦、遵守纪律的宋瞳为什么连续旷课。这天午间休息的时间结束后，她的座位仍然是空的。

米小乐抬头看看墙上的挂钟，距离上课只有五分钟了。他一咬牙，快步跑出了教室。

"老米，你去哪儿？"丁海强在他身后喊着。米小乐顾不上回答他，只是朝他挥了挥手。

米小乐快步跑出教学楼，跑到了体育馆。他顾不上等电梯，一口气顺着楼梯跑到了三楼。

宋瞳也不在健身房里。米小乐只得返回教室，他在走进教学楼前，抬头看了看天上，只见云层已经聚集得很厚了，太阳完全不见踪影，看样子，一场大雨随时可能落下。

下午第一节是历史课。教历史的是田老师，他看到宋瞳的座位上没人，有些纳闷，问自己的课代表石晓梅，石晓梅挠挠头，说自己也不知道是怎么回事。田老师皱了皱眉，在备课本上记下了几句话，就开始上课了。

果然，下午第一节课刚刚开始，只听得空中传来一阵滚滚的闷雷声，紧接着就是一阵噼里啪啦的雨点声。这时，田老师正讲着，"虎门销烟发生在一八三九年六月，指的是中国清朝政府委任钦差大臣林则徐在广东虎门集中销毁鸦片的历史事件。此事后来成为第一次……"，忽然，一道震耳欲聋的雷声响起，雨势猛地增大了，在雨声中还夹杂着电闪雷鸣的声音。

"哇，这雨下得真大！"有人小声议论着。

"是啊，这闪电真刺眼！"

田老师咳嗽了几声，教室里安静下来。"虎门销烟后来成为第一次鸦片战争的导火索，《南京条约》也是那次战争时清政府签订的。"田老师继续讲着课，但米小乐的担心，越来越重了。

这时，教室的门忽然被撞开了，班主任孟老师闯了进来，更让人惊讶的是，她身后还跟着两个神情严肃的警察。

米小乐心里马上蹦出一个预感，他觉得，这两个警察来到教室，一定和宋瞳有关！

"田老师，不好意思，打断你一下，这两位刑警有公务要办一下。今天的课，暂停十分钟后再继续，好吧？"孟老师说完，就朝着宋瞳的座位指了指。

田老师捧着书站在讲台上，完全愣住了，只是下意识地点点头。看得出，他从前也没有这么近距离地见到真正的刑警。孟老师朝教室里的学生一招手，说："请大家先离开，警察叔叔要在教室里调查一下，十分钟后咱们再继续上历史课。"

同学们开始站起身来走出教室，这两个警察一高一矮，他们走到宋瞳的座位旁，看到正朝外走的米小乐，都愣了一下。米小乐也认出了他们，他们都曾经在上个学期的博物馆黄金皇冠抢劫案中，跟随刑警队长钟昊到过博物馆的犯罪现场。那名个子矮一些的警察说："小同学，想不到在这里又遇到你了。"

米小乐站住脚步，说："警察叔叔好。"

矮警察说："你是宋瞳的同桌？"

米小乐点点头，矮警察说："我们调查一下就走，尽量不影响你们上课。"米小乐和别的同学一起走出了教室。女生们三三两两站在走廊里，轻声聊着天，至于男生，平时只在电视上、电影院里看到过警察查案，如今活生生的警察就来到自己上课的教室，这个机会可无论如何不能错过。个子高的男生挤在教室门口，拼命踮起脚来，沿着门上的玻璃窗往里面张望着。

米小乐身高在班里不占什么优势，而且，在经历过博物馆抢劫案后，他对这种一般的调查也没什么兴趣了，他独自靠在一边的墙上，回想着这个学期以来宋瞳的各种表现。

不时有一阵阵的惊呼声从教室门口那一堆男生那里传来。

"那个高个儿警察把手提箱打开了！"班里个子最高的丁海强说。

"箱子里都有什么，有手枪吗？"他身边一个名叫马帆的男生说。马帆是有名的侦探爱好者，家里有满满一书柜的侦探小说。他的电脑硬盘里塞满了上千部中外侦探电影。

"哪有枪啊，你真外行，这叫勘察箱，里面都是各种勘查现场的工具。"

"我是怕说勘察箱你不懂。你赶快说说里面都有什么工具。"

"有镊子，有手电筒，有相机，有试管，和咱们化学课上的试管差不多，还有好几样东西，看不清楚。"

"什么看不清楚，你肯定是不知道那是什么。"马帆对丁海强说他外行耿耿于怀，现在找到机会，马上反击起来。

"马帆，你真麻烦，别打扰丁海强。"有的男生不满马帆的打岔。

丁海强扒着教室门，全神贯注地盯着里面说："高个儿警察从一个瓶子里倒出一些白色的胶水到宋瞳的桌子上……"

"什么胶水，那肯定是指纹定型液，用来提取指纹的。"马帆得意地说。丁海强不说话了，因为他的确看到高个儿警察把那些白色液体倒在桌面上后，那些液体很快凝固了，变成薄薄的一层透明膜。接着，高个儿警察轻轻把薄膜撕了下来。接着，他蹲下身子，用一只小刷子从桌下扫了一些土，装进了试管里。

做完这些，高个儿警察站起身，低头轻声对矮警察说了句什么，矮警察点点头，朝站在讲台上的孟老师和田老师说："可以重新上课了。"

挤在门口的男生赶快散开，孟老师出了教室，对走廊里的学生们说："大家回来上课吧。"

两名警察走出门口，看到一步步走过来的米小乐，矮警察忽然问米小乐："你和宋瞳同桌，已经多久了？"

这个警察两眼炯炯有神，紧紧盯着米小乐说。

米小乐说："我们从去年开学就是同桌，到现在已经一年了。"

"她失踪一整天，你知道她有可能去哪里了吗？"

米小乐摇摇头。

"从前出现过这样的事情吗？"

米小乐继续摇头。

"好吧，如果你想起什么事情来，请及时告诉我们。"矮警察说完后朝孟老师点点头，三个人一起绕过米小乐，沿着走廊朝楼梯走去。就在三个人走出十多米，米小乐也走到教室门口时，他猛地站回过头，说："孟老师，警察叔叔，是宋瞳出了什么事儿了吗？"

两个警察对视了一眼，矮警察点点头，那个高警察说："宋瞳同学的确发生了一点意外，她不但没来上学，也没有回家。她的家长已经报警，请同学们放心，我们一定会尽快找到她，确保她平安无事地回来上课。"

历史课结束后，两位警察的到来和宋瞳的失踪自然成为大家讨论的话题。平时从不缺勤、哪怕发高烧都不请病假的宋瞳为什么会连续旷课，大家说来说去，五花八门，猜什么的都有，有人说她突发急病进了医院，因为没有手机，所以无法和家人、学校联系，有人说因为家境不好，她索性自作主张退学了，打算赚到钱后再告诉家人，还有人说她被外星人绑架了。

下午的课程结束了，丁海强按照老习惯，背起书包来找米小乐。但和平常不一样，他的神情丝毫没有放学后的兴奋感，也没有提议去玩点儿什么，只在懒洋洋地靠在旁边的桌上，没精打采地看着米小乐。班里有同学失踪，都惊动了警察，这说明这件事不简单，宋瞳虽然和别的同学交往不多，和丁海强更是没说过几句话，但丁海强的情绪还是受到了影响，没兴趣在有同学失踪的情况下再去玩儿。

"老米，你不急着回家吧，咱们玩点什么呢？"丁海强说。

米小乐说："老丁，我实在没什么兴致。"

丁海强叹口气说："唉，其实我也是，干什么都没劲，咱们还是各回各家，各找各妈吧。"

米小乐回到家，米大雷和沈美美还没下班。他打开储藏间的门，对卡莎说："卡莎，你能帮我一个忙吗？宋瞳昨天下午和今天上午都没去上课，下午还有警察去了学校，很正式地在她的座位上勘查了一番呢，同学们都担心她会不会有什么意外。你遥感一下她家的情况吧。"

卡莎一个鲤鱼打挺腾空而起，说："好啊，没问题。"她马上在半空中舒展开来，进入了遥感模式。

过了几分钟，她说："宋瞳不在自己家。她家里只有她父母两个人。哎呀，她家情况好像不太好，她妈妈在一边咳嗽，一边洗衣服。她爸爸躺在床上，床头摆满了药瓶。咦，他爸爸在看一张纸条，边看边流眼泪。"

"纸条上写的是什么？"

"我加大一下遥感的功率，仔细看看啊。嗯，看清楚了，上面写的是'爸爸妈妈：你们身体不好，家里没钱给你们看病，我虽然年纪小，但不能再花家里的钱了，我不想再上学了，要想办法多挣些钱。我离开家的时候，你们不要惦记我，我已经找到挣钱的办法，很快我就能攒够你们的医药费，到时我就回家了。'落款是你们的女儿，宋瞳。"

米小乐大吃一惊："原来她是离家出走了！"

卡莎叹口气说："真是个懂事的好女孩。"

米小乐赶紧说："你再遥感一下她从家到学校的整条路，对了，再遥感一下学校的健身房里有没有什么线索。"

卡莎说："我已经遥感过了，没有任何发现。健身房里也空无一人。"

"那她能去哪里呢？"米小乐心想，躺倒在床上。

这天晚上，米小乐做了一个奇怪的梦。他梦见自己来到一座非常奇特的健身房里，所有的健身器材都异常巨大，每件都有三层楼那么高。他正好奇地在健身房里四下走动着，忽然，这下健身器材就像中了魔法一样活了过来。他们张牙舞爪着，把自己围拢了起来。在他们巨大黑影的笼罩下，自己的身躯显得格外微小。这些钢铁巨人把自己围得越来越紧，还把巨钳般的手掌朝自己压了过来……

这时，米小乐从梦中醒了过来。他从床上半坐起来，擦了擦额头的汗珠。他想，自己的这个梦，一定和宋瞳失踪有关。他下了床，来到储藏间外，轻轻敲了两下。他刚回到卧室，卡莎就跟着飞了进来。

"小乐，宋瞳失踪的事儿，你有新的线索了？"卡莎轻声说着。

米小乐说："我猜，宋瞳失踪的事儿，一定和国家少年皮划艇队有关。她和皮划艇队一起训练，这件事大概没人知道，如果我不是偶然看到，我也不知道。"

卡莎说："可我不知道皮划艇队在哪里啊。"

米小乐想了几秒钟，说："有了，我上网查一下！"说完，他马上打开笔记本电脑。经过一番搜索，他指着屏幕上一篇新闻说："有线索了！卡莎，你看这里，说的是皮划艇队因为两个月后就有一场国际赛事，这段时间正在苜蓿湖加紧训练，就住在湖边的度假村里。我猜，宋瞳大概也会在那里！"

卡莎说："好，我马上遥感！"说着她飞升了起来，开始遥感。米小乐紧紧攥着拳头，目不转睛地盯着她。过了几分钟，卡莎还是那样平平地铺展着，没有搜索完毕的迹象。又过了几分钟，卡莎慢慢抖动起来，看样子似乎很疲劳。米小乐心里默默地喊：卡莎，加油！

遥感了十多分钟，卡莎由平铺的状态变得松弛下来，她说："小乐，那个度假村规模非常大，有上百个房间，还有很多公共活动空间，根本没办法一一搜索。"

米小乐说："那等明天，你休息好了，你再带我去。我到了那里，可以找人打听一下她有没有去。"

卡莎说："没关系，我飞出去吸收一会儿射线能量，就能恢复体力了。你等我一会儿。"说完，她嗖的一声就飞了出去。

米小乐慢慢在床边坐下，心想宋瞳究竟去了哪里，才会连续旷课两天，连她的父母，都不知道她的下落。

没多久，卡莎飞了回来，说自己已经吸收了足够的能量。于是，她带着米小乐，飞进了茫茫夜空，飞向了郊外的苜蓿湖。

这是一个晴朗的夜晚，城市的每一条街道，每一栋楼房，远远地望去都格外清晰明亮。米小乐的心情不像第一次飞上高空时那么激动了，但他望着璀璨迷人的夜景，觉得自己越来越热爱这座城市了。卡莎在高速飞驰着，整座城市很快被抛到了身后。

他们飞到了苜蓿湖上空，米小乐指着一片灯火通明的建筑物说："那儿大概就是度假村了。"

卡莎说："我没说错吧，你看这个地方有多大，咱们从哪里开始找呢？"

米小乐说："你先找个没人的地方降落吧，我去前台问问。"

卡莎点点头。这个度假村是由一大片楼群组成的，楼群之间还有树林、草地、游泳池、网球场什么，卡莎看到树林中漆黑一片，觉得那里最安全了，任何人都不会看到自己，就在树林里降落了。米小乐跳了下来，刚往前迈了一步，就扑通一声，被什么东西绊倒了。他只觉得膝盖那里一阵剧痛，拼命咬着牙才没喊出来。他站起身低头一看，发现绊倒自己的，是一段钻出地面的树根。卡莎轻轻笑了一声，米小乐压低声音说："你还笑，都是被你害的，快到包里来，小心被别人发现！"

卡莎钻进了背包，米小乐揉了揉膝盖，一瘸一拐地出了树林。他找到度假村的前台，问那个戴着各种首饰、整个人笼罩在一层珠光宝气中的前台接待员说："请问皮划艇队是不是正住在这里？"

珠光宝气一脸严肃地说："我们不能泄露顾客的信息。"米小乐心想，这倒也是。他又问："那，能不能帮我查有没有一个名叫宋瞳的客人？"

珠光宝气扭过脸，问旁边一个正通过一部大屏手机和别人兴高采烈地视频聊天的接待员说："李姐，咱们能告诉别人顾客的房号吗？"

兴高采烈头也不回地说："他要是能说对客人的姓名，咱们就打个电话过去问问。如果客人同意，可以告诉他房号，让他过去。"

米小乐赶紧对珠光宝气说："宋瞳，宋朝的宋，瞳是目字旁加上儿童的童。"

珠光宝气噼里啪啦地敲打着键盘，过了十多秒，说："没这个人啊。"

"没有？"米小乐很意外。他愣住了，心想，难道自己想错了？他急中生智，说："那，请帮我查一下唐中华在哪个房间。"

米小乐在网上查到过，唐中华是皮划艇队的教练。只要问问他，就知道宋瞳和皮划艇队究竟是什么关系，她是否在这个度假村里。

"唐、中、华",珠光宝气再次虐待键盘。十多秒后,她抬起头说:"我查到了,但我还是不能告诉你。"

米小乐有些着急了,他说:"为什么啊?我真的有非常非常紧急的事情找他。"

这时,兴高采烈感觉到情况异常,也从手机屏幕上抬起头,凑过来低声问珠光宝气:"小刘,怎么回事?"

珠光宝气指着电脑屏幕说:"李姐,这位客人的住房信息里有备注,不接待外人来访。"

兴高采烈点点头,对米小乐说:"这位同学,按照客人的要求,我们不能把他的房号告诉你。"

米小乐说:"为什么啊,我认识这个人,他是皮划艇队教练,现在情况紧急,我真的必须马上见到他。"

兴高采烈说:"他为什么不接待来访,我也不知道原因。或许是因为他是皮划艇队教练,怕有记者来打扰吧!"

"我不是记者!"

"不是记者也不行,我们必须尊重客人的意愿。"

米小乐知道从这里问不出什么来,只得道过谢,准备再另想办法。他刚转过身,就看见一个高个儿中年男人出了电梯,朝大堂外走去。这个男人看起来很面熟,米小乐确定自己见过他。他歪着脑袋使劲想着,这个男人一直在大步流星地朝外走着。就在他马上要走出自己视线时,米小乐终于想了起来,自己那天在健身房里见过他,他当时正在指导几个年轻运动员如何锻炼胳膊上的肌肉。他一定就是那个名叫唐中华的少年皮划艇队主教练!

米小乐心里一阵激动,马上快步跟了过去。两个人一前一后走出大堂,走进了外面的树林。忽然,米小乐发现前面人影一闪,接着唐中华就消失了。他赶紧快步跑过去,可左看右看,都找不到唐中华了。米小乐懊恼地拍着自己头顶,刚一转身,发现面前就是唐中华高大魁梧的人影。

"小同学,你跟着我干什么?"唐中华的语气很和蔼,但目光炯炯,微笑地盯着他说。米小乐和别的男生一样,对体育教练充满了崇拜感。他望着唐中华,说:"叔叔,您是国家少年皮划艇队的教练?"

唐中华点点头,说:"我姓唐,你叫我唐教练就行。我觉得好像在哪里见过你。"

米小乐说:"嗯,我是远洋小学的学生,您和皮划艇队的队员们在我们学校的健身房里训练过。"

唐教练说:"对,这个度假村本来也有健身房,但最近在装修,我们只好去你们

148

学校训练了。怎么，我们是不是影响到你们了？你跟踪我，不是因为这个吧？"

米小乐说："我跟着你，是因为——"他只得把宋瞳离家出走的事说了出来。

唐教练听他说的过程中，表情越来越惊讶，等米小乐说完，他的眉头已经皱得拧成了一个黑疙瘩。他说："宋瞳没征得父母的同意，就离开家了？"米小乐一听，就知道他肯定知道宋瞳的下落。他赶紧问："唐教练，她是和你们皮划艇队在一起吗？"

唐教练点点头，说，你跟我来。说着，他又撒开大步，朝度假村大门的方向走去。他走得很快，米小乐要小跑着才能跟上。两个人出了度假村，朝着首蓿湖走去。米小乐很纳闷，不知道唐教练会把自己带到哪里。

首蓿湖是本市著名的景区，这几年，当地已经沿着湖修好一片相当漂亮的休闲绿化带。每天都会吸引大批的市民来这里散步休息。两个人穿过绿化带和人群，朝湖边走去。唐教练一边走一边说着："两个多月前，有一天我正带领皮划艇队员在湖里训练时，一个正在湖边卖汽水的小姑娘……"

听到这里，米小乐心想，那一定就是宋瞳。他知道，宋瞳因为家境不好，经常勤工俭学，辛辛苦苦赚点钱来贴补家用。

唐教练继续说着："她看了一会儿我们训练，忽然给我说，能不能让她试试。我见她长得挺瘦弱的，开始不同意，后来，她跳进湖里，表演了一下她的游泳技术。她游得真不错，我看她的确有些体育天赋，就给她找了一条小艇，让她试了试。没想到，她划得也很像样。她说小时候经常和父亲一起划着小船，在这个湖里采莲蓬、菱角什么的。他还问我能不能进少年皮划艇队，我问她多大，她说十三，我说那还要征求你父母的意见。她的表情马上低落下来，说晚上回家问问父母。第二天，她又来了，说父母不同意……"

米小乐知道，宋瞳从小在湖边长大，游泳啊、抓鱼啊、划船啊这些本领，肯定都不错。但是，他父母都对她寄予厚望，希望她好好学习，以后上最好的大学，肯定不希望她去当运动员。

这时两个人已经走到了湖边，在路灯的照射下，米小乐看到，湖里正有十几只皮划艇在水面上高速划动着。他瞪大眼睛，想看看宋瞳有没有在其中哪只皮划艇上。

"喏，宋瞳在那里。"唐中华指着远处一只小艇说。米小乐使劲望着那边，但因为距离太远，加上夜色昏暗，他看不清小艇上的人。

唐教练继续着刚才的话题："当时，我告诉她，父母不同意的话，她是不能来皮划艇队的。她说，她父母是担心她参加皮划艇训练的话会影响学习，万一在这方面没什么发展前途的话，自己的学习也耽误了。她想暂时和我们一起训练，等有了能在国际比赛里取得好成绩的实力，父母就不会不同意了。"

米小乐问："您答应她了？"

唐教练摇摇头说："没有。但我们每次训练她都会跟着来。开始，我以为她仅仅是三分钟热度，我没想到，整个暑假里，她每天都坚持来。哪怕暑假过完了，她也会在下课后来这里和我们一起训练。而且，她的成绩真的提高很快。前几天，我找她认真地谈了一次，告诉她两个月后就是世界少年皮划艇大奖赛了，如果她父母同意，我可以把她招入少年皮划艇队，然后就要全天训练，只要她成绩达标，我可以派她去参加这个大奖赛。她第二天来了后说她父母同意了。我说还要到她家和她父母正式地确认一下，她却总是说父母出差或者生病什么的，一直推脱。现在听你这么一说，看来她父母还是不同意她进皮划艇队。"

米小乐说："她已经两天没回家了。"

这时，唐中华指着的那只小艇慢慢地划过来了，米小乐终于看清楚，划船的的确是宋瞳。她把船停到了岸边，站起身来，捋了捋被汗浸湿了的头发，对唐教练说："唐教练，我今天是不是又有进步了？"

她话音刚落，才看到唐教练身边的米小乐，她的表情一下子变得惊诧起来，说："米小乐，你怎么会到这里来？"

米小乐说："宋瞳，因为你离家出走，你爸妈都已经报警了，今天警察都来学校了。"

宋瞳望着米小乐，又望了望唐教练，想起自己对唐教练撒的谎，脸一下子红了。

三个人一起回到度假村的大堂坐了下来。唐教练说："宋瞳，我觉得，你在皮划艇这方面的天赋可能的确不错，但我觉得，人所有的天赋里，最宝贵的一种不是外在的才能，而是内在的品质，而品质里最重要的一种就是诚实。那些靠兴奋剂拿了冠军的运动员，为什么在被揭穿后会受到世人的耻笑？就是因为他们不诚实，是用欺骗的手段才拿到了奖牌！现在，请你诚实地告诉我，你为什么要撒谎，说你的父母同意你参加皮划艇队？"

宋瞳的眼圈早就红了，米小乐递给她一张纸巾，她擦擦眼泪，慢慢说了起来。原来，她看到父母那么辛苦地操持这个家，供着自己上学，心里一直很难受。她想，自己如果有办法挣钱就好了，可她知道自己年纪太小，根本没办法挣钱。后来，她听说只要能入选皮划艇队，就能每月拿到一笔生活补贴，马上就想到自己游泳、划船都还不错，就主动来毛遂自荐。她本来也给父母提过，自己不再读书了，想去当皮划艇运动员，可她父母坚决不同意。她索性就利用课余时间，来皮划艇队训练。

后来，这个办法行不通了，自己必须在学校和皮划艇队之间做出选择。她经过一番犹豫，决定离家出走，来参加皮划艇队的训练。她想，如果自己不能被选拔出来，参加国际少年皮划艇大奖赛，说明自己不适合这项运动，到时就安心回学校去读书；如果自己被选拔进皮划艇队，到时自己可以去国外比赛，能够为国争光，说不定这样就可以说服父母了。

"我说完了，唐教练，你就让我继续留在皮划艇队吧！"宋瞳说完了，眼泪汪汪地望着唐教练。唐教练听得出她说的都是真话，叹了口气，说："宋瞳，你是个好孩子，愿意为了家庭牺牲自己，但你不应该对我撒谎，更不能这么离家出走。你这样，让父母多为你担心！还有你的老师、同学，都会担心你的。"

宋瞳惭愧地低下头，眼泪流得越来越多了。

唐教练说："宋瞳，你今晚必须回家去，皮划艇队你也不能再来了。"

宋瞳说："唐教练，你再给我一次机会，只要你让我参加皮划艇大奖赛，我一定能说服我爸妈让我继续训练的！"

唐教练用力地盯着她，很坚决地摇着头。宋瞳转过脸，对米小乐说："米小乐，你替我劝劝唐教练吧，平时你那么能说，班里男生都听你的，这次你帮帮我吧！"

米小乐想了想，说："唐教练，刚才你也说了，宋瞳她在这方面真的有些天赋，如果她父母同意她来训练，能不能就让她继续练下去，到时你再根据她训练的情况，决定是不是派她去参加那个国际比赛？"

唐教练思考了一下，说："好吧，宋瞳，如果你父母同意，你可以继续训练。但是，一个月后，我要看你的训练成绩，如果你的成绩没有达到出国比赛的标准，你就要回到学校里去好好学习。"

宋瞳使劲点点头，说："谢谢唐教练，米小乐，谢谢你！"

三个人的讨论结束了，唐教练看看手表，说："时间太晚了，我派两个成年队的皮划艇运动员，送你们回家。"

米小乐笑嘻嘻地说："唐教练，你只需要派人送宋瞳就行了，我都十三了，既然能自己找到这里，也能顺顺当当地回去。"

唐教练把眼一瞪说："那怎么行！这都十点了，这个度假村外面漆黑一片，距离市区十多公里，得有人送，我才放心！"说完，他拿过手机拨出一个号码说："秦志海，你叫上赵国栋，赶快到大堂来一下！"

他挂断电话后，低头一看，米小乐的位置上已经空空荡荡。他问宋瞳说："他人呢？"

宋瞳指了指大堂门口，说："你打电话时，他跑出去了。"

唐教练赶紧朝外一看，只见米小乐正站在大堂门口朝自己摆着手喊道："唐教练，我自己能回家，你放心，再见！你真是个大好人！"说完，他一转身，跑了出去，背影很快就在一团漆黑中消失了。

唐教练叹口气，说："这个小男孩啊！"

米小乐跑出大堂，找了一个黑暗无人的大树背后，就打开了背包："卡莎，大功告成，咱们可以胜利返航了！"

卡莎飞了出来，米小乐跳上去后，两个人很快升到了半空。城市的夜景在脚下慢慢出现，米小乐的心情比起刚才来首蓿湖的路上，可轻松愉快多了。

"小乐，你觉得宋瞳的父母会同意她花上一个月的时间，来参加皮划艇队的训练吗？"卡莎边飞边说。

"我不知道。她父母是非常重视她的学习的。我记得上学期有一天，她因为发高烧没来上课，她妈妈特意拿着一部手机到学校，说要录下当天老师的全部课程，回家再播放给她看。"

"哇，这么严格啊。要这么说，她父母不大可能愿意她缺上整整一个月的课。"

"那倒也不一定。如果宋瞳真的有希望成为国家少年皮划艇队队员，到时可以去国外参加国际比赛，那可就有希望拿世界冠军了。"

"唉，用你们地球上的话来说，这就叫可怜天下父母心啊。"卡莎说着，语气慢慢低下来，米小乐听得出来，他们正在谈论的话题，触动了卡莎的心事。

米小乐说："卡莎，咱们认识这么久，我还没听你说过自己的父母呢。"

"我的父母……"卡莎的声音更低了。

"你要是不想说，就别说了。"

"没关系，我给你说说吧。既然我对你的父母都非常熟悉了，如果不告诉你一些我父母的事儿，对你太不公平了。我要说的关于他们的第一件事就是，他们都已经死了……"

米小乐心里一惊。以前卡莎给他说过，自己所在的阿尔比星整个都被来自威坦星的侵略者占领了，这样一来，阿尔比星的国王和王后一定处于很危险的处境，但自己还是没想到，他们竟然都死了！

米小乐小心地说："你们不是早就脱离了实体躯壳，是以电磁波的形式存在吗？如果是这样的话，怎么还会有……"

"你是想说，怎么还会死，是吧？"卡莎说，"我不是给你说过，我们必须通过实体躯壳才能吸收宇宙射线中的能量吗？威坦星人破坏了我父母的实体躯壳，他们当然也就活不成了。幸好，当初我在飞船爆炸前钻进了这张野餐毯，它真是一个非常棒的实体躯壳。"

"那，当初你们星球被入侵时，他们为什么不赶快离开呢？"

"王宫里的卫士本来也想把他们送上宇宙飞船的，可是，他们说，自己绝不会离开自己的臣民，离开自己的星球……"说到这里，卡莎飞行的速度也慢了很多。看得出来，她的心里一定很难过。

米小乐觉得自己应该安慰一下卡莎。他想了想，说："卡莎，你不是说过，你是在你那艘宇宙飞船和威坦星人的太空战舰相撞前，被你的卫兵把你的生命信息发射出来的吗？说不定，你的父母，也在他们的实体躯壳被威坦星的那些坏人杀死前，成功地从躯壳里逃离了。"

卡莎说："不会的。我的父母，是很严肃地告诉我那些话的，不会说话不算话的。而且，我是在上了宇宙飞船，即将离开阿尔比星时，亲眼看到，威坦星的电磁炮击中了我们的王宫，整个王宫被炸成了碎片。"

说完这些，卡莎一句话也不再说了。而米小乐也陷入了沉默。他想，卡莎如果是一个人类的小女孩，肯定已经哭得泪流满面了。自己的父母虽然都有不少缺点，比如爸爸比较粗心大意，有时还挺懒的，尤其是他很怕妈妈，这件事都传到了自己班上，有时别的同学会用这件事来取笑自己，而妈妈每天都要花大量时间在穿衣打扮上，虚荣心好像比别的和她年纪差不多的那些阿姨更强一些，但是，他们本质上都是很好的人，对自己更是非常好。就像暑假里，自己家里明明不算特有钱，但自己说想去墨西哥，爸爸妈妈稍稍犹豫后也答应了。想想这些，自己真的挺幸运的。而卡莎呢，父母都去世了，因为被侵略者追杀，不得不来到距离家乡足足一千五百光年外的地球，实在挺可怜的。

就这样，米小乐和卡莎谁也不再说话，两个人无声地在城市的夜空中飞行着……

第三章　光天化日下的失踪

第二天，米小乐来到学校时，宋瞳已经坐在自己的座位上，几个女生围着她，几个人正笑容满面地叽叽喳喳说着什么。

"瞳，你真的要去皮划艇队训练吗？里面的男运动员，是不是都特别帅啊？"

"瞳，听说一个月后皮划艇大赛在英国举行，这下你能去英国了，真让人羡慕啊。"

和宋瞳当了一年多的同桌，米小乐从没见她这么开心过。毫无疑问，昨天晚上唐教练对她说过的话，她已经转告了父母，并且已经征得了他们的同意。米小乐走到课桌前，刚要问她，这时，班里一下子安静了下来，几个正说得高兴的女生，齐刷刷地一声不吭。米小乐回头一看，班主任孟老师出现在教室门口。她脸上的表情看起来很怪异，眼神也非常复杂，好像既有兴奋，又有遗憾。她走到宋瞳面前，说："宋瞳，刚才我接到了你父母和国家少年皮划艇队唐教练打来的电话，你的事情我都已经知道了。好吧，既然是国家需要你，学校方面也应该支持，你上完今天上午的课，就可以去参加皮划艇队的训练了。"

"太好了，谢谢孟老师！"宋瞳兴奋地一拍手。

"好吧，大家别讨论这件事了，准备上课吧。"孟老师朝整个教室扫视了一番，朝外走去。"宋瞳……"刚走出两步的孟老师又转过身，眼神柔和地看着正打开课本的宋瞳。

"其实，你是一个又聪明、又爱学习的好学生，只要把现在的势头保持下去，以后考上个名牌大学完全没问题，能取得的成绩也不会比当运动员差。"孟老师轻声说着。

宋瞳站起来说："孟老师，您的意思我明白了，您放心，一个月后，只要我不能入选参加国际比赛的名单，我一定回到学校好好读书！"

宋瞳离开了学校，去参加少年皮划艇队的训练了。班里原本整整齐齐的座位，冷不丁地有了一个空缺。有的老师来上课时，看到宋瞳的座位是空的，都有些纳闷儿，在他们眼里，宋瞳是一个永远不会迟到、旷课、请假的好学生。开始，宋瞳的事儿还是大家谈论最多的话题，但时间一长，人们提到她的时候越来越少了。

一个月的时间很快就到了。这天上午，最后一堂化学课刚刚结束，教化学的郑老师还在收拾教案，孟老师走了进来。她先是在郑老师耳边轻声说了几句，郑老师点点头，她又面对全体学生，拍了手说："同学们，我有个好消息要宣布！"

她说是好消息，但脸上的表情看起来并没有太多的喜悦。米小乐心想，肯定和宋瞳有关。果然，孟老师接着说："一个月前，我们班里的宋瞳同学离开了课堂，去参加国家少年皮划艇队的训练。就在刚才，我接到了皮划艇队唐教练的电话，他告诉我，宋瞳经过一个月的艰苦训练，测试成绩非常优秀，已经正式入选一个月后国际少年皮划艇大奖赛的名单。也就是说，她即将踏上国际赛场，为国争光！让我们对宋瞳同学表示祝贺！"

班里的同学都鼓起掌来，就连郑老师都匆匆忙忙地把课本、教案往胳膊下一夹，费力地拍起了手。米小乐看到，孟老师说是祝贺，她脸上并没有太多那种红光满面的感觉。

上午的课结束了，丁海强和米小乐肩并肩地朝食堂走去。丁海强边走边说着："哎，你注意到孟老师刚才那副神情了吧，说是要告诉大家一个好消息，可看起来比哭都难受。"

米小乐说："是啊，宋瞳学习成绩那么好，哪个老师能舍得啊。"

丁海强感慨万千地说："真没有想到，宋瞳竟然冷不丁地会去练皮划艇，如今还进了少年皮划艇队。我踢球踢得这么棒，怎么也没个教练慧眼识英才，看上我呢？进不了国家队，能进个省队、市队也行啊。"

又是一个月过去了。国际皮划艇大赛的比赛日已经越来越近了，这次的比赛，将在一座名叫因弗内斯的英国城市举行。这几天，宋瞳已经重新成为大家热议的重点，随着比赛时间的临近，班里简直兴起了一阵英国热、皮划艇热。同学们热火朝天地议论着关于英国和皮划艇的各种话题。因为和英国有时差，英国当地的上午，正是中国的下午。比赛恰好在孟老师的上课时间举行，到了比赛这天，孟老师特意把自己的课时贡献出来，提前打开了教室里的投影仪。同学们一边等着比赛正式开始，一边热热闹闹地聊着。有同学关上了教室的窗户，教室里变得昏暗了，大屏幕上比赛现场的转播画面更加清晰了。

在米小乐的印象里，自己在这间教室上了一年多的课，这个投影仪就用过一次。那是在上个学期，校长被评选为劳动模范，电视台的人来给校长拍节目。当时很多教室里的投影仪都打开了，学生们都穿着洗得干干净净的校服，这是老师提前一天要求的。后来，学生们看到了拍摄完成的节目，只见在电视屏幕上，学校看上去前所未有的干净整洁，各个教室里现代化教学设备齐刷刷地打开，整个学校好像一下子变得高档多了。有的学生说，校长在十五分钟节目里的笑容，比自己在这所学校里五年多的时间里看到的都多。

这次的国际皮划艇比赛,在英国因弗内斯市郊外一个名叫古德森湖的地方举行。大家在屏幕上看到，古德森湖湛蓝的湖水里，十几艘五颜六色的皮划艇一字排开，选手们都是一副摩拳擦掌跃跃欲试的架势。岸边散布着星星点点的农舍，这些农舍几乎都是用大块的石头砌成的，还有雪白的羊群在平缓的草坡上悠闲地啃着草。在画面的远处，还隐隐约约可以看到几座古堡。面对充满异国情调的风景，同学们纷纷议论起来。

"哇，风景真美。"

"听说这个地方叫因弗内斯，我从没听说过啊。"

"好像还是英国的第五大城市呢。可人口才五万人，还没中国一个县城人多。"

"咦，参加比赛的皮划艇里，怎么看不到宋瞳呢？"

同学们七嘴八舌地议论着。终于，电视画面切换到近景，选手们的面部特写一个个出现在屏幕上。

"宋瞳在这儿，第三赛道！"

"她比从前黑多了，看来每天的训练强度真不小！"

"哎呀，这皮划艇真小，真让人担心人坐在里面，会不会沉下去。"

此时，大家看到，宋瞳正坐在自己的艇上，她穿着紧身比赛服，表情严肃，手里紧紧攥着一根双叶船桨。周围都是白人或者黑人运动员，虽然都坐在艇里，她看起来也比在学校里强壮了一些，但很明显，她的体形还是比别人小了很多。别的运动员的胳膊，都是又粗又壮。她虽然经过了几个月的训练，但胳膊还是明显细多了。

所有运动员的特写镜头轮番出现在大屏幕上之后，教室里的气氛没有刚才那么热烈了，大家都对宋瞳的前景不太看好。

这时，画面切换到设在岸边的解说员席。皮划艇比赛的影响力，毕竟比足球、篮球什么的差远了，总共只有十来名解说员坐在那里。要知道，足球、篮球的国际大赛，动不动就有上百名来自世界各国的解说员挤在转播席里。今天的解说员里，有白人，有黑人，还有一位黑头发黄皮肤的中国解说员。只见他身穿一套黑色西装，领带打得饱满整齐，正在拍打调试着面前的话筒。

"哇，胡侃也在，难道是他负责解说这场比赛吗？"这时，有同学认出了这个解说员，正是那个以经常犯各种低级失误而出名的胡侃。此人原名胡敢，之所以被叫作"胡侃"，是因为他每次解说体育比赛，都会频繁失误。米小乐记得，自己有一次听他解说一场女排比赛，最后是中国女排获得了胜利，他却当着全国观众的面，大喊"祝贺女篮姑娘们赢得了这次比赛"，米小乐当即把嘴里的一大口可乐喷了出来。还有一次他解说田径比赛，把一名外国跳远选手的国籍弄错了，直到这名选手获得冠军，站在了领奖台上，赛场里升起了人家的国旗，他还没改过来，这起事件险些酿成国际纠纷。从那之后，凡是重要赛事，电视台方面再也不敢让他负责解说了。

在电视转播席和湖水中间，还有一片开阔地，那里摆放着一排折叠椅，上面坐着一排戴着潜水镜、身穿紧身潜水服的人。他们是本次大赛组委会安排的蛙人，他们个个水性了得，都有着多年潜水救人的经验。他们的任务，就是当选手或者观众意外落水时，第一时间跳入水中救人。

这时，胡侃试好了话筒，咳嗽了几声，开始说了起来——

"各位观众朋友们，大家好，现在我正位于英国北部城市因弗内斯的郊外，为大家解说即将开始的国际少年皮划艇大赛女子组五百米单人皮划艇决赛，赛场就是我面前这片美丽的湖水，它的名字，叫作古德森湖。闯入这场决赛的，有一名来自我国远洋市的小学六年级学生，她的名字叫宋瞳。她将出现在第三赛道参加比赛，据我所知，她本来是一名品学兼优的小学生，但是国家皮划艇队的唐教练发现了她在皮划艇方面的天赋，经过半年的艰苦训练，她终于出现在今天的国际赛场上……"

胡侃在喋喋不休地说着，同学们有些不耐烦了。幸好没多久，比赛就正式开始了。

随着一声发令枪响，大屏幕上出现了一个大大的英文单词：Go，后面还跟着三个惊叹号。于是，所有的皮划艇一起启动了！

学生们都屏住了呼吸，眼睛一眨不眨地紧盯着大屏幕。在开始阶段，宋瞳的小艇是九条皮划艇中最慢的，但是，到了两百米左右，她慢慢追了上来。很快，她的小艇冲到第三名。

在她前面，现在只有两条艇了！

班里的学生都激动坏了，所有人都坐不住了，纷纷站了起来。有人拼命拍打着桌面，有人大声吼着"宋瞳加油"，还有人握紧拳头，瞪大眼睛紧盯着屏幕。这时，地球另一侧的宋瞳仿佛感受到了大家的热情，左右开弓，把那只双叶桨抡得更有力了。她的皮划艇，仿佛变成了一支在水面高速飞行的箭，向着终点冲去！

米小乐觉得自己的心脏在怦怦地跳着，仿佛要从胸口里跳出来一样。就连平时和宋瞳从不说话的李英男，都攥紧了两个拳头，眼睛一眨不眨地紧盯着屏幕，嘴里轻轻地反复说着，"宋瞳，加油，加油！"

"宋瞳冲到最前面啦！"很快，有同学这样喊了起来。只见屏幕上，宋瞳的小艇已经在九条皮划艇中排到第一位，仅仅领先第二名一个艇尖！她的优势非常小，随时可能被后面的选手超越。

五百米赛程的终点，马上就要到了。这时，宋瞳和第二名已经甩开了大部队，她们处在遥遥领先的位置上。

十米、五米、三米、一米，撞线！

然而，就在宋瞳的皮划艇即将撞上终点线的时候，一阵狂风突然掠过了古德森湖，原本像镜子一样平静的水面上突然掀起了两三米高的浪头。这时，转播信号也出现了故障，原本清晰的画面一下子扭动起来，还一下子布满了马赛克，紧接着，全部画面都消失了，偌大的屏幕上只剩下一片蓝色。整个教室里顿时安静下来，每个人都惊讶得说不出话来。

幸好，故障持续了十秒钟就恢复了。当画面切换到比赛现场，米小乐和同学们都以为自己看到的是宋瞳庆祝自己得了冠军的景象。可是，他们惊诧地看到，在终点位置，宋瞳已经连人带皮划艇都不见了！

原本排在她后面的八个选手，正飞快地冲过终点。她们的速度也有些迟疑，看得出，她们也对第一名的突然消失感到惊讶，但对冠军的渴望，还是让她们没有停下手里的桨片。等她们冲过终点，马上回过头，掉转了船身，回到宋瞳消失的地方，跳下船找了起来。这时，岸边的蛙人也扑通扑通地跳入湖中。

同学们面面相觑，都不相信自己刚刚看到的一切。他们谁都没有经历过这么奇异的场景。

"宋瞳到哪里去了？"

丁海强第一个大喊。接着，教室里越来越多的人喊了起来，很快乱成一片。就连见多识广的孟老师，也愣愣地看着大屏幕，不知道到底发生了什么。

这时，在古德森湖的湖面上，场面更加混乱。比赛现场所有的人都围到了湖边，会游泳的人脱下外衣跳了下去，不会游泳的人则抓住这个机会，举起手机进行网络直播。比赛的主办方还把大量的救生圈扔向湖面，很快，光在湖面上漂浮的救生圈，就足足有三十多个。比赛监督在第一时间报了警，当地警方的效率倒是很高，没过几分钟，一串串的警笛声就从远方传来。尽管各种救援力量先后赶到，但无论是电视前的观众，还是比赛现场的观众，都有一种预感，就是所有的救援者，根本不可能从湖水中找到中国女孩宋瞳。

而在解说席上，本来已经昏昏欲睡的解说员们早就清醒过来，他们唯恐放过这个出名的机会，纷纷使出各自的看家本领，调动所有的表情，攥紧话筒一通大喊小叫。

胡侃本来还因为电视台让自己来报道皮划艇这样的冷门比赛项目非常不满，眼下他打定主意，一定要抓住这个千载难逢的机会，重新回到一线解说员的行列。他口若悬河地说着他在现场看到的一切，尽管他并不知道，为了避免在电视观众中引起混乱和各种不负责任的猜测，尤其是担心刺激到宋瞳的家人，国内演播室里的导演早就掐断了电视转播信号。

米小乐他们班上的这个大屏幕又重新恢复了蓝屏。孟老师这时也大梦初醒一般，告诉同学们千万别惊慌，宋瞳同学一定会平安无事的。说完，她就让全班放学回家了。

同学们背起各自的书包，小声议论着走了出去。很快，他们人都走光了，教室里空无一人。孟老师定了定神，缓缓坐了下来，心想，自己要尽快到宋瞳家里去一趟，安慰一下她的父母。她凝视着宋瞳坐过的位置，心想，在即将冲过终点线、获得比赛冠军的时候，她到底发生了什么事？为什么在光天化日之下，一个活蹦乱跳的女孩，会突然失踪呢？

如今是网络时代，各种信息能够在一秒钟之内传遍世界各地。皮划艇选手在撞线前离奇失踪的事，很快成为各种网络媒体竞相发布的爆炸性新闻。在米小乐家，吃晚饭时米大雷和沈美美也因为这件事说个不停。两个人争了半天，才注意到米小乐完全没参与他们的讨论，只是在低着头，非常缓慢地吃着饭。只见米小乐的眉头紧皱，嘴角紧抿，表情异常严肃，完全不像是一个十三岁的男孩子。

从下午在教室里看到宋瞳落水失踪那一刻起，米小乐没有说过一句和这件事有关的话。他当然有自己的想法，但他觉得，把自己看到的告诉别人，并不是一件明智的事。

一家人吃过晚饭，沈美美打开了电视。米小乐发现，有一大半的电视频道都在报道这件事。有的电视台在反复重播下午比赛画面，有的电视台还请到了各种专家，气象学家、地质学家、物理学家、水利学家、环境学家、电力学家等等应有尽有，他们绞尽脑汁从不同角度分析着宋瞳落水失踪之谜。

气象学家认为，在她们落水前刮起的那阵狂风是事情的关键，当时湖面的风力有可能达到十二级，从而形成局部气旋，也就是说，宋瞳不是落水了，而是被卷上了半空。现在她肯定已经落在某个未知地点。现场搜索救援队伍应该马上改变主攻方向，把搜索重点改到陆地上。

地质学家则认为，古德森湖的湖底有着极其特殊的地质结构，有可能当时地质构造突然发生了变化，导致水面产生波动，从而打翻了小艇。物理学家对前面两个人的观点毫不留情地表示了蔑视。他哼了一声，说，前面两个所谓科学家，根本无法解释为什么当地警方出动了大批警探，始终没有找到宋瞳。在他看来，很可能是因为当时太阳黑子发生了大爆发，一股从太阳表面产生的脉冲电流恰好击中了那里，运动员有可能在一瞬间被高温熔化了。当时电视转播信号一度失灵，就是因为电视信号被来自太阳的脉冲电流干扰了。

物理学家的话，引发观众席的一片哗然，幸好有位反应神速的观众马上给天文台打去电话，证实最近几天太阳活动一切正常，所有的太阳黑子都老老实实待在自己的位置上。物理学家的观点被当场否定，但他仍然表情正常，强调自己刚才已经说过了，一切只是有可能而已。

159

这几个科学家的发言，看得米小乐一家人直摇头。米大雷觉得自己有必要尽一下父亲的责任，把脸转向米小乐，刚要说些什么，米小乐说："爸，你不用说了，我知道你想说什么。你不就是想告诉我，这些人不能代表真正的科学家吗？我知道，他们说的话，自己都未必信，无非想利用这次上电视的机会把自己弄出名而已。你放心，我不会受他们的影响的，牛顿啊、爱迪生啊、爱因斯坦啊，这些真正的科学家，在我心目中的地位不会受他们的影响的，永远那么伟大崇高，光辉灿烂，仅次于您和妈妈！所以，我会继续以这些真正的科学家为榜样，不断学习，努力奋斗！"

米大雷和沈美美都笑了，沈美美伸手拍了一下米小乐的肩膀，说："跟爸爸说话也这么贫，在学校还不知道多淘气！"

米小乐惨叫一声，捂着肩膀装模作样地说："哎呀，骨折了，你使用家庭暴力，虐待儿童！"说完，他跌跌撞撞地跑回了自己房间。他身后，传来了沈美美的声音："小乐，别胡闹了，你想着，有空时你带我和你爸到宋瞳家里去看一下她父母。"

"好，我记住了！"米小乐躺在床上，朝客厅那边喊了一声，接着就陷入沉思，脑子里回想着自己在电视转播中看到的一幕幕画面。

他记得很清楚，当时就在电视信号中断前，在已经扭成一团的电视画面里，他看到一团黑影在皮划艇比赛的终点线，也就是在宋瞳的船头上方飞快地划过。这道黑影的形状，似乎非常像那只名叫黑曼的魔法师斗篷，会不会是这个来自威坦星、妄图统治全宇宙的大野心家绑架了宋瞳呢？

想到这里，他一骨碌翻身下床，打开了电脑。他找出了宋瞳落水失踪前的视频，用慢动作播放起来。可是，这次他一连看了好几遍，始终没有任何发现。他相信自己眼睛，仍然毫不气馁地重播。最后，他终于在一个定格画面中，找到了一个模模糊糊的黑点。

米小乐反复端详着这个黑点，他非常确定，这个黑点，就是那顶黑色的魔法师斗篷！他直直地盯着电脑屏幕，心想一定是他绑架了宋瞳！别人不知道那顶斗篷的厉害，不知道该怎么对付他，我一定要去救宋瞳！

米小乐想到这里，下意识地攥起拳头拍了一下桌子。但是，他不明白的是，黑曼为什么要这样做呢？他究竟为何要绑架宋瞳？米小乐想了一会儿没有任何头绪，啪的一声合上了笔记本电脑，靠在椅背上琢磨起来。他正百思不得其解的时候，家里的电话机响了起来。

"米小乐，你的电话，李英男打来的。"沈美美喊。

米小乐出了卧室过去接电话，米大雷拿过电视遥控器降低了音量。米小乐看得出，米大雷和沈美美看起来虽然还在看电视，可都已经暗暗竖起了耳朵，发动起了每一个听觉细胞，来捕捉从话筒里泄露出来的每一个字。

"小乐，有件事你可能早就知道，但我想还是应该提醒你一下。我总感觉有件事和宋瞳今天落水失踪的事儿，说不定有什么联系。"话筒里传来李英男的声音。

"哦，是什么事儿啊。"米小乐说。

"英国有个尼斯湖湖怪的传说，你知道吧？"

"知道，有人说曾经在尼斯湖见到过体形巨大的生物，但至今没人能拿出靠得住的证据。"

"尼斯湖也在这个因弗内斯市的郊外，距离这个古德森湖只有十五公里。"

"什么？"这个信息太惊人了，米小乐一下子睡意全无。他从小就喜欢看各种各样的课外书，对地球上各种各样稀奇古怪的事物极感兴趣，尼斯湖湖怪当然也在其中。

李英男压低了声音继续说："小乐，你还记得吗？当初在那个太阳金字塔下面，那个自称来自什么威坦星的魔法师斗篷说过，他们威坦星人在恐龙时代前就来过地球。我总觉得这一番话和宋瞳失踪是有关系的。"

米小乐说："你真细心，我还真没想到这一点。"

李英男继续说："小乐，你实话告诉我，你是不是打算让卡莎带你去英国，去救宋瞳？"

米小乐含糊地说"是"，李英男马上说："我告诉你，你不能去，太危险！你觉得你和卡莎是那顶斗篷的对手吗？"

米小乐老老实实地承认："不是。"

"既然知道，你就别去，英国那边，不是已经有警察在处理这件事了吗？"

米小乐心想："英国的警察，可不知道那顶斗篷的厉害。"

李英男见他没说话，叹口气说："好吧，小乐，我知道我拦不住你，如果你真要去的话，祝你顺利，能早日和宋瞳平平安安地回来。好了，我要说的都说完了，再见。"

李英男挂断了电话，米小乐握着话筒，还是一副茫然所思的神态。米大雷和沈美美飞速交换了一下眼神。

米小乐放回话筒，叹口气说："行了，你们别胡思乱想，李英男就是说了一些和宋瞳失踪有关的事儿。"

沈美美咳嗽一声，说："我们没多想啊，你看我们一句话都没说，是你自己心虚了。"说着，重新调大了电视的声音。

第四章　英国来客

米小乐回到房间，打开了电脑。他搜了一大堆关于尼斯湖湖怪的资料，又把英国北部的地图翻了出来，他研究了一阵子，发现尼斯湖和古德森湖的确离得很近。至于湖怪的资料，他归结为两句话，一是湖怪的传说的确从古代就已经有了，二是很多人都说自己见过湖怪，但是谁都没有真的拍下很清晰的照片或者视频。

难道宋瞳真的是被湖怪抓走了？

这个想法刚刚从脑子里冒出来，米小乐自己就被吓了一跳。按照米小乐从前的想法，他觉得所谓的湖怪，纯粹是子虚乌有的事情。他记得在生物课后，他曾经问过教生物的陈老师，世界各地那么多湖怪、野人的传说，到底会不会是真的。陈老师当时笑着说，任何物种的繁衍生存，都必须有足够多的数目，否则，单个生物的寿命最多几十年，不可能长生不老地一直生存下去。而一个物种的数量真的这么多了，那么一定会被人类发现。所以，那些传说里的神秘生物，肯定都不会是真的。

更何况，全世界的科学家和科研机构，已经组织过无数次的科学考察，动用了最先进的水下探测设备，就连尼斯湖湖底的每一颗石子，每一根水草都探测到了，结果没有在湖中发现任何大型生物的痕迹。

从那时起，他再也不相信这类的传说了，但这次宋瞳在距离尼斯湖很近的一个湖里突然失踪，却是实实在在的事情。

他想来想去，还是觉得湖怪的事情太不可信了，要想解开宋瞳落水失踪的谜团，还是必须从那只黑色斗篷开始。这时，他听到客厅里已经没有任何声音，看来父母已经关了电视上床休息了。他在黑暗中轻轻喊了一声："卡莎。"

没出三秒钟，卡莎就从储藏间飞了出来，在他面前悬停着。

"宋瞳在英国参加皮划艇比赛时，明明就要冲过终点获得冠军了，却突然落水失踪，这件事，我怀疑又和黑曼那个坏家伙有关。我在比赛视频的画面里，找到一个模模糊糊的黑点，看起来就是那顶斗篷。"

"李英男在电话里给你说的事儿，我都知道了。"

"但我真的猜不透他为什么会出现在英国，更不知道他为什么会对宋瞳下手。"

"我觉得，他现在唯一关心的，就是那一千根金属神经线的下落，所以，他应该不会另外惹事儿。你和李英男是不是弄错了？"

米小乐摇摇头说："肯定不会有错。视频里他虽然被拍得有些模糊，但他的样子实在太独特了，我肯定没弄错。"

卡莎说："既然你这么肯定，那看来的确是他对宋瞳下了手。会不会是他想以此来威胁你，要你把那些神经线交给他？"

"他没这个胆量。我警告过他，如果我发现他干了什么坏事，马上就把那段录音发向太空，威坦星的统治者知道了他的野心后，肯定饶不了他。"

卡莎说："其实，要把宋瞳救出来，最安全的办法是把咱们掌握的线索都告诉警方。"

米小乐点点头："是啊，我明天就去公安局，刑警队的钟昊队长肯定对我还有印象。就怕我们知道的这些事儿，对于普通人来说，实在太不可思议了。但愿他能相信吧。"

卡莎说："这位钟昊队长我也见过的，我觉得他是一个有着一流判断力的人。"

两个人这样你一言我一语地讨论着，米小乐渐渐累了，不知不觉就睡着了。

第二天放学后，他来到了公安局。他站在门口，脑子里还是在想着刑警队长钟昊会不会接受自己的说法。他想，如果不是自己亲眼所见，任何人告诉自己，有一只黑色的魔法师斗篷，其实是一个外星人，自己都不会相信。

"咦，这不是米小乐吗，你怎么来了？"

他正在想应该怎么给钟昊说，忽然听到一阵急刹车声。接着，他的身后传来一串有些耳熟的声音。他回头一看，只见一辆警车停在自己身后，副驾驶位置上的车窗玻璃摇了下来，两个月前因为宋瞳的父母报案说宋瞳失踪而到学校去过的那个胖警察伸出脑袋，笑眯眯地对米小乐说："是小乐啊，你来公安局，是因为宋瞳的事儿吧？"

米小乐点点头，说："哦，我想找钟队长。今天他在里面吗？"

"钟队长啊，他肯定在局里，我们本来在查案，就是接到他的紧急通知赶回来开会的。"

"你们要开会？是不是说宋瞳的事儿啊？"

胖警察点点头，说："肯定是。她这次失踪，虽然事情发生在国外，但她毕竟是中国公民，远洋市的市民，市公安局至少有义务要配合英国的警方，提供所有和她有关的信息。你跟我来吧，开完会钟队长就能见你了。"

说完，胖警察下了车，带着米小乐来到刑警队。米小乐已经多次来过刑警队了，一看外面的大办公室空无一人，就知道他们肯定在钟昊的办公室里开会。胖警察给他倒了杯水，也进去开会了。米小乐打量着空空荡荡的办公室，发现好几名警察办公桌上的电脑，都在反复播放宋瞳落水的那段视频。

米小乐找了个座位慢慢坐下来，盯着屏幕看了一会儿，越来越确信，那个模糊的小黑点，一定就是那个来自威坦星的黑色斗篷。

钟昊办公室的门开了，十多个警察走了出来。米小乐抬头打量了一下，只见他们每人都脸色沉重，眉头紧锁，心想宋瞳离奇失踪的事儿，虽然是由英国的警察负责，但他们也要尽快向对方提供关于宋瞳的大量信息，所以他们的工作压力也够大的。

"小乐，你来找我？"钟昊走到他身边说。米小乐站起来点点头，但没有说话。钟昊看得出他有事要告诉自己，说："和宋瞳有关？"米小乐更有力地点点头。钟昊就说："好，你到我办公室来吧。"

两个人进了钟昊的办公室，米小乐一眼就看到，里面还坐着一个金发碧眼的外国女警察。米小乐愣住了，钟昊说："小乐，我给你们介绍一下，这位是来自英国的皇家警察伊丽莎白，刚刚来到本市。宋瞳失踪案就是由她负责的，这次来中国，她是专门为了搜集和宋瞳有关的线索来的，你今天如果不来，我也打算带她去找你了解情况。"他又转向伊丽莎白，说："伊丽莎白小姐，这个孩子名叫米小乐，他非常聪明，也非常勇敢，半年前曾经帮助我们侦破过一起文物盗窃案。同时他还是宋瞳的同桌，他可以告诉你很多关于宋瞳的情况。"

伊丽莎白朝米小乐伸出手，用流畅的中文说："你是宋瞳的同桌，那太好了，请你把知道的情况都告诉我，我们一定会尽快把她找到，把她送回家。"

米小乐惊讶地说："你的中文说得真棒！"

钟昊微笑着说："伊丽莎白从小就喜欢中国，多年来一直自学中文，也经常来中国旅游。好吧，小乐，你这次到警局来，是要告诉我什么事情吗？"

米小乐点点头，说："钟叔叔，我知道是谁抓走了宋瞳！"

钟昊眼睛一亮，说："你有线索？那太好了，你说说这件事你都知道什么。"

伊丽莎白在旁边听到米小乐的话，也露出一脸的喜悦，满怀期待地看着他。

米小乐看了看面前两位警察，心想但愿他们能相信自己的话。他长吸了一口气，说："在距离地球一万五千光年的地方，有一个欧米伽星系。这个星系里，有一颗名叫威坦的星球——"

米小乐看着钟昊眼睛里的亮光黯淡了下去，眉毛还轻轻皱着，就停了下来，不再说了。钟昊说："小乐，从宋瞳失踪到现在已经超过十二个小时了，现在警方还没有任何有价值的线索。时间非常紧迫，所以，你还是简短点说吧。"

米小乐说："好吧，那我就直接说了。钟叔叔，伊丽莎白，我告诉你们的事情，你们一定要保密，不能让任何人知道，否则会有非常严重的后果！"

钟昊和伊丽莎白相互看了看，一起对米小乐点点头。米小乐拿过钟昊电脑前的鼠标，把宋瞳落水失踪的那一段视频定格，指着那个小黑点说："钟叔叔，这个黑点，其实是一顶黑色斗篷，一定就是他绑架了宋瞳。他并不是普通的斗篷，他是来自那个欧米伽星系里威坦星的外星人。这个威坦星的人，是宇宙里的侵略者，已经占领了很多星球。"

钟昊和伊丽莎白面面相觑。钟昊的神情格外尴尬，他万万没想到米小乐竟然说出这样一番话。他有些不好意思地对伊丽莎白说："米小乐同学非常喜欢科学，尤其喜欢和外星人有关的东西，所以，当宋瞳失踪后，他就以为是外星人干的。"

米小乐一下子站了起来，说："钟叔叔，你不相信我没关系，我说的每一句话，都可以找人来证明！"

钟昊说："你能找人证明是一顶斗篷绑架了宋瞳？这顶斗篷还是个外星人？这太荒唐了，怎么会有人能证明这些？"

米小乐很坚定地说："我的证明人，就是远洋大学的大科学家秦朗！"

钟昊说："秦朗？那个曾经失踪过的科学家？"

米小乐说："对！钟叔叔，这个案子当初还是你负责的。你还记得当初绑架案发生后曾经有人给你送过一张纸条，上面写着秦朗的助手苏扬，是绑架秦朗的嫌疑人吗？"

钟昊说："是有这么回事。纸条是你写的？"

米小乐说："是的。"说完，他打开书包，拿出纸笔按照自己的记忆，重写了当初自己在纸条上写过的话。钟昊拿过纸条，转身打开文件柜，从档案袋里找出了那张纸条。

文盲都能看得出来，两行字迹一模一样。

钟昊说："那也不能证明那个屏幕上的黑点，就是什么外星人啊。"

米小乐说："你可以给秦朗教授打电话，他会告诉你当初我是怎么把他救出来的，又是谁绑架了他。"

钟昊说："绑架秦朗教授的，也是这顶黑色斗篷？"

米小乐点点头。钟昊记得，当时秦朗教授在被绑架后，自己起初根本没办法找到任何线索，后来，秦朗突然在墨西哥出现，并且通过中国驻墨西哥大使馆回了国。回国后，他说自己不记得任何被绑架期间发生的事情了。钟昊没想到米小乐竟然也和这件事有关，虽然相同的字迹可以印证那张纸条的确是米小乐所写，但他还是不相信米小乐的话。他想了想，拿出手机拨通了秦朗的电话。

"是秦朗教授吗？你好，我是市公安局刑警队的钟昊，我希望再向您了解一下您被绑架那件事。有个名叫米小乐的男孩，您知道吧？现在他就在刑警队，他告诉我们，当初您被绑架后，是他把您救出来的。他还说，您是被外星人绑架的。"说到这里，钟昊停了下来，看得出，他正在仔仔细细听着秦朗的话。过了一分多钟，钟昊放下了电话。

"小乐"，他表情凝重地看着米小乐。

"秦教授告诉你，是那个斗篷绑架了他吧？"米小乐急切地说。

"秦朗教授刚才说，关于他被绑架的事儿，他已经在回国后的新闻发布会里说得很清楚了，他在被绑架时，就被歹徒弄昏了，完全失去了知觉。等他清醒时，他发现自己不知怎么回事，竟然被歹徒弄到了墨西哥。后来，他假装答应歹徒的请求，取得了歹徒的信任，这才有机会通知他的助手苏扬来救他，两个人趁着歹徒疏忽的时候逃了出来。他还说，他根本不认识你。"

"不可能！"米小乐一下子站了起来，着急地说。

钟昊盯着他看了几秒钟，说："小乐，你先回家吧，有事的话，我会找你的。"

米小乐只好从钟昊办公室离开了。他走出公安局，孤零零地站在马路上。这时，天色已经渐渐暗了下来，街灯一盏盏地亮了，步履匆匆的行人从他身旁快速走过。米小乐的肚子已经很饿了，但他一点儿胃口都没有，他无论如何都想不通秦教授为什么不承认是那顶黑色斗篷派人绑架了他，更不承认是自己在墨西哥救出了他。

他孤独地踢着地上的石子，无奈地朝家里慢慢走去。

第二天清晨，在远洋大学实验室里忙了一整夜的著名科学家秦朗打了个哈欠，脱下了自己的工作服。他告诉助手，自己上午还有两节课要上。他说完就拿过上课要用的教材和备课本，快步走出了实验楼，可他刚走下台阶，发现面前站着一个个子不高、留着平头、推着一辆自行车、十三四岁的男孩子。

"小乐，是你，你怎么来了？你今天不上课吗？"秦朗一眼就认出，这个男孩子就在墨西哥特奥蒂瓦坎古城的地下空间里救过自己的米小乐。

"秦叔叔，我想问问您，昨天刑警队的钟昊队长问你那顶斗篷的事儿，您为什么不承认？"米小乐一边大口喘着气，一边说着。今天早上，他特意提前半小时离开家，一路上用最快的速度蹬着自行车赶到了远洋大学。

秦朗脸色一阵发红，有些不太自然地说："小乐，不是你告诉我，那天的事儿不能告诉任何人吗？否则会给卡莎带来危险。"

166

米小乐说："那这次不一样啊，那顶斗篷又干坏事了，他绑架了我的同学宋瞳。如果您不给我做证，钟昊队长根本不相信地球上有外星人！"

秦朗的脸色更红了，他说："小乐，对不起，我不能给你做这样的证明……"

米小乐纳闷地说："为什么呀？"

秦朗说："小乐，你不知道，我有一个国外的朋友告诉我，我很有可能获得下一届的诺贝尔化学奖……"

"得诺贝尔奖，和这件事有什么关系啊？"

"小乐，你想想，如果我告诉别人，我其实是被一项斗篷派人绑架的，而这项斗篷竟然是一个外星人，我一定会被全世界的人当成疯子的，我也不可能获得诺贝尔奖了，我甚至有可能连科学家都做不成了……"

米小乐盯着他说："诺贝尔奖就这么重要？"

秦朗说："获得诺贝尔奖，是全世界所有的科学家都梦寐以求的荣耀！"

米小乐哼了一声，说："比你的良心还重要？"

秦朗不敢看他的眼睛，只得说："抱歉，这件事我没法帮你，我要去上课了……"说完，他夹着备课本飞快地走开了。

米小乐一动不动地站在原地，他觉得刚才秦朗说的这几句话教给他的，比自己在学校里上过的所有的课、读过的所有的书都多。

站了一会儿，他快快地转过身，准备骑上车去上学。这时，一个人影从旁边的竹林里走了出来，笑吟吟地望着他。

是那个英国女警官伊丽莎白！

米小乐愣住了，这时，伊丽莎白朝他打了个招呼，说："Hello！你没想到是我吧？刚才你们说的我都听到了。"

米小乐说："你怎么会在这里？"

伊丽莎白说："昨天在钟警官的办公室里，你说的那些话，听起来似乎非常不可思议，任何一个神志清醒的人都很难相信你讲的故事，但你直率的样子打动了我。我当了这么多年的警察，一个人说的是真话还是谎话，我还是分得清的。当时我就有一种强烈的直觉，我觉得你说的都是真的。当时，你的双眼一直在直视着钟警官，没有丝毫躲闪，如果你撒谎的话，你是不敢这样的。但是，我知道的自然知识又告诉我，一项斗篷竟然是外星人，还会绑架一位科学家，这实在太难以想象了。当时我估计，你一定会来找这个秦朗，让他当你的证人，就提前来这里等你了。"

米小乐说："那你现在相信了？一定是那顶斗篷绑架了宋瞳，你只要找到斗篷，就能找到宋瞳！"

伊丽莎白说："只有这些还不够，你能把你知道的关于宋瞳的、关于那顶斗篷的一切都告诉我吗？只有掌握了足够多的线索，才能尽快找到宋瞳！"

米小乐说："可以，但是，你必须先答应我，绝不能把这些告诉别人！"

伊丽莎白点点头，米小乐说："那你和我一起去学校吧，在路上我把我知道的事情都告诉你，到了学校后，我的同学和老师也会把他们知道的和宋瞳有关的事情都告诉你。"

伊丽莎白和米小乐一起出了远洋大学，又上了伊丽莎白的车。这辆车是钟昊提供给她的，供她在中国到处查找线索使用的。伊丽莎白把米小乐的自行车塞进后备厢，发动汽车带着米小乐向学校驶去。

她一边开车，一边听米小乐讲着关于那顶斗篷的事情。这时，她的手机响了起来。

"哈喽"，她把车在路边停下，接通了手机，并用英语说了起来。对方告诉她的事情似乎很严重，她的表情也越来越沉重。米小乐猜得出来，宋瞳失踪的案子一定出现了新的情况。五分钟后，伊丽莎白挂断电话。她看到米小乐一副探询的神情，就说："英国警方在宋瞳失踪地点不远的地方发现了一些奇怪的事情，说不定和你说的有关。"

"离古德森湖不远？那是什么地方？"

"尼斯湖。也就是传说中生存着湖怪的地方。你知道尼斯湖湖怪的传说吗？"

米小乐点点头，问："真的有湖怪吗？"

伊丽莎白笑了，她说："我从小就在尼斯湖旁边的一座小镇上长大，我们那边的确有很多人都说自己看见过湖怪，但从来没人能用一张拍得很清楚的照片，或者一段清晰的录像证明的确有湖怪。我记得我小时候有一次，我们镇上有人去湖边玩，后来他非常激动地回到镇里，说自己拍下了整整一胶卷湖怪的照片。可是，等他去了照相馆去洗印这些照片，却发现整个胶卷都曝光了。这下，全镇的人都嘲笑这个人，他无法忍受别人的嘲笑，索性搬到别的地方了。"

"刚才的电话，是说有人真的拍下湖怪了吗？"

伊丽莎白摇摇头，说："刚才有人告诉我，尼斯湖湖边的一片树林，突然燃起了大火，当地出动了全部消防车，才在火势蔓延到整片森林前扑灭了大火。警方封锁了失火现场，结果没人发现任何人为纵火的痕迹。消防员说，现场的情况很像是闪电引起的火灾，但最近几天当天的天气一直很晴朗，根本没有出现过闪电。当地有个在火灾发生前曾经去那片树林采蘑菇的农夫，说在树林中曾经听到过有人对话，说的不是英语，好像是某种东方的语言，其中一个人，听起来像是个十来岁的女孩

168

子。而且，树林外有个观测鸟类的摄像头，警方已经调取了拍摄下来的视频，我已经让他们发到我的手机上，喏，已经收到了！"

说着，她打开了手机上的视频。米小乐看到，在一片郁郁葱葱的树林上空，一道黑影从远处闪电般飞来，又猛地飞进了树林深处。黑影的飞行速度太快了，如果不是刻意寻找，根本不会发现。

米小乐说："从黑影的轮廓看，就是那顶魔法师斗篷！"

伊丽莎白琢磨了一下，说："如果真的是这顶斗篷绑架了宋瞳，那么，宋瞳失踪的现场，我们已经严密封锁了，就连整个古德森湖都已经被我们监视起来，他们是怎么离开的呢？"

米小乐说："那顶斗篷来自科学水平高度发达的威坦星，他可以把任何人在一瞬间转移到地球的任何一个角落！"

伊丽莎白说："小乐，你说的这些都很重要，虽然我还不能完全相信你，但我会沿着你提供的线索进行追查的。走，咱们先到你们学校去找别人再多了解些情况，下午我还要到宋瞳的家里去一下，然后我就要乘坐晚上的飞机回英国了。"

米小乐点点头："我们会把自己知道的和宋瞳有关的情况都告诉你，你想知道什么，待会儿到了学校，你就尽管问吧。"

伊丽莎白说："好的，谢谢你，我昨天已经和钟警官约好，今天我们一起去你们学校了解情况。"

一听到"钟警官"这三个字，米小乐不说话了。伊丽莎白一看他的表情，就明白了他的心理，笑了笑说："你不要怪钟警官不相信你，我觉得，任何人听到你说绑架宋瞳的是一顶斗篷，这顶斗篷还是外星人，都会感到难以置信，钟警官也不例外，所以，你应该原谅他。我虽然只和他见过一次面，但我看得出来，他是一名很优秀的警察。"

米小乐说："你说得对，我不怪他，其实，我们也是朋友。"

伊丽莎白看着米小乐，说："你现在年龄虽然不大，但我相信，按照我们英国的说法，你以后一定能成为一名真正的绅士。"

米小乐脸色一红，说："什么绅士啊，我哪是那块料啊。走吧，钟警官说不定已经在学校等着你呢。"

两个人到了学校，钟警官果然已经到了。他把伊丽莎白介绍给了孟老师，孟老师把几个和宋瞳接触比较多的同学叫到办公室，大家向伊丽莎白说了自己知道的和宋瞳有关的事情，然后，伊丽莎白和钟警官又去了宋瞳家。

这天晚上，伊丽莎白就乘飞机返回了英国。

第五章　落入陷阱

这天，米小乐放学回到家，马上把伊丽莎白说过的事儿，还有自己那段伊丽莎白手机上视频内容告诉了卡莎。

米小乐说："卡莎，你觉得黑曼为什么要绑架宋瞳？"

卡莎轻轻摇动着，表示自己也不明白其中的原因。两个人都沉默了，米小乐往床上一躺，反复琢磨这件事。

突然，卡莎说："小乐，你想不想去救宋瞳？顺便弄明白所谓的尼斯湖湖怪究竟是怎么回事？"

米小乐吓了一跳，马上坐了起来，说："你是说，去英国？你能一下飞那么远吗？"

"没问题，我可以一边飞，一边吸收宇宙射线里的能量！我用十倍音速的速度飞行，不到一个小时就能飞到英国！"

"好，这件事肯定是那顶斗篷搞的鬼，到时咱们抓住他后，要他把咱们送回来，只要能在明天早上我爸妈喊我吃早饭前回到家，他们就发现不了这件事！"

卡莎说："行，那咱们晚上就出发！到时我会形成一个电磁隔离层，把你好好地保护起来！到时，你就不用担心在高空飞行时觉得冷，或者被强风从野餐毯上吹下来。"

这天晚上，米小乐吃完晚饭，就宣布自己昨晚没休息好，这天要早点睡觉。他一回到卧室，马上反锁好房门，和早就准备好的卡莎一起飞进了窗外的夜空。

这次，米小乐明显地感觉到卡莎比从前飞得快多了，他还没来得及再看一遍脚下的城市，卡莎就已经飞远了。他刚觉得有些冷，只见脚下慢慢升起一道闪着荧光的光幕，把自己从脚下到头顶都包裹了起来。原本呼呼大作的风声一下子就听不见了，他也一点不觉得冷了。而且，他看不到外面的景象了，一阵睡意袭来，他紧紧闭上眼，过了一会儿，他慢慢睡着了。

不知过了多久，他醒了，并感觉到卡莎的速度慢了下来。他朝四周一看，那道电磁隔离层已经消失了，周围是一派充满异国情调的田园风光。

卡莎停下了，他跳了下来，站在英国的地面上。因为时差的关系，中国的深夜时分，英国还在上午。只见面前是一片低矮的山丘，在山丘的中间，是一片深蓝色的湖水。湖边则稀疏地分布着几座农舍、教堂。

除了湖水的颜色格外深之外，湖边的景象和他在教室里大屏幕上看到的古德森湖非常像。

米小乐注意到，不远处的一片树林正冒着一阵阵的灰烟，还传来一阵呛人的气息。这大概就是伊丽莎白所说的那片失火的树林了。

他转身说："卡莎，咱们到那边去看看。"

两个人来到树林边，只见里面横七竖八地倒了很多棵大树，每棵树都有燃烧过的痕迹。最中间的那棵大树整个都被烧成了灰烬，只能隐隐约约看出它原本的轮廓。

"这棵树，一定被威坦星人的超能电磁炮击中过！"卡莎飞过去绕着这堆灰烬转了一圈说。

米小乐说："这种大炮，一定很厉害吧？"

卡莎说："那当然，这种电磁炮能发射出能量极强的震荡波，任何物体一旦被击中，都会变成一堆灰烬。宇宙里简直没有哪种武器有这么大的威力，威坦星就是靠着它，摧毁了一个又一个星球。我们阿尔比星的王宫，也是被这种电磁炮击毁的……"

米小乐说："既然斗篷来过这里，卡莎，你能不能再遥感一下，看看他是否还在附近？"

卡莎说："没问题！"她平飞了起来，开始对周围进行遥感。

"周围一切正常，但那边的磁场有些奇怪，电磁能量格外集中，说不定就是因为那只带有五百万伏高压的斗篷藏在那里。"过了几分钟，卡莎停了下来，她的蓝色荧光体钻了出来，朝着远处的某个地方说。

米小乐顺着这个方向看过去，只见那是一道湖边的山谷。两个人穿过树林走了过去。这道山谷因为靠近湖边，地上布满了卵石，脚下异常潮湿。米小乐蹑手蹑脚地朝前走着，渐渐发现四周越来越昏暗，他抬头一看，头顶都被浓密的树冠笼罩住了。看来这道山谷非常隐蔽，除非是住在湖边的居民，否则根本发现不了这里。

这时，他脚下的杂草已经越来越高，越来越浓密，他每踩一步下去，都变得非常费劲。他已经听不到任何湖水的声音了，四周异常安静，他只听得到自己扑哧扑哧的呼吸声。终于，面前的杂草变成了茂密的灌木丛，他仔细一看，发现面前的山谷已经变成了一道山洞。

山洞黑漆漆的，深不见底，里面还刮出了一阵冰凉的寒风，吹得米小乐打了一个冷战。

米小乐想了一下，准备迈步走进去。

"小乐，你还要往前走吗？我觉得这个山洞里，肯定有危险。"卡莎说。

米小乐说："卡莎，这个山洞看起来是挺恐怖的，我也有些害怕。但是，你不是说这里面的磁场有些异常嘛，这是现在关于宋瞳唯一的线索。如果不进这个山洞，那我们现在什么也做不了，英国也白来了，宋瞳也只能一直处于危险之中。"

说完，他就往前迈出了一大步，走进了山洞。

山洞里面没有外面看起来那么黑，趁着洞口里透进来的阳光，还能大体看清洞里的情况。米小乐看到，这个山洞里还是挺宽敞的，足足有三四米高，宽度也至少有三米，四周都是坚硬的石块，脚下却是潮湿的。

山洞里面异常安静，只有远处似乎有水滴的声音。

米小乐轻轻地往前走着，卡莎则在他身边盘旋着。两个人不知道往前走了多久，突然，米小乐脚下一陷，他踩空了，重重地摔了一跤。

"哎呀！"他痛得叫了起来。等他揉着屁股站起来，借着最后一点来自洞口的光线，他看到了自己摔进了一个巨大的水坑里。可怕的是，这显然是一个巨型生物留下的脚印！

这个脚印，足足有一米多长，半尺多深，这意味着，这个怪兽，有着极其庞大的体形！因为周围环境非常潮湿，脚印里已经有了一层积水。

米小乐试着把自己的脚伸进去，他的脚只有这个脚印的五分之一大小。他紧张了一下，心想难道尼斯湖湖怪竟然真的存在！

"小乐，别再往前走了，前面肯定有非常可怕的东西。"卡莎说着。

米小乐想了想，还是坚决地摇摇头。他拿出手机，把这枚巨型脚印拍了下来，然后继续向山洞深处走去。

这时，山洞里已经漆黑一片，米小乐用手机照着光，小心翼翼地向前走着。

"呜呜，呜呜……"

突然，一阵哭声从山洞深处传来。米小乐停下脚步，仔细听了起来。他听出来，这是一个小女孩的哭声，但似乎不太像是宋瞳的声音。

卡莎也听到了哭声，她看米小乐要继续向前走，着急地说："小乐，真的不能再往前走了，这可能是一个陷阱，这个声音，明明不是宋瞳的！"

米小乐说："无论是谁在哭，肯定有人遇到了危险，我们应该去救她！"说着，他继续朝前走着。

卡莎一边在他面前盘旋着，一边说："小乐，你忘了孙悟空三打白骨精的故事了吗？那上面的妖怪，不就是变成了人，装出一副可怜样儿，来诱骗唐僧的吗？前面一定有陷阱！"

米小乐被她逗笑了，说："你知道不少啊，连《西游记》都知道。"

卡莎说："你去上学时我闲着没事，只好看你书柜里的书了。再说了，我要多了解你们地球上的人类，也需要多看些书啊。"

两个人一边说一边继续往山洞里面走着，这时，哭声已经越来越响了。渐渐地，哭声的主人似乎也听到有人在靠近，哭声减轻了很多。

又走了一阵子，米小乐纳闷地感觉到，哭声似乎是从上方传来的，他试探着举起手机，往空中一照，看到的情形让他大吃一惊！

只见一个十岁左右的小女孩被关在一个铁笼子里，而铁笼子，被一根粗大的铁链系了山洞顶部的一块岩石上。

这个小女孩满头金发，皮肤雪白，原来是一个白人小孩。米小乐觉得这个小女孩看起来有些面熟，但他顾不得去想究竟在哪里见过她，马上对卡莎说："卡莎，咱们把她救下来吧！"

卡莎的荧光体马上回到野餐毯里，带着米小乐飞了上去，停在半空中。米小乐先是解开了铁链，然后卡莎托着铁笼子，慢慢地落在地面上。

笼子里的小女孩，眼睛睁得大大的，惊讶地看着卡莎的一举一动。

米小乐打开铁笼子，那个小女孩钻了出来。"谢谢你，你是中国人吧？我听出来了，这张野餐毯怎么会说话，还会飞，力气也这么大，她是一种遥控玩具吗？"小女孩用不太流利的汉语说。

米小乐说："你会说中国话？"

小女孩点点头："我妈妈从小就教我学说中国话"。

"那你是怎么来这里的？"

"我妈妈是警察，今天她接到一项紧急任务，要在外面的树林里工作。"小女孩朝山洞外面说，"我一个人在附近玩，忽然发现一只特别可爱的松鼠，我追了一会儿松鼠，突然发现自己已经迷路了。我非常害怕，这时，我眼前飞过一个黑乎乎的东西，接着我眼前一黑，昏了过去，等我醒来的时候，就已经在这里了！"

"那，到底是谁把你弄到这里的，你见到他了吗？"

这个小女孩摇了摇头，说："我没看到。"

听到这里，米小乐已经知道她是谁了。他说："你的名字叫吉娜，对吗？"

吉娜点点头，说："我从没见过你，你怎么知道我的名字？"

米小乐笑了，说："我不但知道你的名字，还知道你妈妈的名字叫伊丽莎白，对吗？"

原来，这个小女孩，就是英国女警官伊丽莎白的女儿。她和自己妈妈长得很像，米小乐才会觉得她看起来面熟。吉娜说:"你认识我的妈妈,那太好了。你叫什么名字?"

米小乐说:"我叫米小乐,是你妈妈前几天在中国认识的新朋友。"

吉娜说:"那我们一起离开这里吧!我妈妈如果找不到我,一定很着急。"

米小乐说:"行,我先把你送到你妈妈身边,再来这里。"

吉娜一歪脑袋,纳闷地说:"这么可怕的地方,你为什么还要来?"

米小乐说:"因为被坏人抓走的,不止你,还有别人啊。我要把坏人打败,把好人救出来。"

吉娜似懂非懂地点点头,指着卡莎说:"这张野餐毯可真厉害,她是你的遥控玩具吗?能让我玩一会儿吗?"

米小乐说:"她不是玩具,她是有生命的,她还有名字,名叫卡莎。吉娜,卡莎不希望别人知道她,你能保守这个秘密吗?"

吉娜点点头,但她马上接着说:"如果我的妈妈要问我,我可不能骗我的妈妈。"
米小乐想了想说:"好吧,如果你妈妈问你,你可以告诉她。但是,你也要同时告诉她,卡莎的身份是一个秘密,不能泄露出去,否则卡莎会有危险,你能做到吗?"

吉娜用力点点头。米小乐又说"现在我就送你去找你的妈妈"。

这次吉娜却摇摇头,说:"不行,我要和你们一起再去救别人。"

米小乐说:"吉娜,你年龄还小,我要去做的事情,有很大的危险。"

吉娜说:"你大概也就比我大一两岁,你能做的事情,为什么我不能做?"

米小乐刚要继续劝她,这时,一阵粗暴的吼声从他们身后传来:"你们哪儿都别想去了!"这个嘶哑难听的声音,自从三个月前米小乐第一次听到后,一直留在他的记忆里。他不用回头就知道,是那顶魔法师斗篷出现了!

米小乐看到,吉娜的眼睛已经睁得大大的,惊恐地望着自己身后。米小乐举着手机,慢慢地转过了头。果然不出他所料,那顶名叫黑曼的黑色斗篷正耀武扬威地在半空中悬停着,在手机灯光的照射下,斗篷上的那只蝙蝠看起来格外阴森恐怖。

"你把宋瞳弄到哪里去了?赶紧把她交出来!"米小乐朝他大声喊着。

黑曼狞笑着,猛地一抖,又变成了一团黑雾形状的魔法师。他说:"宋瞳?是那个来这里参加皮划艇比赛的小女孩吗?我没有抓她。"

"你没抓她?那她怎么会突然落水的,然后又失踪了?"

"我当然知道是怎么回事,但我就是不告诉你,除非……"

"除非我把你梦寐以求的那一千根金属神经线给你,对不对?纯属妄想!你别想抵赖,皮划艇现场的视频录像里已经把你拍下来了,就是你绑架了宋瞳!"

"你说得对,我那天的确去了皮划艇比赛现场,但我没有抓走宋瞳。如果真的是我抓了她，难道我还怕承认吗？她的下落和我没关系，小东西，你也别管别人了。你如今都自身难保了，你如果不把那一千根金属神经线交出来，你就别想离开这里，直到你，还有这个小女孩，统统渴死、饿死，都别想离开半步！"

"你敢！你就不怕我把你当初那些要当威坦星统治者的话，发到太空中去？"说着，米小乐高高举起了手机。

"哈哈哈……"黑曼得意地大笑起来，过了几秒钟，他说，"小东西，你看看你的手机，这里有信号吗？"

米小乐心想："糟糕！"他一看手机屏幕，果然，因为现在处于山洞深处，手机一点儿信号都没有！

黑曼又狂笑了一阵，说："现在，我就让你尝尝我的厉害！"说完，用力挥动手臂，两道光束分别从两只手掌中射出，击中了米小乐他们前后的山洞顶部，只听一阵山石崩塌的声音，大块的岩石不停地掉落下来，牢牢堵住了山洞。

"你们就等着在这里活活憋死吧，哈哈哈！"

米小乐隐隐约约听到黑曼的狂笑声越来越远，看来他已经离开了。

这时，米小乐和吉娜就处于一种彻底的黑暗中了。米小乐刚想说："吉娜，你别担心，我们一定能平安出去。"就听到吉娜大声哭了起来："妈妈，我要找妈妈！"

米小乐在学校的时候，对女同学的哭就没有任何办法，现在吉娜这样哭起来，他还是不知道该如何应付。他只好试着去推左右那两面石墙，只觉得这两面由石块垒成的墙既坚硬又结实，简直就像是用水泥砌成的。他趴在石墙前，用力朝外面喊着："喂，喂，有人吗？"吉娜也模仿他的动作，用英语喊着："Help！Help！"

可是，他们的呼救声都没有穿透石墙，很快就在石墙的缝隙中消失了。其实，他们的喊声就算能穿透石墙，也不会有任何人能听到。

"卡莎，你能飞出去报信吗？"米小乐抱着一线希望说。

但是，卡莎的回答就像给他浇了一头冷水一样。卡莎说："我从中国一直飞到这里，又对整个尼斯湖进行了遥感，我的能量已经完全消耗掉了。如果不尽快补充能量的话，我连飞都飞不动了，就和一块普通的野餐毯没有任何区别了。"

米小乐想了想，说："吉娜，咱们坐下来吧，尽量地减少活动，这样能少消耗一些氧气。"吉娜点点头，坐了下来。

米小乐坐在黑暗中，伸长胳膊，估计了一下洞口的直径，飞快地计算着："这里的直径大约三米，可宽度只有一米，也就是说，这里的空气，一共是大约十立方米。我记得从前在生物课上学到过，一个成年人每天需要消耗十立方米的空气，未成年人是这个的一半，也就是五立方米，吉娜，咱们两个加起来，一天需要十立方米空气，也就是说，咱们有一天的时间可以用来想办法出去。"

吉娜摇摇头，说："不对。这里的空气原本就比外面稀薄得多，按照你的算法，咱们最多只有五六个小时的时间。"

这时，米小乐发现，在自己身边忽然有几个绿色的光点慢慢飞了起来。这几个光点在空中不规则地游动着，同时，在吉娜身边也出现了几个光点。

"萤火虫！太棒了！"吉娜惊喜地喊叫着。她朝着眼前最亮的一个光点伸出手，想抓住这只萤火虫。可萤火虫飞得非常快，一感受到危险，马上消失了。

米小乐说："应该这样才行。"说着，他伸出右手，慢慢从下方靠近一个光点。等到光点就在他掌心上方时，他猛地合拢手掌，就牢牢地把萤火虫关在了手里。

"你真有本事。"吉娜说着，接着她模仿着米小乐的样子，也慢慢地伸出手去抓萤火虫。前两次她都失败了，到了第三次，她才成功地抓到一只。她小心翼翼地从手指缝里看着里面，萤火虫微弱的光线映在她的脸上，照得她一脸的喜悦。

"这东西叫萤火虫？我还是第一次见到。"卡莎说。

米小乐说："你每天晚上都当夜猫子，还没见过萤火虫？"

卡莎说："我每天都是在很高很高的地方飞行，哪见过这种地面上的小飞虫啊。"

山洞里又变得一片安静，吉娜还在兴奋地玩着萤火虫。她对手里的萤火虫说："你可真可爱。对了，我应该给你取个名字的。叫什么名字好呢，嗯，你像是一道小小的火焰一样，就叫你菲尔（英文 Fire，即"火焰"）吧。"

卡莎沉默了一会儿，说："小乐，萤火虫会不会消耗氧气啊？"

米小乐微笑着说："会的，任何动物都会消耗氧气。但是比起人类来，它们消耗得非常少，而且有它们在，我们在这个山洞里也没那么闷了。"

卡莎嗯了一声，就不再说了，吉娜回过头来说："你心地真好，是个好人。"

米小乐脸上一红，说："我还是第一次被别人说是好人。"

这时米小乐觉得头有些眩晕，他知道，这是氧气在不断减少的原因。卡莎看到他这副样子，着急地说："我试试能不能在这些石头中打出一个洞！"说着，她用尽最后一丝力气飞了起来，撞向了垒得严严实实的石头。可是，还没等她撞到石头时，她就支持不住了，从空中跌落下来。

"这堵墙太结实了，我想回家，我想妈妈……"吉娜看卡莎也没有办法，坐在地上小声地抽泣起来。米小乐觉得应该安慰她一下，别让她总是这么难过。他想了想，说："吉娜，你知道你妈妈前两天去中国了吗？"

吉娜止住哭泣,说:"我知道。这是我妈妈第一次去中国出差。她特别喜欢中国,每次我放暑假,她都会带我去中国旅游。我本来还担心如果她不能按时回来,她就不能参加明天晚上我们学校的舞蹈演出了。对了,如果我不能很快出去,就没法排练了!但愿老师不会找别人顶替我的位置。"

米小乐说:"你为舞蹈演出准备了什么节目?"

"我准备的是英国乡村舞!这个节目,我和我的好朋友安吉卡、玛多,还有苏珊准备一起表演。到时,我们都会穿上英国最传统的乡村服装,为大家表演英国农民庆祝丰收时的舞蹈。"

米小乐说:"你放心,我们一定能很快离开这里,你不会错过明天的演出的。"

吉娜点点头,不太有信心地说:"希望如此吧。"

米小乐想,要让她振作起来的话,还是应该换个话题。他说:"你和妈妈都对中国那么感兴趣,那你们都去过好多次了?"

果然,吉娜对这个话题很感兴趣。她擦了擦脸上的泪珠,眉毛一扬,说:"嗯。中国真的太大了,我和妈妈虽然已经去过中国很多次了,可还远远没有走遍中国。在英国,如果开车的话,从最北端的城市因弗内斯,到最南端的城市彭赞斯,有一天的时间就够了。中国因为面积太大了,各个地方都有好吃的,不像在英国,无论到哪里,到处都是炸薯条和炸鱼,这两样东西,我早就吃够了。唉,我实在太羡慕中国人啦。"

米小乐说:"中国有那么多好吃的东西,你最喜欢哪种?"

吉娜歪着脑袋,想了想说:"我喜欢的中国食物,有很多种。我觉得中国简直到处都是好吃的,而且每个地方的食物都不一样,我最喜欢的,是一种奇怪的热狗。"

"奇怪的热狗?你说说,这种热狗,是什么样的?你为什么觉得它奇怪?"

"这种热狗,是把很多好吃的东西包在一块圆形的面粉做的饼里,厨师还会在上面抹一层甜甜的咖啡色的酱,拿在手里挺烫的,但吃起来太香了。我们这里的热狗,都是用细长的面包夹上香肠吃,比起你们的热狗,味道差远了。"

米小乐歪过脑袋琢磨了一番,也没想明白她说的到底是什么。他只好试探着说:"你说的这种热狗,是叫鸡蛋煎饼吧?"

吉娜摇摇头说:"不是。这种热狗里,根本没有鸡蛋。"

"没有鸡蛋?饼是用面粉做成的,再把别的东西卷起来吃?"米小乐百思不得其解。他问:"你是哪里吃的这种热狗?"

吉娜说:"我们英国人吃热狗,都是在看体育比赛或者郊游的时候,我们从来不在正餐的时候吃。可是,我在中国吃这种热狗的时候,都是在饭店里,在正式的午餐和晚餐时吃。中国人好像也非常喜欢吃这种热狗，我曾经在一家饭店里看到，每一桌都有人在吃这种热狗。"

"在饭店里吃热狗？"米小乐彻底蒙了，他无论如何都猜不出吉娜说的到底是什么。他只好继续问："你说的饭店，叫什么名字？"

吉娜说："我记不住那些饭店的名字，我只记得菜谱上的这种热狗，旁边是一张烤熟了的鸭子照片。"

米小乐和卡莎一起哈哈大笑起来，笑声在这片狭小的黑暗空间里回荡着。吉娜不明所以地愣住了，不知道自己哪里说错了。笑了好几分钟，米小乐才渐渐停下来，一边继续笑着，一边说："我知道了，你说的热狗，其实是北京烤鸭！"

"对！"三个人一起大笑起来。

吉娜笑了一会儿，问米小乐："这张野餐毯，为什么会飞，还会说话？刚才那顶斗篷，看起来真吓人。"

米小乐说："她看起来是一张野餐毯，其实她是外星人。那顶斗篷也是外星人，但他们不是一个星球的。外星人也有好有坏，卡莎就是好外星人，斗篷就是坏的。"

三个人聊了一会儿，难题又重新浮现出来。空气已经越来越少了，每个人都开始胸口发闷了，到底怎么样才能离开这里呢？

忽然，吉娜一屁股坐倒了，大声哭了起来。米小乐马上说："吉娜，你怎么了？"

"菲尔不发光了，它死了……"吉娜越哭越伤心。

这时，米小乐看到，原本在四处飞着发出淡淡绿光的萤火虫，也一个个地变暗了，还有一只掉在米小乐的手心里。他把这只萤火虫轻轻放到地面上，心想，一定是因为氧气不足，萤火虫们才会死掉。他站起来趴在石墙前，选了一块比较细长的石头用力拽着，希望能拽出一个能流通空气的洞来。吉娜看出他的意思，也止住哭，从背后抱住米小乐的腰，两人一起向后拽着这块石头。

"有希望！"米小乐觉得这块石头有些松动了，惊喜地喊着。他们更用力了，只听"扑通"一声，两个人一起向后摔了过去，重重地倒在地上。

"我把那块石头拽出来了。"米小乐说着，马上坐起来，趴在石墙前用力吸气。可是，这面墙实在是太沉重厚实了，虽然被米小乐抽下一块石头，外面的空气还是流通不到里面来。

米小乐毫不气馁，他慢慢坐下，继续想着新的办法。过了一会儿，他说："吉娜，你有没有想过，那只斗篷为什么要把你关在那个铁笼子里？"

吉娜摇摇头说："不知道。"

米小乐说:"我和卡莎刚刚把你救出来,斗篷就赶到了,这说明他就在附近。卡莎当时说这可能是一个陷阱,看来卡莎说得对,这的确是陷阱,斗篷一定是在利用你来吸引什么人。但是,看情形他并不知道我和卡莎会来,那么,他是在等谁来呢?"

吉娜说:"你是说,他是在拿我当诱饵?"她的声音有些颤抖,听得出她很害怕。

卡莎说:"吉娜,我们刚刚进入这个山洞的时候,在地面上发现了一个很大的动物爪印。这个爪印足足有一张桌子那么大,这肯定是一只体形庞大的动物留下的。"

吉娜尖叫了一声,说:"太可怕了,难道尼斯湖里真的有怪兽?"

米小乐说:"我猜,斗篷就是想利用你,来找到那只怪兽。"

吉娜说:"可是,科学家明明在尼斯湖里进行过很多考察,根本没有发现任何大型动物的痕迹。"

米小乐说:"肯定是那只怪兽有办法可以躲过科学家的追踪。"

吉娜说:"我简直成了挂在钩上的鱼饵了。"

三个人又笑了,就连已经筋疲力尽的卡莎也勉强笑了笑。笑完了,米小乐说:"咱们坐下歇会儿吧,可以少消耗些氧气。"

说着,他坐了下来。吉娜刚刚也坐下,米小乐忽然大喊一声:"哎呀!"

吉娜和卡莎一起问:"你怎么啦?"

米小乐说:"我刚才用手扶地,手掌不知被什么割破了。"说着,他打开手机看了看自己的伤势,只见掌心被割破了一个大约三厘米长的口子,鲜血已经流满了掌心。吉娜说:"用我的丝巾包扎一下吧,要不血还会再流。"说着,她扯下丝巾,把米小乐的手掌紧紧裹了起来。米小乐说:"谢谢你,我倒要看看,是什么东西这么锋利。"他又蹲下身子,从地面上拿起了一片边缘很光滑锋利的东西。开始,他还以为这是一枚石片,可他仔细一看,发现不太对劲。

这片东西竟然是圆弧形的,边缘像刀片一样锋利。更奇怪的是,在手机灯光的照射下,他发现,地面上散落着很多这样的圆片,还有一些是埋在地里的。他拿起几片,发现这些圆片都是灰白色的,上面隐约还分布着细纹。这一定是什么动物的卵,他想。

他蹲下来想把圆片都收集到一起,却发现在地面以下还埋着更多的圆片。他索性拿着刚才抽出来的细长石头,在地上挖了起来,没用多长时间,就挖出了一大堆圆片。而且,圆片下面的地层竟然是空的。

米小乐举着手机跳了下去,只听"扑通"一声,他跳进一尺多深的水里。他顾不得裤脚和鞋泡在水里,高高举起手机,用灯光照射着四周。他发现这里是一个一人多高、五六米长的地洞，里面堆满了这种不规则的圆片。他拿着一枚圆片细细打量着，发现它们的颜色有深有浅，看得出是在不同时期埋在这里的。根据圆片的大小判断，每个卵至少有一个脸盆那么大。

米小乐想，从这么大个的卵里孵出来的，一定是体形惊人的庞然大物，说不定就是尼斯湖的湖怪。"这里肯定是怪兽的窝！"米小乐忽然想到，一定要尽快离开，否则等怪兽回来，自己和吉娜就变成它的晚餐了。他跳上地面，拿起刚才那块抽出来的石头，在山洞四周到处敲着，想看看有没有哪个地方比较空。

"咦"，他正忙着，忽然轻声惊叫了一下，停下了手里的动作，趴在石墙上，侧过头仔细听着。

"你发现了什么？"卡莎和吉娜一起问他。

"远处有些奇怪的声音。"米小乐说，"好像是脚步声。"

"是我妈妈来救我啦！"吉娜兴奋地喊着。

米小乐说："这个脚步声非常重，不太像是人的脚步声。"

"是怪兽！"吉娜吓得退后一步。

米小乐没说话，继续聚精会神地听着。又过了十多秒，他说："我听到两个脚步声，一个很重，但另一个很轻，肯定是人类的脚步声。"

他说完回头一看，见吉娜愣愣地站在原地，说："吉娜，你到墙角躲好。"

吉娜赶紧找了块最大的石头，躲到了后面。

脚步声越来越近了，地面都开始颤动，山洞四周不时有小石子掉落下来。米小乐在心里嘀咕："来的会是什么样的庞然大物啊，如果是吃肉的，这里的两个小孩，大概都不够它塞牙缝。"

这时，脚步声在石墙外停了下来。米小乐继续听着，他的眉头越皱越紧。

吉娜小声说："你听到了什么？"

米小乐回过头，脸上一副很纳闷的表情，他轻声说："我听到两个人在说话。"

"两个人？"吉娜伸出两根手指比画着。

米小乐点点头。

吉娜说："他们说的是英语吗？"

米小乐又点点头，说："唉，真是书到用时方恨少，平时我最不爱上的就是英语课了，我只能听出他们在说英语，但完全听不懂他们在说什么"。

吉娜说："那我听听。"说着，她快步跑到石墙前，用和米小乐一模一样的姿势听了起来。她听了几秒钟，刚说了半句："他们说的是——不好，快闪开！"说着，她拉起米小乐往旁边一跳。米小乐不知道她为什么会这样，刚要问，只听石墙外传

180

来一声巨响，接着又是一阵类似于电钻的声音传来。"他们要钻过来！"米小乐心想。

这阵钻探声越来越刺耳，看来很快石墙就要被钻透。米小乐和吉娜往后退了几步，紧紧盯着面前的石墙。只听噗的一声，石墙被钻透了，墙面上出现了两个圆洞。这两个洞都有鸡蛋那么粗，相距一米左右。接着，一阵英语的对话声从洞里传来。

米小乐和吉娜对视了一眼，两个人一起点点头。他们慢慢走到石墙前，每人选了一个圆洞，把脸贴了上去。

他们从圆洞里看到情景，让他们大吃一惊！他们愣愣地对视着，简直不敢相信自己的眼睛。

即使是经历过那么多怪事的米小乐都万万没想到，出现在自己眼前的情形，竟然是如此不可思议！

第六章　来自远古的新朋友

两天前，当宋瞳的皮划艇即将冲过终点线时，她忽然感到艇身剧烈晃动起来。她很纳闷，因为这天风平浪静，水面上一片安宁，根本不应该发生这样的情况。她正要继续把桨拍向水面，忽然，她脚下一空，连人带艇一下都翻倒了。她掉进了水里，正在拼命挣扎着，却看到一片巨浪朝着自己冲来。她的游泳技术虽然不错，但这个时候也无法躲避，任由巨浪罩住了自己全身，她觉得自己已经无法呼吸了，头一歪，晕了过去。

宋瞳醒来时，发现自己正躺在一片黑暗之中。"我没能拿到冠军……"这是她心里的第一个念头。

在距离自己五六米远的地方，她看到两个黄色的圆形光点正闪烁着，光点周围则是一大团模糊的黑影。

"你醒过来了，太好了。"那个黑影在说话，说的是英语，非常浑浊粗重，就像是从地层深处发出的一样。

"你是谁，我怎么会在这里？"宋瞳警觉地说。她也说起了英语。她的英语水平在班里虽然比不过经常去欧美国家旅游、从小家里就有英语家庭教师的李英男，但也算是很优秀了，应付简单的日常对话没有问题。

黑影迟疑了一下，才说："是我把你弄到这里来的。"

"你为什么要这样做？我马上就可以拿到冠军的。"宋瞳气愤地说。

"因为有个坏人在抓我。我本来一直在湖水里看着你，本来想等你拿了冠军，再把你弄到这里来。但那个坏人马上就要抓到我了，我一秒钟都不能等了。没能让你拿到冠军，我很抱歉。"

宋瞳越来越蒙了，她说："你为什么要抓我？"

黑影没有回答她，而是说："你的这个东西是从哪来的？"说着，黑影晃动了一下，一个细小发亮的东西飞了过来，落在宋瞳身边。她把这个东西拿起来一看，发现原来是自己头发上的那个小饰物，一条塑料小三角龙。

"这是我的奖品。"宋瞳说。

"奖品？"

"半年前，我们班上的生物课有一次是在市博物馆里上的，当时我回答对了老师的问题，他就把这个奖给了我。"

"那么，这是假的了。我早就应该知道，这是个假的。我不应该抱有幻想，以为地球上还有恐龙在生活着。"黑影喃喃自语，语气里充满了悲伤。

"当然了，恐龙都灭亡好几千万年了，这当然是假的了。"

"你说错了，小姑娘，恐龙没有灭亡。"

"恐龙当然早灭亡了，我们在生物课上学过的，那是在六千五百万年前，一颗小行星撞击了地球，地球上掀起了五百公里高的沙尘，遮挡了阳光，植物因为不能进行光合作用，很多都死了，恐龙也逐渐冻死，饿死……"

宋瞳正在说着，忽然发现不太对劲，她看到那团黑影朝自己走来，他的体重似乎非常庞大，地面都在随着他的脚步而颤动。

她吓得说不出话来，更让人震惊的是，她发现黑影的体形似乎也非常奇怪，尤其是那两只闪闪发光的黄色眼睛，看起来足足有灯泡那么大，比人的眼睛大多了。

这时，随着黑影的脚步声，四周惊起了成群结队的绿色光点。她知道，这一定是萤火虫。在萤火虫微弱灯光的映衬下，她看到了黑影的轮廓。

黑影不是人类，而是一个用四只脚行走，足足有三米高、六米长的庞然大物！更恐怖的是，黑影的头顶，还长着三根尖利的长角。其中，头顶的两根角有一米长，中间的角位于鼻子的位置，稍短一些，但更加粗壮。

"我就是恐龙，我是一条三角龙，和你这个奖品一样！但是，我还没有死，三角龙家族也没有灭亡！"黑影吼叫起来。

宋瞳彻底吓蒙了，她连连朝后推着，忽然，只听"嘭"的一声，她的背撞到了坑洼不平的墙上，再也动不了了。这时，陆续有大批的萤火虫飞了过来，宋瞳越看越清楚了，她面前的黑影，竟然是一条应该在六千五百多万年前就灭亡的恐龙！从外形上看，这是一条在很多电影里出现过的三角龙！

正在和她对话！

三角龙看着宋瞳惊恐的神情，说："你很害怕？"

她吓得说不出话来，只得点点头。

"你应该知道，三角龙是不吃肉的，只吃树叶。"

宋瞳拼命回忆着自己学过的生物学知识，她想起来了，三角龙的确是植食性恐龙。但是，她的恐惧并没有减轻多少。因为她早就被教给了这样的知识，就是所有的恐龙，都早就灭绝了。她盯着这条三角龙使劲儿打量着，发现它的眼神很温和，随着胸口的一起一伏，鼻孔里轻轻喷发着热气，它的皮肤也不像塑料的。

她确信它是一条货真价实的恐龙，不是人假扮的。

"你是不是很奇怪，为什么世界上还有活着的恐龙？"

宋瞳继续点头。

"是进化的力量，赋予了我们三角龙家族，继续在地球上生存的机会。"三角龙说着。它告诉宋瞳，"六千五百万年前，的确有颗小行星从遥远的太空中飞来，撞击到了地球，在接下来整整五百年，地球上都被厚厚的烟尘笼罩着，也的确有大批的植物、动物，当然也有不计其数的恐龙灭绝了。到这里为止，人类科学家的猜测都是正确的。但是，人类不知道的是，有一个三角龙家族躲进了这个山洞里。"

"这里是一个山洞？"宋瞳问。

三角龙点点头，继续说着，"这个山洞足足有十五公里长，足够容纳整个三角龙家族。但是，因为烟尘阻挡了阳光，山洞四周的各种蕨类植物很快都死光了，周围的山岭都变得光秃秃的。我们本来也难逃饿死的命运，幸好，这个山洞同时连通着几个深水湖泊，我的祖先开始以湖水中的藻类为食。更重要的是，我们渐渐地进化出新的繁衍后代的方式，我们开始单性繁殖，这让我们一直生存到了今天。"

"那，这个山洞里还有别的三角龙吗？"

三角龙摇了摇头，说："大概在二十年前，我的妈妈死去了，从那时起，我就是世界上最后一条恐龙了。"

宋瞳想，自己虽然家境贫寒，但从小父母都非常爱自己，和这条三角龙相比，自己实在是幸运多了。它孤零零一个人生活在这里，在世界上没有一个亲人，已经二十年了，真的是很可怜。想到这里，她情不自禁地伸出手，摸了摸三角龙厚实的皮肤。

三角龙好像猜到了她在想什么，说："单性繁殖让我们这个物种一直延续到了今天，但我们付出的代价也是非常大的。我们不像你们人类，既有父亲，又有母亲，他们可以一起抚养自己长大。我们的父亲就是母亲，母亲就是父亲。再过几年，我也到了繁衍后代的年龄了，我一定要像我的祖先一样，把我们这个物种一直延续下去。"

宋瞳一声不吭地看着三角龙，眼圈有些红了。三角龙明白她的心思，说："你不用担心，在这里我一点儿也不孤单，还有很多朋友的。"

"朋友？"宋瞳纳闷地说。

"对，过一会儿我会介绍给你的。"

宋瞳说："这么多年来，你们一直没有被人类发现？"

三角龙说："那怎么可能？我们已经被人类发现过很多次了，这个地方一直有关于我们的传说。"

三角龙见宋瞳迷惑的神情，说："这个山洞，一头通向你参加皮划艇比赛的古德森湖，另外一头，通向的是尼斯湖。"

宋瞳听到这里，大喊一声，说："你原来就是尼斯湖湖怪！"

三角龙点点头。宋瞳想了想，说："我当初刚到英国时，就听说比赛举行的地方，距离尼斯湖不远。当时我还挺害怕，后来，当地人告诉我，科学家在尼斯湖举行过多次水下考察，都没有发现任何大型水生动物的痕迹。"

三角龙说："每次科学家一来，我就会藏到这个山洞里，有时还会一直躲到古德森湖里。人类一直以为湖怪只能生活在湖里，他们想不到，我竟然能藏进山洞。所以，他们就根本找不到我。"

"我猜到你为什么要抓我了。"宋瞳扬了扬手里的那个小饰物。

三角龙说："是啊，我以为这是我的同类。我本来还很奇怪，怎么会有这么小的三角龙，但它的确做得太像了。你们人类真了不起，明明没有见过我们，竟然能通过我的祖先留下的骨骼化石，完整地复原出当年的模样。"

三角龙的神情看起来非常伤感，它明知道那个小饰物是假的，仍然在愣愣地望着。宋瞳不忍心看它这么难过，心想还是赶紧转移话题吧。她说："你刚才说，有人在抓你？"

三角龙说："是的，他是一顶斗篷，他的本领很大，但是心肠非常坏。"

宋瞳瞪大眼睛，怀疑自己听错了。她惊讶地说："一顶斗篷在抓你？我们人类的斗篷？"

三角龙说："它看起来虽然是一顶普通的斗篷，其实他是一个外星人！两个月前，他第一次找到了我。他说，他是从遥远的半人马座的威坦星来的，现在他想回到威坦星去，希望我能帮助他。"

宋瞳说："一个外星人，要你帮他返回半人马座？我记得，这个星座距离地球足足有一万五千光年啊。"她的语气听起来已经不太惊讶了。毕竟，在听到一条会说话的三角龙说自己就是尼斯湖怪兽后，任何事情在她看来都很平常了。

三角龙说："这个外星人说自己名叫黑曼，是威坦星的一名将军。他们这个星球的人，早在我们恐龙统治地球的年代，就曾经来到过地球。他说的是真的，这件事在六千五百万年的时间里，一直在我们家族中世代相传。当时，他们把地球当作征服全宇宙的基地，在地球某个神秘的角落留下了一艘宇宙飞船。他知道我是地球上最后的恐龙，就想让我告诉他，当初我的祖先有没有看到他们星球的人到底把飞船藏到了地球的什么地方。"

"他是怎么知道你是最后的恐龙的？"

"他说，他看过人类拍下的尼斯湖湖怪的照片和录像，一眼就猜出我是一条活到了今天的恐龙。"三角龙说，"他还会继续来找我的。"

宋瞳想了想，说："对了，你是怎么学会人类的语言的？"

"六千五百万年前，威坦星人曾经对我们这个家族进行基因改造，让我们有了非常强大的语言功能，所以，我们可以很快地学会任何一门语言。"

"他们为什么要这么做呢？"

"他们告诉了我的祖先那艘宇宙飞船的埋藏地址。他们这样做，是为了让我们可以把这个地址告诉以后来到地球的威坦星人。我看出他们是想霸占整个地球，所以我绝不会把这个秘密告诉任何一个威坦星人！其实，这个秘密我根本不知道。我妈妈说，这个秘密其实在很久以前就已经失传了。"

听到这里，宋瞳喃喃自语："太不可思议了，原来，不但真的有尼斯湖湖怪，还真的有外星人。"她想了想，又说："你刚才说，有坏人要抓你，你一秒钟都不能等了，说的就是他？"

三角龙点点头。

"一秒钟都不能等了，是什么意思？"

"当时我一直在水下跟着你，但我毕竟是靠肺来呼吸的，已经没办法继续坚持了。所以，我就从水中跳出来，把你带到了水下。这样，我就安全了，不用担心那个威坦星人。"

宋瞳有点奇怪，说："为什么到了水下就安全了？"

三角龙说："那个威坦星人好像怕水，他上次来找我时，我就发现了这一点。"

宋瞳说："宇宙真是太大了，什么样的生物都有。地球上的人类就不能离开水，

185

有的星球上的生命，就不能碰到水。"

说到这里，她的肚子突然咕地叫了一声。三角龙说："肚子饿了吧？"

宋瞳不好意思地点点头。三角龙在她身旁慢慢地蹲下，说："走吧，我带你去吃东西。"

宋瞳爬到三角龙的背上，伸手抓住它头上的甲盾，觉得这个地方既宽大又松软，坐起来舒服极了。三角龙站起来，稳稳当当地往黑暗里走去。宋瞳看着成群结队围绕在自己身边飞行的萤火虫，觉得这次旅行真的奇妙极了。虽然没有拿到皮划艇比赛的冠军，但这样的经历，其实更加宝贵。

三角龙在漆黑的山洞里走了一会儿，宋瞳发现，眼前似乎出现了微弱的亮光。这团亮光越来越明显，最终，三角龙走出了山洞，来到了一座山岭的半山腰。宋瞳从三角龙脊背上跳下来，朝四周眺望着。她面前是一大片起伏的山脉，山上布满了茂密的树林，在树林中，零散地分布着稀疏的村落。其中，最引人注目的，是一片深蓝色的湖水。

"这就是尼斯湖。"三角龙说。

"你要让我吃什么？你们爱吃的那种水藻，我可吃不惯。"

三角龙说："不会的，我知道你们人类爱吃什么。"说完，它就向山下走去。它走进了湖边一片郁郁葱葱的树林，来到了一棵大树下。它低下头，用两根尖尖的长角往树叶堆中一顶，树叶当中，出现了一大堆栗子、核桃、松塔之类的干果。宋瞳惊喜地说："这些都是你存放在这里的？"

三角龙点点头说："是的。很快就是冬天了，这里差不多是整个英国最北端了，冬天是非常冷的，到那时，漫山遍野到处都是厚厚的积雪，树木也都干枯了，很难找到吃的。就连湖水里的水藻，都会比夏天少很多。所以，我每到秋天，都要储藏好很多过冬的食物。"

宋瞳先拿起一枚核桃，又从地上捡起一块石头，把核桃砸开，尝了一下核桃仁，说："真香！"

这时，三角龙忽然撞向了旁边的另一棵树，他用像一面墙一样厚实的腰部，轻轻地在树干上一碰，整棵树马上簌簌抖动起来。宋瞳正觉得奇怪，忽然，她发觉自己的头顶被什么东西砸了一下。她低头一看，地面上已经落满了红彤彤的山果。

"太棒了！"她大叫起来，拿起一个山果，刚要吃，又递到三角龙嘴边，说，"你也吃吧，这个肯定比水藻好吃。"

三角龙伸出长长的舌头，从她的手心把山果卷进嘴里，大口地咀嚼起来。

宋瞳看着他吃得这么香甜，忍不住伸出手，轻轻抚摸着它的长角和角盾。这时，她听到半空中传来一阵窸窸窣窣的声音，她抬头一看，只见树枝树叶在轻轻摇晃着，树冠里多了些黑影。

三角龙仰起头，朝着树冠说："我的朋友们，来看看我的新朋友吧。"

他话音未落，只见一道道黑影从空中落下，有的落到他的背上，有的落到地面上，捡起各种干果吃了起来。原来，这是一群尾巴蓬松动作灵活的松鼠。

宋瞳说："哇，太可爱了，我可以摸摸他们吗？"三角龙得意地点点头。宋瞳蹲下身子，轻轻摸了摸一只松鼠的尾巴。这时，她又隐约听到身后有些落在地面上的树叶被踩断了，她回头一看，只见几只灰色的野兔，还有两只浑身布满美丽斑点的小鹿正在不远处望着这边，它们似乎都在羡慕地看着地面上的各种山果。三角龙面对它们，张大嘴巴，发出一串低沉的声音。看来，这声音相当于开饭的信号，听到三角龙的声音，小鹿和野兔都小心翼翼地蹭了过来，啃食起地上的果子。它们还时不时抬起头，警觉地看看宋瞳。宋瞳捧起一大把山果放到它们面前，它们这才放心大胆地吃起来。

宋瞳羡慕地望着三角龙说："你简直就是这里的国王，整个尼斯湖周围都是你的领地。这些松鼠、野兔，简直就像你的臣民一样。"

三角龙摇了摇巨大的头颅，说："你说错了，这里不是我的领地，而是我的家园。他们也不是我的臣民，而是我的朋友。"

宋瞳望着他，赞叹道："你有这么多朋友，我真羡慕你。我们班里虽然有不少同学，但我并没有几个真正的朋友。"她忽然想到一件事，说："你的这些朋友，到了冬天是不是就都不出现了？"

三角龙点点头说："是的，他们大多有冬眠的习性，到了深秋时节，这里到处是冰天雪地，他们有的在树洞里，有的在地下冬眠。即使少数不冬眠的，为了保持体温，也都是整天待在各自的洞里或者窝里，不会出来活动。"

"这样的话，你在冬天不就非常寂寞吗？"

三角龙说："你说对了，冬天的确是我最不喜欢的季节。"说到这里，它的语气变得很低，眼睛里那种温和的光泽也减退了很多，宋瞳想，看来它在冬天里的确很难受。她赶紧转移话题，马上接着说："对了，你头顶上的尖角看起来真厉害，在从前你的祖先是不是什么肉食性的恐龙都不用怕？"

这个问题看来很受三角龙喜欢。它得意地一仰头，说："那当然！在白垩纪，我们三角龙在所有的恐龙里，体形虽然只能算中等，但我们有两根长角和一根短角可以攻击敌人，我们脖子上这一圈圆形的颈盾，可以保护我们最薄弱的咽喉，所以，我们很少需要担心遇到什么肉食性的恐龙。我们是唯一一种可以正面对抗霸王龙的恐龙。"

"连霸王龙你们都不怕，真厉害！"宋瞳钦佩地说。她接着问："真的有外星人的宇宙飞船，在恐龙时代就来过地球？宇宙飞船长什么样？"

三角龙说："你的问题可真不少。威坦人的宇宙飞船，是在太空中穿梭飞行的战舰，装满了非常厉害的武器，和你们人类电影里的那些宇宙飞船可完全不一样。"

"哈哈哈，你说对了，我们威坦星的太空战舰，当然不是地球上的人类这些低等生命所能想象的！"宋瞳话音未落，忽然听到半空中传来一阵嘶哑古怪的笑声。她抬头一看，吓得手里的一大把山果全掉在了地上。只见在半空中，悬停着一顶漆黑的斗篷，斗篷的背面画着一只巨大的蝙蝠。蝙蝠的嘴角，还画着几点鲜血。蝙蝠在凶狠地狞笑着，仿佛随时会从斗篷上飞下来，一口咬住别人的喉咙。

三角龙大喊一声："他就是那个威坦星人！"说着，他挡在宋瞳身前，四只脚掌反复踢打着地面，还低下了巨大的头颅，用两只尖角朝向半空，鼻孔里喷出了热气，一副随时准备开始战斗的架势。

斗篷哈哈大笑着说："你这个智商低下的史前动物，你这一套动作，只能用来吓唬吓唬那些霸王龙什么的，在我面前，你的实力简直不堪一击！"说着，他在空中猛地一抖，一道闪电从他身上发射出来，击中了旁边的一棵大树。这棵树足足有二十多米高，被闪电击中后，一下燃烧起来，树干上到处冒出了火苗。很快，这棵树就吱吱呀呀倒了下去，地面上有十几只松鼠吱吱地尖叫着，四下里逃开。但有一只松鼠来不及躲，尾巴被压在了树下。松鼠痛苦地尖叫着，小小的身体拼命扭动着，想从树下逃脱。眼看火焰就要烧到它了，可它仍然被紧紧地压着。三角龙低吼了一声，猛地冲了过去，用角抵住树干，想把树干推开。终于，树干晃动起来，松鼠这才抽出尾巴，尖叫着蹿上旁边的一棵树，踩着树枝逃走，可斗篷闪电般地飞过去，用一只角把它死死地卷了起来。松鼠不停地尖叫着，看起来异常痛苦。

很快，那棵燃烧着的树变成了一堆焦炭。

斗篷得意地说："这道闪电里，足足有上百万伏的高压，史前低等动物，你怕了吧？你如果不想变成一堆烤肉，就把飞船的位置告诉我！"

三角龙说："整个地球上只有我知道你们那艘太空战舰的位置，如果你不放开我的朋友，你就别妄想从我这里知道关于太空战舰的任何事！"

斗篷说："好，我答应你。哼，地球上的这些低级生命，我才懒得在它们身上浪费一丝一毫的能量。"说完，他在半空中松开了那只松鼠。松鼠重重地跌落在地上，它尖叫了一声，飞快地爬上旁边的一棵大树逃走了。

斗篷对三角龙说："现在，你可以告诉我了吧？快说！"

三角龙对宋瞳低声说："你会游泳吗？"

"会。"宋瞳小声答应。

"那就好，过一会儿我一低头，你就抓住我的角，我跳进湖里，他就不敢来抓我了。"三角龙说完就仰起头，说："就在那里！"他举起前脚掌，指了指远处山岭上的某个地方。斗篷刚顺着他指的方向转过身，三角龙一低头，等宋瞳抓住他的长角，马上用尽力气，往旁边的湖水中冲去。斗篷察觉到上当，立即猛扑了下来。可他晚了一步，三角龙"扑通"一声，带着宋瞳跳入了尼斯湖，并迅速潜入了深水之中。

"你这个该死的史前低等生物，我绝不放过你！"斗篷不敢钻入湖中，只得在半空中咒骂着。他疯狂地往四面八方发射着闪电，大块的石头被他打得粉碎，草地上也被打出一个个焦黑色的土坑。

宋瞳沉入水里后，随着三角龙不断下沉，她只觉得胸口一阵憋闷，难受极了。但她知道那顶斗篷一定还在湖面上等着，只好继续紧紧抓着三角龙的两根长角。三角龙一直钻到了湖底，他瞪大眼睛四下张望着，好像在找什么东西。宋瞳觉得胸口越来越难受，自己随时可能因为窒息而晕倒。三角龙终于发现了要找的东西，他快步朝着一块长满了水草的礁石冲去，接着用长角把礁石顶开。宋瞳看到，礁石下面竟然紧紧地压着一大堆潜水装备，有氧气面罩、氧气导管、氧气瓶和游泳衣、脚蹼。她在进了皮划艇队后，学习过如何使用这些设备。现在她一看到这些东西，就知道自己有救了。她赶紧从三角龙身上跳下来，用导管把面罩和氧气瓶连接起来，接着戴在自己脸上，又拧开了氧气瓶上的开关。顿时，她感觉到一阵清凉的空气从面罩上涌出，通过自己的喉咙，一直钻进了肺里，这让她觉得舒服极了。她大口地呼吸了几口，这才看了看氧气瓶上的英文使用说明，上面写着每瓶氧气可以使用三个小时。

她越来越感到当初自己努力学好英语，实在太正确了。

随着越来越多的氧气吸进肺里，宋瞳的神智更加清晰了。三角龙又在她身旁蹲下，示意她骑上去。

三角龙带着她，在湖底慢慢地走着。宋瞳虽然早就会游泳，但是从没有到过这么深的水下，这次她看到不时有各种各样的鱼类、虾类和龟类在自己身边游过，觉得非常有趣。她从前在电视上见过海底世界，现在她觉得眼前的湖底，虽然没有海底那么五彩斑斓，但也算得上一次奇特的经历了。

不知道走了多久，宋瞳觉得呼吸又有些困难了，看来氧气瓶里的氧气已经不多了。她拍了拍三角龙的长角，三角龙明白她的意思，点点头就浮出了水面，走上了岸边。宋瞳一出水面就摘下氧气面罩，大口呼吸着大自然的空气。等到呼吸平稳了，她朝四周打量着，发现已经回到了刚才下水的地方。

"那顶斗篷会不会还在附近？"她紧张地环顾着四周说。她看到，刚才被斗篷击倒的那棵大树还在冒着浓烟，四周虽然一片寂静，但说不定它就会突然飞到面前。三角龙感觉到了她的紧张，摇了摇那个巨大的头颅，说："不会的，咱们就是从这里下水的，所以，他肯定以为咱们不敢从这里上岸。"

宋瞳说："你怎么知道那里有氧气面罩和氧气瓶？"

三角龙说："每年都会有大批科学家来这里考察，他们遗失在湖里和岸边的这些东西，实在太多了。我觉得，这些东西总会派上用场，就把它们都收集了起来。"

宋瞳刚要说些什么，忽然，一阵警笛声从远处传来。她抬头一看，只见一辆警车正往这边开来。

"快跑，咱们赶紧藏起来吧，别让他们发现你！"她说着，跳上了三角龙的脊背。可是，三角龙仍然一动不动。过了片刻，三角龙说："来的是负责在湖边巡逻的警察，一定是他们发现这里有烟，就过来了解一下情况。你和他们回去吧。"

"不，我要多和你待一会儿！"

三角龙叹了一口气，说："好吧。咱们先藏起来，等这些警察离开后再去。"说完，他再次带着宋瞳跑上山，在一块巨石后隐藏了起来。她探出头，只见从警车里跳下两个警察，走到那棵已经烧成一堆焦炭的树干前仔细查看着。

这时，宋瞳感到又累又困，大大地打了一个哈欠。三角龙说："你看起来太累了，睡一会儿吧，等你睡醒了，我送你回皮划艇队。"

宋瞳点点头。她虽然和这条三角龙认识没多久，但奇怪得很，她觉得自己可以完全信任他。她在一棵树下找了个干净柔软的地方，刚一躺下来很快就睡着了。她这一天过得实在太疲劳了，结果这一觉睡得格外沉。

等她醒来时，只觉得面前是一团漆黑。她定了定神，扭头看了看周围，这才发现天色已经全黑了，自己身上厚厚地盖满了树叶，所以一点儿不觉得冷。三角龙还站在那块巨石上，专心地巡视着四周的情况。

她看了看手表，有点不好意思地说："我竟然睡了十个小时。"

"嗯，你大概是太累了。在你睡着的时候，那顶斗篷又干了件坏事。"三角龙见她醒了，说。

"他做什么了？"

"你刚睡着，山下那片树林里就来了几辆警车，下来了十多个警察，围着那棵被斗篷发射闪电烧毁的大树做一些现场勘查的工作。其中还有一个小女孩，看样子比你还要小一两岁，开始她自己一个人在树林里玩，后来为了追一只松鼠，离警车越来越远，这时那顶斗篷飞了过来，把她给抓走了。"

宋瞳："这顶斗篷可真坏！小女孩被抓到哪里去了？"

三角龙抬起前脚掌，指了指半山腰说："那边的山洞里。我先把你送回去，再来救她。"

宋瞳紧紧盯着那里，说："我先不回皮划艇队，我们去把那个小女孩救出来！"

三角龙说："你不怕那顶斗篷吗？说不定，他把那个小女孩关在山洞里，就是要拿她设下陷阱！"

宋瞳说："没关系，只要一有危险，咱们就跳到湖里去。真奇怪，他那么厉害，为什么会怕水呢？"

三角龙摇摇头，说："我也不知道。走吧，咱们出发，那个小女孩被关在那个山洞里，一定很害怕。"说完，他低下头，等宋瞳跳到他背上，就大步向着半山腰的山洞走去。

宋瞳忽然说："对了，你有名字吗？"

三角龙轻轻摇着头，说："没有。我出生后没多久，我妈妈就死了，她还没来得及给我取名字。"

宋瞳说："那我给你起个名字吧。"

三角龙点点头。

宋瞳一边琢磨一边说："你的个子这么大，你的名字里一定要有一个'大'字。叫大什么呢？有了，这次遇到你，就像做了一场梦一样，有了，我就叫你大梦吧。"

三角龙点点头说："好，我喜欢这个名字，很有气势。"

第七章　山洞里的相遇

宋瞳和三角龙大梦到了山洞里，很快就发现了斗篷制造的那面石墙。"这面墙是刚出现的，从前根本没有。"大梦说着，在石墙前停下脚步，仔细听了听里面的动静。"里面有人！"他说。

"能听出里面是什么人吗？"

大梦继续仔细听着，他慢慢地说："他们说的不是英语，听起来像是两个或者三个孩子，有男孩，也有女孩。"

"孩子被关在里面了？我们一定要把他们救出来！"宋瞳从大梦身上跳下来，跑到石墙前。她用力推着，石墙当然一动不动。她说："一定是那个坏斗篷干的！"

"你闪开，我来试试。"大梦说着，慢慢走到石墙前，一低头，用两只长角向前顶去，想把石墙顶开。可石墙太坚固了，他用尽全身的力气，都不能顶开石墙。他索性倒退回几步，大吼了一声，迈开大步，向石墙冲了过去。终于，他在石墙上顶出来两个圆洞。

米小乐通过在石墙上的洞所看到的，就是宋瞳和刚刚有了"大梦"这个名字的三角龙。

"宋瞳，你怎么会在这里？你旁边是一条三角龙吗？"

听到米小乐的声音，宋瞳吓了一跳，她凑到圆洞前，隐隐约约看到，在石墙的另一面，竟然就是自己的同桌米小乐，他身边还有一个头发金黄、皮肤雪白的白人小女孩。

"米小乐，你怎么会来这里的？是谁把你关在这里的？"

两个人都是一肚子的谜团，都在抢着向对方提问，谁都没回答对方的问题。米小乐说："你在皮划艇比赛的最后突然落水失踪，我们全班同学都在现场直播里看到了。我在电视上看到你有危险，就到这里来了。"

宋瞳说："米小乐，是不是一顶斗篷把你关在这里的？我在这里见到一顶非常可怕的斗篷，一定是它干的！"

米小乐说："斗篷的事儿，你也知道了？"

宋瞳刚要回答，这时大梦说："好了，别聊别的了，先把里面的人救出来吧。"

米小乐见这条三角龙居然说起了英语，更震惊了，他心想，真想不到，就连恐龙的英语说得都比我好。他回过头对还躺在地上的卡莎说："卡莎，有人来帮助我们了，我们一定能很快出去，你再坚持一会儿！"

卡莎勉强点点头，说："好吧，我必须尽快吸收宇宙射线里的能量，否则我就要完了。"

吉娜一直趴在另一个圆洞前看着，她这时也在自言自语："今天还没过完，我先是见到一张会说话的野餐毯，又看到一顶会说话的斗篷，现在又来了一条会说话的恐龙！"

宋瞳转身对大梦说："你能继续把这面墙撞开吗？"

大梦摇摇头说："不行，这面墙太厚了，我没那么大的力气。"

米小乐在里面说："幸好你把墙上撞出了两个洞，要不，我们非得给憋死不可。"

"哈哈哈哈，想不到你们凑到了一起，这实在是太好了，省得我挨个收拾你们了！"这时，一阵怪笑声从半空中传来，石墙内外的米小乐、宋瞳、大梦他们都是吃了一惊。不用说，这是那顶可怕的斗篷又回来了！宋瞳抬起头，借着周围萤火虫发出的微弱光线，看到斗篷就在自己头顶上悬空停着，那只血红色的蝙蝠在这样漆黑一团的环境里，看起来更加阴森、恐怖。她下意识地躲到了大梦的身后。

"让你们尝尝我的厉害！我要让你们都逃不出我黑曼将军的手心！"斗篷怪叫了一声，猛地一抖，变成了那团人形的黑雾。米小乐猜到他要干什么，大喊一声："宋瞳，你们快跑，快离开这里！"

可已经来不及了，宋瞳看到，黑曼在半空中发出了一道闪电，一声巨响后，击中了山洞的顶部，只见一块块巨石落了下来，几秒钟之内就堆成了一道石墙，把自己和大梦围在了里面。

现在，不但米小乐、卡莎和吉娜，就连宋瞳和大梦，都变成了黑曼手里的囚徒。

大梦大吼了一声，猛地向着石墙冲了过去，想像刚才那样把墙撞开，可这面新石墙要结实多了，他连撞了几次，石墙都没有丝毫松动，连洞都撞不出来。

"你们不想在这里憋死的话，其实很容易，米小乐，只要你告诉我那一千根金属神经线在哪里，还有你这个史前生物，只要你告诉我那艘太空战舰的位置，我马上就放你们出来！"黑曼尖厉的声音从石墙外传了进来。

"你别妄想了，我绝不会让那些神经线，落到你这个大野心家手里！"米小乐大声喊着。

"臭小子，那我就让你尝尝憋死的滋味！哼，别看你现在这么不知道天高地厚，过一会儿，等这里的氧气消耗完了，看你怎么向我求饶！"说完，斗篷猛地转身飞得无影无踪。

"米小乐，咱们现在都被困在这里了，我们一起想办法离开这里吧，否则父母该着急了！"宋瞳说。

米小乐隔着石墙，在圆洞的另一头说："你先别哭，你说说看，你是怎么到这里的？"

宋瞳把自己落水后的经历告诉了他。米小乐一个字不落地听完，长出了一口气说："原来尼斯湖湖怪竟然是真的存在的，而且还是一条地地道道的三角龙。"

宋瞳说："现在该你说了，你是怎么到这里来的？"

米小乐就把自己来到英国后的经历说了一遍，就连卡莎的事儿也说了。宋瞳叹了口气，说："我有一条能说话的三角龙，你有一张能说话的野餐毯，咱们算是扯平了。"她一向细心，听完米小乐的话，觉得有些不对劲，又说："那顶怪物斗篷把你关在这里，就是为了要拿一千根神经线，这是什么东西，怎么会在你的手里？"

米小乐只得把自己在特奥蒂瓦坎古城地下空间里的经历也说了出来。他知道肯定瞒不住，只好吞吞吐吐地把自己和李英男一起探险的事儿说了。宋瞳刚一听完，微笑着说："哇，米小乐，我想不到，你在暑假里和李英男一起出国，还一起在那么诡秘的地方探险！"

米小乐的脸一下子就红了，他心想幸好这里一片漆黑，否则自己的脸色被她看到，又会被她取笑一番。他摆摆手说："过去的事儿别再说了，氧气说没就没，咱们还是用剩下的氧气想办法出去吧。"

宋瞳说："好吧，看在你那么大老远来救我的分上，这件事我不会说出去的。"说到这里，她换了个话题，说："那顶斗篷没能把那一千根金属神经线弄到手，他一定不会罢休的，一定会继续死缠着你！"

"嗯。他的如意算盘是，先从我这里弄到那一千根金属神经线，然后找到那艘威坦星的太空战舰，这样他就能返回威坦星，当上那里的统治者，然后他的下一个目标就是——"

"称霸全宇宙！"宋瞳接着说。

"我们必须阻止他的阴谋！"

"小乐"，忽然，米小乐身后传来一阵呻吟声。他回头一看，卡莎正跌在地上颤抖着。他赶快跑过去，卡莎说："我体内的能量，马上就要消耗完了。"

"那会怎么样？"米小乐紧张地说。

"我早就给你说过，我们阿尔比星人是虚拟形态的生命，如果不及时补充能量，我们就会分解掉。"米小乐想起了卡莎说过的那个比喻，石子在池塘里荡起的波纹，终究会在水面上消失。

"是的，就相当于你们地球人的死亡。"

"你还能坚持多长时间？"

"最多一个小时。"

"都怪我，要你带我飞过半个地球来英国，还让你消耗了那么多的能量去遥感整个尼斯湖。"米小乐泪如雨下。

他猛地站起来，说："卡莎，你放心，一小时之内，我一定把你救出去！"

这时，吉娜看到卡莎奄奄一息的样子，也哭喊起来："这两面石头墙，每一面都这么坚固，我们除了地洞里这堆古里古怪的蛋壳，什么工具都没有！"

大梦在另一边听到她的话，忽然说："你们说什么？蛋壳？"

米小乐听到他的语气有些异常，似乎有了发现，赶紧说："我们这边埋着很多蛋壳。下面还有一个地洞，里面的蛋壳太多了，不计其数！"

米小乐说完，这次大梦没有继续说什么，而是陷入了沉默。宋瞳觉得不对劲，面对着他，轻轻拍着他的头顶，说："大梦，这些蛋壳，是不是有什么特殊的地方？"

大梦还是不说话。但是，宋瞳看到，在大梦的眼睛旁边，隐约闪动着一些液体。米小乐也趴在圆洞前，眼睛一眨不眨地盯着这边的情况。两个人都觉得，这些蛋壳，还有这个地洞一定和自己眼前这条三角龙有着非同一般的联系。

"大梦，你哭了！"她轻声说着。

"找到了，我终于找到了。"大梦哽咽地说着。

"大梦，你能不能告诉我，你找到了什么？"

"那个藏了很多蛋壳的地洞，一定就是我们祖先的诞生地！我们这个物种，为了能在地球上生存下去，通过漫长的进化，繁殖后代的方式逐渐变成了单性繁殖。每条三角龙的寿命到了五十年的时候，就可以繁殖后代。这里就是我们的祖先下蛋、繁殖后代的地方！关于这个地方的记忆，深深地印在了我们这个家族的基因里。后来，不知在多少年前，我们的家族里，关于这里的记忆竟然中断了。我们再也找不到这个地方了。从那之后，每只三角龙只能到处寻找下蛋的地方。"

宋瞳抚摸着大梦的角，说："想不到，米小乐他们竟然发现了你们家族的故乡。"

大梦说："他的发现，能帮助我们离开这个山洞！"

宋瞳的眼睛马上亮了，她惊喜地说："那太好了，大梦，到底是怎么回事，你快说啊。"

大梦说："很久之前，我的妈妈曾经给我说过，为了让刚刚破壳而出的幼龙知道如何才能离开这里，我们的祖先早就在地洞里留下了逃离路线！"

宋瞳说："你是说，埋藏蛋壳的地洞里有如何离开这里的路线？"

三角龙点点头。宋瞳趴到圆洞前说："米小乐，你听到了吗？"

米小乐点点头，说："大梦说的，我都听到了，我这就钻到地洞里去找！"

宋瞳喊着："你一定要小心，千万别把那些蛋壳弄碎！"

米小乐说了一句"放心吧"，就顺着地洞的边沿小心翼翼地滑了进去。可是，他身边已经没有萤火虫能飞过来给他照亮了，他只得伸出手在地洞里四处摸索着。忽然，他摸到一片凹凸不平的线条，大声喊："我好像是找到了！"

宋瞳说："是怎么离开这里的路线吗？"

米小乐说："好像是，我摸到了很多线条，肯定是谁故意刻上去的，但这里太黑了，什么也看不到。"

宋瞳喃喃自语着："那可怎么办呢？"忽然，她瞥见正在山洞里飞动着的萤火虫，马上说："萤火虫，求求你们，快点儿飞到那边去，把地洞墙上的路线图照亮！这样我们就能出去了，你们也有新鲜空气啦！"

萤火虫当然听不懂她在说什么，仍然是漫无目的地四处乱飞着。

这时，大梦张开大嘴，轻轻哼唱起来。宋瞳听到他哼出来的，是一段非常缓慢、非常柔和的旋律。这时，那些萤火虫马上得到号令一样，纷纷从圆洞里钻到了米小乐那边的山洞，飞进了地洞。

宋瞳又想起大梦说过的话，"湖里的动物，山里的动物，树林里和田地里的动物，都是我的朋友"。

这时，吉娜看到一只只萤火虫飞进了地洞，她的好奇心也在不断膨胀，她索性也跳下了地洞。

地洞里的萤火虫越来越多，米小乐的身边，仿佛多了无数根闪着荧光的小蜡烛，他已经能看清地洞里的图案了。他看到，这些图案虽然看起来很简单，但的确是一幅地图。在画面的当中，画着一座尖尖的大山，大山的两侧，是两片平坦的湖水，而在大山的中心部分，是几根交错的线条。

米小乐兴奋地一攥拳头，说："太棒了，这里真的有离开的路线！咦，有点不对劲啊！"说到这里，他的语调又低了下去。

宋瞳趴在圆洞前，说："米小乐，到底怎么回事，你快点说啊？"

米小乐说："这里画了一座山，山里还画了一道粗粗的横线，看来这就是我们这个山洞了。在山洞的中间有个大大的圆点，不用说，肯定就是这个堆满蛋壳的地方了。从这个地方开始，有一个指向斜下方的箭头，指向尼斯湖的方向。"

宋瞳的几何是班里最好的，她马上就听明白了米小乐的意思，脑子里想象出了线条的形状。她叹口气说："如果这样的话，所谓的离开路线，就是从这个山洞钻进尼斯湖里啊。可是，湖水里只有一套潜水用具，我们足足有三个人啊。"说完，她慢慢地坐在地上。

米小乐没有失望，他继续看着地洞里各个角落的情况，突然发现脚下有些不对劲。他弯下腰，摸了摸地面，发现这里的积水在逐渐上涨。刚才一尺多深的积水，只到自己的小腿，现在已经快到膝盖了。看来，这里因为通向湖水深处，湖水的涨落，也会影响这个地洞里的水位。

他顾不得鞋已经湿透了，利用萤火虫的微光看着四周。他发现这个地洞非常大，向四周延伸了很远。他想了想，大喊起来："宋瞳，这个地洞能一直通到你的脚下！"

宋瞳抹了抹眼泪，说："真的吗？"

米小乐喊着："你让大梦用角朝地面用力顶一下，一定能把地面刺穿。"

宋瞳半信半疑，对大梦说："米小乐说，地下的洞好像很大，能一直到我们脚下。"

大梦点点头说："我明白了！"说着，他用长角狠狠地顶向了地面。只听扑哧一声，地面上真的出现了两个圆洞。宋瞳捡起一块石头，把圆洞砸得更大一些，米小乐在下面喊："够大了，我可以上去了！"宋瞳刚停下手里的动作，就看到米小乐伸出手来扒住洞口，接着就跳了出来。

他刚一站稳，宋瞳马上说："米小乐，你的鞋和裤腿都湿透了，里面有很多水吗？"

米小乐顾不得回答这个问题，他说："宋瞳，我记得你刚才说，大梦带着你跳进尼斯湖时，那顶斗篷不敢下水去追你？"

宋瞳点点头，说："是的。"大梦在一旁说："斗篷一直想抓住我，但每次只要我潜入水里，他没办法了。"

米小乐跑到被大梦顶出来的圆洞前，朝另一边的卡莎问道："卡莎，那顶斗篷似乎很怕水，你知道怎么回事吗？"

卡莎轻声说着："你要是不说，我还从没意识到。威坦星人征服了上千的星球，这些星球好像都是固态的，有几个覆盖着液态水的星球，距离威坦星只有几百光年，威坦星却始终没有去霸占。以后我们再说这件事吧，现在我太累了，没有力气说话了。"

米小乐点点头，接着回过头来一挥拳头，对宋瞳说："看来他的确很怕水！这个地洞里恰好有很多积水。虽然不知道那顶斗篷为什么那么怕水，但我们可以利用这一点。我有办法离开这里了，我的计划是——"

第八章　斗　智

一个小时过去了。那顶名叫黑曼的斗篷回到了山洞里，他贴在石墙外，仔细听着里面的动静。但是，大大出乎他的意料，石墙里面竟然悄无声息。"怎么回事，他们是都闷死了，还是逃跑了？"他心里反复琢磨着。想来想去他也没拿定主意，索性又朝着石墙发出一道闪电，只听轰隆隆一阵巨响，那面围困宋瞳和三角龙的石墙倒塌了。随着尘土慢慢散开，他看到那条三角龙正死死地盯着自己，而那个名叫宋瞳的小女孩却不见了踪影。

他语气阴冷地说："史前低等生物，那个小女孩呢？"

大梦压抑着怒火，说："她逃走了。"

"逃走了？不可能，她到底在哪里？"

三角龙抬起前蹄，指了指地面。斗篷这才看到，在地面上多了一个水桶粗细的洞口。

"这里怎么会有个地洞？那个小女孩，是不是到里面去了？"

大梦说："这里是我们三角龙家族世世代代的祖先诞生的地方，如果不是你把我们关在这里，我还发现不了这个地方。"

黑曼说："哈哈，这么说，你还应该感谢我了。那你就告诉我，那艘太空战舰的位置吧！"

大梦没理他，继续说着："我们三角龙家族在尼斯湖已经生活了六千五百万年，在这么漫长的历史上，当年，为了让刚刚从蛋壳里诞生出来的三角龙幼龙离开这里，我们的祖先在地洞的墙上，画了从这里离开的路线，宋瞳已经按照这条路线的指引离开了。而且——"

"而且什么？"

"你要的太空战舰埋藏地点，也刻在了里面。"

"真的？"黑曼在半空中剧烈地抖动了一下，看得出他非常激动。但是，他还在犹豫着，考虑应不应该冒险飞进去。

大梦看出了他的心思，继续说："刚才你卖弄本事的时候，把地洞都快给震得坍塌了。地图上也有了很多条裂缝，看样子，那面墙随时会垮掉，到了那时，地图也就不复存在了。那艘太空战舰究竟埋在哪里,恐怕永远都是一个无人知晓的秘密了。"

"别说了！"黑曼听得忍无可忍，他怒吼了一声，猛地钻进了这个地洞。他刚进去，就感觉情况不妙。这里到处潮乎乎的，地面上还积满了地下水。

"糟糕，我还是赶紧飞出去吧！"他刚要原路返回，忽然听到外面有人大喊："你这个臭抹布，你中计了！"话音未落，他就看到一大片水花从另一个洞口倾斜而下。"天哪，被水淋上我就死定了！我千万不能死在这里！"他赶紧朝旁边一躲。这时，他看到在洞口外面，是米小乐手里拿着一个蛋壳样的东西在向他泼水。

他唯一的出路就从原路飞出去，可他刚到那个洞口，发现那里已经被石块垒得死死的。这时，在地洞的另一侧，又是一大片水花朝他浇了过来！

"饶命！求求你们饶了我吧！"黑曼见自己被困在地洞里，米小乐他们又在不停地向自己浇水，只得拼命求饶。

米小乐面对地洞，大声说："你要的那艘太空战舰的地图本来就刻在下面，现在已经被我划掉了，全世界只有我知道它的位置。如果你出来后不乖乖地听话，出尔反尔，伤害到我们当中的任何一个人，我就永远不告诉你它究竟藏在哪里，你也就再也没办法回到威坦星了。"

黑曼哀求道："好吧，我发誓绝不伤害你们，无论你说什么，我都答应你！"

"饶了你，可以，但你要把我们送到我们想去的地方！"

"没问题！"黑曼赶紧答应。米小乐说："好吧，你出来吧。"

黑曼战战兢兢地飞了出来，只见米小乐、宋瞳、吉娜每人手里都拿着一只硕大的蛋壳，里面装满了水。他心想，幸亏我能见机行事，假装答应他，否则这些水都浇到我身上，我马上就会爆炸，变成一片片的碎布。

米小乐转向吉娜，说："吉娜，你已经失踪几个小时了，你妈妈一定非常担心你。"接着，他对黑曼说："首先，你要把吉娜送到她妈妈身边。"

吉娜眼泪汪汪地说："米小乐，我真没想到中国的男孩子这么聪明勇敢，我今天的经历实在太奇妙了，以后我一定要去中国看你。"

米小乐说："你今天的表现也非常勇敢，吉娜，你今天知道了很多秘密，但有些秘密是你需要保存好的，卡莎是流落到地球的外星公主，她的身份一旦泄露，会给她带来危险，大梦的事也是一样，知道他的人越少，他就越安全。"

吉娜说："你放心，这些事情我谁都不说！"

米小乐点点头，对黑曼做了个示意的眼神。黑曼飞到吉娜头顶，慢慢旋转起来。他发射出一圈蓝色的荧光，把吉娜团团围住。荧光形成了一个光柱，黑曼越转越快，光柱也高速旋转着，强光照得周围的几个人都睁不开眼睛。忽然，光柱猛然散开，吉娜已经不见了。

宋瞳望着眼前的一切，惊讶得合不上嘴。米小乐对她说："现在轮到你了，你是要回家，还是回到皮划艇队里？"

宋瞳说："我要回家。我突然落水失踪，我爸妈一定很着急，我要尽快回到他们身边。皮划艇队的教练和队友，我以后再找机会向他们解释。"

米小乐对黑曼说："你听见了吧，现在再把宋瞳送到她在中国的家里。"黑曼刚要照办，宋瞳猛地抱紧了大梦，她紧贴着大梦的脸，哽咽着说："大梦，我们刚认识没多久，可我觉得我们已经是很多年的朋友了。你在这个世界上连一个家人都没有，多孤单啊！"

大梦用鼻尖那团软乎乎的肉蹭着宋瞳，轻轻地说："不用担心我，你知道，我在这里有很多朋友。"

"大梦，我一定会想你的！"宋瞳开始还强忍着不让眼泪流下来，可现在和大梦即将分别，她终于忍不住哭了起来。

"嗯，以后我们一定会再见的，你早点回家吧，你有爸爸妈妈疼爱，多幸福啊。"

"大梦——"宋瞳恋恋不舍地松开他。黑曼飞到她的头顶，又把她送回了家。

大梦看着宋瞳在眼前消失，眼里也涌出了泪水。他定定神，对米小乐说："我今年已经快五十岁了，你是我在这些年里见到的最勇敢、最机智的男孩子。"米小乐刚要说些什么，大梦接着说："谢谢你帮我找到这个对我们家族非常重要的地方，以后我会经常回来看看的。现在，我要走了。"说完，他踏着满地的石块，大步向山洞外走去，他沉重的脚步声在山洞里回响着，很快，他的背影就消失在山洞黑乎乎的尽头处。

米小乐收回目光，对黑曼说："还有我和卡莎，你要把我们送到我的家里！"说着，他从山洞的角落里捧起了卡莎。但是，他看到卡莎就像一张很普通的野餐毯一样，一动不动。

"卡莎，卡莎，你怎么了，你说话呀！咱们马上就能回家了，你又能吸收宇宙射线里的能量了！"米小乐紧紧抓着卡莎，朝她大声喊着。可是，无论他怎么喊，卡莎仍然毫无生气地纹丝不动。

"她的能量已经完全耗尽了，她只有死路一条了。"黑曼在一旁阴险地说着。

这时，米小乐想起卡莎给他说过的话，当她的能量耗尽后，自己的生命就像水面的波纹一样，慢慢地消失。米小乐心里难受极了，大滴的泪水从他眼眶里落下，滴在卡莎身上。

第四部　幽灵山谷

第一章　远渡重洋

米小乐拼命地摇晃着卡莎，终于，卡莎在他怀里轻轻颤动了一下。米小乐赶紧大声喊："卡莎，你要坚持住，我们马上就可以回家了！"

"要到楼顶天台……"卡莎终于说出一句话，但她的语气已经非常微弱了。

米小乐恍然大悟："对，到楼顶天台才能尽快吸收宇宙射线！"

黑曼变成人形的黑雾，也看出卡莎现在即将耗尽所有的能量，含含糊糊地说："哎呀，我今天做的事情太多了，没有足够的能量把你们送回中国了。"

米小乐朝他大喊一声："你还想不想找到你们的那艘太空战舰了？"

黑曼说："当然想啊，可我现在真的没力气了。"

米小乐瞪着他，愤怒地说："卡莎如果死了，我就永远不告诉你太空战舰的位置，你休想再回到威坦星！"

黑曼模仿人类，做了个耸肩的动作，懒洋洋地说："你吓唬我也没有任何用处，我实在没办法。现在我连这个山洞都飞不出去，更不用说送你们回到中国了。"

米小乐脑子飞快地转动着，琢磨怎么才能让他尽快把自己和卡莎送回家。他灵机一动，说："好吧，只要你现在把我们送回去，我一回到家，就把下面地洞里的路线图告诉你。"

黑曼惊喜万分，整个人在半空中抖动了起来，他激动地说："真的？"

米小乐斩钉截铁地说："真的！"

黑曼说："既然如此，我就试试看吧。哼，你要是敢蒙我，我让你小命难保！"

他变成斗篷飞了起来，用一圈蓝色的荧光笼罩住了米小乐和卡莎。炫目的强光让米小乐睁不开眼睛，他只得闭上了眼睛。过了几秒钟，只听那顶斗篷说："到了"，他才睁开眼睛。只见他四周不再是英国尼斯湖畔的那个黑暗山洞，而是自己家公寓楼的楼顶。他离开家之后，虽然经历了很多惊险的事情，但所有的时间加起来不过几个小时，眼前的这座城市还处于一片黑暗之中。

"你说的路线图呢，快给我看看！"黑曼又变成了人性黑雾，不停地催促着他。米小乐微笑着说："没问题，这就给你看！"说着，他拿出手机，找出了他在地洞里拍下的那张三角龙家族幼龙在破壳而出后，如何从山洞里离开的路线图。

黑曼看了一眼，就知道自己上当了，他猛地朝米小乐扑过来，尖叫起来："你这个不知死活的小东西，竟然敢骗我，看我怎么把你烧成一堆焦炭！"说着，他在空中猛烈地抖动着，扬起了手掌，准备朝米小乐发出一道蕴藏着巨大破坏力的闪电。

米小乐毫不胆怯，他哈哈笑了起来，说："我没有骗你，是你自己太蠢了。刚才在山洞里，我说的是把地洞里的路线图给你，可没说那就是寻找太空战舰的地图。再说了……"说着，他又把手机举起来，朝向茫茫无际的夜空，说："你别忘了，我还有一段你宣告要先统治威坦星再称霸全宇宙的录音，你再敢干坏事，我就把这段录音发出去，让全宇宙所有的星球都知道你的阴谋！"

黑曼马上气馁了，他知道，如果让威坦星的统治者知道了自己的野心，自己一定会有一个无比悲惨的下场。他咬牙切齿地说："臭小子，这次又让你占了上风，以后我决饶不了你，总有一天，我要让你死在我手里！死得很惨！"说完，他变回了斗篷猛地飞升起来，向远处飞去。

米小乐等他飞得不见了踪影，马上拿下背包，拿出卡莎说："卡莎，咱们到了，你醒醒！"只见卡莎还是一动不动地躺着，他更加着急了。过了几分钟，他看到卡莎轻轻颤动了一下，他这才放心，握紧拳头，轻轻喊了一句"Yes！"

终于，卡莎慢慢地舒展开了，她轻轻颤动着，看上去还是一副疲惫不堪的样子。她虚弱地说："太好了，终于回来了，我必须去补充能量了……"说着，她摇摇晃晃地飞了起来，越飞越高，最后缓慢地飞进了夜空之中。望着卡莎远去的背影，米小乐知道等她从宇宙射线中吸收到足够的能量，又会恢复到平时的样子，心里一阵庆幸，长长舒了一口气。

米小乐望着黑曼消失在漆黑的夜色中，这才伸手擦了擦额头的汗水。这时，他看到，东方的夜空里，在靠近地平线的位置已经露出了一抹深紫色，知道太阳马上就要升起了。他马上从天台回到自己家中。他刚刚关上卧室的房门，就听到父母的卧室门吱呀一声打开了，接着就是爸爸米大雷慵懒的哈欠声。

"米大雷，赶紧给小乐做早餐，冰箱里有牛奶和面包、香肠，这些都是给小乐准备的。你的早饭，就吃昨晚剩下的半锅面条吧。"沈美美的声音也从卧室里传了出来。

米大雷不满地嘟囔："都是家里的男人，小乐吃面包喝牛奶，我就只能吃剩饭，真不公平。"

米小乐听着父母习惯性的拌嘴声，心想回家的感觉真好。他轻轻躺到自己床上，伴随着从厨房里飘进来的饭菜香味儿，慢慢进入了梦乡。

回到国内的宋瞳告别了皮划艇队，回到了学校，重新开始了自己的学生时代。她虽然缺了一段时间的课，但她的成绩很快就追了上来。但是，有件事她始终不明白，为什么那顶斗篷会那么怕水。

这天早上，米小乐走进厨房准备吃饭，只见米大雷在客厅里，用遥控器关上电视，接着"啪"的一声，把遥控器拍在茶几上，接着从沙发上站起来，摇着头叹着气进了厨房，坐到了餐桌旁。

沈美美望着米大雷郁闷的神情，一瞪眼，说："米大雷，人家得不得诺奖，和你有什么关系，别吓着孩子。"

米小乐问："爸，什么诺奖啊？"

米大雷咬了一口油条，说："这不，这一届诺贝尔化学奖刚公布了谁获奖，咱们这儿的秦朗教授明明呼声很高的，但还是落选了，唉。你还记得他吗，当初咱们去墨西哥旅游，他有个叫苏扬的学生，不是和咱们在一个旅行团吗？"

米小乐想起秦朗上次拒绝自己，心里想，他处心积虑要得诺贝尔化学奖，最后还是失败了。

这天晚上回到家，米大雷和沈美美饭后就去邻居家串门，米小乐和卡莎在卧室里聊天。米小乐说："上次在尼斯湖的那个山洞里，咱们是用水战战胜了那顶斗篷，这件事儿我一直弄不明白，那家伙为什么会怕水呢？"

卡莎说："我觉得，有一个人可能知道是什么原因。"

米小乐挺纳闷儿，说："谁？"

卡莎说："秦朗。他和斗篷打过交道，又是大科学家，如果地球上有一个人能找到斗篷怕水的原因，肯定就是他了。"

米小乐想了想，说："好吧，我就写封邮件问问他。上次的事儿，他虽然很让人失望，但我觉得他大概是太渴望这个诺贝尔奖了。"于是，米小乐把在尼斯湖畔那个山洞里发生的事情写成邮件，发到秦朗当初给他的电子邮箱了。

到了第二天晚上，米小乐都已经躺到床上准备睡觉了，正在半梦半醒中，忽然听到自己的电脑发出叮咚一声。这是他设置的新邮件到达时的提醒音。他轻轻地下床打开电脑，一看果然是秦朗的邮件。他蹑手蹑脚地把卡莎叫了进来。两个人挤在电脑前，看起了秦朗的邮件。

米小乐同学：

收到你的邮件，我非常高兴。因为我的自私，在你最需要我的时候，我没能挺身而出，我至今都深感惭愧。你在邮件里谈到的事情，我进行了认真分析，又回顾了我和那顶斗篷打交道的过程。我觉得，那顶斗篷害怕水，原因只能有一个，就是他从前所在的那个威坦星是一个硫基星球，他本人在变成一顶斗篷前，是一个硫基生命体。

你们可能不知道这两个词是什么意思，我来详细解释一下。科学家们一般都认为有机物是任何生命的基础，因为有机物就是含碳的化合物，地球也就被认为是一颗碳基星球。但是，我一直对这个说法持怀疑态度，在茫茫的宇宙里，除了我们人类居住的地球，一定还有很多星球上的生命，是以别的形式存在的。可能性最大的，就是由硅化合物和硫化合物组成的生命。这样的星球，我觉得可以称为硅基星球和硫基星球。

其实，早在十九世纪就有科学家质疑碳化合物是生命唯一的基础这一说法。这种质疑的声音，起初遭到了科学界的嘲笑，但随着时间的推移，越来越多的科学家觉得这些可能性是的确存在的。

而我，走得比这些科学家更远，我认为，宇宙中肯定还会存在硫基生命。等你以后学了更多的化学知识，你会知道，碳化合物一般比硅化合物更稳定，更不容易和其他物质发生化学反应，而硅化合物又比硫化物要稳定。因为水一接触到很多种硫化物，就会发生剧烈的化学反应。所以，硫基星球上的智慧生命，一定非常怕水。我甚至推测，这些生命是用纯硫酸而不是水作为体内新陈代谢的介质的，而硫酸一旦接触到水，就会马上被稀释，并释放出大量的热能，这也就意味着，威坦星人的躯体将发生爆炸。所以，水这种原本很平常的物质，却是威坦星人最大的克星。那顶斗篷之所以怕水，大概就是因为从前他对水的记忆太恐怖了。

在那成千上万颗被威坦星人征服的星球上，所有的智慧生命在和威坦星人战斗的过程里，在一次次被击败、歼灭时，他们都觉得威坦星人是无法战胜的，他们的战士似乎没有任何缺点。他们不知道，威坦星人属于一种特殊的宇宙文明。

"这个秦朗真是个科学天才，我们阿尔比星就是个硅基星球！我们每个人的实体躯壳，都是由硅化物组成的！"卡莎读完了信，压低声音惊叹着说。

米小乐关上电脑，说："看来，水战的办法不会一直管用。那顶斗篷那么狡猾，肯定很快就会明白自己变成斗篷后，就不用再怕水了。"

这个时候，已经是深秋季节了。第二天早上，米小乐走出家门，迎面就是一阵清晨的寒风吹来，他猝不及防，重重地打了一个喷嚏。他掏出纸巾擦着鼻涕，发现路面上已经撒满了落叶。

到了学校，米小乐发现自己的同桌宋瞳有些不对劲。她面前虽然摊开了书，可她却愣愣地坐着，脸上一副很伤感的表情，眼神根本不在书上。她的眼圈还有些泛红，好像刚刚哭过。米小乐有些纳闷儿，这时，上课铃响了，班主任孟老师走了进来。

今天的第一节课，是孟老师的语文课。

"上节课我们学习了杜甫的《春夜喜雨》，下课时我要求大家把这首诗背熟，现在我就检查一下大家背诵的情况。"

孟老师连续叫了两个同学，他们都没能背诵出来。孟老师有些生气了，她说："上节课我已经强调过很多遍了，中国诗词的美，必须通过一遍遍的背诵才能领略，哪怕你们现在不能彻底明白诗句的含义，也必须先背下来。你们怎么又拿我的话当耳边风！"说到这里，她在全班打量了一下，要找个自己放心的学生来做个示范。她对宋瞳说："宋瞳，你来背一下《春夜喜雨》，给他们做个示范！"

一听孟老师的话，米小乐心里马上掠过一丝阴影，觉得宋瞳很有可能背不出来。果然，她有些迟疑地站了起来，声音又细又慢地说："好雨知时节，当春乃发生。随风……"宋瞳背不下去了，孟老师看着她无奈的样子，皱起了眉头。

宋瞳没有回答出老师的问题，这在整个班的历史上，可是史无前例的。她的眼泪流了出来，同学们也在低声议论着，孟老师气得满脸通红，重重地敲着黑板，教室里这才安静下来。

下课了，宋瞳不声不响地坐着，一动不动，一句话也不说。米小乐等别的同学基本上都出了教室，才低声问她："你家里是不是出什么事儿了？"

宋瞳擦了擦眼泪："我想大梦了。"

米小乐恍然大悟："你不用担心，大梦很安全的，那顶斗篷看上去神通广大，其实很怕水，他要是再去威胁大梦，大梦只要躲到湖里去就没事儿了。"

宋瞳说："我不是担心他的安全。大梦给我说过，在春天和夏天的时候，他在湖边的树林里有很多朋友，有松鼠，有鹿，都可以陪他玩儿，可到了秋天，湖边非常冷，树叶都掉光了，别的动物很多都去冬眠了……"

米小乐明白了，说："噢，你是担心大梦太寂寞了。"

宋瞳点点头："大梦住的那个地方纬度非常高，要一直到明年四五月份，积雪才会消融，春天才来，他的那些朋友才会重新出现。他要一个人孤零零地过上半年呢。"米小乐从没考虑过这个问题，他想，看来还是女生心细啊。

下一节课，是刘老师的地理课。米小乐因为喜欢读课外书，知识面广，历史、地理、生物这些课程上的知识他早就知道了，正有些无聊时，刘老师的这番话飘进了米小乐的耳朵：

"地球分为南北两个半球，气候恰好是相反的，当北半球进入夏季，到处烈日炎炎的时候，南半球正处于冬季。所以，当欧美国家在冬天过圣诞节时，南半球的澳大利亚、新西兰、巴西、南非等国家，正处于最热的夏季。"

米小乐马上想如果能把大梦送到南半球去，那里恰好是夏天，大梦不但可以在很温暖的环境里度过冬天，而且还有很多朋友了！"

刘老师还在讲台上滔滔不绝地讲着，米小乐拿着铅笔，轻轻地拿过宋瞳的地理课本，在上面的世界地图上，由大梦所在的英国北部开始，往南半球画了长长的一条线。

宋瞳马上就明白了，她扭头看着米小乐，眼睛里闪着谢意。

那条线的终点，是非洲的南半球部分。

好容易等到下课，刘老师刚一走出教室，宋瞳马上指着课本上的那条线说："米小乐，你是说把大梦送到非洲吗？大梦是一条三角龙，足足有好十几吨重，卡莎有那么大的力气，可以把他送到南半球吗？再说，大梦是食草动物，到了非洲，会不会有危险啊？万一被非洲的那些食肉动物，像狮子啊、鳄鱼啊、猎豹啊什么的吃掉，可怎么办？"

"你的第一个问题我也不知道，还要回家后问问卡莎。至于第二个问题，你完全可以放一百个心，非洲的食肉动物最大的不过是草原上的狮子、河里的鳄鱼，凭它们的体形，是绝对拿大梦没办法的。大梦头上的那三只角轻轻一顶，就能把它们顶得头破血流。你想想看，地球上有史以来，在陆地上最凶猛的食肉动物就是霸王龙，三角龙是仅有的几种可以和霸王龙对抗的恐龙之一。大梦连霸王龙都不怕，还用得着担心现存的各种食肉动物吗？我觉得，只要大梦威风凛凛地往那儿一站，狮子、鳄鱼之类早就吓跑了。"

宋瞳如释重负地笑了，说："米小乐，还是你知道的事儿多。"

这一天放学后，米小乐顾不得和丁海强玩儿，以最快的速度蹬着自行车回到家里。他把卡莎从野餐毯里叫出来，对她说："卡莎，现在是秋天了，大梦在湖边的朋友都不出来了，他太寂寞，你能把他送到非洲的草原上、森林里吗？那里现在正是夏天，他一定能有很多朋友，比如像大猩猩、河马、斑马、非洲象、猎豹什么的。"

卡莎说："非洲？太远了，我可没这么大的本事。我的能量有限，根据大梦的体重，我即使消耗尽所有的能量，最多把它运送上几百公里。"

米小乐叹了口气，坐了下来。

第二天他来到学校，刚一走进教室，宋瞳就朝他看着，眼里满是期待。米小乐抱歉地摇摇头，宋瞳的眼神马上黯淡下来。

米小乐在座位上坐下，说："卡莎的能量有限，昨天咱们说的事儿，她实在无能为力。"

宋瞳的眼圈马上红了："昨天晚上我特意上网看了英国尼斯湖的天气预报，那里的纬度比咱们这里高，气候也寒冷多了，白天最高温度才十度，夜间的温度都已经在零下了。这么低的温度，所有的动物，除了大梦，大概都是藏起来过冬了。"

米小乐不知道该怎么回答她，只得歉意地摇摇头。

宋瞳轻声说："没关系，这件事的确难度太大了。可惜，我的皮划艇太小了，否则我真想划着皮划艇，把他送到一个温暖的地方去。"

米小乐眼睛一亮，脑子里忽然掠过一个神奇的念头。他说："宋瞳，你刚才说的什么，能不能再说一遍？"

宋瞳不知道怎么回事，迟疑着说："我的皮划艇太小了——"

"对，就是这句！"米小乐攥起拳头一拍桌子，兴奋地喊了出来。教室里的同学都转脸看了过来，米小乐赶紧压低声音，说："你的皮划艇虽然小，但是，英国肯定有很多船开往非洲，卡莎没有力气把大梦直接送到非洲——"

宋瞳也是个聪明的女孩，马上接着说："卡莎肯定可以把大梦送到某个英国的港口。只要它能登上一艘开往非洲的船，不就能到非洲了吗？"

米小乐说："大梦的个子虽然大，但一个集装箱，总能把他装下。咱们在集装箱里给他准备好足够的食物，他肯定能平平安安地到达非洲。那种装集装箱的大型货船，每艘船能装上万个集装箱，大梦不会被发现的。"

宋瞳心细，她说："就算在船上大梦没有被别人发现，等到了非洲，他怎么下船呢？"

米小乐说："大梦会游泳啊，等货船快靠岸了，他就跳下船，找一个安全的地方上岸就可以了。"

宋瞳想了想，说："你这个计划这么听起来没什么问题，只要大梦同意，咱们就这么办！"

到了第二天早上，米小乐来到教室后，只见宋瞳双眼布满血丝，一副很疲倦的样子，一看就知道晚上没有好好休息。她等米小乐坐下，马上说："我在网上查到了，明天晚上就有一艘名叫非洲王子号的货船从英国的利物浦港出发，目的地是非洲东海岸的一座城市。船需要航行两周的时间。而且，我查到这艘船要运的货物不多，船上的很多集装箱是空的，也就是说，大梦可以很容易找到一只空集装箱住进去。"

米小乐说："三角龙生活的时代，地球整个都很温暖，植被也比现在繁茂得多，现在地球上最像那个时期的地方，就是非洲了。大梦到了那里，一定很高兴。"

宋瞳看了看四周，看到同学们正在陆续走进教室，每人坐下后都忙着在书桌上摆放学习用品，没人朝她这边看，这才小心翼翼地说："米小乐，卡莎飞去英国时，能带着我们一起去吗？"

米小乐说："你非要亲眼看到大梦上船？"

宋瞳说："嗯，这样我才放心。"

这天回到家里，米小乐把宋瞳的打算告诉了卡莎。卡莎说："从尼斯湖到利物浦港，我倒是可以把大梦送过去。"

米小乐兴奋地跳了起来，说："那太棒了！"

卡莎接着说："可是，今天晚上，我只有力气把一个人送到英国去。你和宋瞳，到底是谁去？"

米小乐想了想说："还是我去吧！这次送大梦到货船上去，虽然不会像上次那样遇到太大的危险，毕竟还是一件挺惊险的事儿。"

第二天到了学校，米小乐把自己和卡莎讨论的内容告诉了宋瞳。宋瞳听他说完，就一声不吭地看着他，一副欲言又止的神情。

米小乐猜到了她的心思，说："我知道你非常关心大梦，可按照你的计划，到了英国时，已经是深夜了。"

宋瞳急忙说："不是有卡莎和我在一起吗？她本事那么大，在地球上，除了那个坏斗篷，谁都不用怕。"

米小乐看着她急切的神情，心里一软，说："好吧，今天晚上卡莎带你去找大梦！"

宋瞳擦了擦眼泪，点点头。

这天晚上，按照两个人商量好的方案，卡莎飞出了米小乐家，飞到宋瞳家里，带着她飞向了英国。当卡莎飞出了窗户，飞进茫茫夜空，米小乐回想着上次她带着自己飞往英国的情景，心里还是有些担心。第二天一早，米小乐醒来后，第一件事就是去储藏间。但是，让他失望的是，他没有看到卡莎。等他到了学校，看到宋瞳还没到教室，就愈发担心了。他坐在座位上，看着时间在一分一秒地流逝，眼看就到上课时间了，可宋瞳还是没有出现。

"她们是不是出什么意外了？"米小乐忧心忡忡地想。

前一天的晚上，卡莎离开米小乐家后，就飞到了宋瞳家，两个人一起穿越茫茫夜空，飞往英国。

这是宋瞳第一次被卡莎带到空中飞行。到了高空，她刚刚觉得强风飕飕地掠过自己的身体，整个人冻得打起了哆嗦。这时，她看着卡莎从野餐毯里钻出来，又变成一道蓝色荧光光幕从四周围住自己的身体，于是，风声被隔绝在外面，一种温暖舒适的感觉笼罩住了全身。

她惊喜地说："卡莎，你太厉害了。上次回到国内，是那顶坏斗篷把我送回来的，当时就是那么一瞬间的事儿，都没什么感觉就到家了。还是这样和你一起飞，感觉更神奇！"卡莎得意地说："你喜欢就好，我还担心你会恐高呢！等回去后，我可以经常带你这么飞！我这道电磁隔离层，可以把你从头到脚保护起来。这样的话，我在高空飞行时，你就不觉得冷，也不用担心被风从野餐毯上刮下来！"

卡莎飞行了一个小时后，两个人再次来到了英国尼斯湖畔，在大梦把自己的松鼠朋友介绍给宋瞳的那片树林里降落下来。

中国的深夜，当地正处于下午。宋瞳看到的场景和她两个月前看到的，已经截然不同。当时漫山遍野的树木，现在已经完全枯黄了，满地都是干枯的树叶。温度足足比当时低了十度，太阳虽然还挂在天上，可光线里简直没有什么热量。宋瞳在树林里轻轻走了几步，除了树叶被她踩碎的声音，四周一片沉寂，听不到任何声音。

"大梦会在哪里呢？"卡莎在她身后盘旋着说，"我虽然可以遥感一下，但这样太消耗能量了，遥感之后，一天之内我都不能把大梦送到港口了"。

宋瞳说："没关系，我想办法来找到它。"她回忆着当时大梦呼唤朋友们的情景，双手放在嘴边，发出了呜呜的声音。起初，四周没有任何回音，她的声音很快在旷野中消失了。她和卡莎正失望，忽然，一阵水花的声音从湖边传来，她们朝那边望去，只见大梦果然从水面上钻了出来。

"大梦，太好了，我以为再也见不到你了！"宋瞳兴奋地喊着，快跑着冲了过去。大梦抖了抖身上的水花，让她抱住了自己的大脑袋。

他们亲热了好一会儿，宋瞳问："大梦，你这儿可真冷，树上的叶子都掉了，你都瘦了，是不是很久没吃饱过？”

大梦微笑着说："没关系，陆地上虽然没有什么可吃的，但湖里的水草还很多。我在这里已经过了几十个冬天了，早就习惯了。"

宋瞳说："上次我来这里时，你说过到了冬天，所有朋友都藏了起来，你一个人非常寂寞。我有一个计划，看看能不能帮到你。"接着，她把自己的来意说了出来。果然，大梦对她的这番好意也非常满意，当即决定按照她的计划，先来到利物浦港，然后找到一艘货船去非洲。

但是，大梦怎么去利物浦港却成了难题。卡莎只有不到一米长，大梦长达六米的庞大身躯当然没办法站上去。最后，卡莎飞到大梦的肚皮下面，这才能把大梦四蹄悬空地托举起来。至于宋瞳，她需要先坐到大梦身上，紧紧抓住大梦的长角。

终于，太阳落山了，宋瞳他们也准备好了。卡莎用足力气，举着大梦和宋瞳飞上了半空。她们没注意到，此时，还有一个人影，正鬼鬼祟祟地站在湖边一棵树后的黑影里，冻得哆里哆嗦的，用一架望远镜观察宋瞳他们的情况。他就是那个来自美国芝加哥的黑社会组织恶人帮的头目马库斯。

这段时间，他一直化装成当地农民，整天在湖边转悠，观察大梦会不会出现。这天，卡莎她们刚一降落就被他发现，他盯着卡莎她们来到湖边后和大梦交流的一举一动。他看着卡莎把大梦和宋瞳托举到空中，最后在遥远的云层中消失后，就从兜里拿出手机，说了起来。

"老板，货物已经被那张野餐毯运走了，我听到他们说要去非洲！真的，您放心，我听得清清楚楚！"马库斯压低音量，毕恭毕敬地说着。在四周一片寂静里，他嘶哑的声音听起来格外难听。说完，他挂断电话，紧盯着卡莎飞走的方向，发出了一阵阵得意的狞笑。

等卡莎她们飞到利物浦港的码头，找了个偏僻无人的角落降落下来，卡莎也已经累得筋疲力尽了。

宋瞳眼尖，一眼就看到码头边一艘船的舷上涂着英文"非洲王子号"。"就是这艘船要开往非洲！"她心里说着。她看到，这艘船旁边有一台巨大的装卸起重机，正把码头上堆积如山的集装箱一只只地运上船。卡莎休息了一会儿，开启了遥感功能，很快找到一只空箱子。她和卡莎把大梦送进空集装箱，又等这艘船启航后，才回到刚才那个偏僻的地方，等卡莎休息完毕，就重新飞越万里夜空，返回国内。

卡莎飞到空中后，因为非常疲劳，就飞得很慢。宋瞳一回到家里时，就赶紧背着书包赶到学校，在上课铃声打响前进了教室。宋瞳刚刚坐下，就低头轻声对米小乐说："你放心吧，现在卡莎也肯定回到家了。"米小乐点点头，两个人开始上课。到了中午休息时，宋瞳把在英国的情况很详细地告诉了他。这天，等到米小乐放学回家，卡莎已经在家里了。

第二章　非洲在召唤

天气越来越冷了，这天早上，米小乐拉开窗帘，眼睛一下子眯了起来。原来，昨晚下了一场大雪，街道上、屋顶上，都铺了一层厚厚的雪。积雪反射出一层白晃晃的亮光，相当耀眼。他起床后，沈美美已经拿出了他最暖和的羽绒服。尽管这样，他在骑车上学的路上也觉得冷极了。他来到学校，看到每个人都穿得格外厚实。

"米小乐，你的运气真好！"

"米小乐，去了非洲别忘了和长颈鹿合张影啊！"

"米小乐，到了非洲的草原，可别让狮子给吃了！"

他刚进校门，不知道怎么回事，陆续有认识的、不认识的人和他打着招呼，打招呼的内容他完全不知道怎么回事。他看到，每个人看自己的神情里都流露出羡慕的感觉。直到进了教学楼，他看到通知栏上的一份刚刚贴上去的通知，他才知道是怎么回事。

通知上说，因为受到一家名为"彩虹兄弟"的野生动物保护组织的邀请，本校六年级学生米小乐将在寒假期间去非洲参加一次野生动物考察活动。这时，米小乐才想起来，自己几个月前在从墨西哥回国时，在机场等飞机的时候，在一份英文报纸上看到一份知识测验试卷，好像就是这个国际动物保护组织搞的，目的是测试当今少年儿童关于动物保护方面的知识。

说起"彩虹兄弟"，这个组织在全世界男孩心目中都有着很高的地位。他们的总部设在一艘轮船上，每年在全世界各地开展野生动物保护工作，被他们从各种各样的盗猎者手中解救出来的野生动物不计其数。

电视上也播放过关于他们的节目，米小乐曾经看到，"彩虹兄弟"的成员在非洲的草原、南美洲的雨林里放生那些被解救出来的动物，觉得他们个个都是好样的。他们身穿迷彩服，脚蹬山地靴，袖子高高挽起，露出胳膊上结实的肌肉，胸口挂着望远镜，在米小乐眼里，他们简直像电影里的英雄一样帅气。

于是，他当时就填完了测验问卷，又把报纸塞进了收集试卷的箱子。结果他在这次测验中得了很高的分数，这家动物保护组织就邀请他和世界各地别的十多个孩子，在寒假里来非洲参加动物保护主题的野外活动。

米小乐刚进教室坐下，班主任孟老师出现在教室门口。她朝米小乐招招手，语气和表情都很神秘地说："米小乐，你过来，我带你去看看你的一个老朋友。"

"老朋友？"米小乐有点儿摸不着头脑，他站了起来，跟着孟老师来到了她的办公室。

"汤姆叔叔，是你！"米小乐一进办公室，就看到里面正站着一个身材高大的黑人男青年。他就是在机场向米小乐发知识测验试卷的人，当时他非常耐心地教米小乐如何填写自己的姓名和地址。

"米小乐，汤姆先生是专程来帮你办理各项去非洲参加动物考察活动的手续的，他的身份证明我已经核实过，没有问题。刚才我也打电话给你的父母了，他们也同意你去。"孟老师微笑着说。

"现在，就剩下一个问题了。"汤姆弯下腰，笑容满面地说着，"你本人愿意去非洲参加这次活动吗？"

米小乐马上点点头："我愿意！"

很快就是寒假了。这天是这个学期最后一天，下午班主任孟老师照往常一样，讲了一些寒假里的注意事项，比如放烟花爆竹时要注意安全，不要在结了冰的湖面河面上玩耍，"我尤其要叮嘱的是米小乐同学。你到了非洲，第一要注意安全，第二呢，也要多给大家拍一些野生动物的照片"。

孟老师话音未落，已经有同学跟着喊了起来："米小乐，给我拍一张鳄鱼吧！""米小乐，能给我拍一段猎豹捕猎的视频吗？"

米小乐不好意思地挠着头，宋瞳扭头看了看他，有点犹豫地小声说："米小乐，你去非洲时，能不能……"

米小乐说："我知道你的意思，你是说，能不能去看望一下大梦？"

宋瞳点点头，米小乐说："非洲太大了，大梦上岸已经两个月了，真不知道他会到哪里。"

宋瞳叹了口气，说："我知道，这件事的确不容易。算了，你能玩得开心一些就行，假期快乐！"说完，她把书包一甩，大步走出了教室。

这时，丁海强走到了他身边，说："老米，你真行啊，暑假去了墨西哥，寒假里又要去非洲，都成环球旅行家了，下次暑假，你是不是该去南极了啊。"

米小乐说："老丁，说得也是，咱们还没一起出过门呢，下次我们一起旅行。"

"好嘞！"丁海强说着，举起拳头和他碰了碰，算是告别兼祝福了。

第二天就是周末,从早上开始,沈美美动手帮助米小乐收拾行李和衣物。米大雷眼看着她把米小乐的羽绒服、毛衣塞进大号旅行箱,犹豫了一会儿才轻声说:"美美,儿子是去地球南半球的非洲。那个地方的季节,和我们北半球是相反的。我们这里是冬天时,那里还是夏天,所以,你准备的这些冬天穿的衣服,恐怕……"这时,米小乐走进来,说:"妈,我爸说得对,你就按照夏天的标准,给我准备衣服就行。"

沈美美眼圈有点红了,说:"小乐,我真不放心你一个人去那么远的地方,要不,你别去了, 你想去非洲的话,等到了暑假,我们一起去!"

米大雷赶紧说:"美美,咱们不是说好了,这次让小乐自己去尝试一下,锻炼一下独立生活的能力?再说了,多参加一些这种国际性的活动,以后等小乐申请国外大学的奖学金,会很有帮助的!"

沈美美瞪了他一眼,说:"儿子这次要是少了一根头发……"

米大雷笑嘻嘻地说:"就从我头上拔下来,给他安上,行不行?"

"你们两个,就会合伙欺负我。"沈美美不满地说。

第二天就是预定出发的时间,汤姆来到米小乐家,和米大雷和沈美美见过面后,就和米小乐一起走出家门,踏上了奔赴非洲的旅程。

当然,米小乐也把卡莎放进了自己的行李箱里。

经过十个小时的长途飞行,两个人抵达 W 国首都托斯卡斯城。米小乐一下飞机,就发现自己置身于浓郁的热带景色中。机场四周布满了高大的棕榈树,马路边的摊位上,摆满了各种各样的热带水果。路上的行人,都是短衣短裤,完全不像在国内时,所有人出门都必须穿上厚厚的羽绒服。米小乐坐在汽车里,睁大眼睛欣赏着窗外的风景。忽然,他眼前一亮,只见一只巨大的热气球从自己头顶的高处飞过。这个热气球涂满了绚丽的图案,正在半空中轻盈地飘动着。

他惊叫起来:"哇,真的热气球,太漂亮了!"话音未落,他看到远处天空中又有三只热气球飞过。上面涂着的图案,更是一个比一个漂亮。汤姆见他一副激动万分的神情,微笑着说:"小乐,这次野生动物调查在明天正式开始,我们会分成几个小组,每个小组包括一个成年人和两个孩子。小乐,咱们在一组,这个组的另外一个成员名叫索娅。"

"索娅,"米小乐说,"像是女孩的名字。"

"对,她是个女孩,年龄和你差不多,来自非洲另一个国家。"这时,出租车在酒店门口停下了,汤姆跳下车,说,"小乐,这就是今晚我们住的地方。现在参加这次活动的所有成员都已经到齐，一个小时后我们要开个会。你先好好休息一下。"

米小乐一进房间，马上张开四肢，摆出一个"大"字，躺在了床上。"太累了，终于能休息了，"他正喃喃自语，忽然听到自己的行李箱似乎在不停地抖动着，"糟糕，忘了把卡莎放出来了。"他吐了吐舌头，赶紧跳下床，打开了行李箱。

卡莎嗖的一声飞了出来："米小乐，你太不够意思了，光顾着自己休息，把我忘了个一干二净。"

米小乐挠挠头，不好意思地笑了。卡莎在半空中扭动着，一副很不舒服的样子，米小乐赶紧问："卡莎，你怎么了，生病了吗？"

卡莎说："我会生什么病？还不是你那位母亲大人，在行李箱里塞了那么多宝贝，把我身上硌得这么难受。"米小乐这才看到，自己的行李箱里被沈美美装了一大堆的食物，其中还包括几大瓶水果罐头。他哭笑不得地说："我的母亲大人啊，你知不知道这里最多的就是水果啦，而且一个比一个新鲜。"

这时，一阵敲门声传了进来。米小乐指了指衣柜，卡莎马上飞了进去。

"你好。"米小乐等卡莎藏好，这才走过去打开了房门，只见门口站着一个和自己身高差不多、看起来瘦瘦的黑人女孩，手里端着一只装满水果的盘子。她的两只大眼睛就像两颗硕大的葡萄，整个人的表情很沉静。

"你是——我知道了，你一定是索娅！请进来吧。"米小乐说。

这个黑人女孩点点头，说："我听到你在和别人说话，你这里有客人吗？"索娅没有进门，站在门口说。

米小乐赶紧说："这里没有别人啊，你听到的，一定是电视里的声音。"

索娅说："那好吧，请吃水果。"说着她走进房间，把盘子放下。她看到床边的那一堆罐头，好奇地说："这个就是水果罐头吗？"

米小乐有点不好意思，只得点点头。索娅说："这里是热带，各种水果不计其数，到处都是很新鲜的水果，你为什么要带这么多的罐头呢？"

这个问题太让人尴尬了。米小乐赶紧转移话题："索娅，你也是通过知识竞赛，参加这次活动吧？你从前知道这个'彩虹兄弟'组织吗？"

索娅摇摇头，说："不是，我早就知道'彩虹兄弟'，我从两年前就已经是这个组织的志愿者啦。"她告诉米小乐，自己家所在的小镇，坐落在一片原始森林里，那片森林里的一个湖，是一种珍稀鸟类过冬的栖息地，自己的工作就是记录一下每年这种鸟类是哪天来过冬，又是哪天飞回北半球的，每次来过冬的鸟类数量有多少。

米小乐越听越羡慕，两个人聊了起来，索娅说："你家里养了什么动物？"

米小乐不好意思地说："我妈不让我养动物，说只有等我考上大学，才能养动物。

可等我上了大学，就住在大学宿舍里了，就更没法养动物了。"

"你们住在城里的人，就是这点不好。我们家住在小镇上，我就可以在院子里养从森林里捡回的动物啦。"

"捡动物？这是什么意思？"

"大森林里经常会有生了病，或者被盗猎者打伤的动物。我有两只鹦鹉，都是捡回家的，它们都受伤了，不能飞行了。我因为喜欢音乐，就给其中一只起名叫舒伯特，另一只叫海顿。我还捡到过一只狒狒，名叫贝多芬。"

这一番话让米小乐都听得愣住了。他说："你太酷太厉害了，我的同学里有养动物的，可他们养的不是猫，就是狗，根本不像你这么酷。"

"我还有一个自己的动物保护网站呢，我每天都要和世界各地的朋友交流。"

"你自己的网站？能让我看看吗？"

"当然可以。"

米小乐赶紧打开房间里的电脑，索娅坐在桌前，熟练地敲打着键盘，输入了自己的网址后，马上有一个页面跳了出来。

"你养了这么多的小动物！"米小乐看到，这个网站里正在播放几个动物活动的视频，有鹦鹉、猴子、蜥蜴。

米小乐觉得索娅性格开朗热情，索娅也觉得他很真诚，两个人越聊越畅快。这时，他的手机响了起来，是汤姆通知他和索娅去会议室开会。两个人到了会议室，看到十多个肤色各异、年龄都在十二三岁的孩子和几个青年人。汤姆是这次调查活动的总负责人，他见人到齐了，就开始讲了起来："我们这次野外考察，将在明天正式开始，在接下来的三天里，我们将分为五个小组，每个组都负责在草原上寻找羚羊群，每找到一个，就要完整地记录下它们的各种情况，包括种群的数量，它们每天移动的距离，等等。我必须强调的是——"说到这里，汤姆的表情变得冷峻起来，"你们都是未成年人，所以，对这次野外考察来说，你们的安全是第一位的，没有经过领队的许可，任何人都不能离开交通工具。我们将要在一片基本上还处于原始状态的草原里进行调查，这片草原里，除了性情温顺的羚羊，还有狮子、猎豹、鬣狗这样的肉食性猛兽，另外，大象、河马、犀牛这些动物，虽然是吃草的，但它们也会给人类带来危险。我们有一项统计数字，每年死于这些动物手下的人数，超过了被肉食性动物咬死的。总之，我们的交通工具是我们每个人的安全庇护所，未经许可，绝对不能擅自离开！"

米小乐一边听着，一边想，他说的交通工具，肯定就是汽车了，但他为什么不肯直接说汽车呢？

第二天清晨，所有参加这次活动的成员在酒店门口分头登上了五辆越野车。汤姆开着车在最前方带路，他们穿过一处处街道，很快开到了郊外。路面越来越粗糙，路边的人家也越来越稀疏。开始，几辆车还排成一列，后来，就在不同的岔口陆续分开，各自驶上了自己的方向。终于，米小乐这辆车前后再也没有别的车了。道路在不断变窄，渐渐地，路面在草丛中消失了，米小乐透过车窗朝外面望去，四周已经都是大片的草原了。

草原上静悄悄的，一点儿声音都没有，除了一两只鸟在半空中飞过，没有任何动物活动的迹象。

米小乐点点头说："汤姆，我们要观察的羚羊群，到底在哪里啊？"

汤姆从方向盘上抬起一只手，指着草原深处说："喏，就在那里面。羚羊是非常机警非常胆小的动物，很擅长隐藏自己。我们需要努力寻找，才能找到它们。"

米小乐看了看像一张巨大的绿色地毯一样美丽的草原，有点犹豫地说："汤姆，这片草原这么漂亮，如果把车开进去，是不是会破坏草原？"

汤姆回头拍了拍他的肩膀，说："小乐，你真是好样的，想不到你有这么好的环保意识，你看那里——"

说着，他举着胳膊，指向了远处的天空。米小乐望了过去，只见在地平线上空，一只鲜艳的热气球正飘了过来！米小乐的心脏开始怦怦怦地高速跳了起来，他心想，难道这次野外调查，是乘坐热气球进行？

热气球越飘越近，汤姆说："米小乐，你看看热气球上面，涂的字是什么意思。"

米小乐这才发现，热气球上有几行英文，还有一个彩虹兄弟组织的标志——一道弯弯的彩虹。"哇，这是你们组织的热气球！"他叫了起来。他这才明白为什么昨天汤姆不肯直接说他们将要乘坐的交通工具是热气球，就是为了给所有的孩子一个大大的惊喜。乘坐热气球在非洲的大草原上飞行，这，大概是所有孩子的终极梦想了。

这时，汤姆笑着说："小乐，你说得对，因为很多受到保护的野生动物，生活在没有公路的草原里，我们要调查它们的情况，就需要乘坐热气球。这样的话，第一，可以减少对自然环境的破坏，第二呢？"

索娅抢着回答："防止受到大型动物的袭击！"汤姆朝她伸出大拇指，说："说对了！我们到草原深处进行野外调查，安全是第一位的。有了热气球，就不用担心任何猛兽了。"

"你们的工作，太有意思了！"米小乐羡慕极了。

汤姆的表情变得严肃了，他说："别人觉得我们的工作很精彩刺激，其实，我们的工作，实际上是非常枯燥的。比如我们为了观察动物种群的情况，有时需要连续几个小时待在一个地方，一动都不能动。总之，这项工作是非常艰苦的，绝对不是人们在电视机上看到的那样轻松惬意。当然，很惊险的事情也很多，有些会让人一辈子都印象深刻。"

"那，汤姆叔叔，你能给我讲讲你工作里发生的惊险事儿吗？"

"好，我一定找机会给你好好讲。现在，咱们先登上热气球。"他们正说着，热气球已经飘到他们车旁。米小乐看到，热气球下面的篮筐里，站着一个很年轻的黑人小伙子。他从热气球里抱着一捆缆绳跳了下来，接着又把缆绳捆在旁边的一棵大树上。

"多米尼克，早上好！"汤姆走过去和这个小伙子打招呼，他也高兴地喊着："嗨，汤姆！"两个人互相轻轻捶着对方的胸口，看得出，两个人关系很密切。

汤姆把这个名叫多米尼克的小伙子介绍给了汤姆和索娅。原来，多米尼克是当地人，前不久加入了"彩虹兄弟"当志愿者。

"汤姆，你来看。"多米尼克扯动缆绳，把热气球拽了过来，"这里面的燃料足够三个昼夜使用，还有食物和水，这里还有一个工具箱，一个简易帐篷。"他指着篮筐里的一大堆东西说。接着，他又从一个背包里掏出三部个头巨大的手机，递给了汤姆，"给，这是卫星电话，你们三人一人一部，都已经充满电了。"

汤姆郑重地接过来，说："好，到了野外，手机没信号了，这东西可是最重要的。"

米小乐看到，这个热气球足足有四层楼高，篮筐是圆形的，直径大约一米五左右，在热气球的底部，是一只正在熊熊燃烧的燃气炉。整个热气球看起来饱满威武，把缆绳扯得笔直，好像迫不及待要飞上高空一样。米小乐兴奋极了，他看到，索娅紧握双拳，也是一副跃跃欲试的架势。

汤姆一看米小乐和索娅的表情，就知道他们恨不能马上就跳上热气球，他微微一笑，对多米尼克说："你的准备工作很到位，那我们现在就出发了。"说着，他先把自己的背包扔进篮筐，接着很轻快地翻身跳了进去，刚一站稳，他又把米小乐和索娅拉了进去。

米小乐刚跳进篮筐，马上就觉得双脚不稳，打了个趔趄。索娅也是第一次乘坐热气球，她身体一晃，也差点摔倒。

汤姆扶着他们站稳，又让他们把各自的背包放好，这才对外面的多米尼克说："好了，可以出发了！"多米尼克伸手把缆绳解开，这只热气球马上腾空而起。米小乐觉得好像有一双巨掌在托举着自己一样，他和索娅都惊叫起来。热气球飞得很快，转眼间就离开地面几十米了，米小乐看到刚才那棵大树在迅速缩小，小得就像一株小草一样。他抬头往远处看去，只见周围的视野已经比刚才扩大多了，越来越多的草原出现在自己的视线里。他看到，除了零星分布着一些树丛，这片草原像地毯一样平坦。就连最远处的地平线，看上去都是绿油油的。

米小乐惊叹："嗯，草原实在太漂亮了！"

汤姆说："草原可以慢慢看，先帮我把缆绳收起来。"

热气球还在上升，过了一会儿，汤姆看着燃气炉下方的高度计，说："现在已经一百五十米高了，可以在这个高度把热气球稳定住了。"他把米小乐和索娅招呼过来，表情严肃地说："从现在开始，我们这次调查正式开始了，我还要再提醒你们一次，没有我的允许，你们绝对不能离开篮筐，能做到吗？"

米小乐和索娅一起点头。汤姆的表情缓和了一些，他从工具箱中掏出三架双筒望远镜，递给米小乐和索娅一人一架，继续说："观察不同的动物，要在不同的高度。我们这次的任务是观察羚羊群，需要的高度算是比较高的了，一般是一百米左右。"

索娅纳闷地眨了眨眼，说："汤姆，你不是说，咱们现在的高度是一百五十米吗？"

汤姆笑了笑，说："那你们俩猜一猜，我为什么要多上升五十米？"

米小乐和索娅面面相觑，谁都不知道原因。这时，米小乐望着远处的地平线，仿佛明白了什么，马上说："我知道了！咱们现在还没发现羚羊群，把热气球停在更高的位置，可以扩大搜索面积，更快发现羚羊群的位置。等我们真的找到羚羊群后，就降低热气球的高度，这样就可以在近一些的距离上观察它们了。"

"说得对！"汤姆说，又伸出手掌，和米小乐击掌。这时，他看到索娅表情有些失落，又朝她伸出手掌说："咱们也来一个！"索娅眼睛一亮，和他重重击了一下掌。

太阳越升越高，草原上越来越明亮了，三人开始搜索羚羊群的踪迹。

汤姆看到米小乐和索娅聚精会神的样子，对他们的工作状态很满意，他想了想，说："我们除了调查野生动物的情况，还要注意另外的一些情况。你们在寻找羚羊群时，如果有了其他发现，要第一时间告诉我。"

米小乐回过头来，不解地看着汤姆。汤姆继续说："你们要注意的，就是我们最大的敌人。" 米小乐更纳闷儿了，说："我们的敌人？"

汤姆点点头，说："我们是一家野生动物保护组织，凡是危害到野生动物生存的，都是我们的敌人。那些造成生态环境污染的企业，是我们的敌人，胡乱砍伐破坏森林的人，也是我们的敌人。而我们最大的敌人，就是那些唯利是图的盗猎者。这些人既贪婪，又疯狂，每年不知道有多少野生动物死在他们的枪口下。他们为了砍下一只犀牛角或者一副象牙，就会杀死这头犀牛或者大象，我们每次在草原上看到没有了角的犀牛和大象的尸体时，都是最伤心难过的时刻。"

米小乐说："我明白了，我只要看到盗猎者，马上就告诉你！但是，我不知道盗猎者长什么样啊。"

汤姆说："盗猎者一般都开着货车，每人——"

"他们每人都有枪，浑身臭烘烘的，更重要的是，我见过的盗猎者，每人都有一双贪婪的眼睛！我要是看到了盗猎者，一定饶不了他们！"索娅也回过头来，恨恨地说着。她紧紧攥着望远镜，满脸愤怒的神情，眼里仿佛要喷出火来。米小乐本来以为她是个性格很温和的女孩，想不到她也会有这样的表现。

"索娅！如果发现了盗猎者，我们正确的处理方式是通知警方来抓捕他们，我们自己绝不能去对抗这些武装到了牙齿的盗猎者！"汤姆严厉地说，"索娅，如果你做不到这一点，你就不适合继续参加这次野外调查，我现在就送你回酒店。"

索娅静静地听完汤姆的责备，双眼越来越红了，眼眶里渐渐堆满了泪水。米小乐刚要劝劝她，她猛地转身扑在篮筐边上痛哭起来。汤姆盯着她瘦弱的后背，轻轻叹口气。米小乐不知道索娅的反应为什么会这么大，他抬起头，迷惑地看着汤姆。汤姆摇摇头，这才说："索娅的父母，都是被盗猎者杀害的。"

这个消息太惊人了，米小乐马上就明白为什么索娅一提到盗猎者就那么难过。汤姆继续说："我给你说过，索娅来自非洲另一个国家。这个国家和这里不一样，没有草原，但是有着大片的森林，森林里没有大象、犀牛，但是有别的盗猎者渴望的猎物。索娅的父母都是森林警察，五年前，他们在追捕盗猎者时，被盗猎者开枪击中，两人个都死了，从那时起，索娅就成了孤儿。这五年来，她一直和年迈的奶奶一起生活。"

"怪不得。"米小乐从背包里掏出纸巾，塞到了索娅的手里。

索娅停止了哭泣，接过纸巾擦了擦脸，回头朝着汤姆和米小乐，用力地笑了笑。米小乐觉得，虽然现在还没有看到一个盗猎者，但盗猎者的阴影，一定会一直笼罩在整个调查活动之中。

第三章　热气球上的三人组

热气球随着轻风往草原深处越飘越远。整个草原安静极了，没有一丝的声音，也看不到一只动物。每个人的视线里，只有无边无际的绿色。太阳也渐渐升到了三人头顶正上方，光线无遮无拦地照射在人们身上，每人额头都冒出了密密麻麻的大颗汗珠。

"小乐，是不是觉得有些闷？"汤姆拍了拍他的肩膀，递给他一根能量棒。

"是啊，草原漂亮是漂亮，可怎么看不到任何动物啊。"米小乐说。自从乘坐热气球上天，他的望远镜里还没出现过任何野生动物。他接过能量棒，咬了一大口。这根能量棒差不多足有乒乓球那么粗，十公分长，它外面裹着厚厚一层巧克力，里面则是花生、燕麦片、腰果、葡萄干等各种干果。他知道，各种食物里干果的热量是最高的，可见这种能量棒完全就是为了野外生存而设计的食品。

汤姆放下望远镜，朝这边说："现在太阳的光线太强了，动物为了保持体内的水分，很少会在中午出来活动，大部分都会躲在树丛或者别的隐蔽地方休息。等太阳稍微偏一点儿，光线没这么强了，肯定有动物出来。"

汤姆嘴里说着，手里始终在握着望远镜观察着草原。热气球慢悠悠地在天上飘着，渐渐飘到一片低矮的灌木丛上空。忽然，米小乐发现有点不对劲，说："汤姆，我刚刚看到那片树丛里有道亮光闪了一下，很像是金属的反光。"

汤姆马上警觉起来，马上把望远镜对准了那片树丛。可他紧盯着看了好几分钟，没有发现任何异常的情况。热气球继续飘着，又过了一会儿，索娅又轻声喊了起来："那边草丛里有动静。"汤姆和米小乐顺着她手指的方向，马上用望远镜看了起来。这下，米小乐真的在远处的一堆浓密草丛后，发现了几团毛茸茸灰蒙蒙的东西。他看到这几只动物在那里不停地拱来拱去，却看不清它们的轮廓，也不知道它们在那里干什么。

"汤姆，那是什么动物？"米小乐轻声说。

汤姆没有回答他，还是在一直紧紧盯着那堆草丛。但是，索娅和米小乐看到他的脸色却变得非常严峻。过了几分钟，汤姆才慢慢放下望远镜，他对索娅和米小乐说："你们往上看。"

两个人赶紧扶着篮筐的护栏，往头顶看去。他们看到，在热气球的上方，有几只硕大的鸟在飞翔着。这几只鸟并不是在天空中一掠而过，而是在不停地盘旋着。米小乐一拍脑袋，说："我知道了，草丛后面的，一定是鬣狗！"

汤姆满意地伸出大拇指，说："说对了！"

索娅还是不太明白，她说："汤姆让我们看天上，你怎么反倒猜出地上的动物呢？"

汤姆说："索娅，你从小在森林里长大，对草原上的动物不是很熟悉。草原上的人都知道，秃鹫是草原上的垃圾搬运工，它们最爱吃的食物是动物的尸体，现在它们出现在这里，说明地面上一定有死去的动物。但是，它们又不敢飞下来，说明还有别的动物在吃。草丛后动物的体形并不太大，肯定就是鬣狗在那里吃动物的尸体了。"

"那，鬣狗们在吃什么动物尸体？"索娅问。

"那就要咱们过去看个究竟了，"汤姆说着，他站在燃气炉下面，拧动着调节火力大小的阀门。米小乐和索娅看到，火苗很快就变小了，热气球好像也缩小了一些。很快，他们又发现热气球在缓缓下降。

他们慢慢到了草丛上方，米小乐看到，那里的确有几只很像大狗的动物。汤姆扬起猎枪，朝天空扣动了扳机。枪声响了，那几只动物受到惊吓，一下子抬起了头，半张着嘴巴，警惕地看着四周的动静。这下米小乐看清楚了，草丛后有五只很像大狗的动物，它们毛发蓬乱，嘴里的尖牙滴着鲜血，闪着寒光。他们的眼珠足有乒乓球大小，恶狠狠的眼神紧紧盯着面前这个不速之客，也就是米小乐他们乘坐的热气球。

"它们看起来可真凶。"索娅说。

汤姆说："我要下去看看。"说完，他又转身开始调整燃气炉阀门，这次他的动作比刚才快得多，热气球下降的速度也快多了。

那五只鬣狗往草丛深处退了几步，一起紧紧盯着这个从天上飞下来的庞然大物。

热气球距离地面不到半米了，因为这里没有树木可供系缆绳，汤姆从工具箱里拿出一把锤子和一根长长的楔子。他跳出篮筐，用锤子把楔子深深地砸进地面后，又把缆绳紧紧缠绕在楔子上。忙完这些，他又把一架摄像机塞给米小乐，对米小乐和索娅说："我再说一遍，没有我的允许，你们绝对不能出来。米小乐，你负责摄像，要把我查看这里情况的全部过程都拍摄下来，索娅，你要负责好安全问题。你必须时刻用望远镜观察周围的情况，如果一旦发现异常，马上告诉我。"

米小乐和索娅点点头，汤姆打开猎枪的保险，慢慢朝着鬣狗走过去。米小乐看到，鬣狗慢慢分散开成一个扇形，每一只都抬着头，死死瞪着正向他们靠近的汤姆。汤姆走到他们跟前，高举起猎枪，朝半空中开了一枪。巨大的枪声在寂静的草原上格外刺耳，鬣狗也被这枪声吓了一跳，中间的鬣狗朝一旁走开，给汤姆让出了一条一米多宽的过道。汤姆拎着枪，从它们中间走了过去。

这时，米小乐和卡莎也看到了，草丛里的，是一头犀牛的尸体。"这头犀牛，是被盗猎者打死的！"米小乐听到，索娅在他身边缓慢地说着，每一个字似乎都浸满了仇恨。米小乐注意到，犀牛头部并没有角，原本牛角的位置，已经是血肉模糊的一大片。

这时，汤姆正在记录犀牛尸体的情况，突然，米小乐看到，他身后的两只鬣狗身子一矮，仿佛随时要发动攻击！他大喊："汤姆，小心！"

汤姆一弓腰，飞快地倒退了一步，两只高高跳起的鬣狗擦着他的头顶跳了过去。汤姆转身跑到篮筐旁，米小乐抓住他的手，把他拽了进来。

鬣狗并没有追击，重新拥到尸体旁，伴随着一阵阵的怪叫声，一起吃了起来。

"你受伤了吗？"米小乐问刚刚在篮筐内站稳的汤姆。汤姆摇摇头，说："没有。看来因为我去查看尸体，它们觉得对它们构成威胁。鬣狗是一种又凶残又聪明的动物，在草原上，除了狮子和大象，没有任何动物是它们不敢惹的。就连狮子刚刚捕获的猎物，只要它们能聚集到七八只，也能赶走狮子，把猎物抢过来。"

汤姆接着拿出卫星电话，把刚才的经过通知给了总部，然后把热气球重新升到高空，继续寻找羚羊群的踪迹。

那群鬣狗渐渐在视线里消失了。米小乐放下望远镜，说："那刚才的犀牛尸体怎么办？"

"我已经把情况通知给了总部，他们会通知当地警察的。警察很快就会来查看尸体现场的情况，然后去抓盗猎者。"

太阳渐渐往西边斜着落了下去，落日的余晖洒在草原上，所有的草丛、树丛，都像被镀了一层金边，比早晨的景象更美了。

米小乐望着一片沉寂的草原，轻轻叹了口气。

"在草原上飘了一整天，一只羚羊都没有看到，是不是觉得很没成就感？"汤姆仿佛看穿了他的心思。米小乐不好意思地点点头，汤姆说："这其实就是野生动物保护工作最正常的状态。是不是觉得，这项工作没有想象中那么好玩？"

米小乐脸上红了一下，没好意思回答。汤姆拍拍他的肩膀，说："但愿咱们明天的运气会好一些，今天就到这里吧。"说完，他把热气球降落在一处小山包上，自己跳出篮筐，拎着猎枪观察了一番周围的情况，这才让米小乐和索娅出了篮筐。接着，汤姆慢慢拧灭了燃气炉，很快热气球就落在地面上。他们把热气球整理好，发现太阳已经快下山了。

这是一整天里，米小乐和索娅第一次踏上土地。开始他们都觉得双腿一阵酸麻，汤姆让他们活动了一番身体，这才又从工具箱里拿出了各种宿营的工具。三人齐心协力，支起一顶帐篷，然后开始准备晚饭。

这是米小乐第一次在草原上吃饭。这时他的肚子已经饿极了，不时发出一阵咕咕的声音。汤姆说："我们在吃饭前，先要把篝火准备好。"说着，他对索娅说："索娅，你注意观察周围的情况，我和米小乐找些树枝来。"索娅答应着，站在山包上举着望远镜看着四周。汤姆和米小乐走下山包，从附近捡了一堆干树枝，汤姆先是从旁边抓起一把干草，用打火机引燃干草后，又把几根细树枝放在上面，等这几根树枝烧起来后，他才把更粗的树枝放在火上。没几分钟，一堆篝火就点燃了。汤姆把剩下的树枝分成了几小堆，对索娅和米小乐说："这些树枝每隔两个小时就要加一次，这样就能一直用到明天早上了。"

汤姆在篝火上煮好饭，三人吃完饭，汤姆说："刚才在降落前我已经观察过，这附近没有大型动物。再加上有这堆篝火的保护，今晚我们可以好好地睡一觉了。小乐，你和索娅在篮筐里休息吧，我就在篝火旁睡了。"

米小乐说："汤姆，我还是和你在篝火旁睡吧。两个人在篮筐里，还是有些挤。"他们一整天都在聚精会神地观察草原，都有些疲惫了。三个人里，第一个休息的是索娅。她跳进篮筐，因为身材瘦小，她可以整个人躺下来。经过了一整天的神经紧张，她很快睡着了。米小乐和汤姆走下小山包，面对着篝火，每人找个最舒服的姿势，坐了下来。米小乐望着满天亮闪闪的星星，心里很不平静。

"是不是有些失望？"汤姆说。

"开始是有点，后来你告诉我，这份工作本来就不像电视上那么惊险，'彩虹兄弟'每一个合格的成员加入这个组织，心里想的应该是为动物保护做些事情，而不是为了寻求刺激。我明白了这个道理，也就没那么失望了。"

"哈哈，我就知道你能明白的。小乐，你是好样的。"汤姆看着他的眼睛说，"小乐，要做好任何工作，仅仅是自己喜欢是不够的。你必须充分锻炼自己的能力，才能去做自己喜欢的事情。"

米小乐和很多男同学一样，都是家里的独生子。汤姆的年龄只比他大一倍，但汤姆经历过的事情却比他多了很多倍。他看着汤姆黑黝黝的脸色和粗壮的胳膊，眼睛里坚定自信的神采，心想，自己一定要努力做一个汤姆这样的人。

他正想着，一阵睡意袭来，他大大打了个哈欠。汤姆看看带夜光功能的手表，说："时间差不多了，这里的火焰在噼里啪啦地响，你去篮筐里睡会儿吧。"

米小乐答应了，两个人走上土包，来到篮筐旁。只见里面索娅睡得正熟，她的睫毛上挂着几滴泪珠。嘴角慢慢弯了起来，脸上漾起了一丝笑意。

"索娅——"汤姆刚要让她起来给米小乐让出一块地方，米小乐拉住他的手臂，做了个"嘘"的手势，轻声说："让她再睡一会儿吧，她肯定是梦见自己的父母了。"

米小乐和汤姆重新回到刚才的地方坐下，篝火里燃烧着的树枝在噼噼啪啪地响着，一阵阵热气涌过来，让米小乐睁不开眼睛，觉得更困了。他头一歪，很快就睡着了。

"米小乐，快醒醒，别睡了。"不知道睡了多久，他被一个声音叫醒了。他迷迷糊糊地睁开眼，只见荧光体形态的卡莎正在自己面前悬停着。

"卡莎，你怎么从背包里出来了？"米小乐揉着眼睛说。

卡莎的语气听起来很气愤："我再不出来，就要活活在背包里闷死了。"

米小乐脸一红，说："我一直找机会想让你出来，可旁边总是有人。对了，汤姆呢？"

"喏，那不就是吗？"卡莎往旁边一闪，米小乐看到自己对面，汤姆也倒在一边，睡着了。他又看了看篝火，看到里面大部分树枝都已经烧成了灰烬，只剩下几根粗一些的树枝还在微微冒着火光，赶紧从旁边的柴堆上抓起一把树枝，放进了比刚才小了很多的篝火上。

他拍拍手上的灰尘，站了起来。卡莎拽住他的胳膊，说："你干吗去？"

米小乐说："他们两个都睡了，我还要值班，查看四周的情况呢。"

这下卡莎得意了，她说："你不用看了，我都已经看过了。这里非常安全，方圆五十平方公里内，最大的动物是东南边三公里的地方，有一只在树枝上睡觉的乌鸦。"

米小乐说："你遥感过了？"

卡莎说："没有，我刚才从背包里出来后，已经在这片草原上空飞了好几圈了。不但把周围的情况都看清楚了，宇宙射线也饱饱地吸收了一顿。这里位于南半球，宇宙射线和你们家那边还真的不太一样，强度要高得多，我现在觉得全身上下充满了能量。"说着，卡莎嗖的钻进野餐毯，在草原上兴奋地飞了起来。只见她像一道闪电一样，在星空下的草原上高速飞翔着，只一瞬间，她就飞得无影无踪，可到了下一秒，她又嗖的一声，飞回到米小乐眼前。这样飞了十几个来回，她才停了下来。

"你要是玩得过瘾了，就赶快歇会儿吧，我看得眼都花了。"米小乐说，"好了，既然你能量充足，那我再睡一会儿，你就在这里负责观察四周的情况。"说完，他不等卡莎答应，就身体一歪，倒下去睡着了。

"懒虫。"卡莎不满地嘟哝着，只得在他们几个人的上空，慢慢盘旋着欣赏草原夜色。

忽然，就在米小乐即将睡着的时候，他听到不远处传来一阵脚步声。这串声音由远到近，正在一步步朝着米小乐的方向前进。等到这个声音到了米小乐身后不远，轻轻喊了一声："米小乐——"他才听出，这是索娅的声音。

原来，索娅不知道何时醒了，米小乐以为她想让自己进篮筐休息，赶紧假装睡着，还装模作样地打起了呼噜。索娅站在他旁边看着他，见他不肯回答，就干脆蹲了下来，轻轻摇晃着他说："你别装了，我知道你根本没睡。"

米小乐只得转过脸，说："索娅，你放心地在篮筐里睡吧，我一个男人，在哪里睡都行。电视上那些野外生存类节目里，那些探险家都能在树枝上睡，我能在这么个平地上睡，已经不错。地上这些草，躺在上面就像地毯一样，比在篮筐里舒服多了。"

索娅盯着他，说："米小乐，我要说的不是这事儿。咱们中午经过的那片树丛，肯定有问题，咱们去看看怎么回事吧。"

米小乐还没彻底清醒，他用力回忆着这个白天里发生的一切，终于想起树丛的事儿。他说："你是说，我们看到有金属反光的那片小树丛？"

索娅点点头说："这里是原始草原，如果发现了金属反光，说明那里一定有人。这附近根本没什么村子，说明树丛里的人，很可能是盗猎者。咱们现在去了那里，就算盗猎者已经离开了，我们也要找找他们在白天有没有留下痕迹。"

米小乐说："盗猎者都是全副武装的成年人，咱们去太危险了。我们还是等汤姆睡醒后，把你刚才的话再给他说一遍，由他找人来抓捕盗猎者。"这时，他看到，卡莎已经飞到索娅的头顶，得意扬扬地悬停在那里，跟着索娅头部的转动而转动。

索娅看起来对自己头顶的不速之客完全没察觉。她没等米小乐说完就使劲儿摇头，说："汤姆根本就不相信你的话，否则，上午他就会做这件事了。再说，我一定要亲手抓住盗猎者！"

米小乐想起索娅方面的遭遇，长长地叹口气。他说："索娅，我知道你这么做，都是为了你失去的父母。但是我相信，就算是你父母，也不会让你去做这么危险的事。更何况，那里距离这儿有三公里，走过去的话需要至少一个小时，说不定路上会有狮子、猎豹之类的猛兽正因为肚子饿睡不着呢。咱们现在去，不知道算是给他们的晚餐，还是早点。"

索娅说："没关系，这个不用担心。绝对没有任何猛兽敢靠近咱们身边。"说着，她神秘地笑了笑。

米小乐不明白她的用意，迷惑地看着她，说："你说的是什么意思，我怎么不太懂啊！"

索娅又笑了，说："你懂，你当然懂。"说完，指了指自己的头顶，也正是卡莎停留的位置。正在慢悠悠飞着的卡莎一下子愣住了，米小乐也吃惊得张大嘴，不知道该说些什么，索娅得意看了他一会儿，猛地转过头，对卡莎说："请下来吧。"

卡莎这才确信自己已经被发现了，只得慢慢飞了过来，悬停在米小乐和索娅面前。

米小乐满脸的无奈，摇摇头说："你是怎么发现卡莎的？"

索娅得意地眨眨眼，说："就是刚才啊，我在篮筐里刚刚睡醒，忽然发现头顶有什么东西在飞来飞去。我睁开眼，竟然看到一张野餐毯在飞，还在和你对话。我吓了一跳，还以为自己是在做梦，我使劲咬了一口自己的手指，疼得很，这才相信自己看到的是真的。你们的对话我都听到了，既然卡莎这么有本事，就让她和我们一起，到那个树丛里去查看一下吧。"

米小乐朝汤姆睡觉的方向看了看，只见篝火还在缓慢地燃烧着，汤姆也没有要睡醒的迹象。索娅明白他的心思，说："你放心吧，刚才这张野餐毯，她是叫卡莎吧，不是说这周围没有食肉动物吗？汤姆就在篝火旁边，任何动物都不敢靠近火的。再说，卡莎飞得那么快，可以随时返回来的。"

米小乐想了想，说："不行，我们离开的话，没有人观察四周的情况，汤姆实在太危险了。卡莎必须留在这里，她可以随时遥感咱们在树丛那边的情况，如果万一有狮子、猎豹、蛇之类的动物来到咱们附近，她完全可以及时飞过去保护咱们。"

索娅赶快点头答应了。米小乐又转向卡莎，还没等他说，卡莎就说："可以，反正距离很近，我几秒钟就能飞过去。"米小乐说："汤姆在睡觉，你可不能光顾着自己飞来飞去地玩儿，必须保护好他，知道吗？"

卡莎答应了。

第四章　寻找盗猎者

米小乐和索娅朝着那片树丛的方向出发了。

这时，圆圆的月亮已经升到了他们头顶的正上方，这说明，现在已经是真正的午夜了。月光照在草原上，草原显得既神秘，又美丽。

两个人顾不得欣赏月色，一前一后向着那片树丛走着。这是一片原始草原，根本没有路，他们只得踩着草叶前进。米小乐开始还觉得挺好玩，脚踩在厚实茂盛的草丛上还挺舒服，可走了不到一公里，就觉得每走一步，脚都要在草丛中踩进去再拔出来，实在是很费力的事。他的双脚很快就变得很沉重，而索娅从小在森林里长大，对付这样的步行完全不算回事。她一直轻快地朝前跑着，时不时还回头招呼米小乐快点走。米小乐做了个手势，表示自己根本跑不动，结果索娅回头朝他做了个鬼脸，就扭头又飞快地跑了起来。

米小乐记得，从前上体育课时，有一次进行八百米测验，自己和丁海强是全班最快跑完的，当时自己还嘲笑那些成绩不及格的同学，想不到这天晚上，自己却被一个女生嘲笑。他摇摇头，决定以后再也不嘲笑任何人了。

到了树丛外只有两百米的地方，索娅的脚步完全停了下来，站在原地，咬紧嘴唇，紧盯着那片树丛。米小乐气喘吁吁地赶了上来。他站在索娅身边，朝侧面一看，只见索娅的脸上已经流满了泪水。米小乐知道，她肯定是又想起了被盗猎者杀害的父母。

他刚要劝她，索娅伸手擦擦眼泪，对他说："走吧。"说完，大步走进了树丛。米小乐也赶紧跟了进去。

月光照不进树丛，所以这里比外面黑暗多了。索娅走了几步，停下脚步，贴在米小乐耳边轻声说："你还记得那道亮光是在哪里出现的吗？"

米小乐一歪头，回想了一会儿，说："我记得，是在东北角。"

索娅抬头辨别了一下方向，说："好吧，咱们去东北角。"

这天下午，就在他们的热气球从树丛上空飘走后，就在这个树丛里，两个手持猎枪的男人一起长长地舒了一口气。

"你这个蠢货，我告诉过你，工作时间不能抽烟，你就是不听，现在差点被发现。我告诉你，如果 T 先生知道你抽烟，你剩下的那一半钱，一分钱都拿不到！"

说话的是一个高个子的白人，他长得又高又瘦，脸上在右眼下面，有一道斜斜的伤疤，一直延伸到了嘴角，让他看起来格外丑陋恐怖。他手里握着的猎枪，枪管格外粗大，乌黑崭新，一看就是专门猎捕大型动物的专用枪支。站在他面前的，也是个男性白人，但和他体形截然相反，这人又矮又胖，满脸油汗，手里提着一支普通的猎枪。

一分钟前，这个胖子刚从怀里摸出一根雪茄和打火机，就被那个瘦子打落在地。而在这两个人旁边，还有一辆用迷彩篷布盖起来的吉普车。这种车轮胎宽大，在草原上行驶只会留下很浅的车轮痕迹，非常不容易被发现。

这个高个子刀疤脸，名叫霍萨克，矮胖子名叫贝罗，他们都是被国际警察组织通缉的盗猎者。在全世界的刑警和野生动物保护者眼中，这两个人可谓是臭名昭著、恶贯满盈。凡是出产珍稀动物的国家，他们几乎都去过，死在他们猎枪下的动物不计其数。他们两个人中，霍萨克因为心狠手辣，算是他们中间的头头。刚才，霍萨克看到贝罗摸出打火机准备抽雪茄，马上把打火机和雪茄打落在地。就是打火机下落时发出的反光，引起了热气球上米小乐的注意。

一个月前，他们接受任务，来 W 国来猎捕一种珍稀动物。当时，他们的顾客要求他们来到 W 国后，就等待自己的下一步指令。结果两个人在草原上游荡了一个月，也没有接到新的指令。

联系他们的那位顾客，自称 T 先生。

贝罗眼馋地望着地上的雪茄和打火机，却不敢去拿回来。霍萨克冷冷地说："你还记不记得咱们第一次合作的情形？"

贝罗赶紧点头，说："当然，要不是你，我早就进了北极熊的肚子了！"

霍萨克说："你当时一身的酒味儿，才会把北极熊引来。你还不吸取教训，在这儿还想抽烟，是不是想把狮子招来？"

霍萨克说的，是五年前的事情了。当时，两个人分别受不同的雇主派遣，去北极圈猎捕一种珍稀海豹，这种海豹皮做成的大衣，在很多国家的富人中间非常受欢迎。当时，两个人追踪到了同一群海豹。当他们找到这群海豹栖息的冰山时，一看面前有上百只珍稀海豹，都觉得自己发财了。贝罗举起猎枪，瞄准了一头花纹最漂亮的海豹就要开枪时，他没有注意到，一头身高三米、体重超过四百公斤的雄性北极熊已经站到了他的身后。

霍萨克见北极熊高高举起前爪时露出了咽喉，马上扣动扳机开了一枪，北极熊的喉咙被打得稀烂，愤怒地咆哮了一声，就倒在冰面上，死了。北极熊这种动物，全身上下有三十厘米后的脂肪层，再加上一层厚实的毛皮，普通的猎枪根本没办法。它唯一的薄弱之处，就是它的咽喉部位。这只北极熊沉重的尸体在贝罗身旁倒下，他吓得魂飞魄散。这时，他看到不远处的霍萨克，发现是这家伙救了自己，就把霍萨克当成了救命恩人。霍萨克当然不会告诉他，自己来北极圈之前，曾经接受一个收藏家的报价，要一张完整的北极熊标本，他可以从中赚到五万美元。他打死这头北极熊，完全是看在这五万美元的份上，贝罗的死活，他根本不放在心上。

霍萨克和贝罗从此认识了，那天他们一起打死了十多只海豹，弄到了十多张花纹异常漂亮的海豹皮。也是从那天开始，贝罗就把霍萨克当成救命恩人。两个人正式结为搭档。两个人当中，霍萨克最狡猾，他负责寻找主顾、制定盗猎计划，当然还要销赃。而贝罗长得膘肥体壮，有一身蛮力，遇到危险时，霍萨克总是把他推出去。后来，世界各地对盗猎者的抓捕越来越严厉，霍萨克觉得这样自己去猎捕珍稀动物再卖出去的做法，效率实在太低下了，就冥思苦想以后的生路。最后，他想出一个办法，就是采取订单式的盗猎方式，他通过黑市，打听哪个有钱人想要什么动物，然后再动手猎捕动物。这一招很奏效，这几年，他们两个人去南极抓过企鹅，去青藏高原逮过藏羚羊，去南美洲的热带雨林里抓过金刚鹦鹉。而非洲，是他们来过最多的地方。这里的象牙、犀牛角、鳄鱼皮、猎豹皮都是很多主顾喜欢的。对于非洲的野生动物，霍萨克和贝罗这两个人简直就是一对死神。这几年，他们在国际盗猎市场上的名气越来越大，有越来越多的有钱人找到他们，要求他们为自己去猎杀某种野生动物。

只要霍萨克一在贝罗面前提起自己对他的救命之恩，贝罗马上变得十分听话。霍萨克不再搭理他，转而琢磨起眼下这次差使。他说："这次的任务，也真够奇怪的，咱们来到这里一个月了，还不知道这位 T 先生要逮的三角龙在哪儿。三角龙，嘿嘿，"

贝罗嘿嘿一笑，说："哈哈，我不管这些，反正给我的报酬，已经存进了我在瑞士银行的账户。没有指令更好，就这么在草原上待下去，就像度假一样。"

霍萨克鄙视地瞥了他一眼，说："我和你不一样，这样太没成就感了。你知道我最想看到的景象是什么吗？"

"是什么？"

"就是我扣动扳机，子弹从枪膛中飞出，然后我一边嗅着枪口的烟雾，一边欣赏着中弹死去的猎物。"

贝罗望着霍萨克残忍的眼神，虽然正值午后，烈日当空，还是不禁打了个冷战。霍萨克明白他的心思，拍了拍他圆滚滚的秃头顶说："你放心，你是我的好搭档，我是绝不会对你下手的。只要你每件事都老老实实听我的，我包你发大财！"

这次收买他们的是一个非常神秘的买家。一个月前的一个早上，霍萨克刚刚在位于美国乡间的豪华别墅里醒来，就在自己床头发现了一把崭新的猎枪，枪下压着一张支票和一张写了几行字迹的白纸，还有两张飞往非洲 W 国首都托斯卡斯市的飞机票。支票上的数字是五百万美元，而纸上写的内容是让他和贝罗尽快赶到非洲，为自己寻找一种猎物。最令人震惊的，就是猎物的名称，竟然是早在六千五百万年前就已经灭绝的三角龙。

纸上还写着这五百万美元只是预付金，等他们把三角龙交到自己手里，还会给他们剩下的五百万。那把猎枪里，已经装好了三发强力麻醉弹，只要用麻醉弹击中三角龙，它会在十秒钟之内昏倒。

纸上的落款是"T 先生"。

因为干过的坏事实在太多，霍萨克平时最注意的事，就是防备别人暗算。他这座别墅周围布满了各种摄像头，五米高的围墙上还有高压电铁丝网，自己还在房间里准备了各种枪支，可以说是固若金汤。即使这样，这个 T 先生，竟然能穿过重重防御，把猎枪和支票放在他床头，这让他足足出了一身冷汗。他考虑再三，打电话找来了贝罗。

他把这件事告诉了贝罗，贝罗也大吃一惊。至于酬金的数目，霍萨克像从前一样，告诉贝罗的是一个比真实数字少得多的数。他说此行猎捕行动，第一笔支付给他们的酬金是一百万美元，抓住猎物后才能拿到剩下的一百万。

两个人搭档多年来，霍萨克始终在欺骗贝罗，他嘴上说的是所有酬金两个人平分，实际上他分给贝罗的，只有总数的十分之一。

霍萨克和贝罗来到 W 国的草原上之后，已经转悠了一个月，始终没有发现任何三角龙的踪迹。这天中午，为了躲避强烈的日光，他们躲进了这片树丛休息。

"这样下去不是办法。"霍萨克扯断一根树枝，又从上面撕下一块树皮来缓慢地嚼着。嚼了一会儿，他吐出嘴里的残渣，慢慢地说。

贝罗仰脸看着他，说："那咱们该怎么办？"

霍萨克朝着西北方向指了指，说："去幽灵山谷。"

"什么？"贝罗被吓得面如土色，说话的声音都变了。

他们曾经多次来非洲盗猎，知道在 W 国的草原上有一个名叫幽灵山谷的地方。这个地方因为没有水源，非常荒凉。它位于斑马、羚羊、角马等动物的迁徙路线上，到了每年雨季和旱季交替的迁徙季节，会有大批的斑马群、羚羊群和角马群在这里经过。现在是一月份，动物的雨季迁徙已经完成，那片山谷就变成了空空荡荡的无人区。

这个地方之所以让人恐怖，是因为在每年的迁徙季节，一些掉队的斑马、角马等大型动物，在经过这里时，都会在第二天就变成一堆白骨。草原上虽然有狮子、猎豹、鬣狗等食肉动物，但没有哪种动物，能在一夜之间把这些体重达到三百公斤的动物吃得这么干净。于是，关于这个山谷就有了种种可怕的传说，在草原上流传着。

曾经有来自不同国家的动物学家组成科学考察队进入幽灵山谷进行调查，可前前后后的几十支科考队，都没有任何发现。

后来，掉队动物光秃秃的骨架不断出现，再也没人敢进入这个山谷了。

贝罗胆战心惊地说："单个的动物一旦进入那个山谷，都会变成一堆白骨，三角龙肯定也不敢去那里吧！"霍萨克鄙视地看着贝罗那副恐惧的样子，说："幽灵山谷是这片草原上唯一一个我们没去的地方。再说了，咱们来到草原已经一个月了，不是在一些土著居民那里，听到过有人在路过幽灵山谷附近时，看到过一只怪兽吗？最近如果这里真的有那个 T 先生所说的三角龙，它一定就在幽灵山谷里。"

贝罗说："这些没见过世面的土著人，懂得什么？他们的话，哪能信啊。"

霍萨克："那些土著人，说新出现的怪兽，个子比大象还要大，头上还有三只角，这不就是 T 先生说的三角龙的样子吗？"

贝罗说："那个地方太可怕了，说不定咱们自己这两条命就要葬送在幽灵山谷了。昨天咱们不是已经杀了一头犀牛，弄到一只上好的犀牛角吗？这只犀牛角卖掉后，咱们绝对能赚到上万美元，这次非洲已经不是白来了。"

霍萨克说："我叮嘱过你，这次来非洲，唯一的目标就是 T 先生说的那条三角龙，昨天你见到犀牛，还是开枪了，你这么贪图小利，成不了气候！如果因为那头犀牛泄露了行踪，让那帮该死的警察和动物保护者坏了这次的事儿，我一枪打死你！你以为咱们不去幽灵山谷，就保得住性命吗？ T 先生的本事太可怕了，他要咱们两个人的命，还不是轻而易举的事儿？"

贝罗心里仍然怕极了，他又不敢违抗霍萨克的话，只得说："那我们什么时候去？"

霍萨克抬头看了看太阳的位置，说："幽灵山谷距离这里有两百公里，这辆车需要开三个小时才能到。我们在这里休息一会儿，一小时后出发，到了幽灵山谷外面，我们待上一个晚上，明天早上天一亮就进去。"

贝罗木讷地点点头，心想，大概自己只有明天一天可活了。

米小乐和索娅在明亮的月色下，走到了树丛的东北角。两个人朝里面望去，只见里面漆黑一片，就连自己身前一米外的地面都看不到。两个人相互看了一眼，"进去！"米小乐一挥手，打开手电筒，大步走了进去。索娅跟着他走进了树丛。

树丛里不但黑极了，而且还听不到任何声音。米小乐放慢脚步，一边观察四下的情况，一边倾听着周围的动静。他和索娅用手电筒分别照射着不同的方向，逐渐向树丛深处走去。可是，他们走了一百多步，还是没有任何收获。

周围实在太安静了，索娅有些害怕，她朝身后看去，发现已经看不到树丛外面了，脚步不由得慢了下来。米小乐感觉到她不再走了，回头说："索娅，你是不是害怕了？要不，咱们回去？"

索娅一甩头，说："不！我一定要找到盗猎者留下的痕迹！"

米小乐刚要再说，忽然，他从索娅身后，看到地上似乎有轻微的闪光。他赶紧快步走过去，举起手电筒，朝那个方向照去。索娅也跟了过去。

在两个人手电筒的照射下，地面上有一只打火机正在闪闪发光。索娅冲过去，把打火机捡了起来。她盯着打火机看了一会儿，猛地把打火机往地上一摔，接着扑到旁边的一棵树干上，大声哭了起来。

"就是这个盗猎者，杀死了我的父亲和母亲——"她哭喊着，又从自己衣兜里拿出一只打火机。

听到索娅这样的哭喊，米小乐走过去，从她手里拿过打火机，然后从地上捡起那只刚刚找到的打火机。他一用手电筒照着这两只打火机，就发现它们竟然一模一样，而且在底部都有两个英文字母 B.L，似乎是什么名字的缩写。他轻声说："索娅，究竟是怎么回事？"

索娅哭了一会儿，才回过头，哽咽着说出了自己最伤心的一段往事。她说，五年前的一个傍晚，自己和小伙伴们在森林里玩耍了一天后回到家里，发现父母并没有在家，只有爷爷奶奶在抱头痛哭。奶奶告诉她一个悲惨的消息，就是她的父母都在执行公务中被盗猎者打死了。后来，她才知道，在父母遗体的不远处，警察发现了一只怀疑是盗猎者留下的打火机。后来，警察把打火机给了她，因为这个牌子的打火机从未在本地出现过，所以可以确定，打火机的主人很可能就是杀害她父母的凶手。从那之后，她把这只打火机随时带在身边。

米小乐见她哭得越来越伤心，说："索娅，那咱们回去吧，把我们的发现告诉汤姆。他一定会把这里出现盗猎者的情况通知给警方。接下来的事情，警方会处理的，杀害你父母的凶手一定会被绳之以法。"

索娅又哭了一会儿，才渐渐止住哭泣，点头答应了。两个人走出树丛，往宿营地走去。米小乐看到手机电量不多了，刚要关闭手机，忽然发现地面上有一道车辙。他停下脚步，蹲下来仔细看着车辙的痕迹。索娅也察觉到异常，和他一起看了起来。这道车辙紧靠着树丛，朝着西北方向延伸着。米小乐看了一会儿，说："看来盗猎者是朝西北方向离开了，车辙里有些被车轮翻起的泥土还是潮湿的，这意味着，这辆车离开的时间不会太久。"

索娅说："那我们赶快返回宿营地，让汤姆通知警方！"

米小乐点点头，他们站起身来，朝宿营地赶去。等到了宿营地，米小乐远远看到，篝火旁竟然一个人影都没有！他和索娅飞快地跑过去，果然，篝火堆里只剩下一两根树枝在冒着细微的火焰，周围空空荡荡！

米小乐定定神，查看着四周的情况。令人纳闷的是，附近情况一切正常，没有任何打斗的痕迹。

"汤姆会不会被盗猎者抓走了？卡莎怎么也不见了？"索娅说。

米小乐摇摇头，说："卡莎的本事大得很，一般的盗猎者，绝不是她的对手。"

索娅说："那咱们该怎么办呢？"

米小乐在心里劝告自己千万不能慌，他做了次深呼吸，慢慢回想着汤姆说过的，遇到紧急情况该怎么办。"第一步，先保护好自己和同伴。"他这样想着，"哪里最安全呢？"他朝四周打量着，一眼就看到了土包上的篮筐。他拉着索娅，快步跑到篮筐旁，他先扶索娅进去，接着自己也跳了进去。

"第二步，向总部通报情况。"他想到这里，马上低头打开了篮筐里的工具箱。他拿出了卫星电话和电话号码簿，准备拨通当地警方的电话。可是，就在他即将按下最后一个数字的时候，电话忽然被人夺走了。他抬起头，只见汤姆正站在自己面前，他的手里，紧紧握着那部卫星电话。

"你的表现不错，发现异常情况后，所做的每一步都很符合标准。但是，"汤姆脸绷得紧紧的，皱着眉说，"你们犯了更大的错误。第一，你们绝对不能单独行动，第二，绝不能把受伤、昏迷或者睡眠中的同伴置于无人守护的境地。这些我早就给你们说过，想不到你们还是会忘记。这些错误，只要犯一条，就是不合格的野外调查员，如果犯了两条，我只能取消你们继续参加这次野生动物调查的资格。米小乐、索娅，我现在正式通知你们，你们不能再继续调查了，我这就通知总部，让他们派车来把你们接回托斯卡斯。"

"汤姆，我们没有把你置于无人守护的境地！"一听要被取消继续调查的资格，索娅急得快要哭了，她马上大声争辩着。

"没有？"汤姆把脸转向她，说，"我们三人一组，你们两个在我睡觉时一起离开了，这不就是把我置于无人守护的境地？如果在你们离开时，有猛兽来袭击我，我不就很危险吗？"

索娅眼里泛起泪花，说："你不是说过，这一带很少有猛兽出没吗？"

汤姆语气越来越重了，他说："无论这里有没有猛兽，我们都必须严格按照野生动物调查员的纪律来做，更何况，很少不等于没有！我们正在进行的，是很严肃的科学考察，不是一场轻松的游戏！"

"我们真的没有。"

汤姆朝他们摆摆手，说："我不管你们有没有理由，你们连续违反两项要求，就相当于自己放弃了这次科考。"说着，他在卫星电话上按了几个按键后，等电话一接通就说了起来。米小乐听得出来，他在向总部汇报这里发生的情况。没几分钟，电话打完后，汤姆把电话放进衣兜，对米小乐和索娅说："还有三个小时，天就亮了，到时总部就会派车抵达这里，你们乘车离开后，我会独自完成这次科考。现在，你们抓紧时间休息一会儿吧。"

他说完后指了指篮筐，就转身走下了土包。米小乐和索娅面面相觑，过了几秒，索娅忽然朝着汤姆的背影大声喊道："你难道真的不想知道我们究竟去了哪里吗？"

汤姆停下脚步，又转过身，重新走上土包。他双手抱肩，说："好吧，你们说吧。"索娅马上把事情的原委从头到尾说了一遍，只是没有说卡莎的事儿。汤姆皱着眉头

233

听完，朝他们伸出手。索娅把那只从树丛里找到的打火机放在他手里。汤姆接过来，翻来覆去看了几遍，才说："你们知道这个打火机的主人是谁吗？"

索娅激动地喊着："我知道，他就是杀害我爸爸妈妈的凶手！我永远都忘不了，他们躺在血泊中的样子……他们被盗猎者杀害后，我们那里的电视台和报纸，都有过关于这件事的新闻。那张现场的照片，我会一直记得！"

汤姆紧盯着打火机，说："这个打火机，属于世界上最凶恶的盗猎者，一个名叫贝罗的家伙。上面刻着的这个英文 B.L，就是贝罗名字的缩写。他的搭档，名叫霍萨克，两个人出现的地方，都会有受保护的珍稀动物被杀害。咱们白天看到的那头白犀牛，毫无疑问就是死在他们的枪下。"

汤姆说完，他对索娅说："索娅，你还是先回到总部吧，这里出现盗猎者的事儿，警方已经知道，很快就会来搜捕盗猎者，贝罗和霍萨克这次一定逃不掉。这样一来，既然两个凶恶的盗猎者就在附近，为了你们的安全，我更要送你们回到托斯卡斯了。好了，你们休息一会儿吧。"然后，他大步走下了土包。

索娅捂着脸坐了下来，她呜呜哭着，米小乐劝她，说："警方对付这些盗猎者是最有经验的，咱们把掌握的线索告诉他们，他们一定能抓到那两个坏蛋。"

索娅继续哭着，哭了一会儿，大概是因为太困了，她慢慢在抽泣中睡着了。米小乐缓缓在她身边坐下，听见她在睡梦中仍然喊着"爸爸，妈妈……"他想，和失去父母的索娅相比，自己真的是太幸福了。

米小乐从旁边拿过自己的背包，发现卡莎就在里面。"卡莎一定是知道汤姆藏起来是为了观察我和索娅的表现，才没有通知我的。"他慢慢想着，抬起了头，看到东方原本漆黑的天空已经露出了一抹晨曦，深紫色的朝霞正在慢慢升起。他回想着一天来的经历，也渐渐沉入了梦乡。

第五章　夜闯幽灵山谷

第二天，是刺眼的阳光把米小乐照醒的。他揉着眼睛，打着哈欠站了起来。他睁开眼，发现面前空空荡荡，索娅已经不见了踪影。他抬头看看四周，只见不远处，汤姆正在篝火上烧着什么。

索娅去哪里了？一阵不安的感觉袭来，他赶紧翻出篮筐，跑到篝火旁，急急忙忙地说："汤姆，索娅不见了！"

汤姆正在篝火上煮早饭，一听米小乐这么说，腾地一下站了起来，说："半小时前我还看到她在篮筐里睡觉！"

米小乐说："她一定是去找那两个杀害她父母的盗猎者了！"

汤姆说："那样的话，就太危险了。总部的车马上就要到了，但是现在来不及等他们了，我们要尽快找到索娅！"

米小乐攥紧拳头，说："现在就走吧，索娅随时都会有危险！"

汤姆冷静地说："既然你们是在那片树丛外发现了车辙，那我们先去树丛那里，跟踪车辙就能找到盗猎者。"他观察了一下风向，说："现在风向不对，热气球没法飘到树丛那边，咱们需要徒步去了。"说完，他熄灭了篝火，又从篮筐的工具箱里取出了一些必备工具，和米小乐一起往树丛方向跑去。

跑了一会儿，树丛已经离得不远了。米小乐因为没吃早饭，肚子咕咕叫了起来。汤姆回头看他，他的脸一下子红了起来。汤姆背包中取出一根能量棒递给他，他接过来大口咬着。汤姆微笑着说："你慢慢吃，我到前面等你。"说着，他迈开大步，很快就跑远了。

米小乐等汤姆的背影越来越小，在草丛中蹲下，打开了背包。他等卡莎飞出来就问："卡莎，你能遥感一下索娅在哪里吗？她有没有被那两个盗猎者抓住？"

卡莎说："不能，小乐，我给你说过的，我只能遥感具体的位置。这么大的草原，我又不知道她的位置，怎么遥感她的情况啊！"

米小乐沮丧地说："那，索娅真的太危险了。盗猎者是开车走的，我和汤姆现在没有任何车辆，都没有办法去追盗猎者。"

卡莎说："小乐，你别太担心，那片树丛里，就在你们找到打火机的位置附近，在一大堆树叶里藏着一辆摩托车，你和汤姆可以利用这辆摩托车去追盗猎者的车。"

米小乐惊喜万分地说："卡莎，你怎么知道？"

卡莎得意地说："昨晚我不是一直在遥感你和索娅在树丛里的行动吗？当然就同时遥感到那里有一辆藏起来的摩托车。"

米小乐大叫一声："太好了！"他跳了起来，把卡莎放进背包，快步朝树丛跑去。

等他追上汤姆，已经到了树丛外了。汤姆正在观察着昨晚米小乐发现的那道车辙，汤姆满脸的担忧，他说："小乐，这道车辙里的泥土已经全干了，看来，盗猎者已经离开很久了。"

米小乐说："那咱们还能追上他们吗？"

汤姆摇摇头，沉重地说："不能了。现在风向和车辙的方向是相反的，热气球根本不能用。更何况，热气球的飞行速度肯定赶不上汽车。现在，我能做的，就是通知总部尽快派车过来。即使是这样，最快也要到中午，总部的车才能到这里。但愿索娅没有落到霍萨克和贝罗这两个盗猎者的手里。"

米小乐说："汤姆，我知道一个地方，可能有辆车。"说完，他朝树丛里走去。汤姆很诧异，但也跟着他走进了树丛。米小乐找到昨晚发现打火机的地方，果然，就在十多米外的一棵树下，有一大堆树枝和树叶。米小乐跑过去，等他掀开外面的几层树枝和树叶，一辆摩托车渐渐露了出来。

"小乐，你怎么知道这里有辆摩托车？"汤姆又惊又喜。

米小乐犹豫着说："昨晚我到这个树丛里来时，看到这里有一大堆树叶，就觉得很奇怪，我当时就想，这里面一定藏着什么东西。"

汤姆紧紧盯着他，说："不对。你刚才明明说你知道这里有辆摩托车，再说，晚上这里一定一片漆黑，即使有人到了这堆树叶旁边，也不会发现里面有辆车。"

米小乐犹豫着说："我就是胡乱猜的……"

汤姆见他不肯说，就不再问了。他把摩托车扶起来，发现车钥匙正插在钥匙孔里。他试着拧了一下，只听突的一声，一股黑烟从排气孔里冒出来，摩托车启动了。汤姆和米小乐长出了一口气。

汤姆说："小乐，你知道这里为什么会有一辆摩托车吗？"

米小乐摇摇头，汤姆说："有的盗猎者，为了躲避警察和野生动物保护者的追踪，就不断地改变交通工具。昨天我们乘坐热气球在这里飞过时，没有发现地面上有汽车的车辙印。这说明，他们是开着这辆摩托车到了这里，然后开汽车离开。"

米小乐说："他们会去哪里呢？"

汤姆说："这个我也不知道，我们只有跟着他们的车辙印，追踪下去了。小乐，如果你和我一起追踪盗猎者，一定会非常危险。但是把你留在这里等待总部派人来，你同样有危险……"

米小乐抢着说："汤姆，让我和你一起去追踪盗猎者吧，再晚的话，索娅会越来越危险！我保证，所有的行动都听你的！"

汤姆沉思了几秒钟，说："好吧，从现在的情况来看，我们要做的，是在追踪到盗猎者后，不惊动他们，把他们的情况通报给警方，由警方逮捕他们。现在就出发！"

两个人驾驶摩托车开出了树丛，沿着车辙的方向，一路朝西驶去。他们开出没多远，汤姆忽然说："不好！"把车停了下来。米小乐朝地上一看，只见前面的车辙印变深了很多。

汤姆和米小乐下了车，盯着地上的痕迹看了起来。看了一会儿，他抬起头说："从车辙印的情况来看，很明显，盗猎者的车辆在这里停下过。停车造成的车辙印，比行驶时产生的车辙印要深。"

忽然，米小乐发现草丛中有一个红色的东西。他低头捡了起来，仔细一看，马上喊道："这是索娅的发卡！"

汤姆点点头说："索娅一直在跟踪盗猎者，应该是盗猎者在这里发现了索娅，把她带上了车。"说完，他顺着车辙印的方向，一直向着西边望了过去。米小乐纳闷地说："汤姆，咱们赶紧去追盗猎者的车吧！"

汤姆眉头紧皱，说："小乐，我知道盗猎者去哪里了。沿着这个方向继续下去，我们会到达一个名叫幽灵山谷的地方。"

"幽灵山谷？这个地名，听起来有些可怕。"

汤姆说："幽灵山谷是整个草原上最神秘的地方。那里是动物迁徙的必经之路，如果有动物在经过那里时掉队，在第二天就会变成一堆白骨。科学家曾经去那里考察过，但至今没有任何发现。当地土著居民传说，那些动物一定是被可怕的幽灵吃掉的，所以，这个地方才被叫作幽灵山谷。"

"那些盗猎者去这个山谷干什么呢？"

"我也猜不到原因。除了在迁徙季节，那个地方很少有动物会去。霍萨克和贝罗这两个唯利是图的盗猎者，为什么会去幽灵山谷呢？"

米小乐急得满脸通红，他说："不管多么可怕的地方，我们都要去！现在索娅已经落到盗猎者手里了，随时都有危险！"

汤姆说："还有，最近这段时间，关于幽灵山谷，这里又有了新的传说。有的土著人在山谷附近经过时，曾经看到一种样子非常可怕的大型动物。在传说里，这种动物的体形比草原上最大的大象还要大，而且，头上还长着三只角。"

米小乐心想，汤姆所说的怪物，听起来很像是那条名叫大梦的三角龙。大梦现在虽然的确在非洲，但它真的会这么巧，也来到了幽灵山谷吗？他说："听起来是有些可怕。这会是什么动物呢？汤姆，我从生物课上学到过，凡是有长角的动物都不是食肉性恐龙呢。所以，我们根本不用担心会被这种恐龙吃掉！"

汤姆点点头，说："你说得对，分析得很有道理！"他拿出卫星电话，通知总部，说盗猎者的目的地很可能是幽灵山谷。

"小乐，总部说会派人尽快赶到幽灵山谷。"挂断电话后，他对米小乐说，"咱们现在也赶过去！路上一分钟也不再休息了！"接着，两个人上了摩托车，沿着车辙印向着幽灵山谷的方向驶去。

"老实点，你要是再敢叫，当心我把你一枪打死，再扔下车喂狮子！"坐在副驾驶位置上的贝罗，回过头恶狠狠地对后排座上的索娅说。索娅的手脚都被捆得紧紧的，嘴里还被塞了一团布，但她还是拼命吱吱呀呀地喊着。

米小乐和汤姆猜得没错，索娅的确已经被两个穷凶极恶的盗猎者抓住了。

这天清晨，在热气球的篮筐里，索娅始终没有入睡。在她的脑海里，反复回想着当年在电视新闻里看到的自己父母倒在血泊中的情形。她想，这是自从父母去世后，第一次寻找到关于这两个盗猎者的踪迹，自己绝不能放过这个为父母报仇的机会。她等汤姆离开、米小乐睡着后，小心翼翼地找到一部卫星电话，就翻出了篮筐。她的打算是，要跟踪霍萨克和贝罗的车辆，找到他们的下落后，就通知"彩虹兄弟"总部和当地的警方。她先是来到树丛，又沿着车辙印一路追了下来。可是，霍萨克和贝罗开车离开树丛后，汽车开出没多久，就有一只轮胎坏了。他们在更换轮胎时发现了索娅，就把她抓上了车。索娅在被他们抓住前，急中生智，把一枚发卡扔在地上。

"拿她怎么办？杀了她？"贝罗把索娅捆绑起来，扔到了汽车后排。

霍萨克摇摇头，阴森地说："不。这么个小女孩，不会孤身一人就这么来到草原深处，她在这儿附近肯定还有同伙。"

贝罗掏出枪，用漆黑的枪口对着索娅的额头，说："你的同伙在哪儿？"

索娅呸的一声，一口唾沫吐在他脸上。贝罗气得暴跳如雷，霍萨克说："她不说也没关系，她的同伙肯定会来救她。咱们走，等她的同伙追上了，咱们再把他们一网打尽。"

贝罗想了想，有些忐忑不安地说："万一她的同伙追上了咱们，咱们对付不了他们怎么办？还是把她杀了吧，带着她，也是个累赘！"

霍萨克抢起胳膊抽了他一个耳光，说："这个小姑娘现在还不能杀，她现在是咱们的人质，有她在手里，就不用怕那些多管闲事的野生动物保护组织和该死的警察了！"

贝罗捂着被打疼的脸，一句话也不敢说了。霍萨克说："好了，别废话了，我们赶紧出发，尽快赶到幽灵山谷！已经有'彩虹兄弟'的人来追我们了！"

贝罗大吃一惊，说："真的吗？他们行动得这么快？"

霍萨克得意地说："那当然，别忘了，我可是有秘密武器的！"

贝罗讨好地说："你的秘密武器到底是什么，我跟着你这么多年了，你还不肯告诉我秘密武器的事儿。"

霍萨克轻蔑地说："既然是秘密武器，当然不能告诉你。你只要忠心耿耿地跟着我，保证你一辈子不用担心被抓！赶快开车，继续向幽灵山谷前进！"

贝罗一个字不敢再多说了，老老实实地爬进驾驶座，发动汽车，向着幽灵山谷的方向驶去。

时间已经过了中午，太阳渐渐偏西，霍萨克和贝罗的汽车，汤姆和米小乐的摩托车，在草原上一前一后地奔驰着。

等到黄昏时分，霍萨克他们的汽车到达了幽灵山谷外面。霍萨克跳下车，打量着面前的地形。幽灵山谷位于一片山脉中间，山谷两侧是怪石嶙峋的山峰，这些怪石形状各异，山谷入口处的巨石，形状更加可怕，仿佛魔鬼的头颅一样。

贝罗慢慢蹭到霍萨克身后，小心翼翼地说："要不咱们在山谷外面休息一夜，明天早上再进去吧。"

霍萨克瞟了他一眼，不屑地说："怎么，害怕了？"

贝罗不敢承认自己害怕，壮着胆子说："我、怎么会害怕？我考虑的是，等我们进了山谷，天都黑了，什么都发现不了。"

霍萨克回头瞪着他说："你不用考虑任何事情，老老实实听我的吩咐就行了！如果我们在外面过夜，等这个小女孩的同伙赶到，不就正好把我们一网打尽？这里关于那只怪兽的传说，都说是在晚上看到它的踪迹，所以，要抓到它，就必须晚上进入山谷！你收拾好东西，这就进山！"

贝罗不敢多说了，他把猎枪、干粮、指南针等一大堆野外用品装进背包，又把索娅推下车，三人走进了山谷。

他们刚刚走到山谷口，一阵寒风从谷中吹来，这阵风强劲凛冽，三人都是浑身一哆嗦，觉得脸上就像被刀子割过一样。天色越来越晚，这个山谷里的光线比外面暗得多，而且四下里一片死寂，听不到任何声音。三人慢慢地朝前走着，眼睛不停地打量着面前的每一块石头，生怕一不留神，从石头后面跳出一个可怕的怪兽。

忽然，三人脚步停住了，他们看到，面前不远处的石块上，依靠着一具足有两米多高的动物骸骨，他们认得出，这是一匹成年斑马的骨架。这副骨架非常完整，只有左腿骨的小腿部分不见了。

"这是一匹左腿受伤的斑马，因为掉队，在这里被不知什么动物吃掉了。"贝罗凑到霍萨克耳边小声说着。

"别管这些，继续前进！"霍萨克不耐烦地说。

贝罗没有挪动脚步，说："这匹斑马足足有三百公斤，却被吃得一块肉都没剩下，这里一定有怪兽，咱们还是走吧，那笔生意咱们不要了，保住性命要紧！"

霍萨克从怀里掏出一支手枪，指着贝罗的额头说："你连我的话都敢不听了？"

贝罗吓坏了，只得继续朝前走着。

渐渐地，他们走进了山谷深处。这个时候，天色已经完全黑了下来，月亮从地平线上升了起来，淡淡的月光照进了山谷。他们三人借着月光，缓缓地向前走着。忽然，他们面前闪过一道白光，三人不由得退后几步。等站稳了，他们才看到，面前出现了一只白色的兔子。这个兔子不知为什么这样慌不择路，跑出去没多远，就一头撞上了谷底的一块石头。鲜血从脖颈那里汩汩流着，四条细细的腿在抽搐，随时可能死去。

"小兔子太可怜了，我们要救它！"索娅想跑过去救兔子，可没跑出几步，就被绳子拉住，一步也动不了。

"好，我这就救它！"贝罗狞笑了两声，从怀里掏出手枪，一枪就把兔子打死了，兔血也四下里飞溅开。

"你这个魔鬼，你为什么要杀它！"索娅朝贝罗大喊。

"我这是帮它结束痛苦，你懂什么！"贝罗得意地吹了吹枪口的硝烟，满脸得意地说，好像在炫耀自己的枪法。可没等他把枪放回怀里的枪套，霍萨克已经一记耳光抽在他的脸上。

"你这个蠢货，我告诉你多少次，不到万不得已，绝不能开枪，你是不是想把警察都招来？"霍萨克怒斥着他。贝罗揉揉被他打得通红的左脸，一声不敢吭。

这时，枪声在山谷里慢慢消散，这里恢复了死一般的寂静。贝罗刚要推着索娅继续向前走，忽然发觉脚边一阵冰凉。他低头一看，吓得惨叫起来。原来，足足有几十条蛇擦着他的脚边向前急速爬过。这些蛇头部都呈三角状，一看就是带有剧毒的种类。霍萨克、贝罗和索娅都吓得一动不动，生怕一脚踩到蛇身上，被蛇反咬一口。在这么偏僻的地方，一旦被毒蛇咬到，基本就必死无疑了。幸好，这群蛇似乎有什么急事，对他们丝毫不感兴趣，贴着地面飞快地消失在黑暗里。

三个人都长长出了一口气。可是，他们还没来得及庆幸，一阵很低很细微的声音不知从何处传来。贝罗惶恐不安地东张西望着，却没有发现任何异常。这种声音越来越响了，似乎有什么东西正在逼近他们。贝罗竖起耳朵听了一阵子，越听越觉得害怕，他靠近霍萨克，说："你听见什么声音了吗？"

霍萨克点点头，他朝索娅说："小姑娘，你听到奇怪的声音了吗？"

索娅轻蔑地望着他们，说："听到了。"

霍萨克朝她走近一步，用手枪指着她说："这是什么动物的声音？"

索娅满脸鄙视地说："我当然知道这是什么，但我不会告诉你的。你们也真是蠢到家了，在草原上能让一大群毒蛇都这么害怕的，只有一种动物能做到。不过你放心，你很快就会知道这是什么动物的声音，只是到时已经晚了，你活不了多长时间了，这片山谷，就是你丧命的地方。你很快就会像刚才那只斑马一样，变成一堆没有肉的骨头！你们杀害了那么多的动物，如今死在动物的嘴里，对你们太合适了！"

贝罗气坏了，他把霍萨克刚才不准开枪的命令忘得干干净净，举起猎枪对准索娅，吼叫着说："我这就一枪崩了你，看看谁活的时间长！"索娅还没说话，贝罗却从索娅的身后，看到了一个非常可怕的情形。这样的场面，就算是在他从小到大最恐怖的梦境里，都从来没有出现过。

在这一瞬间，他终于明白了刚才那种奇怪的声音究竟来自何处，也明白了兔子和蛇群为什么会这么拼命地逃跑。他吓得长大了嘴巴，手里的猎枪扑通一声，掉在了地上。他想转身逃跑，可他已经吓得双腿发软，一步也迈不出去。他觉得自己已经吓得灵魂出窍了。他绝望地闭上眼睛，心里想着，完了，我这条命，就要在这个山谷里结束了……

汤姆驾驶着摩托车，米小乐坐在后座上，两个人在草原上奔驰了几个小时，终于赶到幽灵山谷。他们远远就看到了霍萨克他们那辆越野车。汤姆刚一个刹车，把车停下，米小乐就嗖的一声跳下来。他跑到越野车旁边，脸贴在车窗上朝车内反复打量着。看了一会儿，他回头喊："汤姆，车里没人，他们肯定进山谷了，咱们快点进去救索娅吧！"

汤姆停好车，先是朝四周打量了一番附近的地形，确定没有危险，这才打开背包，取出一支手电筒扔给了米小乐。

"快点进去吧，索娅肯定就在里面！"米小乐接过手电筒，急不可耐地就要闯进山谷。

"小乐，你先回答我一个问题。"汤姆一动不动地站着，表情严肃至极。米小乐不知道在这个节骨眼上汤姆为什么要提问，他只得停下脚步，说："汤姆，你想问我什么？"

"小乐，昨晚你和索娅离开我去那片树丛，虽然我后来说你这样把一个没有任何保护的队友扔下，严重触犯了工作准则，但是，我觉得，你肯定不会真的把我扔下的。你能告诉我这件事的真相吗？"汤姆说。

米小乐不知道该说什么好，他没法说当时自己把卡莎留下来保护汤姆，只得吞吞吐吐地说："汤姆，我知道自己犯了错误，我愿意因此承担处罚……"他虽然看不到自己的脸色，但他知道，自己一定已经满脸通红了。

汤姆又说："上午在那片树丛里，你竟然知道在那堆树叶里藏着这辆摩托车，你

241

是怎么知道的？"

米小乐的脸更红了，他说："我看到那么偏僻的树丛里竟然有一大堆很整齐的树叶，就觉得很奇怪……"

汤姆说："就算一堆树叶很奇怪，但你怎么知道里面有辆摩托车？"

米小乐彻底不知道该说什么了，只得低下头，用脚尖踩着地上的石子，一声不吭。汤姆叹了口气，缓缓走到米小乐身边，说："小乐，每个人都有自己的秘密，你有一些不想让别人知道的东西，我完全理解。但是，现在我们要一起去闯进这道山谷，一起承担很大的危险，所以，如果你的秘密和我们要做的事无关，你可以继续藏在心里。但是，如果你的秘密和我们的工作有关系，我希望你能告诉我。只有这样，我们才能够在危险中相互信任，相互依靠。你知道吗？"

米小乐心里犹豫着，他知道汤姆说得很有道理，但他答应过卡莎，绝不能把她的事儿告诉别人。"汤姆，我……"他仰起脸，刚要说，又把嘴边的话咽了回去。

汤姆脸上露出失望的神情。这时，米小乐感觉到，自己的背包快速晃动了起来，他知道，这是卡莎要从里面出来的征兆。

汤姆也察觉到异常，他紧紧盯着米小乐，想看看会发生什么。米小乐发觉，背包突然变轻了，这就意味着卡莎已经飞了出来。果然，卡莎钻出背包后，慢慢飞到了汤姆和米小乐中间。汤姆在野生动物保护组织里工作多年，整个地球都跑遍了，世界各个角落里各种各样稀奇古怪的动物都见过，但是，他还是没想到，自己会看到一张能飞行的野餐毯！

他的震惊还没结束，卡莎的荧光体又从野餐毯里面钻了出来，笑嘻嘻地看着汤姆。

"汤姆，你人不错，有正义感，有领导能力，我很欣赏你。我也相信，你一定会保守我的秘密的。"米小乐刚要提醒汤姆从野餐毯里出来的人形荧光体还会说话，卡莎自己就说了起来。

汤姆吃惊得倒退了几步才站稳，米小乐说："汤姆，她不是一张普通的野餐毯，她其实是一个外星人，来自一千五百光年外的猎户座星云……"

因为牵挂着山谷里的索娅，米小乐用简略的话把卡莎的来历说了一遍。等他说完了，汤姆的表情也恢复了正常。米小乐心里估算了一下，到目前为止，地球上先后有自己、李英男、秦朗、宋瞳、吉娜和索娅、汤姆七个人知道了卡莎的秘密。他看着汤姆的表情，知道他已经相信了卡莎的身世。

"你刚才说，卡莎有遥感功能？"汤姆问。米小乐点点头，汤姆说："太好了，"他对卡莎说，"你能遥感一下山谷里的情况吗？我们想知道索娅现在的情况。"

卡莎说："我刚才已经遥感过了。我一从背包里出来，就进行了遥感。"

汤姆说："真的？索娅是在里面吗，她现在情况怎么样？"

第六章　神秘的杀手

霍萨克看到贝罗一副魂飞魄散的样子，顺着他的目光看过去，顿时也吓得头皮发麻。他看到，在面前十几米外，地面上覆盖了一层暗红色的东西。在月光下，这层东西还在快速地朝自己这边移动着。看了几秒，他才看出来，这竟然是不计其数的蚂蚁！这时，蚁群逼近了刚才那只受了重伤的兔子，只见兔子马上消失在蚁群的覆盖中，只剩下一个隆起的暗红色轮廓。经过短短的二十秒时间，蚁群掠过了兔子，但留在地面上的，已经只有一堆骨架！

霍萨克一向自诩非常冷静，处事从不慌张，这下他也被彻底吓呆了，他的牙床不断地打战，眼看着蚁群马上就要包围住自己，歇斯底里地大喊一声："上帝救命！"一转身，扔下贝罗和被绑紧双手的索娅，拼命跑了起来。贝罗也如梦初醒，打了个哆嗦，也没命地跟着霍萨克狂奔。索娅冷冷地望着他们的背影，知道他们这次肯定是在劫难逃，根本跑不了。这片山谷有十公里长，他们跑不了多久，就会耗尽体力，连爬都爬不动，到那时，他们就会成为这个蚁群的美餐。

从小在非洲长大的索娅，当然知道非洲大陆上有着世界上最可怕的蚂蚁——羯蚁。这种蚂蚁又叫作食人蚁，它们食量巨大，繁殖力惊人，尤其可怕的是，它们长着一只强壮的下颚，它们个头虽然小，可是一旦遇到食物，它们就蜂拥过去，同时张开下颚疯狂地撕咬起来。哪怕是一头体重六吨的大象，都逃不出他们的蚕食。

这时，霍萨克和贝罗已经跑出了她的视线，在黑暗里消失得无影无踪。她低头一看，蚁群已经漫过了她的脚背，几十只食人蚁正飞快地爬向她的膝盖。她心里害怕极了，浑身发抖，大声哭了起来。就在这时，远处的黑暗中忽然传来一阵低沉的吼叫。这吼声穿透力极强，仿佛贴着地面袭来，瞬间就弥漫到山谷各处。她一听这个声音，就知道这一定是一只体形巨大的动物。索娅熟知非洲大陆上所有大型动物的叫声，但对于现在的这个声音，她却是完全陌生的。随着吼声的逼近，一阵沉重的脚步声传来，她觉得，脚下的大地都在震动。山谷两侧，都有不少碎石被震落，扑扑簌簌地滚落在地。

终于，这个神秘生物从漆黑的山谷深处走出来，慢慢出现在索娅面前。它足有三米高，身长超过六米，全身披着深褐色的厚甲，在头顶上眼睛上方的位置，还长着两根足有一米长的尖角，鼻端还有一只稍微短些，但更加粗壮的圆角。在它的脖子上，还长着一圈粗壮的圆形肉盾，看上去一副威风凛凛的样子。

索娅倒吸了一口凉气。这，不就是她从前只在电影里才见过的三角龙吗？这种远古时代的食草恐龙，明明早在六千五百万年前就已经灭绝了呀？她朝着霍萨克和贝罗逃跑的方向看着，简直想把他们拉回来看看这个早就灭亡的动物。

三角龙步履沉重地走到索娅面前，两只足有排球大小的眼睛紧紧盯着索娅的脸。三角龙鼻孔里喷出的气流，重重打在索娅的脸上，让她简直喘不过气来。她正要大声表示抗议，三角龙把头一甩，捆绑着索娅的绳索一下子就被挑开了。她的双手终于重获自由。

"谢谢你，三角龙。"索娅抱住三角龙的大脑袋，在他最小的那只圆角上亲了一下。三角龙轻轻晃了晃脑袋，说："我有名字的，我叫大梦。"

三角龙突然说出的话，吓了索娅一大跳。她退后好几步，反复观察着三角龙的头部。"刚才是你在说话吗？"索娅壮起胆子，轻声说着。

"索娅现在很安全，那两个盗猎者都已经逃跑了。"在山洞外面，卡莎说着自己遥感的结果。

汤姆和米小乐都很意外，他们一起问："他们为什么逃跑，索娅现在是一个人吗？"

卡莎说："她现在不是一个人，她身边还有别的……"她犹豫着不再说了，米小乐见她欲言又止的样子，知道她的意思，马上说："卡莎，你无论看到了什么，尽管说吧，汤姆是个好人，不用担心。"

卡莎答应了，说："嗯，我明白。我遥感到，索娅现在是和大梦在一起。"

汤姆不知道大梦是谁，一脸迷惑的神情。米小乐的表现可就大不一样了，他的眼睛瞪得溜圆，说："大梦在这座山谷里？"

卡莎轻轻晃动着，表示同意他的话。米小乐把脸转向汤姆，说："汤姆，这下你可以放心了，我百分之百确信索娅一定很安全。"

汤姆说："为什么你这么确定？大梦究竟是谁？"

米小乐说："说起来你肯定很难相信。大梦，是一条三角龙……"接着，他把大梦的事情原原本本说了出来。汤姆本来是个很冷静很稳重的人，可他听完大梦的故事，也用手揉着太阳穴，一脸难以置信的神情。"先是一张野餐毯会说话，接着就是这个山谷里有一条原本在六千五百万年前就灭绝的三角龙，而这条三角龙居然就是尼斯湖怪兽……"他一个劲儿地摇着头，表示暂时还无法理解。

244

这时，本来悬停在空中的卡莎猛地全身一震，似乎察觉到什么意外情况。米小乐马上问："卡莎，山谷里有什么异常情况吗？"

卡莎说："山谷里很正常，索娅现在骑在大梦的背上，既舒服，又安全。但是，我遥感到一辆汽车在朝这里高速飞驰而来。车里有两个人，每人都是全副武装，还带着那么大的猎枪。哇，他们的车开得真快，就像要在草原上飞起来一样，现在他们距离这里只有三公里，马上就要到这里了！"

汤姆抬起头，说："你能看清车里那两个人的模样吗？"

卡莎说："开车的是个络腮胡子，副驾驶位置上坐的那个人，真奇怪，这么晚还戴着一顶鸭舌帽，胸口上挂着一架望远镜，哇，他的皮肤真黑。两个人都大概三十五岁。"

汤姆用力一拍大腿，说："这肯定是我们野生动物保护组织的同事！络腮胡子名叫卡尔瓦里，戴鸭舌帽的叫弗莱德，他从前当过十多年的海员，长年在甲板上工作，皮肤才晒得这么黑。有了他们，咱们一定可以把那两个可恨的盗猎者抓到。这两个恶棍，今天绝不能放过他们！"

卡莎说："山谷里面和外面，我都遥感过了，宇宙射线里的能量也吸收得差不多了，该回去休息了。"说着，她飞回了米小乐的背包。

汤姆握着手里的猎枪，望着米小乐，说："等我的同事到达，我们就进去抓那两个盗猎者。"

米小乐刚要争辩，就望见远处的地平线上，一辆越野车出现了。车很快开到他们面前，停下来后，两个男人跳下了车。汤姆走上前去，先是大声打着招呼，又和他们挨个儿撞了撞肩。他们撞肩的声音很重，简直砰砰作响，看得出，他们三人非常熟悉，关系非常亲密。米小乐觉得，和他们这种男人味儿十足的打招呼方式相比，自己和丁海强之间的那种撞拳头，实在太孩子气了。他望着他们开怀大笑的样子，简直羡慕极了，他想，成熟真好，我真希望自己早日变成真正的男子汉。

"汤姆，听说你把那两个恶棍困在这个山谷里面了？真有你的！"络腮胡子乐呵呵地说。

汤姆赶紧把米小乐推到这两个同事面前，说："全靠这个小伙子，才在草原上发现了他们的行踪。"

络腮胡子走过来亲热地拍着他肩膀，说："小伙子，好样的！"鸭舌帽则站在原地，打量着米小乐说："你是中国人？"

米小乐点点头。他说："我非常喜欢大熊猫！可惜，你们那里从前发生过盗猎大熊猫的事情，虽然现在没有了，但过去的事情还是会让人很伤心。"

米小乐有些不快，心想，既然你知道是过去的事情，干吗还是要说？他觉得，这个人远没有刚才那个络腮胡子那么好相处。汤姆看到米小乐的表情，赶紧转移话题："这道山谷大概十公里长，弗莱德、卡尔瓦里，你们开车从另外的出口进去，小乐，咱们从这里进去，这次一定能活捉到霍萨克和贝罗！"

络腮胡子和鸭舌帽点头答应了，络腮胡子卡尔瓦里说："汤姆，咱们打个赌吧，看看谁先抓到霍萨克和贝罗！"

汤姆大笑起来，说："好，谁输了，谁回到总部后，要请全总部的人去酒吧，给每人点一杯最贵的威士忌！"

"就这么定了！"卡尔瓦里和汤姆击过掌，就和弗莱德回到车上。他重新启动汽车，又从车窗里伸出脑袋，笑嘻嘻地朝米小乐挥着手："中国男孩，咱们山谷里见！"接着，他朝汤姆喊道："汤姆，我们每人都带了卫星电话，有紧急情况就马上联系！"米小乐也朝他招了招手，他同时看到，鸭舌帽一直面无表情地坐在副驾驶位置上。

"这人真怪。"米小乐心里嘀咕着。汤姆明白他的心思，说："弗莱德其实是个非常好的人，也是我最好的朋友。"

"你最好的朋友？他的性格，和你一点儿都不像啊。你对别人这么热情，可他……"

"他这么冷漠，对不对？"汤姆笑眯眯地说，"他这个人，就是这个脾气，到哪里都板着一张脸。等你和他相处多了，相互之间很熟悉了，你就会发现他这人有多么真诚善良。而且，在'彩虹兄弟'组织里，他是公认的在海洋生物方面的头号专家。他当初就是在当海员时，看到日本的捕鲸船在残酷捕杀鲸类，才辞去收入丰厚的海员工作，加入了'彩虹兄弟'。我们一起去过世界各地很多非常危险的地方，每次他都是把最危险的情况留给自己。有一次，在美国的落基山脉里，我们一起调查一种珍稀隼类的繁育情况，我正在全神贯注地检查一只鸟蛋，没注意到在背后，有一条剧毒的响尾蛇要袭击我。是他冲了出来，挡在我面前。他被响尾蛇咬中了膝盖，整个人很快陷入昏迷，生命垂危。幸好在附近经过的一个猎人随身带有药品，否则他就……"

"哇，看不出他这么伟大啊！"米小乐惊叹道。

"是啊，他看起来不擅长和别人交流，是因为当海员的时间太长了，大部分时间都在大海上漂泊，远离人类社会，就逐渐变得不爱说话了。只要你把他当朋友，他一定会非常真诚地对待你。好了，咱们进去吧。等咱们和弗莱德他们会合后，你可以好好地了解他。"汤姆拍着他的肩膀，接着检查了一下两个人的装备，确定装备齐全后，他们紧紧攥着一支手电筒，一起朝山谷里走去。

"是的，我是一条会说话的三角龙。"在山谷里，大梦对索娅说。

索娅惊讶地摇着头，对面前的一切难以置信。她说："那些蚂蚁，为什么不吃你？"

大梦说："它们当然不会吃我，它们觉得我是它们的国王。"

原来，大梦当初跳下船后，很快游上了岸。他上岸的地方，是一处非常荒凉的原始草原。他一路寻找新鲜的植物，最后来到这个幽灵山谷。这片山谷里，本来有两群食人蚁，一群是红羯蚁，一群是黑羯蚁，当时它们正在因为争夺一只斑马的尸体而爆发了战争。那群红羯蚁因为敌众我寡，即将全军覆没，就连它们的蚁王，都被黑羯蚁吃掉了。这时，黑羯蚁发现了大梦，以为他是红羯蚁一伙的，就对他发起了进攻。

黑羯蚁没想到这给自己惹来了大麻烦。大梦的体形太庞大了，他在地上打了几个滚，就压制住黑羯蚁军团的攻势，上万只黑羯蚁被它压成了肉酱。再加上他的皮肤比犀牛之类要坚韧厚实得多，那群黑羯蚁根本咬不动。最后，黑羯蚁群发现拿他这个史前巨兽没有办法，只好败下阵去。后来，大梦率领那群红羯蚁又向黑羯蚁发起反攻，终于把黑羯蚁赶出了这片山谷。于是，大梦也就被这群红羯蚁当成了蚁王。

大梦讲完了自己的故事，说："接下来你怎么办？"

索娅想了想说："你把我送到山谷的入口吧，我的同伴一定会来找我的。米小乐这么聪明，一定能猜到我是被那两个绑架者抓到这里了。"

"米小乐？"这下轮到大梦愣住了，他说："这个米小乐，是一个中国男孩吗？他还有一张非常神奇、非常厉害的野餐毯？"

索娅点点头，说："是的，你认识他？你连那张野餐毯的事儿都知道？"

大梦说："当然！他曾经救过我呢。我来非洲就是那张野餐毯送我来的。"于是，大梦就把上一次在尼斯湖的惊险经历说了出来，把索娅听得张大嘴巴，一直都合不拢。

"这么勇敢的事情，他也不告诉我。"大梦讲完后，索娅大为感叹。

"好吧，咱们到山谷外面等他们吧，他们大概也快到了。"大梦说着，就低下头，让索娅骑了上去。

大梦朝山谷外走着，索娅从小在非洲的森林中长大，经常乘坐大象，她觉得，坐在大梦的背上，比坐在大象背上还要舒服安全。因为她可以抓住大梦的两只长角，这样就没有滚落的危险了。这时，一只红羯蚁爬到大梦的背上，索娅用手指轻轻地捏了起来。她接着月光，细细盯着它。从前，她只见过生活在人类村庄附近的黑蚂蚁，还有能在草原上垒成一个高高土堆的白蚁，还没见过这种让人听到名字就觉得害怕的食人蚁。她看到，这种红羯蚁个头要比黑蚂蚁和白蚁都大得多，样子也很吓人。它们的下颚都是向外伸出来的，仿佛随时都要在什么东西上咬上一口。

也就是在这个时候，汤姆和米小乐赶到了山谷外，卡莎所遥感到的，就是大梦带着索娅向外走去的情景。

但是，任何人没想到的是，情况在卡尔瓦里和弗莱德、汤姆和米小乐分头进入山谷后，很快发生了变化。

看到蜂拥而至的食人蚁后，霍萨克和贝罗拼命往山谷深处逃跑。他们一连跑了几公里，再也跑不动了，两个人一起瘫倒在地。他们正大口喘气，却看到那群红羯蚁又追了上来。它们在山路上挤得满满当当的，发出一阵低沉可怕的簌簌声，向着他们蜂拥而来。两个人心里叫苦连天，贝罗的体格比霍萨克壮实，他翻身站了起来，说："那群鬼东西又来了，快跑吧！"霍萨克的体力早就耗尽了，双腿不停地哆嗦，一步都动不了。他看着眼前的局面，心里飞快地盘算着。贝罗见他没起来，赶紧伸手去拉他，霍萨克已经拿定了主意，等他走近后，冷不防从怀里抽出手枪，砰的一声，把贝罗击倒在地。

贝罗用手捂着胸口的子弹孔，又看看满手的鲜血，不敢相信眼前的一切。霍萨克说："你的命，当初是我救的，是我让你多活了这么多年，现在，到了你报答我的时候了！"

贝罗痛苦地呻吟着，死死地瞪着他，用最后的一丝力气说："你这个魔鬼！"他话音未落，蚁群已经杀到，迅速把他覆盖起来。

霍萨克勉强站了起来，摇摇晃晃挣扎着向前走。他心想，贝罗的尸体，耽误不了食人蚁军团多长时间，自己必须尽快逃出山谷，才能保住性命。

他走出十多步，朝后看了一眼，看到蚁群除了一部分覆盖住贝罗的尸体，剩下的继续朝自己爬过来。他吓得腿一软，扑通一声倒在地上。他挣扎着要继续逃跑，可整个人已经彻底筋疲力尽，双腿又软作一团，根本站不起来。他绝望地朝身后看着，眼看这些恐怖的微型杀手就要爬到自己的腿上了，他吓得仿佛浑身的血液都要凝固了。这时，他忽然听到身后传来一阵异常浑厚的吼叫声。他想，这是什么动物啊，我在世界各地干盗猎的勾当，各种猛兽都见过，可从没见哪种动物能这么叫，看来我一定要死在这里了，不是被这群食人蚁吃掉，就是被这种怪兽吃掉。

但是，他万万没想到，那阵吼声传来后，这些食人蚁都停下了。它们似乎迟疑了一下，接着就转过身，朝来的方向返回去了。他简直不敢相信自己的眼睛，只见蚁群就像接到命令似的，齐刷刷地高速后退，很快就消失在黑暗当中。

霍萨克仰面朝天，长长出了一口气。他知道，自己的性命算是保住了。他躺倒在地，琢磨着下一步的行动方案。"那吼声是什么动物发出的？会不会就是那个神秘雇主让我来抓的怪兽？"他刚想到这里，忽然听到山谷的另一个方向传来一阵又急又密的脚步声，听起来是两个成年人。他不知道这两个人是什么来历，会不会对自己不利，就拼命站起来，像要找地方藏身。这时，脚步声已经到了他面前。还没等他做出任何反应，两束雪亮的手电筒光柱扫了过来，直直地射在他眼睛上。他眼前一阵眩晕，刺眼的亮光让他什么都看不到了。

"霍萨克，我们终于见面了。"一个男人冷冰冰的声音传来。霍萨克的眼睛稍微适应了面前的光线，他隐约看到，自己前方十多米远的地方，站着两个男人，一个留着满脸的络腮胡子，一个戴着鸭舌帽。两人都是一手握着手电筒，一手举着猎枪。

络腮胡子把枪口对准他，说："我们追踪你十多年了，从南极追到北极，从美洲追到非洲，今天终于追到你了。"

鸭舌帽用手电筒在霍萨克身上打量了一通，最后把光柱固定在他胸口一块鼓鼓囊囊的地方，说："把你的枪扔出来！"

霍萨克慢慢地把手伸进衣兜，拿出手枪，扔在地上。

络腮胡子一侧脸，对鸭舌帽说："弗莱德，你去把他的枪拿过来，再把他的手捆起来，我在这儿盯着他。"鸭舌帽点点头，把手电筒和猎枪放在地上，掏出一根绳子，走过去把霍萨克紧紧捆了起来。

"这下，请全总部的人去酒吧喝一杯威士忌的事儿，汤姆可逃不掉了。"鸭舌帽擦擦额头上的汗，朝络腮胡子一乐。

"当然。可惜，他这杯酒，你没机会喝了。"络腮胡子微笑着说。话音未落，他扣动了手中的猎枪扳机。猎枪的枪口，正直直地指向笑容还没有散去的弗莱德。

"你……"鸭舌帽没来得及说完最后一句话，就一头栽倒了。鲜血从他胸前的伤口涌出，染红了一大片地面。

"赶快把绳子给我解开，这家伙看来对我恨之入骨，捆得真紧，疼死我了。"霍萨克不满地抱怨着，把双手伸向了络腮胡子。

络腮胡子笑了笑，慢慢走向他，正要解开绳子，忽然说："霍萨克，那个神秘客户订下的奇怪动物，你到底找到没有？"

原来，络腮胡子卡尔瓦里，是霍萨克在"彩虹兄弟"组织里的内应，这是霍萨克连贝罗都没有告诉的秘密。霍萨克刚刚开始干盗猎这一行后，他有几次差点被"彩虹兄弟"抓到。他意识到，为了确保安全，自己必须在这个野生动物保护组织里有个内应。

于是，他找到一个盗猎同行，把自己的打算告诉他。这个人就是络腮胡子卡尔瓦里。当时，他刚刚开始靠盗猎赚钱，"彩虹兄弟"对他还不是很了解，他对霍萨克的计划非常欣赏，于是，他留起络腮胡子，混进了"彩虹兄弟"组织。卡尔瓦里本性很奸诈，但他装出一副热情的姿态，到处和别人称兄道弟，很快在"彩虹兄弟"里交到很多朋友。他经常想方设法从同事嘴里打听下一步行动，每次当这个组织要抓捕霍萨克时，他都会在第一时间通知霍萨克。所以，霍萨克多年来一直安然无恙，没有落到"彩虹兄弟"手里。当然，霍萨克每次挣到的钱，也要拿出一份，存进卡尔瓦里的银行户头。两个人就这么勾结着，一起干了很多年，始终没有露馅。

霍萨克说："那个动物肯定就在这个山谷里，我刚才逃跑时，匆匆忙忙当中好像看到一个体形巨大的动物，很像那个客户描述的样子。"

卡尔瓦里点点头，说："那咱们得尽快回去找到它。汤姆那家伙，还有一个中国小男孩，就要从山谷另外一个入口进来了。"

"这家伙怎么办？"霍萨克用还紧紧捆在一起的手指着弗莱德的尸体说。卡尔瓦里琢磨了几秒钟，说："随便拿些石块埋起来就行。"

霍萨克说："那你给我把绳子解开，我和你一起掩埋他。"卡尔瓦里微微一笑，说："解开绳子嘛，不用着急，我现在有个计划，待会儿能把汤姆和那个中国小男孩，还有那只怪兽一网打尽。为了实现这个计划，你手上的绳子，还得继续保留一会儿。"

"什么计划还需要继续捆着我？你是不是想害我？"霍萨克警觉地看着他。霍萨克知道，这家伙可不像贝罗那么蠢，他满肚子坏水，满脑子坑人害人的鬼主意。跟他相处，必须随时打起十二分的精神。否则，自己一定会像地上的尸体一样，莫名其妙就把性命丢了。

卡尔瓦里知道他在提防自己，冷笑着说："那个怪兽是和那个小女孩在一起，现在他们大概也和汤姆遇到了。所以，要想抓到怪兽，就要先找到那个小女孩和汤姆。你觉得，他们会把怪兽在哪里告诉像你这样的坏人吗？只有我这样的好人去问他们，他们才会说。"

霍萨克想了想，觉得的确是这样，他说："那怎么办？"

卡尔瓦里哼了一声，说："那你就必须听我的。"说完，他往前迈了一步，小声说出了自己的计划。

"只有按照这个计划，咱们才能抓住那个怪兽，再把它送到那个神秘的顾客 T 先生手里，顺利拿到那剩下的五百万美元！"他讲完了自己的计划，又恶狠狠地说。

霍萨克想了想，除了这个计划，自己也没有别的办法能找到那个怪兽，只好答应让自己的双手继续这么牢牢捆着。

第七章　黑暗山谷中的智斗

大梦背着索娅，正缓慢向山谷外走着，忽然，他停下了脚步，警觉地说："前面又有人来了！"

索娅站直身子，使劲朝前张望着，可她面前一片漆黑，什么也看不到，听不到。大梦朝四周打量了一番，说："咱们藏起来。"说着，他转到旁边一块巨石后面，蹲了下来。索娅也跳下来，躲在巨石后面，朝外面打量着。过了几分钟，她终于听到一阵脚步声从远处传来，吓得她赶紧把头缩了回来。

脚步声越来越近，一阵对话声也在山路上响了起来。

"小乐，你还是到山谷外面等我吧，这里的环境太危险了。"

"汤姆，没关系，卡莎已经遥感过了，索娅和大梦很安全地在一起，大概很快就能看到他们了。"

"是汤姆和米小乐！"索娅听出了他们的声音，激动极了，马上从巨石后面跳了出来，大喊一声，"汤姆，米小乐，你们真的来救我了，我在这里！"

两个人被一个突然出现的黑影吓了一跳，还没等看清楚她的样子，索娅已经快步跑过来，跳进汤姆的怀里。汤姆看着她，说："索娅，太好了，你真的平安无事！"

米小乐想起卡莎说的在山谷外遥感到的情形，说："索娅，你是和一条三角龙在一起吗？"

"我在这里。"大梦说着，从巨石后大步走了出来，"米小乐，想不到又在这里遇到你"。

在地球上，没有什么大型动物是汤姆没有见过的，很多普通人一辈子没见过的动物，对他来说都是非常熟悉的朋友。但是，这次他看到大梦，还是大大地吃了一惊。更何况，这条三角龙还会说话！

"地球上真的还有幸存的恐龙？"他喃喃自语，简直不敢相信自己看到的一切。

米小乐看到大梦和索娅都安然无恙，长出了一口气说："你们没遇到危险，实在太好了，我们一直担心这个幽灵山谷里，真的隐藏着什么可怕的东西呢。"

"你猜得没错，这里的确有非常可怕的动物，那些变成一堆骨头的动物，都是被食人蚁吃掉的！"索娅说。

汤姆又吃了一惊，说："这里有食人蚁？这可是非洲最可怕的一种生物！如果有人在草原上遇到狮子，来不及跑掉的话，装死说不定还能保住性命，遇到食人蚁的话，肯定会被吃得只剩下一堆骨头！"

索娅走过去摸着大梦的脊背，说："有大梦在，就不用怕！大梦是它们的国王！那些食人蚁，可听大梦的话了！"

这下轮到米小乐的下巴惊得险些掉在地上，他说："大梦是食人蚁的国王？这是怎么回事？"

"这你们就不知道了吧？"索娅得意地把大梦的事说了一遍。听到那群食人蚁绕过索娅，去继续朝山谷另一个方向追杀两个盗猎者，汤姆马上紧张起来，他说："索娅，为了救你，我向总部求援，总部派来了两个同事。他们刚才已经从山谷的另一个入口进来，如果食人蚁群遇到他们……"

米小乐走到大梦面前，说："大梦，你是它们的国王，你有办法把它们召唤回来，对吧？千万别让他们伤害到那两个来救索娅的'彩虹兄弟'组织成员。"

大梦点点头，转过身，朝着山谷另一个方向扬起硕大的脑袋，张开足足有洗衣机大小的嘴，大声吼叫起来。

顿时，一阵高亢猛烈的叫声向远方传开，汤姆、米小乐、索娅都觉得耳膜一阵刺痛，胸口都像是被重物压住一样，地面上的碎石、落叶也纷纷滚动起来，整个山谷似乎都在震动。汤姆从前听到过无数次狮吼和虎啸，还听到过非洲象在愤怒时发出的鸣叫，他觉得，这些声音和大梦的吼叫比起来，简直就像催眠曲一般轻柔。

也就是这一声吼叫，让正要吃掉霍萨克的食人蚁撤退了。

经过足足一分多钟的回响，吼声渐渐在山谷中停歇了，三个人的表情这才恢复正常。汤姆说："我通知一下卡尔瓦里和弗莱德，有两个盗猎者正向他们那个方向逃去，让他们提高警惕。"他掏出卫星电话，拨出了一个号码。过了一会儿，他看着电话，纳闷儿地说："奇怪，弗莱德这家伙，怎么不接电话？"他又拨出卡尔瓦里的电话，这次很快接通了。米小乐看到，他刚说了没几句，脸色就变了，眼眶里还涌满了泪水。米小乐和索娅面面相觑，不知道是怎么回事。米小乐感觉到，在山谷的另一部分，一定发生了很不幸的事情。

这时，汤姆挂断了电话，泪水也流了下来，他整个身体都晃动起来，仿佛随时会倒下，他只好用手撑住旁边一棵枯树，这才站稳了。

"汤姆，发生了什么事儿？"米小乐和索娅凑到他身边。

汤姆伸手抹了一把眼泪，回过头说："弗莱德死了。"

米小乐惊呆了，索娅也哭了起来。她来参加这次野生动物调查，就是弗莱德去她的国家把她接来的。一开始，她也觉得弗莱德沉默寡言，很难接近，可时间长了，她才慢慢发现，弗莱德是个非常善良无私的人。

"他为了救我，才来到这里，他是怎么死的？"索娅哽咽着问。

汤姆说："是被盗猎者开枪打死的。"

米小乐问："是霍萨克还是贝罗？"

"霍萨克。卡尔瓦里已经抓住了他，正从山谷那边过来。"

"贝罗呢？"米小乐想起另一个盗猎者。

"贝罗死了，被食人蚁吃掉了。"

米小乐正要继续问，忽然听到一阵轻微繁密的声音从山谷深处传来。大梦说："你们到我身边来。"米小乐有点奇怪，索娅把他和汤姆都拉到大梦旁边。他刚站稳，就看到在山谷深处的黑暗里，贴着地面涌出了一层暗红色的东西。这层东西移动很快，米小乐刚刚看到它们，觉得它们就像会动的地毯一样席卷而来。终于，米小乐看清了，这是一大群数以万计的蚂蚁。它们仿佛明白米小乐、汤姆和索娅是自己国王的朋友，只是围着他们绕成一个圆圈，并没有爬到他们身上。而圆心，就是三角龙大梦。

"我明白了，幽灵山谷里的幽灵，就是这些食人蚁！"汤姆说。

"哇，大梦，你简直太棒了，把你送到非洲这才几个月啊，你就有了这么大的本事！真想让宋瞳看到这一切，她一定非常高兴！"米小乐大加赞叹。

说到这里，米小乐像是想起什么似的，说："对了，大梦，等尼斯湖那边冬天过去了，天气变暖了，你还愿意回去吗？"

大梦点点头："我当然要回去，我祖先留下的贝壳，还在那个山洞里呢。我虽然很喜欢这里的气候，这里草原上的食物也比湖边丰富，但我还是要回去守护祖先的遗物。"

汤姆看看手表，说："大梦，我的同事卡尔瓦里和那个盗猎者霍萨克就要过来了，你还是先藏好吧。"

大梦答应了，转身躲进了山谷里一个黑暗的角落里。那一大群食人蚁，也跟着他分散到山崖上的各处缝隙里。

汤姆叹了口气，说："怪不得科学家几次来这里考察，都查不出来这里隐藏着什么神秘生物，原来，吃掉那些掉队动物的竟然是它们。这种动物平时都住在岩石的缝隙里，的确很难发现。"他又对索娅说："待会儿等卡尔瓦里押着那个盗猎头子霍萨克回来，咱们就可以离开这里了。等出了山谷，我先把你们送回总部，然后再回到这里，找到弗莱德的尸骨，好好地安葬他。"

米小乐挠挠头，说："汤姆，那个霍萨克，是不是一个穷凶极恶又非常狡猾的家伙？"

汤姆一拳重重砸在身边的山崖上："是啊，这家伙，是全世界的盗猎者中最狠毒最狡猾的一个，死在他枪下的珍稀动物不计其数，从南极到北极，从美洲到非洲，哪里都有。我们'彩虹兄弟'组织已经追踪他十多年了，每次都被他逃掉了，这次算上弗莱德，我们已经有六个同事死在他手上。这次他再也跑不了了！"

米小乐说："我总觉得有点奇怪，这次他竟然这么快被抓住。而且，他为什么会到这个山谷里来呢？别人并不知道大梦在这里啊。"

汤姆拍拍他肩膀，说："他被咱们困在这个山谷里，肯定没路可逃。他被卡尔瓦里活捉，已经算他运气好，否则他就被食人蚁吃掉了。至于他为什么会来这个山谷，待会儿我们要好好问他。"

米小乐还是觉得整件事很不对劲，但他也说不出什么来。三人又在黑暗中等了一会儿，终于，一阵脚步声从远处传来。

"卡尔瓦里，是你吗？"汤姆朝着脚步的方向喊着。

"是我，汤姆。"卡尔瓦里答应着，他和霍萨克渐渐走了过来。米小乐看到，两个人一前一后走着，霍萨克在前，双手被紧紧绑着，嘴里不停呻吟着，步履蹒跚，一副垂头丧气的架势。他脸上那道长长的刀疤，在月光的照射下，就像是一只丑陋的虫子。

络腮胡子卡尔瓦里走在后面，他手端着猎枪，瞄准着霍萨克的后背，缓慢地朝前走着。

"卡尔瓦里！"汤姆跳了出来，冲到卡尔瓦里面前说，"快告诉我，弗莱德是怎么死的！"

卡尔瓦里眼眶红了，流下了两行泪水，他说："我和弗莱德从另一个入口进入山谷不久，就看到霍萨克和贝罗从里向外跑，我们躲在角落里，准备等他们跑过来时抓住他们。可是，他们都在山路上摔倒了。一大群食人蚁……对了，这个山谷里，有一种非常可怕的食人蚁，你们看到了吗？"

汤姆点点头，卡尔瓦里继续说："食人蚁包围了他们，我和弗莱德不忍心看到他们死得这么惨，就去救他们。这时，贝罗已经被它们吃掉了，这个霍萨克也浑身爬满了食人蚁，倒在地上，随时可能死去。我们把他从蚁群中拉出来，又拼命拽着他逃跑。但食人蚁行动太快了，就连我们身上都被它们钻了进去。幸好，这时一阵不知道什么动物的吼叫声传来，食人蚁像是听到撤退命令似的，马上就离开了。明明是我们救了霍萨克，但这个盗猎者太坏了，他恩将仇报，刚刚脱离危险，就趁我们

254

没有防备，要开枪杀死我和弗莱德。他击中了弗莱德，我马上还击，一拳把他打倒，把他绑了起来。我赶紧为弗莱德做急救，但已经来不及了……"说到这里，他已经哽咽地说不下去了。

"你这个该死的坏种……"汤姆气得端着猎枪，对准了霍萨克。霍萨克吓得脸色惨白，一屁股坐在地上，拼命向后移动着，一副可怜巴巴的样子。卡尔瓦里正要去劝汤姆，他叹了口气，慢慢把猎枪收了起来。"这次我不会再让你逃跑了，你等着进监狱吧！"他朝霍萨克怒吼着。

这时，米小乐和索娅也已经热泪盈眶。米小乐心里一阵自责，怪自己不应该因为弗莱德说话不好听，就对他产生反感。

卡尔瓦里指着在地上蜷缩成一团的霍萨克说："汤姆，这家伙说，他在被食人蚁追杀前，曾经看到过一个很奇怪的动物，样子很像早就灭绝的三角龙，你知道是怎么回事吗？"

汤姆犹豫了一下，还是把三角龙的事儿没有说出来，他觉得不应该把这件事儿让更多人知道。卡尔瓦里一看他的神情，就明白了他的心理，他知道无法从汤姆嘴里套出话来，这时他看到索娅，又走到她面前，蹲下身子说："索娅，刚才那两个盗猎者逃跑了，把你一个人扔下，当时有那么多的食人蚁突然出现，你一定很害怕吧？"

索娅点点头，卡尔瓦里说："当时你是怎么从蚁群里逃出来的？"

索娅想了想，说："是汤姆和米小乐救了我。"

卡尔瓦里摇摇头，说："不对，从时间上看，你们刚遇到食人蚁时，他们还没进入山谷呢。索娅，我和弗莱德是专门来救你的，现在你安全了，我很高兴，但我需要知道你是怎么从蚁群里逃出来的。你看，因为来救你，弗莱德都已经……"说着，他的声音又哽咽起来，泪水重新流满了脸颊。

索娅被彻底感动了，她哭着说："是大梦救了我，大梦是一条三角龙！"

卡尔瓦里不动声色地说："这个世界上还有三角龙？它在哪里？"

"在那儿！"索娅指了指大梦藏身的地方。

卡尔瓦里顺着她指的方向看过去，只听一阵粗重的叹息声从那个黑暗的角落里传来，接着，那边出现了一个庞大的黑影，他看到，真的有一条三角龙慢慢地从黑暗中出现，朝这边走了过来。

"你好像很想找到我。"大梦走到卡尔瓦里面前，低下头盯着他说。

卡尔瓦里被大梦凌厉的眼神吓得倒退两步，他说："不是……我只是想知道索娅是怎么逃出危险的……"

"现在你已经知道了，你赶快把这两个孩子送到安全的地方，把这个盗猎犯送进监狱吧。"说着，他高高昂起头，不再看卡尔瓦里。这时，卡尔瓦里才感觉到，自己已经浑身满是冷汗。

这时，汤姆在他身后说："咱们尽快回到总部吧，两个孩子需要休息，还要找间最坚固的牢房，把霍萨克关进去。"

卡尔瓦里心想，目前的一切，正在按自己的计划进行，这个发财的良机，可万万不能错过，这条三角龙自己无论如何都要弄到手。眼下，最不好对付的就是汤姆，只有把他支走，自己才能完全控制这里的局面。米小乐和索娅不过是两个孩子，根本不足为虑。

他转转眼珠，想出了一个主意。他说："好吧，汤姆，你留在这里看着霍萨克，我去山谷另一端把汽车开过来。"说完，他把自己的手枪扔给了汤姆，转身朝来的方向走去。可没走出几步，就惨叫一声倒在地上。汤姆和米小乐都跑了过来，看他出现什么情况，他躺在地上，带着一副痛苦不堪的神情说："刚才，我在和霍萨克搏斗时，脚扭伤了……"

汤姆马上说："那你在这里休息吧，我去把汽车开过来。"

卡尔瓦里呻吟着说："好吧，这是车钥匙。"说着，他把车钥匙给了汤姆。汤姆接过钥匙，转身就要离去。他刚跑出十几米，米小乐朝他喊道："汤姆，你等我一下。"说着，他走过去，把自己手机递给他，说："我的手机是不是坏了，怎么不能打电话了？"汤姆看了看他的手机，笑着说："你放心吧，你的手机没问题，这里这么偏僻，没有手机信号。"说完，他大步走进了黑暗，向山谷另一端走去。

卡尔瓦里心想，这个小男孩看着挺机智，可到底还是个孩子，知道的事情太少，根本不是自己的对手。

汤姆的脚步声渐渐消失了，山谷里重新寂静下来。米小乐看看手机，已经是清晨时分了，山谷外的草原上，应该已经迎来了曙色，可山崖挡住了阳光，山谷里面还是一团漆黑。这时，一阵寒风从山谷深处袭来，米小乐被冻得打了个哆嗦。他看到索娅冷得抱紧了双肩，脱下外衣披在索娅肩头。

"两个小朋友，现在你们都由我指挥了。"卡尔瓦里得意地说，"走吧，咱们出去吧，离开这个黑咕隆咚的鬼地方，到外面等着汤姆开车回来。"

米小乐和索娅对视了一眼，一起向外走。他们没走出几步，忽然听到背后几声枪响，他们回过头，只见卡尔瓦里手持猎枪朝大梦连开三枪！当他射出第一枪时，大梦扬起前腿朝他冲去，可是在被他连续击中三枪后，大梦感到全身一阵酸痛，再也坚持不住，倒了下去。当大梦沉重的身躯摔在地上时，地面都颤动起来！卡尔瓦里则爆发出得意的狂笑。

"你在干什么！"米小乐愤怒地喊着。

"这条三角龙非常有科研价值，让它在这里自生自灭太可惜了，我要把他运回总部，让世界上最好的生物学家来研究它。"卡尔瓦里说。

"他本来可以自由自在地生活，为什么要成为人类研究的对象？"米小乐继续喊着。

"小家伙，说起动物保护来你还差得远呢！"卡尔瓦里瞪着他说，米小乐想，这家伙那一副凶神恶煞的架势，和几个小时前在山谷外面那副笑眯眯的样子真是判若两人。

卡尔瓦里看米小乐还是一动不动，举起猎枪指着他，大声吼了起来："快点走！"

索娅看到眼前的一切，简直不相信自己的眼睛，说："卡尔瓦里，你真的要开枪打我们？"

卡尔瓦里狞笑着，说："我本来想现在就一枪打死你们，可我还要利用你们当诱饵，现在让你们多活一会儿，等到了山谷外面，汤姆开车过来后，我把你们三个统统干掉！"

米小乐盯着他，冷冷地说："我终于明白了，你的目标是大梦！什么把他运回总部，都是骗人的！我警告你，绝对不能伤害大梦！"

卡尔瓦里说："小家伙，你还真聪明，你说对了！这条三角龙可是价值一千万美元的宝贝，我怎么舍得伤害他。"

坐在地上的霍萨克早就听得不耐烦了，他摇摇晃晃地站起来，冲着卡尔瓦里喊了起来："你别东拉西扯了，快把我的绳索解开！"

卡尔瓦里点点头，对米小乐说："快去把他的绳索解开！否则，我就……"

"否则你就怎么样？"忽然，卡尔瓦里听到身后传来说话声，他回头一看，只见汤姆就站在自己身后两米的地方，他正用一把猎枪指着自己的后脑勺！

卡尔瓦里望着黑洞洞的枪口，吓得不会说话了，他整个人哆嗦起来，颤抖着说："汤姆，你不是去开车了吗？"

汤姆说："卡尔瓦里，我和你是多年的同事了，我真没想到，你竟然是一个叛徒！如果不是米小乐聪明，发现了你的马脚，这次我真的会中你的圈套！把枪扔掉！"

卡尔瓦里无奈，只得把手里的猎枪扔在地上。汤姆朝米小乐使个眼色，把一根绳子扔到他面前。米小乐捡起绳子，先是捆住他双手，接着又把他和霍萨克串在一起。

"你是个十足的蠢货！"霍萨克朝卡尔瓦里大喊，接着对米小乐说，"我们到底露出了什么破绽？"

米小乐说："你手上的绳结，是只有当过海员的人才会打的'水手结'，而进入幽灵山谷的人里，只有弗莱德才当过海员，一定是他绑住了你的双手。既然你的双手被牢牢绑紧，你又怎么开枪杀死弗莱德？所以，卡尔瓦里才是真正的凶手！"

原来，当卡尔瓦里和霍萨克一起出现后不久，米小乐就发现了异常。刚才在汤姆离开前，他把自己的怀疑输入到手机屏幕上，并拿给了汤姆。汤姆起初并不相信，但他答应米小乐试一下。他刚才根本没有真的离开，只是躲在不远处观察这边的动静，看看卡尔瓦里会干出什么事情来。结果，事实证明米小乐的推测是正确的。

"真的是你杀了弗莱德？"索娅眼泪汪汪地看着卡尔瓦里。

卡尔瓦里不敢看她，把目光转向一旁。索娅指着他说："为了钱，你就下毒手杀害自己的同事？"

"到底是谁派你们来抓大梦？"米小乐说。

"是我!"这时，一句尖厉的喊声从空中传来。汤姆仰头一看，只见半空中出现了一顶黑色的斗篷，斗篷的中央，绣着一只血红色的蝙蝠，蝙蝠的口角处还滴着几滴鲜血，让斗篷看起来格外阴森诡异。"这顶斗篷竟然会飞，而且也会说话？"汤姆正纳闷儿，旁边米小乐指着斗篷喊："黑曼，又是你这家伙捣鬼!"

黑曼在空中剧烈抖动了一下，变成了那团轮廓看起来酷似魔术师的人形黑雾。他狞笑着说："小东西，又是你破坏了我的计划，这次我绝饶不了你!"接着他伸出手掌对准米小乐，一道炫目的闪电从掌心发出，直朝着米小乐射去。

眼看就要击中米小乐，卡莎一看情况紧急，竟然也飞到了半空，同样发射出一道闪电。这道闪电的力量虽然看起来小得多，但击中斗篷所发出的闪电后，改变了它的方向。这两道闪电先后击打到地面上，被击中的几块石头立刻炸开，石屑像子弹一般朝四面八方散开。

"又是你们坏我的事!"黑曼怒吼着。

霍萨克仰起脸来，壮着胆子，问："你就是那位 T 先生？"

黑曼说："是的，你没想到吧？"

霍萨克说："你是怎么知道我在这里？"

"我当然知道！你在这片草原上的一举一动，我都知道。你那把猎枪里，除了麻醉弹，我还放进去一套全球追踪定位系统，你拿着猎枪做的每件事，说的每句话，我都一清二楚!"

米小乐说："原来，这些盗猎者，是你派来抓大梦的。"

黑曼哼了一声，说："你知道就好！你和这个连家都回不了的阿尔比星公主，为什么三番五次阻止我抓住这条三角龙？我知道了我们威坦星人在六千五百万年前留下的那艘宇宙飞船的位置，就会驾驶飞船远离地球，这不就是你们盼望的吗？"

米小乐说："我们当然希望你离得越远越好，但是，我们决不能眼看着你伤及无辜，大梦本来可以自由自在地生活，他也根本不知道你说的那艘飞船究竟在什么地方，你为什么还不放过他？"

黑曼说："我警告你们，别再碍我的事了，否则……"他又甩出一道闪电，重重击打在一块山石上。顿时，山石爆炸开来，碎屑在山谷中飞散起来。

米小乐说："上次在那个山洞里，我明明给你说过，只有我知道飞船的位置，你为什么还要千方百计要抓住大梦？"

黑曼又哼了一声，说："你这个地球人，还想骗我？你要是知道飞船的位置，不早就告诉卡莎了吗？我一直在监视着你们，你们没有任何异常，根本没有任何去寻找飞船的迹象，可见你根本不知道飞船究竟在哪里！于是，我就派了手下，埋伏在尼斯湖边查看三角龙的动向，终于知道它来到了非洲。"

米小乐心想，这个坏斗篷，还挺精的，竟然看出自己当初是在骗他。

黑曼继续说着："我还知道，我既然已经离开了威坦星人的躯壳，根本就不用再怕水了。哼，我们威坦星的硫基文明，比你们地球上的碳基文明先进多了，我一秒钟都不想在这里多待了。快点儿把三角龙交给我，否则，我就让你们尝尝我们威坦星超能电磁炮的厉害！"

"我绝不让你把大梦带走！"这时，卡莎大喊一声，飞到了半空，毫不退缩地挡在黑曼和三角龙大梦之间。米小乐也张开双臂，站在大梦面前，他说："你敢用电磁炮打我的话，你那一千根金属神经线，就别有任何指望了，你别忘了，全世界只有我知道这些线在什么地方。"

黑曼看到今天已经无计可施，自己的算盘又落空了，气得他在空中不停地翻滚起来。他喊道："我绝不放过那条三角龙，我看你们能不能随时守在他旁边！"说完，他变回斗篷，往上直冲进夜空，一瞬间就消失了。

"把剩下的五百万美元给我！"霍萨克朝着空中喊着。汤姆鄙视地看着他，说："命都保不住了，还满脑子想着钱！"

霍萨克不知道他说的什么意思，忽然，他觉得腿上有些不对劲，低头一看，只见双脚和裤腿上已经爬满了食人蚁。旁边的卡尔瓦里运气也不比他好，同样陷入食人蚁的包围中。两个人歇斯底里地尖叫起来，拼命拍打着身上的食人蚁。可是，他们身边的蚁群越聚越密，已经有食人蚁爬进他们的衣服，在他们的皮肤上撕咬起来。

蚁群都在攻击霍萨克和卡尔瓦里，汤姆、米小乐和索娅却安然无恙。他们望着这两个盗猎者，心里有些不忍心，朝他们喊着："喂，大梦可以救你们，你们有没有解除麻醉的药物？只要大梦醒过来，就能制止这些食人蚁！"

"那顶斗篷，只给了我麻醉弹，没有给我解药……求求你们，救救我……"霍萨克声嘶力竭地喊着，他和卡尔瓦里用尽最后的力气，跑出了蚁群的包围，向着山谷深处逃去。蚁群当然不会放过他们，向他们逃跑的方向追去……

米小乐想，没有大梦用吼声把食人蚁召唤回来，食人蚁这次肯定不会放过他们了。

天色渐渐亮了，大梦终于醒了过来。它睁开眼睛，看到面前不停打着哈欠的汤姆、米小乐和索娅，说："我刚才，是不是被盗猎者开枪击中了？"三人点点头，索娅说："那两个盗猎者，朝山谷那边逃跑了，你的食人蚁在追他们。估计他们现在已经被食人蚁吃掉了。"大梦说："这些小蚂蚁虽然小，但其实很有智慧。它们看到盗猎者朝我开枪，肯定会给我报仇的。"

米小乐对他说："来这里抓你的盗猎者，其实是受上次那顶斗篷指使的。"

大梦说："我就知道，这家伙一定不会和我善罢甘休。"

米小乐说："大梦，你到底知不知道威坦星那艘飞船究竟在哪里，如果能找到飞船，卡莎就能返回故乡阿尔比星了。"

大梦说："其实，我也不知道那艘飞船的位置。我记得我妈妈去世前，曾经给我说过，六千五百万年前，当地球险些在小行星的撞击下毁灭时，一个外星人在地球上的基地也毁灭了。但是，当时有一艘外星人的飞船被保留下来。飞船上的外星人在临死前，把这个秘密交给了我们家族。"

卡莎说："那你一定知道这艘飞船在哪里啦！如果能找到这艘飞船，我也能驾驶它返回阿尔比星！"

大梦摇摇头，说："但是，这个秘密在我们家族一代代流传的过程中，不知道在什么时候，竟然失传了。我妈妈说，她就不知道这个秘密的内容。"

米小乐想了想，说："你的妈妈，有没有叮嘱过你什么事情？"

大梦继续摇头，说："她给我说过的事情当然有很多，但要说里面特别重要的，就只有一件事儿了。"

米小乐和卡莎一起问："是什么事儿？"

"我妈妈很郑重地提醒我，等到我五十岁时，一定要回到湖边那个山洞里去产卵。这样的话，才能确保我们的家族一直延续下去。但是，那个山洞你去过的，不是也没发现什么吗？"

米小乐说："是的，山洞里的确画着一幅地图，但地图是给刚出生的小三角龙看的，告诉它们如何离开山洞。"

大梦抱歉地看着米小乐和卡莎，说："我知道的，就只有这些了……"

米小乐笑了笑，说："没关系！"他站起来，对卡莎说："北半球的冬季就要过去了，我们把大梦送回英国吧！"

他们商量的结果，是卡莎留下来，沿用老办法，先找到一艘开往英国的轮船，然后把大梦送上船，并一路护送它返回尼斯湖畔的老家。

米小乐和索娅、汤姆则返回"彩虹兄弟"在托斯卡斯市的驻地，汤姆要把这里发生的一切，向总部进行详细汇报。这天，卡莎、大梦一直把他们送到山谷外，才和他们道别。三人上了卡尔瓦里和弗莱德开到这里的那辆越野车，向着他们存放热气球的那个小山包开去。汤姆在前面开车，米小乐和索娅坐在后排座上，恋恋不舍地望着这片山谷。渐渐地，汽车越开越远，山谷在他们的视线中消失了，他们这才在座位上坐好。

米小乐回想着这两天来的经历，说："汤姆，回到总部后，你是不是需要把这两天的情况写一份报告？"

汤姆双手紧紧握着方向盘，点点头，说："是的。"

"那关于大梦的事儿……"

汤姆犹豫了几秒钟，说："小乐，我明白你的意思。大梦的事情，和这次草原群居动物的种群数量调查没有直接关系，我不会写进报告。而且，我也不会把这件事告诉任何人。地球上还有一条三角龙的事儿一旦传开，大梦一定会成为全世界盗猎者捕猎的对象。大梦的家族已经延续了六千五百多万年，还应该继续繁衍下去，而不是失去自由，被关在动物园的栏杆里，被人类观赏。"

这时，索娅忽然指着窗外大喊："哇，那里有一大群羚羊！"

汤姆刹住车，往窗外望了望，说："对，那是赤额瞪羚，这种动物一般分布在非洲中部，在这里出现很罕见！这个种群有一百多只，我们要好好记录一下发现它们的地点，还有它们的种群规模！"

三人爬到了车顶上观察这群赤额瞪羚的情况。清晨时分的草原，还弥漫着淡淡的雾气，太阳刚刚升起，轻柔的阳光抚摸着每一片草叶，整个草原格外广阔、宁静。在不远处，一大群赤额瞪羚正在快速奔跑，只见它们扬起四蹄，闪电般在草叶上掠过，每次跳跃，都能足足跳出七八米的距离。汤姆拿出秒表，低头测量了一下，说："他们现在的时速足足有八十五公里！"米小乐和索娅惊讶地喊着："这么快！"汤姆说："瞪羚是非洲草原上奔跑速度仅次于猎豹的动物。即使对于猎豹的追杀，有经验的瞪羚也可以通过高速转弯加以摆脱。"

米小乐举起望远镜仔细看着，只见雄性瞪羚有着修长高耸的长角，四蹄修长，每一次跳跃都格外有力，雌性瞪羚身形稍微小些，奔跑的姿势更加轻盈。"这种动物真的太美了。"米小乐赞叹着。汤姆像是自言自语，又像是对米小乐和索娅说："真希望所有的盗猎者都能放下手里的猎枪，这样的话，全世界的野生动物，都可以这样自由自在地在天地间奔跑。"

他对米小乐说："小乐，你知道我们这个组织为什么叫作'彩虹兄弟'吗？"

米小乐摇摇头，汤姆说："那是因为，我们希望这个组织能成为一道架设在动物和人类之间的彩虹，让人类和动物就像兄弟一样，在地球上和睦相处。"

米小乐说："原来是这样！汤姆，能让我成为'彩虹兄弟'的正式成员吗？"汤姆点点头，说："等你长大以后，成为真正的男子汉，'彩虹兄弟'随时向你敞开大门！"三人继续入神地欣赏着这群赤额瞪羚。只见这群美丽的生灵，披着清晨金色的阳光，踩着草叶上的露珠，在一望无际的草原上，向着未来，向着自由，向着太阳升起的方向，尽情地跳跃、奔驰着……

大群的赤额瞪羚在米小乐他们眼前飞奔而过后，汤姆重新发动汽车，返回托斯卡斯市区。汤姆回到"彩虹兄弟"组织在市区的办事处后，把这两天的经历进行了汇报。"彩虹兄弟"组织马上通知了当地警方，组织了一大批人赶往幽灵山谷，在汤姆的带领下，找到了弗莱德的遗体。在山谷的不同位置，警方还发现了三具骨架，每具骨架上的肉都已经被吃光了。毫无疑问，这是食人蚁干的。现场勘查的结果，证实了汤姆说的话。

而且，警方根据现场遗留的证据，确认三个死者中的两个就是臭名昭著的盗猎者霍萨克和贝罗，至于卡尔瓦里，警方调查了他和霍萨克的通讯记录，发现了两个人的确曾经勾结在一起，多次商讨盗猎计划。

至于米小乐和索娅，因为这次观测行动还没结束，他们又由"彩虹兄弟"别的成员带领，重新乘坐热气球飞上蓝天，观测草原上的动物种群。

警方结束了在幽灵山谷的现场调查，带着弗莱德的遗体回到托斯卡斯时，米小乐他们也结束了在草原上的观测任务，回到了托斯卡斯。米小乐和索娅看到热泪盈眶的汤姆和别人把弗莱德的遗体从汽车上抬下来，也忍不住痛哭起来。他们虽然和弗莱德接触不多，但他们知道，他是为了动物保护事业而遇害的。索娅哭得尤其伤心，因为弗莱德是为了从两个穷凶极恶的盗猎者手里救出自己，才会赶去幽灵山谷。

他们几个人望着弗莱德的遗体被送去火化了，汤姆把米小乐和索娅搂进怀里，望着汽车驶上街道，汇入车流渐渐远去，心里难受极了。米小乐哽咽着说："通知弗莱德的亲人了吗？"

汤姆摇摇头，低声说："他本来就是孤儿，在这个世界上，早就没有亲人了。"

米小乐抬起头说："那，他的遗体怎么办？"

汤姆说："野生动物保护本来就是一项危险系数极高的工作，不但随时有可能倒在盗猎者的枪口前，还会遭到猛兽的袭击。因为我们随时可能牺牲，所以，每一个彩虹兄弟组织的成员都写一份遗书。自己的遗体、遗产如何安排，都会写在遗书里。"

米小乐和索娅都是心里一震，两个人互相看了看，都对这些用生命来保护地球环境、保护野生动物的"彩虹兄弟"成员更加钦佩了。

"他在遗书里，写了关于自己遗体的事儿了吗？"索娅轻声问。

汤姆说："是的。弗莱德当过十多年的海员，参加'彩虹兄弟'后，大部分时间都花在保护海洋生物上。他说，自己大部分时间都是在大海上度过的，自己热爱大海，热爱大海里的动物，希望自己死后，能把骨灰撒在北大西洋的海面上。这样，自己就能永远和那里的海洋生物在一起了。"

米小乐轻轻地说："北大西洋……"

汤姆说："北大西洋就是地球上他最热爱、最留恋的地方，他熟悉那里的每一座海岛，每一种海洋生物，我一定会把他的骨灰送到那里，让那里成为他永远的栖身之地。"

这个时候，整个野外调查活动也结束了。除了米小乐他们，别的调查队都发现了几个野生动物种群，有羚羊群，还有角马群、斑马群，运气最好的那支队伍，竟然发现了一个由二十多只雄狮、母狮和幼狮组成的庞大狮群。

本来按照最初的计划，"彩虹兄弟"还为所有参加这次调查活动的成员，在分别前最后一晚准备了篝火晚会。但是因为弗莱德的牺牲，晚会取消了，米小乐和其他人都互相留下了联系方式，第二天一早就返回了各自的国家。

飞机从托斯卡斯机场起飞了，米小乐透过舷窗，凝视着非洲广袤的大地。他首先看到的是繁茂的热带雨林，接着，又是大片大片望不到尽头的草原映入视野。

他想，非洲真是一个既神秘又美丽的地方，以后我一定还要回到这里。渐渐地，飞机飞出了非洲大陆上空，飞到了更加宽广浩瀚的印度洋上。米小乐看了一会儿海面上起伏不定的浪涛，不知不觉就睡着了。

米小乐回国后没多久，寒假就结束了，他重新回到了学校。他在非洲草原上的见闻，自然成为全班同学关注的重点，每天下了课，都有一大堆同学把他团团围住，让他讲讲在非洲都经历了哪些好玩的事儿。

班主任孟老师还让他负责教室里黑板报的内容，于是，米小乐把自己在非洲的见闻写成了很多个小故事，一期期地在黑板报上写了出来。结果，黑板报发出的第一天，就有大批外班同学来参观，到了第二期，都有外校的学生赶到米小乐的教室里来看。有的学校的学生会，还来邀请米小乐去做一次正式的演讲。

于是，本来就已经是全市中小学生里头号名人的米小乐，知名度越来越高了。谁也想不到，在他身上，还会发生更加离奇、更加不可思议的事情，又有一个世界性谜题，即将被他揭开！

图书在版编目（ＣＩＰ）数据

地球男孩和外星女孩 / 邱振刚著. -- 北京 ： 中国
文史出版社，2019.11
（实力榜·中国当代作家长篇小说文库）
ISBN 978-7-5205-1690-7

Ⅰ．①地… Ⅱ．①邱… Ⅲ．①长篇小说－中国－当代
Ⅳ．①I247.5

中国版本图书馆 CIP 数据核字(2019)第 265258 号

责任编辑：全秋生

出版发行：中国文史出版社
地　　址：北京市海淀区西八里庄路 69 号　　邮编：100142
电　　话：010－81136602　　81136603　　81136606 （发行部）
传　　真：010－81136655
印　　装：北京温林源印刷有限公司
经　　销：全国新华书店
开　　本：787×1092　　1/16
印　　张：17　　字数：260 千字
版　　次：2020 年 1 月北京第 1 版
印　　次：2020 年 1 月第 1 次印刷
定　　价：49.80 元